古典文學研究輯刊

十九編

曾永義 主編

第 **9** 冊

湖上常留處士風——
晚清民初的西湖隱逸文學研究

任聰穎 著

國家圖書館出版品預行編目資料

湖上常留處士風——晚清民初的西湖隱逸文學研究／任聰穎
著 — 初版 — 新北市：花木蘭文化事業有限公司，2019〔民
108〕
目 4+238 面；19×26 公分
（古典文學研究輯刊 十九編；第 9 冊）
ISBN 978-986-485-644-2（精裝）
1. 清代文學 2. 文學評論
820.8   108000767

ISBN-978-986-485-644-2

9 789864 856442

古典文學研究輯刊
十九編　第九冊　　　　　　ISBN：978-986-485-644-2

湖上常留處士風——
晚清民初的西湖隱逸文學研究

作　　者	任聰穎
主　　編	曾永義
總 編 輯	杜潔祥
副總編輯	楊嘉樂
編　　輯	許郁翎、王筑　美術編輯　陳逸婷
出　　版	花木蘭文化事業有限公司
發 行 人	高小娟
聯絡地址	235 新北市中和區中安街七二號十三樓
	電話：02-2923-1455 ／傳眞：02-2923-1452
網　　址	http://www.huamulan.tw 信箱 hml810518@gmail.com
印　　刷	普羅文化出版廣告事業
初　　版	2019 年 3 月
全書字數	199331 字
定　　價	十九編 33 冊（精裝）新台幣 64,000 元

湖上常留處士風——
晚清民初的西湖隱逸文學研究

任聰穎　著

作者簡介

任聰穎，1985 年 9 月生，山西文水人。在太原師範學院中文系漢語言文學專業獲文學學士學位。碩士就讀於蘇州大學文學院古代文學專業，研究中國近代文學，導師是馬亞中教授。博士就讀於華東師範大學思勉人文高等研究院江南學專業，師從胡曉明教授。畢業後在太原學院任教，講授中國文學史、書法等課程。發表過《「西泠吟社」考》、《柳如是與宋徵輿、陳子龍關係新證》、《失節遺民的自贖——以錢謙益、吳偉業為中心》、《龔自珍己亥戀情考》、《試論唐宋詩轉型的情感因素》、《論丘逢甲詩中的英雄意象》等文章。

提　　要

　　西湖隱逸精神是西湖文化多元內涵的重要一端，從唐宋至清代發展不輟。逮及晚清民初，由於時代變遷、社會轉型等緣故，此精神與前代相比產生較多新變。本文即以此為論題，結合西湖山水志書、與西湖相關者的詩文別集等材料，試圖繪出這一歷史階段西湖隱逸文學發展的軌跡，深味西湖隱士的文化心靈，繼而解決隱逸文化與社會轉型、傳統消亡的關係等問題。文學文本是論述的依託，文化考量則是論文的主題。

　　論文分四章。第一章敘述在太平軍攻奪杭州對西湖士人隱居場域的破壞及隱士對戰亂的回應，隱士詩詞中對亂離的書寫蘊含著文化憂患意識。這是西湖文化從喪亂走向復振的時代背景，也為下文西湖隱士的文化功業張本。第二章主要通過丁申、丁丙文瀾補闕和薛時雨、俞樾講學傳道等史實來凸顯懷抱隱逸理想的士人對戰後西湖文化恢復的重要意義，隱士結社之風的興盛也推動了西湖文化的復蘇。當湖山風物恢復舊觀後，他鄉、異族的詩人來此遊賞，受到隱逸精神的影響而萌生隱遁之志。第三章即以此為主題，並附及北京詩人胡俊章編輯《西湖詩錄》等內容，由此可見異鄉隱士對西湖文學的貢獻。辛亥革命後，杭州隱逸文化的中心有從西湖轉向西溪的趨勢。第四章以遺民詩人在西湖、西溪的文化活動為研究重點，將陳三立、周慶雲作為研究個案討論遺民守護文化命脈的意義，兼及西湖隱逸傳統對新文化運動的回應。

　　晚清民初的湖山隱者作為守護西湖傳統的主體，其身份尤須辨明。是否具有隱居的動機與隱居的事實是判斷的關鍵。文中與西湖有關的某些士人一般不被視為隱士，是由於其心跡沒有得到足夠的體認。本文通過詩文對其隱居的志行作了詳細的考察，向其心靈世界的開掘亦是頗為深入的。

目次

緒 論

　　斗酒彘肩，風雨渡江，豈不快哉。被香山居士，約林和靖，與
東坡老，駕勒吾回。坡謂西湖，正如西子，濃抹淡妝臨鏡臺。二公
者，皆掉頭不顧，只管銜杯。　　白云天竺飛來，圖畫裏、崢嶸樓
觀開。愛東西雙澗，縱橫水繞，兩峰南北，高下雲堆。逋曰不然，
暗香浮動，爭似孤山先探梅。須晴去，訪稼軒未晚，且此徘徊。〔註1〕

　　劉過這首《沁園春》詼諧奇詭，極富妙趣。其題為「寄辛承旨，時承旨
召，不赴」，然據《花庵詞選》，本詞題作「風雪中欲詣稼軒，久寓湖上，未
能一往，因賦此詞以自解」〔註2〕，更可見詞人創作之宗旨。詞中出現五位人
物，都是傑出的文學家，分別是唐代的白居易（香山居士）、北宋的林逋（林
和靖）、蘇軾（東坡老）、南宋的辛棄疾（稼軒）以及劉龍洲本人。辛棄疾是
詞作本事的當事者，暫置不論。詞作中出於假想的一個情節，即詞人被白、
蘇、林三人強行留住，「勒駕吾回」，不惟妙趣橫生，且值得深味：為何是此
三位強留詩人，而非他者？其實白居易、林和靖、蘇東坡在文壇享有盛譽，
唯有他們強行阻攔，才能使詞人暫息拜訪辛棄疾的腳步，與他們共賞西湖的
山色湖光。將他們與領銜南宋詞壇的辛棄疾並舉，恰能婉曲地表現詞人對辛
棄疾的頌揚之意。而此詞也確實憑藉其想落天外的構思、豪放灑脫的風格、

〔註1〕 劉過著，馬興榮校箋：《龍洲詞校箋》，南昌：江西人民出版社，1999年版，
　　　　第11頁。本文注引同一著作，首次注釋時標明著者、校點（箋注、翻譯）者、
　　　　書名、卷數、出版社、出版年、頁碼等信息，此後再引同書，版本信息從略，
　　　　以省篇幅。
〔註2〕 黃昇選：《花庵詞選》之《中興以來絕妙詞選》卷五，北京：中華書局，1958
　　　　年版，第261頁。又見馬興榮《龍洲詞校箋》第11頁。

諧諧風趣的語言，搔著辛公癢處，據岳珂《桯史》卷二所載，辛棄疾「得之大喜，致饋數百千，竟邀之去，館燕彌月，酬唱亹亹。」〔註3〕辛、劉相得，成就一段文壇佳話。

劉過選擇白、林、蘇三人與辛棄疾作比，固然有著身份相合，相擬得當的考量，卻也反映出這三人在南宋已經成為西湖人文標杆之事實。他們的共通之處，在於都懷有隱逸的理想，並落實到各自的人生之中。西湖，正是實現其理想的絕佳場域。

一、西湖隱逸精神的源頭

關於處士的隱逸形態，晉代王康琚《反招隱詩》寫道：「小隱隱陵藪，大隱隱朝市。伯夷竄首陽，老聃伏柱史。昔在太平時，亦有巢居子。今雖盛明世，能無中林士？放神青雲外，絕跡窮山裏。鵾雞先晨鳴，哀風迎夜起。凝霜凋朱顏，寒泉傷玉趾。周才信眾人，偏智任諸己。推分得天和，矯性失至理。歸來安所期，與物齊終始。」〔註4〕作者將隱於山林草澤者稱為「小隱」，以商周易代之際的伯夷為例；將隱於朝廷集市者稱為「大隱」，以東周任職柱下史的老聃為例。這兩人都處於社會動盪之時，是「迴避以求其道」、「去危以圖其安」者。當天下太平的盛明之際，亦不乏「隱居以求其志」、「靜己以鎮其躁」〔註5〕的盛世隱居者。隱士的生活雖然孤寒淒苦，但可以任隨本真，自由自適，達到與造物同始同終的境界，而非強迫自己違逆性情，失去自然的本性。劉過《沁園春》詞中的白居易、蘇東坡與林和靖與上述兩種隱士頗有相合之處。

（一）「湖山小隱」林和靖

林逋是宋代最著名的隱士。他結廬西湖孤山，二十年不入城市，以布衣終老，宋真宗以「和靖」之號諡之。他植梅為妻，蓄鶴為子，泛舟湖山間，盡享逍遙自得之趣。他寄跡湖上多年，吟唱不輟，為山水賦形，為自然傳神

〔註3〕岳珂撰，吳企明點校：《桯史》卷二，北京：中華書局，1981年版，第23頁。
〔註4〕蕭統編，李善著：《文選》卷二十二，上海：上海古籍出版社，1986年版，第1031頁。
〔註5〕范曄撰，李賢等注：《後漢書》卷八十三《逸民列傳第七十三》，北京：中華書局，1965年版，第2755頁。又見《文選》卷五十《逸民傳論》，第2213頁。

之作不知凡幾，但隨作隨棄，不欲以詩名自彰。林逋對梅花情有獨鍾，他的代表作「孤山八梅」，無一不是詠梅的佳作，如「疏影橫斜水清淺，暗香浮動月黃昏」、「雪後園林才半樹，水邊籬落忽橫枝」等佳句早已膾炙人口。這些詩作不僅賦予了梅花高雅脫俗的格調，也使其成為隱士高尚人格的象徵。從他的生平事蹟來看，無疑是符合隱於丘樊、棲身陵藪的小隱旨趣的。林逋自己也認同這種隱逸形態，其詩集中便有《湖山小隱》、《小隱自題》、《小隱》等數題來抒寫他隱居的生活狀況。如《湖山小隱》三首的前兩首寫道：

　　　猿鳥分清絕，林蘿擁翠微。步穿僧徑出，肩搭道衣歸。水墅香酣熟，煙崖早筍肥。功名無一點，何要更忘機。　其一

　　　園井夾蕭森，紅芳墮翠陰。畫巖松鼠靜，春塹竹雞深。歲課非無術，家藏獨有琴。顏原遺事在，千古壯閒心。　其二〔註6〕

　　詩中「猿鳥」、「林蘿」、「巖塹」、「紅芳」、「松鼠」、「竹雞」等意象無不顯示出詩人幽棲之地清雅出塵的意境。詩人不以功名為意，毫無機心，更表現了真隱士的情懷。詩人將這份情懷稱為「閒心」，閒心的內核乃是顏回、原憲安貧樂道、用行捨藏的精神。錢穆先生嘗言：「孔子又贊顏淵曰：『用之則行，捨之則藏，惟我與爾有是夫。』用者，用其道，非指用其身。能用其道，則出身行道。不能用其道，則藏道於身，寧退不仕。不顯身於仕途，以求全其道而傳之於後世。故士可以用，可以不用。可以仕，可以不仕。而社會有士，則其道乃得光昌傳播於天地間。」〔註7〕如果說置身林塹，與猿鳥鼠雀相親的生活情趣來自於莊學之摒除機心，物我俱化的精神，那麼以顏、原自比，正呈露出詩人在仕途經濟之外，執道守道，實現人生價值的儒學心曲。這種融化儒道精神的隱逸形態，林和靖雖以「小」稱之，我們卻不可忽視其大義之所在。

　　林逋的「小隱」並非一直呈現柔退、恬靜的狀態。當米面對政權的壓力與世俗的嘲諷時，他便會毫不猶豫地表現出狷介兀傲的一面。正如另一首《湖山小隱》所寫的那樣：

　　　道著權名便絕交，一峰春翠濕衡茆。莊生已憤鴟鳶嚇，揚子休譏螺蜓嘲。滴滴藥泉來石竇，霏霏茶靄出松梢。琴僧近借南薰譜，

〔註6〕　林逋著，沈幼征校注：《林和靖詩集》卷一，杭州：浙江古籍出版社，1986
　　　　年版，第7～8頁。
〔註7〕　錢穆著：《國史新論》，北京：三聯書店，2001年版，第186頁。

且並閒工子細抄。〔註8〕

談論權力名位者，詩人與之絕交，不將其視爲朋友。別人並不瞭解詩人的襟懷，面對他們的怒斥與譏嘲，詩人拈出鵩梟嚇鵷鸒、蠮蜒嘲螭龍的典故來反譏對方的淺薄。這些都反映出詩人之隱居生活是存在不愜之事的，但詩人對此並不縈懷，臨峰觀雨，汲泉烹茶，依然從容地在自然中安頓心靈。詩人與精通音律的僧人探討音樂，並借得琴譜，悠閒自得地抄錄。不僅可以窺得佛教精神對詩人的隱逸生活發生影響之事實，也能發現宋人性喜讀書、追求雅致人生的理性氣質。

林和靖是一個盛世隱居者。他所處的時代，北宋政權日益鞏固，對外戰爭日漸消弭，社會漸趨繁榮穩定。帝王推崇尊文抑武的國策，對隱士更是禮遇有加，認眞奉行「尊隱」的傳統，徵召、慰問不遺餘力。〔註9〕中國士人所期許的君臣遇合、君明臣賢進而行道於天下的理想，幾乎最容易在此時得以實現。這一時代的機遇對包括隱士在內的士人之誘惑是非常大的，而林逋仍然屢徵不起，始終與當政者保持一種疏離的關係。他在臨終前所作的《自作壽堂因書一絕以志之》便堅定而明確地表明了態度：

湖上青山對結廬，墳前修竹亦蕭疏。茂陵他日求遺稿，猶喜曾

無封禪書。〔註10〕

司馬相如在病逝前還撰寫《封禪書》，爲漢武帝歌功頌德。這種行爲是詩人不齒的。生在湖山間徜徉，有梅鶴相隨，死在湖山間長眠，有修竹相伴。這便是詩人最大的滿足。胡曉明師曾指出：「道的尊嚴，是士的尊嚴所在；道的價值是獨立於君權系統之外的另一種價值。」〔註11〕林和靖終其一生都不墮隱逸之志，未入君王縠中，始終執守著道德精神的自主性，葆有著爲士之尊嚴，這便足以令詩人自喜了。林逋之隱，乃是道與勢緊張關係的具象顯現。這首明志之詩則是詩人對白身捨勢就道之抉擇的最終肯定。

林逋的隱逸情懷與堅貞脫俗的品格，在當時即受到名流的推許。范仲淹有《寄贈林處士》一詩，云：

〔註8〕 林逋著，沈幼征校注：《林和靖詩集》卷二，第57頁。

〔註9〕 宋代尊隱之論，詳見張海鷗《宋代隱士隱居原因初探》（《求索》，1999年第4期）。

〔註10〕 林逋著，沈幼征校注：《林和靖詩集》卷四，第172頁。

〔註11〕 胡曉明撰：《眞隱士的看不見與道家是一個零》，《北京大學學報》（哲學社會科學版），2010年第3期，第31頁。

　　唐虞重逸人，束帛降何頻。風俗因君厚，文章至老淳。玉田耕
小隱，金闕夢高眞。罷釣輪生盡，慵冠鑒積塵。餌蓮攀嶽頂，歌雪
扣琴身。墨妙青囊秘，丹靈綠髮新。嶺霞明四望，岩筍入諸鄰。幾
佇簪裾盛，諸生禮樂循。朝廷唯薦鶚，鄉黨不傷麟。弔古夫差國，
懷賢伍相津。劇談來劍俠，騰嘯駭山神。有客瞻冥翼，無端預薦紳。
未能忘帝力，猶待補天鈞。早晚功名外，孤雲可得親。〔註12〕

　　這首詩除了對林和靖隱逸形象的細緻描繪外，更重要的是指出林的隱逸
有著「厚風俗」、「明禮樂」的教化意義，並認爲隱逸並非將政治理想完全遺
忘，而是期待著以道統匡正君統之失、裨補君統之弊的眞正機遇（「補天鈞」）。
范仲淹《桐廬郡嚴先生祠堂記》一文曾以君臣相得來表彰東漢高隱嚴子陵挺
立名教氣節的功德，而此詩更爲凸顯林和靖在培植宋代節義之風方面的崇高
社會價值。范仲淹對待嚴光和林逋的推贊難分軒輊，由他提出的挺立名節與
道德教化正是隱士精神最重要的內涵，這些精神將由後世的隱逸之士不斷傳
衍下去。

（二）「大隱」與「中隱」之辨

　　唐長慶二年（822）白居易從長安赴江南任杭州刺史，到任後，曾作《郡
亭》詩：

　　平旦起視事，亭午臥掩關。除親簿領外，多在琴書前。況有盧
白亭，坐見海門山。潮來一憑檻，賓至一開筵。終朝對雲水，有時
聽管絃。持此聊過日，非忙亦非閒。山林太寂寞，朝闕空喧煩。唯
茲郡閣內，囂靜得中間。〔註13〕

　　這種脫離朝政又不遁跡山林，於地方官任上尋求安逸的生活狀態，在詩
人退隱洛陽後，發展爲「中隱」的人生哲學。有詩云：

　　大隱住朝市，小隱入丘樊。丘樊太冷落，朝市太囂喧。不如作
中隱，隱在留司官。似出復似處，非忙亦非閒。不勞心與力，又免
饑與寒。……人生處一世，其道難兩全。賤即苦凍餒，貴則多憂患。
唯此中隱士，致身吉且安。窮通與豐約，正在四者間。〔註14〕

〔註12〕范能濬編集：《范仲淹全集》之《范文正公文集》卷四，南京：鳳凰出版社，
　　　2004 年版，第 72 頁。
〔註13〕白居易著，朱金城箋校：《白居易集箋校》卷八，上海：上海古籍出版社，1988
　　　年版，第 433 頁。
〔註14〕白居易著，朱金城箋校：《白居易集箋校》卷二十二，第 1493 頁。

　　無獨有偶，北宋蘇軾在杭州通判任上時，也曾作詩表現對「中隱」的肯定：

> 未成小隱聊中隱，可得長閒勝暫閒。我本無家更安往，故鄉無此好湖山。〔註15〕

　　有研究者認為，「大隱」、「中隱」內涵大致相同，既指既做官又當隱士的士人，又指亦官亦隱的生活形態。區別只在於大隱者是在朝為官，中隱者是在地方任職。二者可用「吏隱」統稱之。〔註16〕然而推敲起來，它們之間還是存在一些相異之處的。吏隱者理想的生活模式是既要有所作為、建立功業，又可以保持精神的自由自適和人格的自尊。其深層的心理機制乃是追求君統與道統可以保持一種均衡的態勢，君王能給予士人足夠的行道之空間，以期實現「兼濟」與「獨善」理想的融合貫通。然而正如朱熹所說，孔子之道未嘗一日行於天下。君統、道統不惟不能相合，而且君王之威權對臣子具有巨大的壓迫、威懾的力量。身處朝堂的「大隱」日日直面君王，似乎難以真正獲得優豫閒適的心境。東方朔可謂「隱於朝」代表，但他在朝中僅是做到了「避世全身」〔註17〕，其行為近乎滑稽的弄臣，可以博君王之寵卻不能獲得真正的尊重。這種近乎在夾縫中求生存的選擇，實不能算成功的隱逸方式。與此相較，「中隱」是對君王威權的逃離。在遠離君統壓力與權力鬥爭的地方邊郡，為官者可以獲得親近自然，葆育性靈的自由，也可獲得推行德政、教化黎民的權力，得以在小範圍內踐行「獨善其身」與「兼濟天下」相融合的人生理想。這正是白居易與蘇東坡標舉「中隱」哲學的原因所在。

　　悅己之性與治郡之功是白居易「中隱」價值的一體兩面。白居易在杭州，遊湖、觀潮、訪僧、賞花、招徠詩人聯吟酬唱，其生命狀態完全是閒散的，日常政務似乎成為餘事、贅疣，不願為之勞費心力。他的《郡亭》、《中隱》等詩作也偏於強調閒雅之樂。然而這並非有心懈怠，不願作為，而是其為政應簡要清通之主張的反映。面對關係民生大計的重大問題，白居易還是非常勤勉的。在擔任杭州刺史的短短三年裏，他便主持完成了修築錢塘湖湖堤，

〔註15〕題為《六月二十七日望湖樓醉書五絕》其五。見蘇軾著，馮應榴輯注：《蘇軾詩集合注》卷七，上海：上海古籍出版社，2001年版，第319頁。

〔註16〕霍建波撰：《隱逸詩研究——先秦至隋唐》，陝西師範大學博士學位論文，2005年，第164頁。

〔註17〕司馬遷撰：《史記》卷一百二十七《滑稽列傳第六十六》，北京：中華書局，1982年版，第3205頁

疏濬六井等民生工程。而他最引以爲傲的，仍是在文治教化方面取得的成就。其《留題郡齋》詩中有「更無一事移風俗，唯化州民解詠詩」〔註 18〕之句，便是明證。

北宋孤山僧智圓在《評錢唐郡碑文》中寫道：

> 使樂天位居宰輔者，則能以正道相天子，惠及於蒼生矣。見四海
> 九州之利害皆如西湖也，察邦伯牧長之情僞皆如縣官也；禮刑得中，
> 民無失所，如湖水畜泄以時也。仁心仁政，盡在斯文矣。〔註 19〕

白居易治杭的仁心仁政，使智圓聯想到如果他在朝中身居要津，必能匡扶君王，實現天下大治。然而歷史不可假設，白居易走上疏君遠朝的「中隱」之路才是事實。士大夫能否執正道、相天子、濟蒼生，癥結恐怕仍在道與勢之力量的消長變化。智圓眼中的白居易是個治世之能臣，而寄跡湖山、嘯傲自適的隱士白樂天之形象，則要從他遊杭憶杭的詩詞中找尋了。

蘇軾有詩云「出處依稀似樂天」〔註 20〕，又稱「未成小隱聊中隱」。蘇軾對白居易的文化受容固然有多個方面〔註 21〕，但對其治杭的功業與「中隱」思想的承繼則是最明顯的一端。蘇軾分別於熙寧、元祐年間兩次赴杭任職（初爲通判，後爲太守），均因在朝時政見與當道不合而請求外調，這同白居易自求刺杭的經歷相似。到杭後吟詠不輟、提倡風雅、疏濬湖葑、溝通六橋，亦與白居易在杭州的事功相類。不同之處在於，白居易遊憩湖山，乃求身體之閒適；蘇東坡徜徉湖山，乃求心靈之解脫。白居易對山水多靜觀，尙有物我之痕跡；蘇東坡置身山水間，已將生命與自然同化。以白居易詠西湖最有名的《錢塘湖春行》而論，該詩固然形象地寫出春日湖畔草長鶯飛、花光迷人的生機，但「爭」、「啄」、「迷」、「沒」等詞顯得頗爲用力，詩人從旁觀的視角觀照春光，自身的生命與自然的生命是疏離的。不若蘇東坡「放生魚鱉逐

〔註 18〕　白居易著，朱金城箋校：《白居易集箋校》卷二十三，第 1563 頁。

〔註 19〕　智圓著：《閒居編》第二十五，見藏經書院編《續藏經》第 101 冊，臺北：新文豐出版公司，1994 年版，第 125 頁。

〔註 20〕　《予去杭十六年而復來，留二年而去。平生自覺出處老少粗似樂天，雖才名相遠，而安分寡求亦庶幾焉。二月六日來別南北山諸道人，而下天竺惠淨師以醜石贈行，作三絕句》其二，見蘇軾著，馮應榴輯注：《蘇軾詩集合注》卷三十三，第 1675 頁。

〔註 21〕　張海鷗撰：《蘇軾對白居易的文化受容和詩學批評》，見《第二屆宋代文學國際研討會論文集》，2002 年 8 月，第 324～348 頁。

人來，無主荷花到處開。水枕能令山俯仰，風船解與月徘徊」〔註 22〕之一派生機流行。魚鱉逐人而毫不畏懼，荷花無主而隨處綻放，這是生命的真自由。俯仰、徘徊之語則表現詩人與山、風、水、月生命相契，共同呼吸的適意與快樂，真正達到物我俱化的境界。

白蘇二人對「小隱」的態度也是不同的。白居易以為「丘樊太冷落」，隱居於此難免有肢體之勞，飢寒之虞，不若隱於官署，既清閒又行藏自如。蘇軾則更推尊「小隱」，有「未成小隱聊中隱」之論，認為「中隱」是在求「小隱」而不得後的折衷做法。這種微妙差異的產生，當是受唐宋不同的時代精神影響所致。初盛唐時期，隱居不仕曾備受推崇，成為士人一種重要的生活方式。然而中唐以後，社會上卻泛起一股無人仰慕高賢的風氣。〔註 23〕白居易是中唐時人，受時代風氣的影響，不贊同清苦孤寂的出塵生活亦無可厚非。逮及宋朝，朝野上下流行「尊隱」之風，隱者的道德優勢和個人尊嚴得到廣泛的認同。在這種情況下，蘇軾以「小隱」為尊也就不難理解了。《書林逋詩後》一詩中有「吳儂生長湖山曲，呼吸湖光飲山淥。不論世外隱君子，傭兒販婦皆冰玉。先生可是絕俗人，神清骨冷無由俗」〔註 24〕諸句，盡是蘇軾對隱士林和靖的讚美與推重。詩中也透露出一個訊息，即在當時的西子湖畔，不獨飽讀詩書的士大夫，就連普通勞動人民也擁有高潔脫俗的品質。這種風尚或由佳山麗水之清雅地氣而造就，更重要的是由於受到有宋一代人文精神的薰染陶冶而成，而林和靖等隱逸之士的榜樣效應也不容忽視。

「中隱」之士產生的文化背景是較為複雜的。簡而言之，同君王權威與權力鬥爭的疏離既受道家遁世保身的思想影響，也與儒家「窮獨」的精神息息相關。任職之地山水風物可以排遣煩悶，可以寄託性情，可以安頓生命，則與佛家的出塵精神、道家的齊物精神相伴相生。身為一方官長，關心民生疾苦，是儒家民胞物與情懷的投射。而興修水利、賑災濟民、振興文教等事功之舉，又是儒家「兼濟天下」理想的縮影。白居易、蘇東坡這樣的「中隱」之士有著將儒釋道精神搏合融化，構築自足自適之精神世界的智慧，而他們本身亦成為西湖之畔深具文化品格的典範人物意象而影響久遠。

〔註 22〕蘇軾《六月二十七日望湖樓醉書五絕》其二。見《蘇軾詩集合注》卷七，第 318 頁。
〔註 23〕胡曉明撰：《真隱士的看不見與道家是一個零》，第 30 頁。
〔註 24〕蘇軾著，馮應榴輯注：《蘇軾詩集合注》卷二十五，第 1273 頁。

二、西湖隱逸精神的流變

在西湖隱逸文化發展的過程中，白居易、蘇軾和林逋深具原型的意味。他們的隱逸形態成為後世隱居於西湖者模仿的範式，他們的精神品格亦為後世隱居者的心靈世界打下深刻的烙印。雖然如此，不同時代的隱士之精神仍漸有新變。如宋末元初遁跡湖上的張炎、周密、汪元量等更多地表現出心繫故國、抗議新朝的遺民精神；元代的西湖隱士如貫雲石、楊維楨等則將姿態放低，俯身市井，在凡俗的生活中安頓生命；中晚明的西湖隱士如馮夢楨、董其昌、張岱、汪汝謙等完全將隱逸生活藝術化，隱士與才媛名妓的交遊成為新的風尚；經歷過明末清初乾坤傾覆的陣痛，清代前中期的西湖隱士從堅守名節、對抗異族統治的逸民、遺民（如「西泠十子」）轉化為精研學術、藝術而不求聞達的學人、藝術家（如厲鶚、杭世駿、金農、丁敬等）。由白、蘇、林開創的西湖隱逸傳統繩繩相續，隱士的精神內涵也不斷擴容。

千百年來，隱士傳統與英雄傳統（以錢鏐、岳飛、于謙、張煌言等為代表）、帝京傳統、閨秀文化傳統（以朱淑真、曹妙清、林天素及隨園、碧城女弟子等為代表）、佛教文化傳統等一起支撐起沉博唯美的西湖文化精神。西湖淵雅絕俗的人文精神與清麗出塵的山水勝境相得益彰，不僅使三吳兩浙的文人士子沉醉是鄉不願離去，也吸引著他鄉甚至異國慕名者的遊屐。到了清代乾嘉以後，西湖文化已發展為一個完全的成熟體。隨著歷史車輪駛入近代，整個古老的中國都將經歷涅槃重生前的陣痛，西湖也難以逃脫盛極而衰的劫難。太平天國運動後期，太平軍兩次攻入杭州，西湖遭受了前所未有的文物之劫，湖上的寺廟、祠堂、書院、乾隆帝南巡的行宮幾乎被戰火焚燒殆盡，東南佛國不復存在。清朝覆亡前後，西風東漸之勢空前強烈，社會風氣都發生劇變，更使西湖面臨著一往不復的文化之劫。西式洋樓修築在南宋宮殿的故址之上，清代中興諸將的祠廟更替為革命軍紀念堂，臨湖低吟的閨秀才人被追求自由的新女性所替代，這些都折射出當時西湖傳統文化日益收縮的態勢。在這種岌岌可危的形勢下，維繫一線生機者，只有那些隱跡湖上、不願與世俯仰而依然有所堅守的士人。清末詩僧敬安在遊覽孤山，拜謁林和靖墓時寫道：「湖上常留處士風，千秋高潔有誰同？道通天地陰陽外，魂在梅花香雪中。」〔註25〕既表達對林和靖高隱情懷的推許、仰慕之意，亦點出西湖是

〔註25〕釋敬安《題孤山林處士墓廬》，見釋敬安著，梅季點校：《八指頭陀詩文集》，
　　　　長沙：嶽麓書社，1984 年版，第 20 頁。

隱逸文化之淵藪，孤兀高潔、與天地精神相來往的隱士心靈傳遞千載，及至近代仍是如此。這批最後的湖上隱士並不是林和靖那樣的盛世隱居者，他們敏銳地感知著來自末世的焦慮，同時更加執著地守護著內心的淨土。如何在殘缺的湖山中安頓生命，如何在亂離之後重建西湖的文化景觀、恢復西湖的人文傳統，如何使人生價值在山水中得到滿足等命題，都將在下文中進行論述。值得注意的是，「小隱」與「中隱」的傳統，仍然各司其職般地存在著。身處末世的「小隱」逐漸向文化遺民轉化。而「中隱」也由吏隱的形態分化出亦商亦隱、亦教亦隱等模式。隱士身上體現著的道統與君統的緊張，逐漸替變爲守成與趨新的矛盾，而這仍是一種道勢相爭的關係。

三、有關西湖隱士之文獻及研究綜述

（一）撰寫本文所依託的文獻之簡述

本文以晚清民初隱居於西湖之畔的士人作爲主要研究對象。有關西湖的文獻材料，舊以清人丁丙編著的《武林掌故叢編》最爲完備，該叢書收錄五代至清光緒年間與杭州有關的文史著作，分爲 26 集，其中《庚辛泣杭錄》記錄杭州在清軍與太平軍的戰爭遭受劫難的史事，甚爲重要。2004 年杭州出版社刊行的《西湖文獻集成》已將《武林掌故叢編》中涉及西湖、西溪的大部分文獻收入，更新增了光緒以後乃至現代的當地材料，如《西湖新志》、《說杭州》等爲民國年間所著，對研究近代西湖文化大有裨益。晚清民初在三竺六橋間隱居之人數不勝數，地方志不能備載，又無專書進行介紹，欲窺見隱逸情形之概貌實爲不易。筆者嘗翻閱與近代西湖有關的士人之別集百餘種，分別摘錄其吟詠湖山的詩文，稍加刪汰，彙爲一編，稍可滿足研究需要。近代報紙雜誌等新興傳媒非常興盛，西湖作爲天下勝景，爲其撰文投稿者數量亦極龐大，筆者也曾從《瀛寰瑣記》、《侯鯖新錄》、《國粹學報》等刊物中酌情搜羅相關稿件，以備參考之用。

（二）隱士文化之研究綜述

隱士與隱士文化這一主題，一直是學界研究的熱點。早在 1943 年，即有蔣星煜所著的《中國隱士與中國文化》（由重慶中華書局出版）一書問世，這是目前可見的最早研究隱士文化的專著。該書從隱士的名稱、隱士的分類、隱士的政治經濟生活、隱士的地域分佈及隱士與文學、繪畫的關係等十個方

面較爲全面地分析了隱士在歷史上存在的狀況，論述嚴密，引徵廣博，爲後來的相關研究開闢了門徑。然而，作者對隱士的態度卻頗爲消極，認爲隱士的離群索居不利於國計民生。〔註26〕在隨後的較長一段時間裏，隱士的研究甚爲沈寂。直到上世紀九十年代前後，此類研究才重新繁榮起來，直到現在仍未衰歇。重要的著作有《中國隱士》（聶前雄著，湖南文藝出版社 1991 年版）、《隱士與解脫》（冷成金著，作家出版社 1997 年版）、《隱士與中國文學》（李生龍著，湖南教育出版社 2003 年版）、《中國隱士：身份構建與社會影響》（胡翼鵬著，社會科學文獻出版社 2011 年版）等。這些著作不僅研究更爲深入，而且多能對隱士做出積極的評價，肯定隱士挺立節義的人生價值。〔註27〕2006 年，美國學者波爾・波特所著的《空谷幽蘭》（當代中國出版社）在中國出版，這是一本記述作者探尋現代中國隱士的著作，反映出海外學者對中國隱逸文化的興味和關注之深，更以實地考察的方式肯定了隱士傳統從未斷絕、一直綿延至今的頑強生命力。

　　進入新世紀以來，有關隱士文化的碩博論文已有二十餘篇，基本上屬於隱士文化及隱逸文學的斷代研究，如《明初隱士現象初探》（王恩俊撰，東北師範大學 2002 年碩士學位論文）、《先秦隱逸思想及先秦兩漢隱逸文學研究》（蕭玉峰撰，四川大學 2006 年博士學位論文）、《隱逸詩研究：先秦至隋唐》（霍建波撰，陝西師範大學 2006 年博士學位論文）、《仕與隱：唐宋文人典型個案研究》（邵明珍撰，華東師範大學 2011 年博士學位論文）、《宋代隱士研究》（陳瑤撰，安徽大學 2014 年碩士學位論文）等，尚未涉及清代的隱逸情況，更遑論近代。研討隱逸地域的學位論文，僅見《古代廬山隱士文化研究》（童子樂撰，華中師範大學 2013 年碩士學位論文）一篇，尚無專論西湖隱士者。

　　相關的期刊、會議論文有近百篇，其中不少文章涉及隱逸文化的思想源流，隱逸傳統與山水文學的關係，隱士的身份特質與價值觀以及中外隱士的比較等命題，篇目較夥，故不在此處詳細列舉。除此之外，隱士個案也是研

〔註26〕未對隱士做出正面評價的，尚有魯迅、錢鍾書等。他們從統治者的角度看待隱士，認爲隱士是反統治反規範的消極力量，甚至否認眞隱士的存在。詳見胡曉明《眞隱士的看不見與道家是一個零》第 27～29 頁。

〔註27〕冷成金對「中隱」評價不高，認爲中隱將「以矯正現實政治爲天然使命的隱逸文化蛻變成爲人的世俗生活服務的蟬女。」（冷成金著：《隱士與解脫》，北京：作家出版社，1997 年版，第 116 頁。）其實「中隱」是一種退守和隱忍的生存智慧，既有明哲保身的意味，也有相時而動的精神。「中隱」是隱士文化與時俱進的發展，而非向世俗同化。

究的重點，且以討論宋前逸民爲多，如《論李白的隱逸》（裴斐撰，《江漢論壇》，1981 年第 1 期）、《試論陶淵明的歸隱》（盧洪昭撰，《撫州師專學報》，1983 年第 2 期）、《陸龜蒙的隱逸及其與文學的關係》（韓雲波撰，《西南師範大學學報》，1987 年第 6 期）、《二十世紀中國的隱士──馬一浮》（陳銳撰，杭州師範學院學報（社會科學版），1991 年第 4 期）等。其中最值得關注的胡曉明師所撰《從嚴子陵到黃公望：富春江的文化意象──〈富春山居圖〉的前傳》（《第三屆江南文化論壇論文彙編》，2014 年 10 月）一文中對元代隱士黃公望和東漢高隱嚴子陵的論述。文章破解了《富春山居圖》中隱藏著的黃公望推崇嚴子陵的內心隱秘，論析了從六朝到宋元富春江意象中嚴子陵符號意蘊的流變，進而做出嚴子陵意象暨隱士精神的主調乃確立士的尊嚴的判斷。雖然作者的視野早已突破隱士的範疇，觀照著《富春山居圖》和富春江意象在中國文化史上的價值，但有關嚴子陵意象的討論依然對隱士文化的研究有著深刻的啓迪意義。另外，先生尚有名爲《眞隱士的看不見與道家是一個零──略說客觀的瞭解與文學史的編寫》（《北京大學學報》哲學社會科學版，2010 年第 3 期）的文章論及嚴子陵及當代隱士賴高翔先生。本文從道統的角度理解隱士問題，不僅對魯迅、錢鍾書的「假隱論」進行了反撥，還從錢穆論士的言論及《後漢書‧逸民傳論》中歸納出隱士傳統的眞正內涵，即堅持道德精神的自主、創造柔退的歷史及肯定生命尊嚴的意義。這些論斷是打開隱士全副生命密碼的密鑰，筆者將以之作爲晚清民初西湖隱逸文化研究的理論支撐。

（三）近代西湖文化研究綜述

以西湖文化爲研究對象的論著不可勝計，僅在中國知網可檢索到的論文便有一千篇以上，然而將時間範圍縮小到近代，相關研究成果便寥寥可數，討論西湖隱士的論著更是罕見。有一些涉及西湖士人的個案研究，如《清末民初三多詩詞研究》（李桔松撰，內蒙古大學 2013 年碩士學位論文）、《俞樾詩詞研究》（冀穎潔撰，湖南大學 2010 碩士學位論文）等，雖然這些士人的確曾在西湖隱居，但隱逸的心態、隱居的模式以及對西湖文化的回饋效應都不是論文研究的重點。若將他們視爲隱士，上述問題便有著重新討論的必要。另外，西子湖畔一直有著文人結社聯吟的傳統。庚辛之難後，江順詒、錢國珍等舉行銷寒雅集，丁丙、吳兆麟等組織「鐵花吟社」，這些詩人的身份都可視爲隱士，結社活動構繫起隱士交誼的網絡，亦可以將其視爲西湖文化從危

機走向恢復的重要表徵。《鐵華吟社及其文學創作》（祁高飛撰，《齊魯學刊》，2012 年第 05 期）、《「鐵花吟社」的社詩總集與集會唱和》（朱則傑撰，《詩書畫》2013 年第 2 期）、《「西泠吟社」考》（任聰穎撰，《古代文學理論研究》第 39 輯，2014 年 12 月）等論文對此有著較爲詳細的論述。有關民國以來西湖文化衰亡主題的論文，以曾慶雨的《興亡千載話雷峰——試論雷峰塔意象的古今演變》（《第三屆江南文化論壇論文彙編》，2014 年 10 月）爲代表。作者以西湖意象群中最有滄桑感的雷峰塔意象的歷史興衰爲切入點，探析新舊交替之際時代的憂患和傳統士人靈魂皈依的困境。爲雷峰塔書寫輓歌的詩人有很多，陳曾壽是最著名者。這位在辛亥革命後退居西湖的遺逸詩人以雷峰塔的傾圮寄託對傳統道德文化崩塌的惋惜和無奈。作者還借魯迅與陳曾壽對雷峰塔傾圮的不同態度分析了中國文化發展過程中的二律背反現象。西湖意象與西湖隱士也引發了海外漢學界研究的興趣。日本京都大學金文京教授撰寫的《西湖在中日韓——略談風景轉移在東亞文學中的意義》較爲重要。本文收錄於石守謙、廖肇亨主編的《東亞文化意象之形塑》（臺北允晨文化實業股份有限公司，2011 年）一書中，論及西湖十景名稱的由來，西湖風景的城市化、小景化，西湖風物模式向日本、韓國的轉移及日韓對西湖文化的接受和新變等內容，甚有新意。內中有討論「大隱」與「小隱」一節，對本文立論較有影響。作者認爲「大隱」、「小隱」在商業繁榮之後，逐漸轉化爲「市隱」。「市隱」是指隱居於城市與山林的邊緣，優游於出世與入世之間的隱逸形態。我們並不否認市隱者的存在，但作者以林和靖爲市隱者之說，則可商榷。作者嘗言：「林逋嚮往古圖中漁樵生活，卻寄居於離城市不遠的西湖孤山。商業城市的繁華與山水漁樵之樂，可以兼享，小隱亦可作大隱。」又說：「林逋、邵雍之流的小隱，就其具體生活形態而言，無非是市隱。」然而客觀上說，林逋是宋初人，當時杭州城市規模並非很龐大，遠遠比不上南宋臨安城之宏偉。南宋時市井之氣能圍繞全湖，北宋初年卻並非此等氣象。當時西湖與後世相比幽寂得多，孤山又在湖心，正是出世高隱之地。從林逋的生活情形看，他二十年不入城市，絲毫沒有表現出追逐城市繁華的趣味，正是完全的山林隱士。林逋對自身「小隱」的定位是不可置疑的。

　　西溪地處西湖西偏，山水幽寂，也是重要的隱士遁跡之處，探析隱士文化時不應將其遺漏，與西溪有關的論文也應進行考察。浙江大學朱則傑教授對西溪文學甚爲關注，由他撰寫的《清代杭州西溪詩詞叢考》（《杭州師範大

學學報》社會科學版，2009 年第 6 期）、《清代杭州西溪詩詞鳥瞰》（《杭州師範大學學報》社會科學版，2012 年第 1 期）既是對相關作品的疏理、考證，也在一定程度上反映出詩詞的作者們在西溪的生活軌跡。其中丁丙、丁立中、丁立誠等身份是隱士，生活在近代，他們的作品可視爲近代西溪隱士文學的代表。民國時期西溪最有名的士人當數周慶雲。他是一位儒商，曾多次遊歷、卜居此地，不僅以詩詞描繪西溪的風物，還出資修建秋雪庵、兩浙詞人祠，編纂《靈峰志》、《西溪秋雪庵志》，撰寫《杭州西溪奉祀歷代兩浙詞人姓氏錄》，使西溪的人文精神的得以發揚光大。《周慶雲的西溪情緣》（李劍亮撰，《浙江工業大學學報》社會科學版，2006 年第 2 期）對其生平及在西溪的文化功業、詩詞創作進行了初步的討論。周慶雲亦商亦隱的人生形態以及他留下的豐厚的文化遺產尚有較大的研究空間，值得研究者爲之付出努力。

綜上可見，有關隱逸文化和西湖文化的研究已經碩果累累，將西湖與隱士聯繫起來進行通觀考量的論著則較爲鮮見，晚清以降的相關論述更爲稀少。如果說西湖的隱逸文化以唐宋盛世隱居的形式發軔，宋元、明清之交產生的遺民精神爲西湖隱士注入了剛健之氣，中晚明藝術化的人文精神爲西湖隱士增添了自由自足之風，那麼晚清民國西湖隱士固守傳統的堅定執著則是隱逸文化的結穴所在，其價值不弱於任何時代的隱士。而當前研究情況與近代西湖隱士所具有的文化意義是不相符的。筆者正是欲裨補這一缺失而撰寫此篇論文，希望透過對晚清民初西湖隱者之詩文及其他史料的解析，能夠較完整地展現其文化活動的風貌，進而揭示其心靈世界而不至有所偏差。

第一章　隱遁家園的毀滅

　　北宋時西湖有一隱士名徐復，精通象數之學，隱居萬松嶺，仁宗賜號「沖晦處士」，與林逋齊名。他曾說：「子子孫孫不得離錢塘，以永無兵燹也。」〔註1〕若將其視為命理家之預言，那這個預言是不準確的，因為距仁宗朝不遠的徽宗宣和年間杭州便發生方臘之變，百姓多有死傷。此言其實反映的是一個隱士對幽居之地永遠平安的祈願。雖然在北宋至清初的數百年間，兵禍戰亂間有發生，但對湖山風物之破壞尚不甚嚴重，幽隱之士尚可棲身草澤，保全性命，執守名節。然而清咸豐十年（1860）至同治二年（1863）間太平軍與清軍兩次攻奪杭州城，造成的後果則極為慘烈，城中居民罹難者十之八九，湖上文物遭破壞亦不知凡幾。戰後的西湖髡柳殘堤，已非往昔幽居的樂園，僥倖未死的隱士們用慘淡的筆墨，追述著湖山舊日的風貌，書寫著生死離亂的記憶。如高望曾《湖上八首》：

　　　　十里平湖積葑齊，更無人上白公堤。鶯鶯燕燕都飛盡，剩有鳹鷓水上啼。

　　　　何處還尋十景亭，巋然一塔認南屏。樓臺金碧都搖落，雲外雙峰依舊青。

　　　　寶剎琳宮付劫灰，荒營幾處陣雲堆。垂楊斫盡無春色，休問孤山處士梅。

　　　　風篁嶺上幾人家，憔悴紅顏唱採茶。莫道風光全歇寂，荷花桂

〔註1〕陳文述《西泠懷古集》之《萬松嶺訪徐沖晦舊居》，見王國平主編《西湖文獻集成》第27冊，杭州：杭州出版社，2004年版，第200頁。

子一些些。

　　六飛巡幸記當年，此地趨班覲聖顏。畫棟已隨秋草沒，金泥玉冊滿人間。

　　乾坤正氣薄風雲，不共崑岡玉石焚。指點鐵囚無恙在，道旁人指岳王墳。

　　十二紅橋路不通，無情芳草碧叢叢。黃金銷盡鍋無恙，回首南朝一夢中。

　　瘦筇出郭任蹐攀，焦土蒼茫夕照間。便有白蘇賢太守，也難妝點舊湖山。〔註2〕

　　組詩通過今昔盛衰的對比，繪出湖山遭劫後蕭颯悽楚的景況。戰亂對西湖風物文化的破毀是全方位的。不僅金碧輝煌的樓臺殿宇不復存在、鶯歌燕舞的歡欣場景難以再逢，就連象徵隱士精神的孤山梅樹亦遭到砍斫、承載文化精髓的金泥玉冊也流失亡逸。往日的人文淵藪變得滿目瘡痍、焦土蒼茫，但芳草萋萋而生、青峰依然挺立。詩人在夢幻般的今夕之慨中，仍能感受到湖山生命那躍動的脈搏。如果說「莫道風光全歇寂，荷花桂子一些些」已經透露出劫後新生的訊息，那麼「乾坤正氣薄風雲，不共崑岡玉石焚」，更顯示出詩人對西湖文化精神長存不滅的信念。從毀滅到振起是晚清西湖文化的發展軌跡，亦是晚清西湖文學的重要主題，而這一主題與脈絡的書寫者，尤以胸懷隱逸理想的士人為多。

一、亂離時代的湖山隱者：以蔣坦、魏謙升為例

　　咸豐庚辛之役不僅是湖上風物的劫難，更使杭州的太半生靈化為猿鶴蟲沙。民國鍾毓龍《說杭州》引《湘軍記》：「杭州城內外男女八十一萬口，及復城才七萬口。蓋兩次兵革，死於兵、死於餓、死於自殺及被捕而不返者，誠不可以數記也。」〔註3〕這是出自史家筆法的客觀敘述。而詩人高望曾的《還鄉雜詩》則將杭州克復後人煙闃絕的慘淡景象描繪得觸目驚心：

　　山行不逢人，尚餘豺虎跡。下馬讀殘碑，道旁小歇息。鄉人荷

〔註2〕　高望曾撰：《茶夢庵劫餘詩稿》卷四，《清代詩文集彙編》第 677 冊，上海：上海古籍出版社，2010 年版，第 607 頁。

〔註3〕　鍾毓龍撰：《說杭州》之《說兵禍》，見王國平主編《西湖文獻集成》第 11 冊，第 350 頁。

擔來，累累此何物？前肩掛髑髏，後擔束骸骨。爲言荒邨中，狼藉無人卹。官局論斤買，易米計亦得。敗骼擾牛羊，眞僞孰能別。山南淨慈旁，山北棲霞側。荒冢何紛紜，千魂共一穴。杭城收復後，官紳設局，收買屍骨，每斤八文，於南山淨慈寺旁，北山棲霞嶺各瘞十餘冢，八百斤爲一冢。豈無忠與貞？豈無豪與傑？身後誰得喪，都付一邱貉。俯首念妻孥，淚下衣襟濕。〔註4〕

　　由此可以推知，當時湖上的隱士大抵難逃此劫，困餓而死者，抗節而死者比比皆是。隱士中甚有名望而殉節者，當數戴醇士，他可爲「中隱」的代表。「小隱」之殉難者大多生時聲名不著，死後更窅然無聞。其中有名蔣坦者，能留詩名於後世，而生平經歷又坎壈非常，這對於身爲隱士的他是幸運還是不幸呢？

　　蔣坦字平伯，一字藹卿，浙江錢塘人。他出身鹽商世家，而喜讀書，工於詩文，擅長書法。科考不利，便棄去舉子業，樓居湖上，一心作起了隱士，嘗作《西湖雜詩》一百首。蔣坦爲後人所知，主要因爲他著有《秋燈瑣憶》這篇記敘他與愛妻關鍈（「秋芙」其字）閨中樂趣兼具悼亡深情的筆記小品，其纏綿繾綣處堪與冒辟疆之《影梅庵憶語》相頡頏。有關此文的論述甚多，茲從略。

　　據武林掌故叢編本《西湖雜詩》卷首《蔣文學傳》〔註5〕所載，蔣坦的隱居生活以其妻關鍈逝世分爲兩期。關鍈逝於咸豐五年前後。在她逝前，社會尚稱熙和，蔣坦家資還很豐饒，嘗築別墅「枕湖吟館」於松木場之水磨頭，與妻共居禮佛。蔣坦與關鍈平素喜歡泛舟西湖，孤山是他們經常遊覽之地，夏日炎熱時，亦曾赴西溪避暑、理安寺聽禪。夫妻二人性情均倜儻好客，平居之時，高朋滿座，聯吟不已，枕湖吟館近乎一個文學藝術的沙龍。在夫妻偕隱的時期，蔣坦是快樂無慮的，其性情得到了眞正的舒張。不僅家庭生活幸福美滿，他與朋友間的交往也愉快稱意，可以說眞正享受到了身爲隱士的快樂。然而，隨著愛妻的逝去，蔣坦的生活急轉直下。他撰寫《秋燈瑣憶》，

〔註4〕　高望曾撰：《茶夢庵劫餘詩稿》卷六，《清代詩文集彙編》第 677 冊，第 622 頁。

〔註5〕　臺灣學者胡曉眞認爲此傳爲丁丙所撰（胡曉眞《離亂杭州——戰爭記憶與杭州紀事文學》，《東吳學術》，2013 年第 1 期，第 90 頁），然據《蔣文學傳》末尾丁丙附記，此文當是丁氏錄自鎮海陳繼聰所撰《忠義紀聞》，初名《藹卿列傳》。

並不能釋放喪妻之痛，便寄情歌場，生活落拓無聊，漸漸將資產揮霍殆盡。偕隱之樂再不可得，文友亦不復登門，身旁只有一子一妾相隨。然而即使在盤飧不繼之時，蔣坦仍然吟詠不輟，不爲屈志辱身之事，保持著身爲隱士的尊嚴。未幾，太平軍攻佔杭州。蔣坦及家人在戰火中僥倖得活，但社會秩序紛亂，湖山殘破，已非宜居之地。於是在太平軍退走之後，蔣坦偕子、妾及親戚數人到慈谿投靠友人王景曾。隨著杭州局勢漸趨好轉，蔣坦便有思歸之意。他當時窮困潦倒，友人爲其籌措歸資後，始得回到故鄉。孰料戰事又起，杭州再次被圍，蔣坦一家只得藏匿在斷壁殘垣中，備受飢寒與恐懼的煎熬。等到杭州城破之時，他們都已凍餓而死了。去世時蔣坦年約四十。蔣坦有《息影齋初存稿》、《集外詩》、《愁鸞集》傳世。關鍈著有《三十六芙蓉館詩存》、《夢影樓詞》。

　　胡曉眞曾不無感慨地寫道：「當年放舟兩湖荷芰之間，厭聽城中市聲的蔣坦以及許多與他一樣的杭州文人雅士，何曾一念及於戰爭，然而一旦兵臨城下，那麼離亂之苦便將抹去一切，使得他們最終成爲幸存者的戰爭記事中的一個模糊受難形象。」〔註6〕更值得感歎的是，蔣坦年輕時家有鉅資，曾廣交好友，但在他落難時進行救助的，僅有王景曾一人。或許蔣坦能夠理解亂離中人人都有自顧不暇的苦處，也無意在奔走逃生之際對炎涼之事發出感喟。他只是一個受難者，一個經歷過盛世隱居、夫妻偕隱，經歷過喪偶之痛、貧寒漂泊之苦最後罹難的隱士。如果說蔣坦的隱逸生涯充滿了悲劇性，反映出雅人深致的理想選擇不能與戰爭的暴力、命運的殘酷相抗衡的話，那麼魏謙升的人生抉擇則表現出一種樂觀從容的心靈能量。

　　魏謙升，字滋伯，仁和縣人。工書善詩，隱居西馬塍近五十年，與同好結社聯吟，著述不輟。早年曾參與東軒吟社之酬唱，著有《書三味齋稿》。他的妻子周琴（一名「暖姝」，「來音」其字）也擅長書法，世人將他們比作鷗波夫婦（按，即趙孟頫仉儷）。與蔣坦相比，這是一位前輩詩人，關鍈曾跟從他學習書法。庚辛之役發生時，魏謙升仍在湖畔隱居，他的經歷，《清史稿》有著簡略的記載：

　　　　賊〔按，此乃清朝士大夫對太平軍之蔑稱。當時文獻中此類稱
　　　　謂甚多，下文不再一一注明。〕自湖州逼省城，家當其衝，或諷宜
　　　　移居避之，不應。賊火其廬，乃挈妻子走靈隱山中。賊退，僑寓城

〔註6〕 胡曉眞撰：《離亂杭州──戰爭記憶與杭州紀事文學》，第90頁。

中，嘯歌不輟，自號無無居士。城再陷，謙升方老病，驅至萬安橋
下死，妻周氏同時殉節。〔註7〕

魏滋伯只是一介無拳無勇的老書生，面對來犯之敵，卻不避鋒芒。房屋
被燒毀後，一無所有，不得不棲身靈隱山中，僑居他人廬下，但全無畏葸困
頓之狀。他繼續吟詩嘯歌，還頗具幽默意味地取一個「無無居士」的別號。
最後他應當是被太平軍殺害了。通過這些記述，我們可以發現，魏謙升面對
強權時有一股兀傲之氣，身處困境時又有著一種從容達觀的精神。這便與蔣
坦的傷情自棄、匆慌避難很不相同。魏謙升的這些表現似與蘇東坡較為相似。
他是否會借蘇東坡自勵呢？魏的詩集今已不存，不過我們可以從他友人張應
昌的著作裏找到一些線索。

（1）道光二十六年（1846），張應昌有一詩，題為《錢秋峴夏日居湖上
蘇公祠，湖水熱而祠中無井，無以濟沉瓜汲水之需，相地脈謂秦淮海祠前當
有泉，鑿之果得，且清而甘，魏滋伯以坡公詩意，名之曰「雪乳」，而為之銘，
秋峴因勒石徵詠》〔註8〕

蘇軾《白鶴山新居鑿井四十尺遇磐石石盡乃得泉》有「晨瓶得雪乳，莫
甕停冰湍」〔註9〕之句。錢秋峴在秦淮海祠前鑿井，魏謙升用蘇詩之典將井水
命名為「雪乳」，都是對蘇東坡雅致生活的模仿，甚有致敬之意。

（2）咸豐二年（1852），張應昌作《小除日偕滋伯、綱士、韻梅湖上餞
歲用坡公詩韻》詩：「前日山，今日湖，老年卒歲一事無。杖頭三百換一斗，
提壺早有春鳥呼……」〔註10〕

此詩乃用蘇軾《臘日遊孤山訪惠勤惠思》詩韻。張應昌有此步韻之作，
同遊之魏謙升亦當有作。

（3）咸豐八年（1858），張應昌有《初夏滋伯招同綱士虎跑泉亭上嘗茶
拓碑，用坡公韻》詩：

> 澗草岩花一徑香，雲陰無暑袷衣涼。泉流瀧瀧溪亭傲，石響登
> 登夏晝長。乞得墨華醒世語，銘諸座右養心方。滋翁拓碑，余乞得蘇詩

〔註7〕 趙爾巽等撰：《清史稿》卷四百九十三列傳二百八十《忠義七》，北京：中華
　　　　書局，1977 年版，第 13652 頁。

〔註8〕 張應昌著：《彝壽軒詩鈔》卷五，《續修四庫全書》集部第 1517 冊，上海：上
　　　　海古籍出版社，2002 年版，第 139 頁。

〔註9〕 蘇軾著、馮應榴輯注：《蘇軾詩集合注》卷四十，第 2102 頁。

〔註10〕 張應昌著：《彝壽軒詩鈔》卷七，《續修四庫全書》集部第 1517 冊，第 153 頁。

數行，愛其中有道語也。涮除腸胃塵三斗，不厭盧仝七碗嘗。〔註11〕

杭州虎跑寺滴翠崖曲廊內有眾多古代名人石刻遺跡，其中有蘇軾《虎跑泉》刻石。詩爲「亭亭石塔東峰上，此老初來百神仰。虎移泉眼趁行腳，龍作浪花供撫掌。至今遊人灌濯罷，臥聽空階環玦響。故知此老如此泉，莫作人間去來想。」〔註12〕張應昌即用此詩韻。魏謙升拓得蘇詩碑文，可能也有步韻之作。可見張、魏等人對東坡崇敬之深。

（4）如果上述材料尚不足證明魏謙升對蘇軾之心追手摹，那麼張應昌集中附錄魏謙升庚申年（1860）寄示之作則直接申述了瓣香東坡的旨趣。詩爲《臘月十九東坡先生生日湖上兵擾蘇祠闕祭感成四絕句》：

> 澤深湖水築祠堂，六十餘年奉瓣香。與祭卅年今歲闕，恨由兵燹失烝嘗。

> 歲歲西齋祀事修，黃柑絳蠟酒盈甌。畫垣比似靈光殿，笠屐圖焚此尚留。所藏蘇公像甚多，兵火焚盡，惟西齋畫像一壁猶露立榛莽中。

> 能兼仙佛吏才難，安得於今此長官。祠宇寂寥門畫掩，湖波如鏡照人寒。

> 道家奎宿說非訛，靈爽在天長不磨。豈必生辰歆薄祭，轉因時事痛心多。〔註13〕

魏謙升不僅學習蘇軾詩，而且三十年間赴蘇祠祭拜不輟。當蘇祠因戰亂而祭祀失序，蘇軾之像亦焚毀殆盡時，他的遺憾痛惜之情溢於言表。當發現蘇軾畫像尚有劫後僅存的一幅時，他又是如此的慶幸。對待祠廟、畫像尚且如此，更何況蘇軾之精神？正是因爲魏謙升學蘇而得其神，因此可以在危難之際，生死之時表現得那般從容豁達。這種勘破生死的智慧，同爲西湖隱士的蔣坦似乎並未獲得。

有關魏謙升的隱逸事蹟，尚有一事可述。咸豐十年二月二十八日，太平軍第一次攻陷杭州。在此前二十多天，全城已經被濃重的火藥味籠罩，人心惶惑不安。然而杭州的隱士們正在這危機四伏的時刻赴西溪之靈峰山探梅，

〔註11〕張應昌著：《彝壽軒詩鈔》卷九，《續修四庫全書》集部第 1517 冊，第 167 頁。

〔註12〕蘇軾著、馮應榴輯注：《蘇軾詩集合注》卷十，第 446 頁。

〔註13〕張應昌著：《彝壽軒詩鈔》卷十一《餘生草》，《續修四庫全書》第 1517 冊，第 193 頁。

表現出置死生於度外的修養功力。〔註 14〕同遊者爲陸小石（「孫鼎」其名）、陳覺翁（「春曉」其名）、汪鐵樵、魏滋伯（「謙升」其名）、高飲江（名「植」）、羅鏡泉、吳康甫、何方谷、吳雪隱（「春燾」其名）、陳子余、朱述庭、崔子厚、張藕舫（「開運」其名）及詩僧諾庵、慧聞、機宏、半顛、墨債共十八人。事後，楊蕉隱（「振藩」其名）爲陸小石繪水墨長卷，名爲《靈峰探梅圖》。〔註 15〕繪成不久，陸小石之子陸似珊將此圖帶到廣東，從而躲過了被戰火焚毀的厄運。《探梅圖》雖無恙，圖中之人卻大半在戰爭中殉難了。丁丙有詩云：

畫梅楊補之，楊蕉隱二尹繪圖　覓句陳無幾。陳春曉丈題詩，時年八十　魏野樂山居，魏滋伯丈題四詩　汪倫契潭水。王鐵樵亦同遊　同訪藐姑仙，更約參寥子。方外諾庵、慧聞、機宏、半顛、墨顛　飲酒時中之，逃禪聊復耳。翳餘皆素心，重公達尊齒。至言爲心聲，含宮忽變徵。大招半國殤，幾人返鄉里？叫絕梅花魂，高山空仰止。〔註 16〕

此詩撫今追昔，大生物是人非之感。隱士的生命也好，追求平靜自適的生活理想也好，在殘酷的戰爭面前都顯得無比脆弱，不堪一擊。然而他們將理想的生活模式付之丹鉛，便可在滄海橫流的紛亂歲月裏，使詩意化的生命得到流傳久遠的機會。這是隱士文化在戰爭暴力面前艱難求生的一種嘗試，也是隱士們珍視自身價值追求的必然選擇。隨著戰爭被人們所厭棄，隱士的價值追求再次獲得認同和讚美。這也是一種柔弱對剛強的勝利。

這批探梅的隱士並沒有被遺忘。三十年後，陸似珊帶著《靈峰探梅圖》回到西湖，捨入靈峰寺。住持蓮溪大師將其奉若珍寶，欲觀覽此圖者接踵而至。光緒十七年（1891），蓮溪將圖攜至京師，京中的士大夫如翁同龢、吳慶坻等亦多題詠。翁同龢詩略云：「寂寂寥寥咸豐春，落落莫莫靈峰人。探梅再遊常事耳，傷哉浩劫滄江濱。……山僧請經航海來，攜卷索詩火急催。時平歲美湖波淥，梅花開時山鬼哭。」〔註 17〕在那個寂寥陰鬱的初春赴靈峰探梅的隱士都已成爲陳跡，然而天下承平之後，他們高潔的精魂仍能令後人感動。與隱士同鄉的詩人更能感受到三十年前在烽火中探梅的前輩們的精神力量。

〔註 14〕丁丙《松夢寮詩稿》卷五：「探梅在庚申二月五日，越二十餘日，城即陷。」（《續修四庫全書》集部第 1559 冊，第 446 頁。）關於靈峰探梅的時間，楊振藩認爲在己未上元後二日，與丁丙所述不同。未知孰是，今取丁丙之說。
〔註 15〕周慶雲撰：《靈峰志》卷四下，《西湖文獻集成》第 21 冊，第 529 頁。
〔註 16〕丁丙《松夢寮詩稿》卷五，《續修四庫全書》集部第 1559 冊，第 446 頁。
〔註 17〕周慶雲撰：《靈峰志》卷四下，《西湖文獻集成》第 21 冊，第 539 頁。

錢塘鄒兆春在觀看《探梅圖》後，寫下「劫後留遺墨，梅花萬古春。風流懷老輩，香火證前因」〔註18〕這樣的詩句。「梅花萬古春」象徵著隱士精神歷劫不墮，萬古長新的生命力。

正是這些內涵使得《靈峰探梅圖》意義非凡。此圖與隱士的因緣並未就此結束，而是如草蛇灰線、地下伏流般地流衍到民國初年。當文化危機再次浮現時，圖中蘊含的處變不驚、健行不已等精神力量又會對進退失據的士人產生影響。

二、亦官亦隱者的抉擇：以江湜、戴熙爲例

面對戰火對隱居之地的摧殘，湖山小隱在播遷亂離中守護著內心的淨土，其價值在於將隱逸精神葆育與傳遞下去。而亦官亦隱的士人在戰亂之際第一身份乃是官吏，承擔著守土之責，保護著隱士的現實家園。城破之時，他們的遭遇往往更爲悲壯。

丁丙輯纂的《庚辛泣杭錄》中記錄兩次杭州攻奪戰中殉難之官員多名，然不知其有無遁跡湖山之志行，未可遽稱其爲亦官亦隱者。其中有一小吏林汝霖者，聲名之隆遠勝殉節之達官，且與林和靖頗有關聯，值得注意。

林汝霖，字小岩，福建上杭人。咸豐九年署仁和縣典史，這是一個不入流的小官，一家老小全靠他的俸祿過活。咸豐十年二月杭州城破，他在堂上正襟危坐，對闖入的太平軍憤加叱責，並以官印投之，於是被殺害。在遇害前，他的母親、妻子、兩個姐姐和他的長女都已自經身亡。其父在爲家人殮屍之後很快故去。他的兩個兒子也在隨後的戰亂中不幸罹難。林典史是所謂闔門殉難者，於是得到清政府的大力表彰，藉以弘揚忠義。戰亂平息後，杭州官紳將他遷葬於孤山林逋墓西，並在墓旁建立祠廟，以供士民瞻拜。其事蹟詳見董愃言所作《林典史傳》。〔註19〕

林典史被葬和靖墓側後，便有很多詩人將二者進行比附。如楊葆光《孤山尋林典史汝霖墓》：

>　　……林典史、林處士，勁節清風兩無訾。不須穿冢近要離，碧
> 血千秋照湖水。〔註20〕

〔註18〕周慶雲撰：《靈峰志》卷四下，《西湖文獻集成》第21冊，第539頁。
〔註19〕丁丙輯：《庚辛泣杭錄》卷五，《西湖文獻集成》第9冊，第743頁。
〔註20〕楊葆光撰：《蘇盦詩錄》卷十，《近代中國史料叢刊續編》第1輯第19冊，臺

甚至有認爲林典史之忠烈勝過林和靖之高隱的。如汪芑《孤山弔仁和林典史》：

> ……末吏孤忠繼高躅，一抔兀傍巢居閣。纍然妻子骨同埋，勝似當年戀梅鶴。……[註21]

再如薛時雨《孤山弔林縣尉》，將林典史之仕與林和靖之隱從社會價值的角度統一起來，認爲二者均能化風移俗，提振名節：

> 香冷弔忠魂，春寒肅墓門。名山增故實，一命亦君恩。寶劍恒光氣，孤松有本根。能令風俗厚，范文正贈林處士詩語。仕隱道同尊。
> [註22]

將殉節的忠烈與幽居不問世事的隱士並舉，一方面可以借林和靖爲林典史提高知名度，達到表彰英烈的效果；另一方面也反映出當時社會對隱士精神的一種時代性認知，即高尚的隱士必能恪守忠節，扶輪綱常。這種精神，恰能在眞正的亦官亦隱者身上得到體現。

杭州另有一從九品小官江弢叔，他的出處行藏較能體現戰亂時吏隱者的特徵。江弢叔名湜，江蘇長洲籍，晚清著名宋詩派詩人，有《伏敔堂詩錄》。他一生鬱鬱不得志，初到杭州任職時，深感尊嚴受到傷害，作詩自嘲：

> 自笑江弢叔，爾今第幾流？隨身一石硯，賃屋古杭州。東道初無主，西湖未易遊。方將走俗狀，手版奉君侯。[註23]

他對書吏的瑣碎工作感到非常厭煩，便萌生退隱的念頭，湖上風光秀美，正是避俗遁跡的佳處：

> 西湖疑可滌人愁，又此偷閒浪出遊。身避眾咻城裏事，水呈一碧鏡中秋。苦無佳句猶吟著，甘作卑官卻悔不。注目蒼山未能去，晚風偏與轉船頭。[註24]

從身爲小吏的鬱悶自嘲到「甘作卑官」的偷閒自適，是湖山清景使江弢叔的心態發生轉化。在公務之暇，他遊遍了西湖的山山水水，而不喜居於杭州城中。他甚至做了棄官出家的夢，可見隱逸情懷之切：「昨夢身爲僧，若已

北：文海出版社，1984年版，第431頁。

[註21] 汪芑撰：《茶磨山人詩鈔》卷七，《清代詩文集彙編》第716冊，第748頁。
[註22] 丁丙輯：《庚辛泣杭錄》卷五，《西湖文獻集成》第9冊，第745頁。
[註23] 《自笑》二首其一，見江湜著、左鵬軍點校：《伏敔堂詩錄》卷十三，上海：上海古籍出版社，2008年版，第252頁。
[註24] 江湜《湖上》，《伏敔堂詩錄》卷十三，第252頁。

棄卻官。晏坐靈隱寺，一笑浮雲端。尚記佛香中，開窗入層巒。」〔註25〕他在孤山時，尋訪隱士的蹤跡，感覺心胸都會舒展，而自身屈志辱節的處境，又與隱士的境界相差甚遠：「孤山有孤寺，遠見一剎竿。步尋處士蹤，緬彼胸襟寬。末世士彌賤，汗我顏不乾。」〔註26〕

江湜叔《孤山林和靖祠》一詩眞切地表明了自己的志節：

> 最難妻子緣都絕，況是高堂兩鬢斑。顧我今朝非處士，羨君當日有孤山。貧能適志還須福，天與勞生自不閒。敬告幽靈休見外，鄙懷仍寄水雲間。〔註27〕

詩人上有父母，下有妻女，生活負累太多，不能如林逋一樣孤身棲隱。他對林逋隱居孤山豔羨不已，又發出林逋安貧適志是天賜之福，自己卻每日勞作不得安閒的感喟。最後仍表明了寄身水雲間的理想。這些詩歌都作於杭州發生戰亂之前，詩人的隱逸情懷是相當明顯的。當戰爭發生之後，詩人便轉換了姿態，所謂「位卑未敢忘憂國」，強烈的責任感和用世精神是吏隱的另一側面。

咸豐庚申春二月，太平軍迫近杭州。金華道鹽運使兼按察使繆梓（「南卿」其字）守城，江湜叔在其麾下任軍從事，爲杭州營務處起草軍書。二十七日杭州城破，繆梓戰歿。江湜叔倉皇出走，在清波門尋得繆梓遺骸，慌亂中不得爲之營葬。詩人滿懷悲痛地賦詩紀念：

> 散盡登陴卒，高墉入炮聲。早知公必死，果見面如生。憤血衝襟濕，忠骸委蛻輕。愧非國士報，哭送下危城。〔註28〕

詩人隨後避難橫河橋僧廬，憂憤欲死，爲僧人靜修所救，待時局稍平，與靜修共出太平門而作別。詩人後來播遷至閩，作《靜修詩》紀念這一段經歷：

> 昔陷杭城時，生死呼吸間。兩途走破踵，避賊投無門。尚記橫河橋，古廟朱兩闔。半開得闖入，一僧寒鷗蹲。示以急難狀，情迫

〔註25〕江湜《桐孫見示次韻遊靈隱之作復次韻奉柬》，見《伏敔堂詩錄》卷十三，第256頁。

〔註26〕《同潘仲超舉尋紫雲洞歸過孤山仲超次拙韻有作復次韻一首》，見《伏敔堂詩錄》卷十三，第261頁。

〔註27〕《伏敔堂詩錄》卷十三，第258頁。

〔註28〕江湜《記二月廿七日於清波門尋得前運司繆南卿先生梓忠骸追紀一詩》，見《伏敔堂詩錄》卷十五，第303頁。

詞云云。僧爲惻然涕，飯我開小軒。佛廬數椽外，寂寂唯荒園。是
夜天正黑，雨重燈窗昏。園中嘯新鬼，什佰啼煩冤。數聲獨雄属，
知是忠烈魂。昨收繆公尸，遍體叢刀痕。在官受其知，時又參其軍。
悲來激肺肝，不忍身獨存。佛後有伏梁，可懸七尺身。是我畢命處，
姓字題於紳。不虞僧早覺，怪我倉皇神。尾至見所爲，大呼仍怒嗔。
問有父母耶，胡爲忘其親？勿死以有待，乘隙冀脫奔。猶可脫而死，
徒死冤難伸。百端開我懷，相守至朝暾。遂同匿三日，幸出城之閽。
僧前我則後，徒步同勞辛。道聞杭州復，收悲稍歡欣。僧還我獨去，
分手鴛湖濱。……〔註29〕

　　在社會秩序遭到破壞的動亂之時，江湜叔對人生感到絕望，欲自經以報
繆南卿的知遇之恩。後經靜修僧營救開導，放棄自尋短見之念。雖不如林典
史罵座遭戕來得壯烈，但也可見詩人秉懷忠義的志節。而且詩人留此有用之
身，不獨爲孝養父母，實在有著更爲宏遠的謀劃：

　　我殺一賊賊殺我，此身小用奚其可？欲麈萬賊決一死，安得俄
招百壯士？腰間雄劍三五鳴，按之入匣銷其聲。劍乎有志掃狂寇，
且忍風塵萬里行。〔註30〕

　　江湜叔以藏入匣中的長劍比喻自己在亂局中的屈志忍行，實欲待時而
動，一旦時機對己方有利，便掃蕩妖氛，澄清宇內，還杭州一片清明的湖山。
而不欲逞一時之憤，在形勢不利於己的情形下與敵廝拼。這種貴身待變的志
向與營務處小吏的身份頗不相合。然而正如林典史本不必死而赴義全節一
樣，這樣的志向反映出江湜叔當仁不讓、捨我其誰的濟世精神。在天下承平
之時江湜叔鬱悒不得志，借西湖風物排解怨愁，甚至想隱跡湖山、去塵避世，
西湖之於詩人，確實能療救心靈。當湖山有劫，他便盡己能，以圖恢復。雖
然詩人官卑力微，劍掃狂寇的理想不可能實現，但其回報湖山之心亦足以令
人動容。江湜叔的隱遁之心與救世之志，正是西湖吏隱二元性內涵的典型顯
現。與江湜叔相類而影響更大的吏隱，當屬戴醇士。

　　戴醇士，名熙，浙江錢塘人。道光十二年（1832）進士，歷廣東學政，
有政聲，累官至吏部右侍郎，道光二十九年（1849）引疾歸里，主講崇文書
院。咸豐初太平軍攻克江寧，東南震動，浙江戒嚴，戴熙奉旨在鄉督辦團練。

〔註29〕江湜著：《伏敔堂詩錄》卷十五，第320頁。
〔註30〕江湜《陷賊後避居僧寺題壁》，見《伏敔堂詩錄》卷十五，第302頁。

咸豐十年，太平軍攻杭，戴熙率兵勇守城。城破，從容赴水殉節，乃弟戴煦亦投井自盡。咸豐帝感其忠，賜諡「文節」。戰亂平息後，在湖上為建專祠。著有《習苦齋詩文集》、《習苦齋畫絮》等。《清史稿》卷三百九十九有傳。

　　戴熙是晚清著名畫家，目前學界對他的研究集中在繪畫理論與藝術成就等方面，代表性的文章有鄧喬斌《論戴熙的〈習苦齋題畫〉》（《杭州師範學院學報》，2000 年第 1 期）、劉麗蘋的《由〈習苦齋畫絮〉論戴熙繪畫》（上海師範大學 2012 年碩士學位論文）等。他亦官亦隱的「中隱」身份則尚未得到足夠的重視。其實他的人生出處頗有與蘇、白相似之處。據《清史稿‧戴熙傳》所載：

　　　　先是，廣東因士民阻英人入城，相持者數年。至二十九年，英人懾於民怒，暫罷議。宣宗嘉悅，以為奇功，錫封總督徐廣縉子爵，巡撫葉名琛男爵。會熙召對，論及之。熙言廣東民風素所諳悉，督撫所奏，恐涉鋪張，非可終恃，上不懌。尋命書扇，有帖體字，傳旨申飭。越日，命南書房書扁額，內監傳諭指派同直張錫庚，戒勿交寫誤字之戴熙。未幾，罷其入直。熙知眷衰，稱病請開缺，上益怒，降三品京堂休致。〔註31〕

　　可見戴熙屢觸聖怒，是秉道而行，毫不畏葸的。他與道光帝的衝突反映出其時道與勢的緊張關係。辭官歸鄉後不久，咸豐帝即位，召其入京任職，戴熙仍然稱病不赴。他內心中對君統的疏離之感依舊甚為強烈。在杭州崇文書院授課之餘，他便在湖山間徜徉，繪畫吟詩，真正做起了隱士。如同白居易以太傅之職退居洛下一樣，他以休致侍郎的身份憩隱西湖，正是一種「中隱」的生活模式。

　　戴熙的隱逸思想，詩文集中並無直接的材料可徵，倒是其繪畫理論中的一些言辭折射出他追求自由閒適的人生品位。如他曾提出「四美具」之說：

　　　　閒則功力厚，靜則智慧足，淡則旨趣別，遠則氣味長。四美俱
謂之畫。〔註32〕

　　「閒、靜、淡、遠」不僅是論畫的真詮，也是心性修養的一種境界。此種境界毫無廟堂氣、縉紳氣，乃是從自然山水中方能陶冶出的品格。戴熙又

〔註31〕趙爾巽等撰：《清史稿》卷三百九十九列傳一百八十六，第 11816 頁。
〔註32〕戴熙撰《習苦齋題畫》，見俞劍華編著《中國古代畫論類編》下冊，北京：人民美術出版社，2004 年版，第 997 頁。

有「畫當形爲心役，不當心爲形役」〔註33〕之說，正是從陶淵明《歸去來兮辭》中化出。畫家「形爲心役」，才能捕捉到靈感，使作品達到意境獨超、筆墨俱化的境界。不獨繪事，人生亦是如此。戴熙深諳此理，才能不以官職功業爲累，灑然地遁跡湖山。試看其遊虎跑詩，眞有出塵之致，也表現出縱心自適的趣味，絕非「心爲形役」者能爲：

> 我故不知味，而有品泉福。昔汲中泠水，移置惠山麓。今嘗虎跑泉，山僧煮初熟。如氣之有秋，在物則爲竹。賈島詩本瘦，林逋書少肉。二泉乃春蘭，未可廢秋菊。古人不我證，風軒松謖謖。〔註34〕

然而世人多注目於戴熙慨然殉節的悲壯，忽視其幽獨自適的精神。惟有胸懷類似追求的江湜，能將戴熙以避世之幽人視之。江湜有一組名爲《題戴文節公山水小景八首》的題畫詩，作於戴煦殉難之後，第五首云：

> 縛茅僻處傍疏林，爲想幽人避世心。兵氣漲來飛不得，作書並與告寒禽。〔註35〕

江湜對戴熙出處的抉擇確有會心的瞭解。從不應咸豐帝之徵召即可看出，戴醇士歸隱西湖後確實消弭了再次出山的念頭，如果沒有發生太平天國之事，他是會終老於湖山的。然而他最終接受了朝廷的二品頂戴，督辦團練，並與太平軍多有交鋒，甚至因此而殞命。這不能僅僅以士大夫食君之祿，國有危難當以死報之等理念進行解釋。江湜說「兵氣漲來飛不得」，似乎更能貼近戴煦的內心。他退隱西湖本爲避世，但戰爭的風雲圍逼過來，西湖也難爲淨土，避無可避，惟有奮起抗擊，保衛這片清淨之地。像江湜一樣的士人也是有澄清湖山之志的，但沒有一呼百應的影響力。戴熙以在籍侍郎的身份聚卒練勇，的確頗有號召力。接受朝廷的任命，又可以使團練合法化，方便獲得多方支持，避免淪入孤軍作戰的境地。然而，戴熙的團練也好，守城的清朝正規軍也好，最終沒能抵抗得住太平軍的攻勢。杭州城破，西湖遭劫。戴熙投水自盡了，與其將其行解作爲清廷殉節，毋寧說是殉湖山、殉理想。其絕命辭寫道：

> 病軀晚歲遇時艱，八載巡防總汗顏。撒手白雲堆裏去，從今不

〔註33〕戴熙撰《習苦齋題畫》，見俞劍華編著《中國古代畫論類編》下冊，第999頁。
〔註34〕戴熙《南山紀遊》五首其五，《習苦齋詩集》卷四，《清代詩文集彙編》第608冊，第39頁。
〔註35〕江湜著：《伏敔堂詩錄》續錄卷一，第341頁。

願到人間。〔註36〕

　　在生命終結之時，詩人憂生憂世之情依然如此殷切。這首詩隻字未及朝廷，戴熙所慚愧的是八年勞瘁也未能守護住西湖這片淨土。撒手人寰，乃是大解脫，人間的苦難再不必縈懷。去向白雲堆裏，仍是面向自由的奔逐。說到底，他所追求和守護的仍是隱士的理想、棲遁的家園。

三、西湖隱士的戰亂書寫

　　西湖遭遇的庚辛之難是隱士們揮之不去的慘痛記憶。戰爭破壞了社會秩序，也衝擊著隱士的生存環境。爲士的責任感使他們義憤填膺地批判著顢頇無能的官員、紀律壞弛的軍隊以及政策失誤的朝廷，爲隱的出世性又使他們面臨著無處託身寄跡的內心焦慮。誠如胡曉眞所言：「江南文人對太平天國亂事記錄，似乎對政治象徵物（如崩毀的宮殿）等較不著意，他們的失落感主要來自江南園林與城市受到的無情破壞。」〔註37〕西湖隱士的錐心之痛多來自於湖山風物的荒蕪和文化景觀的毀滅。對他們而言，前者是安身遊憩的勝地，後者是託付心靈的窠巢，兩者共同組建爲隱士安頓生命的隱逸空間。當這個空間遭到無情地破壞時，他們的惶惑與痛苦幾乎與目睹生靈塗炭的刺激相垺。於是悲生憫死的人道精神與文化幻滅的虛無情緒成爲他們書寫湖山之劫的兩大主題。

（一）圍城慘禍的歷史記憶

　　杭州詩人王震元從庚辛之難發生開始，就搜集與之相關的詩作。三十年間，陸續輯得一百六十餘首，編爲《杭州紀難詩編》。其中不少詩作出自西湖隱士的手筆。身處圍城中的詩人多以實錄之筆調記述戰亂的具體情狀與求生逃生之苦。而避禍在外者的詩歌多作於戰亂平息、重回湖上之後，重在描繪劫後風物的慘淡面貌。

　　《杭城紀難詩編》中敘述圍城慘事的詩作以張景祁、高望曾的作品較有代表性。張景祁係晚清著名詞人，同治十三年（1874）進士，曾在臺灣爲官。庚辛之變發生時尚未出仕，在鄉隱居。兩次戰事他都親身經歷，作《武林新樂府》紀之。其中第六首名爲《水上萍・傷饑擾也》，記述圍城中百姓無糧待

〔註36〕戴熙撰：《習苦齋詩集》卷八，《清代詩文集彙編》第 608 冊，第 79 頁。
〔註37〕胡曉眞撰：《離亂杭州——戰爭記憶與杭州紀事文學》，第 81 頁。

斃的慘狀：

> 水上萍，饑可烹。圍中苧，饑可煮。哀哉百萬民，忍死各無語。
>
> 但聞夜鬼哭，那得天雨粟。軍民諒同情，何以穿我屋。〔註38〕

城中糧盡，百姓只得烹煮萍葉、苧根來充饑。守城的清兵卻大肆搜糧，強搶民財，穿戶破牖，無所不至。詩人對此十分憤怒，但仍以溫柔敦厚之筆出之，希望「軍民諒同情」，戮力同心，保護家園。這首詩從客觀上反映出一個事實：在太平軍入城之前，清軍對食不果腹的杭州百姓已經劫掠得非常嚴重了。杭州人口損失大半的巨大災禍，不能由太平軍獨任其咎。

張景祁詩乃粗線條地勾勒圍城中的亂象，高望曾的《辛酉紀事詩》則是工筆細描，分幅細繪。該詩首先敘寫從咸豐十一年九月至十二月杭州被圍時逐漸絕糧竟至餓殍盈城的慘相，又敘清兵以借糧為名沿戶劫掠，甚至臠割屍體賣予飢餓百姓的暴行。清兵恣意妄為，長官竟然不能禁止，可見當時社會秩序業已完全崩潰。次及詩人的親身遭遇：全家深陷重圍，生死只在旦夕之間。城破後詩人奉母逃出城外，而妻女都已死於亂軍中了。此詩過長不錄。詩人悲憤之情不可遏制，事無鉅細都絮絮寫來，殊乏裁剪，難稱佳製。然此詩真實地反映出在巨大的災變面前士人的尊嚴是無法保持的。詩人把自己失魂落魄的麻木心態形容為「魂散反不驚」〔註39〕，可見戰爭的最恐怖、最殘酷之處正在於對靈魂的戕害。

（二）湖山風物與文化之殤

棲遁他處遠離災禍的隱士們並未親身經歷這一慘烈的事件，當重歸湖上時，戰亂的遺跡也觸發了他們悲天憫人的情懷。比如張應昌《過湖上萬骨冢悲賦》：

> 骴骷欣蒙掩，形骸慘不分。一抔同混沌，萬鬼雜紛紜。義骨成
>
> 京觀，寒磷結暮雰。那堪仙佛地，僅此劫灰焚。〔註40〕

詩人對殉難者雖有同情，但與親歷者相比，情感便較為淡漠。他更為痛惜的是西湖這片仙山佛國般的人間勝境竟然被戰火摧殘。殉難者的萬骨冢為

〔註38〕 丁丙紀《庚辛泣杭錄》卷十六《杭城紀難詩編》，《西湖文獻集成》第 9 冊，第 867 頁。

〔註39〕 丁丙輯：《庚辛泣杭錄》卷十六《杭城紀難詩編》，《西湖文獻集成》第 9 冊，第 874 頁。

〔註40〕 張應昌撰：《彝壽軒詩鈔》卷十二，《續修四庫全書》第 1517 冊，第 196 頁。

湖上平添許多慘淡悲屬之氣，不再是隱士幽棲的靜美氛圍。這種強烈的反差在詩人筆下反復出現，如「傷心地獄話天堂，休道當年蘇與杭」、「仙鄉佛國皆蒿萊，目及江南庾信哀」〔註41〕等，可見其關懷的重點所在。黃燮清的《杭城紀事》也傳達出類似的憂慮：

> 金牛湖上豔陽辰，鶯燕樓臺入戰塵。三月桃花紅犯雪，兩堤煙草碧成燐。可憐佛國同羅剎，何處仙源結比鄰？畫舫珠簾零落盡，杜鵑鳴咽弔殘春。〔註42〕

黃詩與張詩同用燐火意象，表現湖上殺戮之慘，人民傷亡之重。「羅剎」乃惡鬼之名。該句意為西湖這個往日的東南佛國竟變得如同地獄一般，再無隱士結茅卜居的淨土了。詩人所面臨的仍是無處皈依的困境。

戰爭對生命的摧殘使隱士尋求著棲遁之地，然而往日的幽棲勝地也變得景色全殊，荒蕪蕭條。戰亂還改易了湖上優游自適的文化精神。這些共同激發了隱士們的憂患意識。

文瀾閣地處孤山之陽，藏有《四庫全書》，是江南享有盛譽的藏書樓。然而這個西湖文化的標誌性建築在戰亂中也難逃被毀的厄運。江湜叔《重至湖上》：

> 百年盛典湖宸遊，說向空山石也愁。在昔藏書勞建閣，文瀾閣書今已散佚，閣亦摧毀。於今習戰便操舟。湖中近駐水師船，以便操演。一湖衰盛堪論世，獨客悲哀況感秋。草合西泠迷所往，更誰尋得酒家樓？
>
> 〔註43〕

詩人不僅為閣毀書亡感到痛惜，也對昔日錦繡笙歌之地變為戰船操演之池倍感惆悵。此種繁華夢過的今夕盛衰之悲，令這位親近湖山吏隱之士迷而不知所往。這並非一己之愁，更是當時所有西湖隱士內心惶惑的寫照。如張景祁《多麗》詞下闋：

> 憶當初、遊人似海，畫船盡入西泠。扇羅拋，輕兜蛺蝶，釵梁側、斜掠蜻蜓。暗拾花鈿，徐催寶騎，滿湖簫鼓醉中聽。回首舊遊何處，華鬢已星星。閒愁重、一般付與，月濑煙汀。〔註44〕

〔註41〕張應昌《紀庚申二月二十七日粵匪陷武林事》，見丁丙輯《庚辛泣杭錄》卷十六《杭州紀難詩編》，《西湖文獻集成》第9冊，第882頁。

〔註42〕黃燮清著，《倚晴樓詩續集》卷二，《清代詩文集彙編》第619冊，第128頁。

〔註43〕江湜著：《伏敔堂詩錄》之《續錄》卷三，第413頁。

〔註44〕張景祁著：《新蘅詞》卷三，《續修四庫全書》集部第1727冊，第268頁。

高望曾《水調歌頭·題王硯香〈西湖歸棹圖〉》：

> 莫唱故鄉樂，怨曲譜長亭。湖山都付焦土，何幸已休兵。休問煙波畫舫，早把零簫斷鼓，換了斗刁聲。指點六橋畔，殘照綠蕪平。　　勝遊地，重到也，總心驚。無家歸向何處？我豈戀浮名。輸爾蓴波雙槳，此去尋鷗狎鷺，好夢不須醒。搔首鬖絲短，羞見柳條青。〔註45〕

　　文化景觀的毀滅、藝術化的生活方式向準軍事化轉向是戰爭行為對西湖文化摧殘的重要表徵。上述詞作中透露出的今夕之感與無處歸依之悲，都與江湜筆下的哀感情愫異曲同工。然而令湖上隱士真正感受到切膚之痛的文化傷害乃是自身著作在戰亂中的流散亡佚。傳統士人多以「三不朽」為人生至高理想。隱士們由於有著與君統疏離的價值取向，並不以功業為重。立德、立言便成為他們珍視的人生追求。因而在戰亂中多有隱士殉節。這種行為既是對心靈自由的捍衛，又是道德完成的一種形式。未能向道德理想以死相殉的隱士亦不在少數。他們將戰爭的殘酷、心靈的悲苦形之楮墨，希望傾注生命的痛詩痛史流行廣佈，傳之後世。然而在戰亂的暴力面前，最容易毀滅的恰巧是一紙文字。《崇義錄》的亡佚便是典型的例證。

　　咸豐庚申年的戰事停息之後，為防止殉難烈士的姓名事蹟湮滅不聞，杭州逸民陸點青與丁申、丁丙兄弟在吳山之陰建立崇義祠。高均儒及戴惇禧、惇翰兄弟尋訪殉難者，得姓名兩萬餘，編為《崇義錄》，將奉於祠中。咸豐辛酉十月二十八日，杭州又陷。崇義祠毀，戴氏兄弟將《崇義錄》藏於杭州府學牆壁後遇難。然而令人唏噓的是，這部由編者用生命護藏的著作未能保存下來，等到戰亂平息後，書稿已經毀失了。〔註46〕丁丙的《書憤》二首之本事即此：

> 祠宇巍峨斷手撐，別於襃恤表忠貞。汗青傳信標凡例，血碧流芳著大名。外史庚申初歷劫，下元甲子未休兵。九歌正輯招魂什，又報狼煙逼鳳城。

> 城圍鐵桶鬼神驚，無計名山保典型。孔壁乞靈藏祕簡，宋碑依樣護殘經。豈知樹鵲綱常絕，安望焚麋祀事馨。正氣乾坤衰歇極，續編何日涕孤零？〔註47〕

〔註45〕高望曾著：《茶夢庵爐餘詞》，見《清代詩文集彙編》第 677 冊，第 682 頁。

〔註46〕陸楨撰：《崇義祠志》，收入《庚辛泣杭錄》，《西湖文獻集成》第 9 冊，第 709 頁。

〔註47〕丁丙著，《松夢寮詩稿》卷三，《續修四庫全書》集部第 1559 冊，第 426 頁。

　　與之相比，江湜叔《伏敔堂詩錄》的命運可謂有驚無險。杭州第一次被攻陷時，他獨身脫逃，詩集遺留城中，早已若有若無，難以尋訪了。幸虧浙江候補知府朱緒曾偶然購得以還，才使其詩集失而復得。詩人在《感舊四首・朱述之先生》詩中滿懷感激地記敘了這一經過：

> 浙中官累千，塞破杭州城。問誰能讀書，獨推朱先生。先生大雅材，宰縣有廉名。惟性好鉛槧，不工承與迎。上官見爲迂，只用參文衡。先生亦恬淡，羞與臧郎爭。寓廬車馬絕，交我時忘形。百過亦不厭，爲愛書數楹。我於杭亂後，重到疏人情。先生走相覓，邀住同寒廳。忽出一書授，呼我使眼明。曰汝之詩集，所幸手繕精。土匪向市賣，市賈貪微贏。我見得購還，首尾無飄零。嗟我遘兵禍，叢書棄兩篇。詩編賴公收，感極惟心銘。……〔註48〕

　　對於身處亂世的文人隱士來說，心血凝聚的著作與生命一樣重要。詩中可見朱緒曾（「述之」其字）不喜逢迎，惟好讀書的恬淡性格，這也是一位棲隱於官的文人。他與江湜叔性情相投，過從甚密。他在江寧時富有藏書，然而戰火波及，書齋被毀，藏書多被焚。因爲遭際相似，便能洞悉江湜叔丟失著作的心情。他爲江湜叔收購詩稿的行爲，說明文人之間的相互扶持能夠撫慰焦慮的心靈，化解戰亂帶來的傷痛感。後來朱氏貧病而亡，江湜叔得知其編輯之書如《金陵詩徵》、《昌國州志》等近百卷尚未刊刻，便擔心著作散佚。詩人素無資財，無法爲朱緒曾刊行遺著，但意欲著手搜羅收藏，以報答朱緒曾還書之德。他寫道：「惟念先生書，百卷初輯成。……此時合散佚，浩劫銷精英。安能去收取，藏弆俟太平。聊報一事德，並以慰幽靈。」反映出江湜叔忠厚的心性。戰亂中文化典籍岌岌可危的處境也可見一斑。

（三）戰後風俗之異變

　　綜而言之，西湖隱士對庚辛之變的文學記憶主要集中在圍城慘禍、湖山風物的殘破、文化象徵的崩解、典籍的散佚這四個方面。這些災難性的事件往往給予詩人們最強烈的刺激，使其情感過於充溢而不能冷靜理性地對其他事件進行充分地觀照。應該相信，戰爭產生的影響遠不止這些。比如薛時雨在亂後來杭，便發現了很多社會問題：

> 去杭倏五年，重來實蒿目。數里一見人，十室九無屋。望望徑

〔註48〕江湜著：《伏敔堂詩錄》卷十五，第321頁。

似捷，行行途反曲。荒村斷雞犬，官道走麋鹿。烏鳶爭人骸，有骨
已無肉。蓬蒿沒人廬，有草轉無木。群動寂不喧，隱隱聞鬼哭。入
城更愁慘，此劫洵太酷。土民僅孑遺，形面如鳩鵠。五方錯雜處，
循良失本俗。語言習獷悍，矢口談殺戮。有男帶刀劍，有女披綺縠。
濡染賊氣深，賊去留餘毒。更有奏凱軍，振振服戎服。功成勢亦赫，
比戶事徵逐。虐民視若仇，薿官故相觸。撫綏兼駕馭，才薄心慚恧。
舅姑雖見憐，新婦眉常蹙。〔註49〕

　　百姓傷亡慘重、軍民矛盾尖銳、官員不能控制軍隊等問題，其他詩人的
作品中也有反映。而習俗的改變則是薛時雨獨到的發現。原本儒雅循良的人
民戰爭之後變得獷悍殘忍，社會風氣轉向尚武與浮華。詩人認爲這是受太平
軍的習氣影響所致。「更有」二字卻婉曲地指嚮導致風俗改變的另一個原因：
「奏凱軍」的壓迫和虐待迫使百姓產生了勇悍以自衛的精神。除此之外，還
存在「五方雜處」的因素。杭州戰後人口銳減，又有流民湧入，帶來不同的
風俗習慣，使杭民舊俗發生變異亦不足爲奇。然而此種風氣與儒家化民成俗
的理想背道而馳，薛時雨見此，定然有所觸動。後來他主講崇文書院，培養
士德，整頓士風，恐與此事不無關係。

（四）湖山「原罪」之說

　　庚辛之變不僅對親歷者的心靈產生巨大的影響，亦成爲幾乎當時所有杭
州士人不能擺脫的記憶。痛定思痛，人們潛心思考著錦繡湖山何以遭罹戰亂
厄運的原因。光緒二十一年，丁丙輯成《庚辛泣杭錄》，距戰亂之時已三十載。
錢塘老隱士蔡玉瀛爲之作序，道出他所認爲的湖山歷劫的緣由：

　　　　吾杭風俗人心，自唐以前見諸志乘者，大約樸質近古，與浙東
相似。北宋猶然……逮乎南宋建都，王者之居漸次宏麗，一百六十
年中踵事增華。東園遊幸，西湖歌舞，上下相沿，習爲奢華靡麗，
閱數百年而不能易。一旦有事，則困粟空虛，兵力薄弱，束手而陷
於寇盜。前則苦於兵單，後則由於糧匱，此杭之可泣所由來也。知
其由來，改弦而更張之，一洗泄泄沓沓之習，庶可奮忠義、崇節儉、
純風俗、厚人心，而挽天意焉。〔註50〕

〔註49〕薛時雨《入杭州城》，《藤香館詩鈔》卷三，《清代詩文集彙編》第671冊，第
　　　　625頁。
〔註50〕丁丙輯：《庚辛泣杭錄》卷首，《西湖文獻集成》第9冊，第543頁。

在作者看來，風俗人心關乎一國一地之命運。如果民風以勤儉、忠義爲尚，時局有變之時，則家有餘糧，民勇於戰，無倉廩空虛，兵力薄弱之弊，此地便不易陷落。相反奢華靡麗的習俗容易使人忘記憂患，陷入危險的境地。庚辛杭州之難即因浮靡習氣所致。惟有移風易俗，洗除懈怠奢華之習，使民心復歸質樸淳厚，才能使杭州再無兵燹之虞。雖然作者句句扣緊預防危機的現實意義，但「挽天意」一語仍然透露出天人感應的意味：奢華的習俗必干犯天怒，淳樸忠厚才能受到上蒼的庇祐。

然而，湖上奢華浮麗、競相享樂之風是南宋以來便存在的風俗，胡曉眞將此稱爲杭州的「原罪」〔註 51〕。既然自南宋以來杭州的戰亂都緣此產生，那麼爲了平安無事，杭州的人民是否願意放棄奢靡，復歸樸實無華的生活？這恐怕難以實現。胡曉眞說：「浮靡是城市的本質，是城市的原罪。兩者往往相互定義。」〔註 52〕去除了「原罪」，城市便不成之爲城市。去除了繁華，西湖也能不成之爲西湖。士人們一邊思索著如何袪除「原罪」，一邊又痛心於湖山蕪雜，勝境難復。這本身就是一種矛盾心態。或許繁華不等同於奢華，然而區分二者的分寸當如何把握呢？「原罪」說的荒謬之處在於將西湖之美景與固有之習俗目爲「傾國的佳人，媚主的妖姬」〔註 53〕，承平時以其爲樂事，離亂時視之爲禍胎。卻不追究封疆大吏決策失誤之責、守城清軍怕死畏戰之過。這顯然不是公允之論。既然「原罪」之說只是一部分士人痛惜西湖慘遭摧殘而尋找出的解釋戰禍的理由，那麼紓解這種痛惜之情的方法有些比「原罪」理論更加有效，比如追憶西湖全盛之時的景致（明末亂離之時，張岱作《西湖夢尋》；庚辛之難後，范祖述作《杭俗遺風》），比如從湖上探尋富有生命力的文化象徵。

（五）文化生命之挺立

湖上未遭到劫難的風物如吉光片羽，爲數甚少。當經過亂離的文人重新回到棲隱之地，滿目瘡痍，惟有屈指可盡的熟悉之景挺立面前，不僅能引起人與物均爲劫後餘生的感慨，亦能使飽受心靈創傷的人們對生命、對文化重

〔註 51〕 胡曉眞《離亂杭州——戰爭記憶與杭州紀事文學》：「在戰亂中消逝的城市，究竟何以遭此厄運？因爲痛惜，更想找出足以解釋大難的理由，於是城市的原罪便浮出了。」（第 79 頁）
〔註 52〕 胡曉眞《離亂杭州——戰爭記憶與杭州紀事文學》，第 79 頁
〔註 53〕 同上注。

新燃起希望。同治四年（1865），李慈銘來到杭州，遠望西湖山水，作《進杭州北關見湖上諸山》詩：

> 百戰臨安劫後塵，湖山都換舊時身。多情只有黃妃塔，猶自含煙待遠人。〔註54〕

當時距庚辛之變已有數年，時局早已平復，然而湖山頹唐，仍未恢復舊時的風貌。惟有黃妃塔風采如昔，在煙靄中矗立，似等待著飄零未歸的故人。黃妃塔意象非常值得注意。黃妃塔即雷峰塔，吳越王錢俶為其愛妃所造，從五代到晚清九百餘年間，數次歷劫而不毀，似有神靈護持。檢《西湖志纂》卷四，知黃妃塔建成後，又建顯嚴院。北宋宣和間，顯嚴院被戰火燒毀而黃妃塔無恙。又據《西湖遊覽志》，此塔舊為七級，雷火所焚，止存五級，然塔猶存。到明朝嘉靖年間，倭寇犯杭州，疑塔中藏有伏兵，放火焚之，簷牙都盡，只下剩塔心，依然兀立湖滸。頹然似廢，然又如閱盡滄桑般的靜謐，於是晚明便有了「雷峰如老衲」的諺語。待得庚辛之時，西湖被兵甚慘，黃妃塔仍得免禍。不僅能為湖山增色，更成為西湖文化歷劫而不毀、頑強存在的象徵。這首詩的主旨固然是詩人對今夕盛衰的感慨，但黃妃塔的「多情待遠」依然能撐起西湖全幅之文化生命。

如果說黃妃塔是整個西湖文化精神的暗喻，蓮池庵的白皮松則象徵著隱士精神。試看丁丙《蓮池庵白皮松歌》：

> 水仙廟裏蓮花池，池上老松大合圍。交柯接葉東與西，亭亭雙幹潔白皮。松下兀坐比丘尼，指松索我為歌詩。嗟我風塵苦馳逐，逋句未償白日速。至今患難動追思，尚覺松風涼謖謖。松如玉爪銀髯龍，龍之赫兮頭角雄。白雨點點龍鱗容，白雲片片龍尾從。不然瘦如白髮翁，蒼然對立扶松節。不然強似白衣叟，落落恥受嬴秦封。鳳山鷲嶺南北峰，讓爾雙幹撐蒼穹。煙姿霧質勞心領，充列明湖十八景。可惜湖山滿劫灰，不止獨松關外警。松兮幸未遭索烽，主林神護千年本。慨余離泊異鄉身，故土猶輸託根穩。偈來避亂住溢涇，望斷芙蓮開野門。何時束向還家庭，重證老尼香火因。松蘿煮熟來聽經，饑劇龜蛇白茯苓。〔註55〕

〔註54〕李慈銘著，劉再華校點，《越縵堂詩文集》之《白華絳跗閣詩辛》，上海：上海古籍出版社，2008年版，第158頁。

〔註55〕丁丙著：《松夢寮詩稿》卷二，《續修四庫全書》集部第1559冊，第417頁。

蓮池庵即水仙王祠，祠內有白皮松兩株，爲清代西湖十八景之一「蓮池松舍」。蘇軾《書林逋詩後》云：「我笑吳人不好事，好作祠堂傍修竹。不然配食水仙王，一盞寒泉薦秋菊。」東坡此詩既出，杭人便將林逋栗主移入水仙王祠，與水仙王合祀。然宋時水仙王祠在蘇堤第三橋之南，後廢。清代水仙王祠爲雍正五年李衛所建。雖然兩祠名相同而實有異，但水仙王祠之名仍能使人們想起蘇詩，進而將祠廟與林和靖的隱士精神聯繫起來，更何況清代水仙王祠地處林逋隱居之孤山。詩人筆下的松樹亦如隱士般擁有兀傲之氣。泰山有五大夫松，其號爲秦始皇所封，湖上雙松卻以之爲恥。白皮松蒼勁如龍，雲雨中鱗甲張動，甚至比武林諸山都富有氣勢。詩人慶幸的是，滿湖劫灰，雙松卻沒有被烽火燒毀，依然挺立天地之間，撐拄著蒼穹。詩人羨慕的是，雙松紮根故土，無所遷移，遠勝自己漂泊不定，馳逐風塵。這首詩固然是詩人滯留他鄉追思故土風物之作，然而白皮松傲然獨立，不慕功名之隱士般的品格亦是詩人歌頌的對象。白皮松撐拄天地的形象也寄託著隱士能夠堅守文化理想的信念。除丁丙外，吳兆麟也用松的堅貞自守象徵隱士品格，如其《西湖三十六首》其十二《蓮池松舍》：

> 蓮出淤不染，松惟貞自矢。結廬於其間，定有隱君子。爲祝水
> 仙王，煙霞衛圖史。〔註56〕

由此可見，有關庚申之變的西湖書寫既有對戰亂的恐懼、生靈塗炭的痛惜、湖山殘破的無奈，也在廢墟中找尋著西湖文化尚存生機的證明。這些書寫投射著隱士們心靈的痛楚與迷惘，也顯現出他們對自身的期許：如雙松一樣既能堅守本性又能在危機中擔負起挺立文化精神的使命。正是這種使命感，使隱士成爲同治光緒年間推動西湖文化重興的生力軍。

小　結

庚辛之變是整個杭州的浩劫。西湖這個風物清絕的山水窟都籠罩在劫灰之中，寄跡湖上的隱逸之士再也無法維持原先風雅自適的生活。他們以不同的方式對這場劫難做出回應，揭開了晚清西湖文化涅槃重生的序幕。回應的方式有兩種，不外乎亂離中如何自處，戰爭的記憶如何被記錄、如何被書寫。關於前者，湖山隱士（小隱）與亦官亦隱者（中隱）的表現有所差異；關於

〔註56〕吳兆麟著：《鐵花山館詩稿》之《初衣集》，《清代詩文集彙編》第625冊，第439頁。

後者，則不須對書寫者的身份詳加區分，一體同仁地展現隱士的悲憫情懷與哀感意識。

湖山隱士在戰亂中的處境甚為艱難，雖然驚恐、漂泊甚至死亡接踵而至，然而終能埋骨西泠，與山水融為一體，這是他們隱逸於此的終極理想。隱士生命的凋零與湖山風物的殘破一樣，共同折射出在殘酷的戰爭中西湖隱逸文化存在柔弱與悲哀的一面。但是此種文化亦涵有樂觀兀傲的意蘊，表現為雖經戰亂，有些隱士依然堅持詩意化生活的習慣，苦中作樂，甚至調侃著戰爭對自身造成的傷害。這種達觀超脫的精神弛緩了柔弱的人生與剛暴的戰爭之間的緊張，乃是隱士文化對苦難人生的智慧性拯救。

亦官亦隱者是道與勢力量消長的矛盾體，其行為方式對統治力量疏而不離，人生理想則追求道德的完成與心靈的自由自適。西湖吏隱亦是如此。置身佳麗山水紓解著為官的縲絏感，隱逸典型的高蹈出塵吸引著追求自由的靈魂。對此類吏隱而言，西湖山水乃是比廟堂宮闕還要重要的精神勝境。他們擁有隱士般的心靈，又兼具官吏的政治身份，保境安民、救時濟世是其對自身的道德要求。戰火摧毀的不僅是固有的社會秩序，也威脅著吏隱者的心靈聖地與道德使命。他們不遺餘力地平抑戰亂、澄清湖山，折射出吏隱文化的二元品格，即隱遁情懷與救世之志。亦多有為此而殞命者，其行乃是對心靈自由的皈依，實現了道德之圓滿，而非盡忠殉節等表層涵義。

西湖隱士既親歷亂離之事，以其行為詮釋隱逸之精神，又描繪戰亂的城市與山水，記錄戰爭的痕跡，以其筆墨喚醒西湖文化的靈魂。對圍城之慘、生靈塗炭的記錄，顯現出悲憫式的人道關懷。對西湖風物、人文景致遭到破壞的書寫，則透露出文化崩解、恢復無期的幻滅感、虛無感。文化典籍、個人著作的命運也是被敘寫的重要對象，其存亡得失亦成為文化命運的暗喻。隨著對戰亂引發問題思考的深入，習俗對城市命運發生影響等論說也獲得一定認同。然而將奢華的習俗視為遭受戰亂的「原罪」之說法卻厚誣湖山勝景，難以令人信服。在大多數人痛惜遭劫之西湖，失去文化恢復的信念之時，有些文人卻借蘊含歷史感與強韌性的意象（如「黃妃塔」、「白皮松」等）讚美了西湖文化歷劫不墮的偉大生命力，展現了西湖隱士挺立文化精神的兀傲形象。

蕭瑟殘破的風景、人口銳減的城市、飽受衝擊的文化、發生異變的習俗及死生亂離的記憶使士人的隱逸理想陷入困境，然而只要隱士與隱逸理想尚

存，隱遁家園的毀滅便只是暫時性的。他們將成爲西湖風物得以恢復、西湖文化得以重振的重要推動力量。

附表：咸豐庚辛之役湖上古蹟損毀及重建情況

文物古蹟名	何時何人損毀	何時何人重建
文瀾閣	咸豐庚申間毀於兵火。	光緒六年，巡撫譚仲麟、布政使德馨，飭郡人鄒在寅在舊址重建。
廣化寺	清咸豐間毀於兵火，僅存鐵佛一尊。	光緒間寺僧重建
昭慶律寺	清咸豐間，寺爲焦土。	光緒間，僧發朗、蓮舟，士人丁丙等重建。
大佛寺	清咸豐九年毀	僧海萍、醒徹重建。
涵青道院（葛仙庵）	清咸豐間毀	同治丁卯重建。
鳳林寺	咸豐辛酉毀於兵火，僅存大殿及明天啓間所鑄大鐘。	同治、光緒間寺僧重建。
妙智禪寺	咸豐間毀	同治間寺僧重建
法雲寺	咸豐辛酉毀	同治間寺僧重建
清漣寺	咸豐辛酉，杭城再陷，寺成爲焦土。	光緒間重建。
雲林禪寺（靈隱寺）	咸豐之季，毀於兵燹。僅存羅漢殿、天王殿。	同治光緒間重建。宣統二年，江蘇盛宣懷出鉅資建正殿七楹。
法鏡寺（下天竺）	咸豐之季，化爲灰燼，蕩然無存。	同光至民國，陸續重建。
法淨寺（中天竺）	咸豐間毀。	同治、光緒間寺僧重建。
法喜寺（上天竺）	咸豐庚申毀於火，僅存天王殿。	同治至民國，陸續重建。
淨慈禪寺	咸豐之季，毀於兵火。	同治至民國，重建不輟。
大仁禪寺	咸豐庚辛間，毀於兵。	光緒間鄉紳丁盛松修葺。
龍井寺	咸豐間焚毀殆盡。	同治至民國重建。康有爲題寺中「江湖一勺」亭、「飮山淥」閣。
理安寺	咸豐之季，毀於兵燹。	同光間漸次興復。寺前有周慶雲爲乃母董太夫人所建經塔。
大慈定慧禪寺	咸豐間毀。	同治光緒間重建。

雲棲寺	咸豐庚辛之役，毀壞無完宇。	同治光緒間重建。
玉皇宮	咸豐辛酉被毀。	同治間楊昌濬撫浙，重建。
中興觀（東嶽廟）	咸豐庚申廟毀。	同治間胡光墉重建。
惠應廟（藥皇廟）	咸豐庚申毀。	同治庚午藥商集資重建。
朱文公祠	咸豐之季毀於兵火。	同治間蔣益澧重建。
伍公廟	咸豐辛酉毀。	同治十三年楊昌濬復建。

第二章　西湖隱士與庚辛之變後的
　　　　　西湖文化重建

　　同治二年（1862）八月，清閩浙總督兼浙江巡撫左宗棠、按察使蔣益澧率兵攻杭州。太平軍與之激戰數月，終不能敵。次年三月二十四日，戰事結束，杭州復爲清有。此時，經濟、教育、文化等各項事業的恢復成爲杭州吏民的迫切任務。同治到光緒二三十年間，西湖漸復舊觀。寺廟道觀等宗教建築的重建，主要得力於僧道。橋樑道路、先哲祠墓等則由浙江巡撫蔣益澧等次第修復。湖上還新建了多座中興將領的祠堂，不惟褒揚忠烈，亦成爲全新的人文景觀，如蔣公祠（祀蔣益澧）、彭公祠（祀彭玉麟）、傑公祠（祀傑純）等。社會經濟與人文景觀的迅速恢復顯示出西湖強盛的生命力。同爲江南重要都市，南京在戰亂後的恢復情況，便遜於杭州。誠如民國年間張其昀所言：「雖在咸豐年間，遭洪楊之亂，西湖大受蹂躪，而自清季以來，已復其舊觀。若金陵自六朝以還，屢遭兵燹，至今猶殘破荒涼，典章文物，蕩焉無復存者，固不可同年而語矣。」〔註1〕

　　重歸安定的社會環境、明麗如昔的湖山風物再次爲文人憩隱湖上提供了良好的條件。此時隱士的生活並非呈現一種寂然出世的狀態，而是以較爲積極的方式參與了西湖文化的中興。山水、堤橋、祠廟、寺觀、園墅等的重建是西湖文化歷劫更生的外在表現，搜羅散佚的典籍與著作、培養人才整頓士風、重新倡導雅致生活等則是西湖文化復興的精神內核。前者官吏、僧道任其事，後者文人隱士服其勞，共同將嘉道以來漸趨中衰的西湖文化推向繁榮。

〔註1〕　張其昀撰：《西湖風景史》，《西湖文獻集成》第 10 冊，第 270 頁

隱士對西湖文化復興作出的諸多貢獻以補抄文瀾閣《四庫全書》爲最。

一、丁申、丁丙對西湖文獻復興之貢獻

　　乾隆三十七年（1772），清高宗弘曆命儒臣纂輯《四庫全書》，建文淵、文溯、文源、文津四閣以庋藏之。四十七年，全書編纂告竣，又令繕寫三部，分別貯藏於江蘇文宗閣、文匯閣及浙江文瀾閣。文瀾閣在孤山之麓，聖因寺旁。閣中除了《四庫全書》外，尚藏有《古今圖書集成》、《全唐文》。江浙有志讀書的士人，都可入閣抄錄秘本。如道光年間錢熙祚編《守山閣叢書》，曾從文瀾閣《四庫全書》中輯得多種稀見之書。晚清上海著名學者張文虎亦曾在此抄書。可見文瀾閣是江浙文人心目中的文化聖地。

　　然而，咸豐十一年杭州的戰火最終導致了文瀾閣的傾圮，《四庫全書》的散佚，這是近代西湖文化史上最爲嚴重的災難。從文瀾閣流出的藏書有的被有識者收購，成爲私藏，而大部分落入市井愚民之手，命運堪憂。杭州藏書家丁申（「竹舟」其字）、丁丙（「松生」其字）兄弟痛惜典籍的流散淪亡，便發願收集殘書，其時戰亂尚未平息。

（一）丁氏昆仲的隱逸情懷

　　關於丁氏兄弟的身份，尚有可討論之處。丁家世代經商，以丁丙爲例，他繼承祖業，乃是杭州著名的絲綢商人，還開辦通益公紗廠、世經繰絲廠等民族企業。丁家富於藏書，丁丙祖父丁掌六築有八千卷樓。到丁申、丁丙掌家之時，嗜之彌甚，藏書已達二十萬卷，建嘉惠堂以貯之。〔註2〕然而他們立身淡泊，不欲自顯，更不喜功名，兄弟二人終身僅爲諸生。丁丙《松夢寮詩稿》卷首有柳商賢所作序言，可見其志節：

　　　　左文襄公撫浙時訪求人材，首舉君，入告，遂以諸生受知。天
　　　子以知縣發往江蘇，加銜進秩，疊詔襃嘉。……而君卒抱道不出。……
　　　跡其生平在隱顯之間。〔註3〕

　　左宗棠推薦丁丙任江蘇知縣，丁丙辭不出仕，懷抱隱逸之志甚明。所謂「隱顯之間」，則指其雖不在職，其行卻能有功於名教，有益於民生，社會影

〔註2〕　有關杭州丁氏家族文化等問題，詳參周膺、吳晶《丁丙及杭州丁氏家族家世考述》（《浙江學刊》，2013 年第 5 期）
〔註3〕　丁丙著：《松夢寮詩稿》，《續修四庫全書》集部第 1559 冊，第 395 頁。

響力遠非一般隱士所及。丁申之志行與乃弟相似，光緒七年因補輯文獻之功，被授四品頂戴。然此僅爲榮譽，並非實職。丁申亦是隱於鄉邦的。可見他們在藏書家、商紳之外，尚有隱士之身份，而此身份亦爲士林所認可。如王先謙《題丁申竹舟、丙松生昆仲庫書抱殘、文瀾歸書二圖》：「……功爭入咸陽，名抵校天祿。薦剡動玉陛，掉頭謝羈束。閉門友琴書，掃徑伴松菊。生入高士傳，人推老尊宿。」〔註4〕詩中的二丁完全是清高脫俗的隱逸形象。丁丙還頻繁與湖上隱逸詩人的聯吟酬唱，嘗與老隱士吳兆麟一同發起鐵華吟社，這也是西湖文化得以恢復的表徵之一。

　　丁申詩文集今不存。丁丙《松夢寮詩稿》中頗有表現隱逸情懷的作品，茲舉兩例：

> 桑麻鋤瘦地，蓉菊媚新晴。晚節娛三徑，秋光壓一城。俗無冠蓋會，人以布衣名。詩筆鍾嶸擅，吟秋孰繼聲？〔註5〕《可羨園》

> 陰脈遙遙屬半州，先生遺蛻法華邱。魂歸定有鶴飛下，名重何煩鴻博留？偕隱西溪完鳳緣，無兒東野亦千秋。我生恨晚餘私淑，空酹寒泉醉墓楸。〔註6〕《展厲太鴻徵君墓用阮文達韻》

　　第一首是詠菊詩，表現對陶淵明式的田園生活的讚美。第二首表現對西湖的盛世隱居者厲鶚的仰慕之情。丁丙詩學屬樊榭，柳商賢《〈松夢寮詩稿〉序》稱：「〔丁丙〕年未冠既學爲詩，好《樊榭山房集》。」〔註7〕此詩中稱私淑樊榭，不僅是對厲鶚詩學的學習與繼承，更是瓣香其不以盛名爲累，豁達知命的隱逸精神。可見他是以隱士自我期許的。

　　出世之志與用世之行存於一身，雖與吏隱相類，但出處更爲自由，能更好地保持道德之完善與內心之獨立。俞樾在《丁君松生家傳》末論曰：「伏處鄉里，而惠澤被乎四方，聲名動乎朝野。求之古人，未可多得。」〔註8〕丁丙絕命詩有「分應獨善心兼善，家守清貧書不貧」〔註9〕之語，都是對其道德追求、文化事業的定評。由此可見，稱丁申、丁丙爲隱士也是恰當的。

〔註4〕　王先謙著：《王先謙詩文集》，長沙：嶽麓書社，2008年版，第511頁。

〔註5〕　丁丙著：《松夢寮詩稿》卷一，《續修四庫全書》集部第1559冊，第404頁。

〔註6〕　丁丙著：《松夢寮詩稿》卷二，《續修四庫全書》集部第1559冊，第411頁。

〔註7〕　丁丙著：《松夢寮詩稿》卷首，《續修四庫全書》集部第1559冊，第395頁。

〔註8〕　俞樾：《春在堂雜文》六編二，《清代詩文集彙編》第686冊，第153頁。

〔註9〕　丁丙《三月初一日病危口占》。見《松夢寮詩稿》卷二，《續修四庫全書》集部第1559冊，第485頁。

（二）丁氏昆仲與文瀾閣

丁申、丁丙對文瀾閣藏書有著三方面的功績：尋訪遺佚之書、重建文瀾閣以爲儲書之所、補抄缺損之書。

戰亂之時丁申、丁丙避禍於西溪，在留下鎮市場上見有包裹食物之字紙乃《四庫全書》散葉，心痛不已。於是募得膽壯者數人，趁野夜色撿拾，陸續運到西溪，藏入丁父的殯宮中，先後得到殘編數千冊。杭州戰事日緊，他們便將所收之書運往上海，以求安頓。這就是二丁搜集散佚之書的開端。到上海後，他們依然掛念杭州的佚書，便託周姓書商代爲搜求。最後尋得殘書八百束，每束高二尺，運抵上海，丁申、丁丙便著手整理、編目。同治三年（1864），戰爭停息，他們回到杭州，多方購求散佚各處的書籍。最終搜集到各類書籍九千零六十冊。雖然不及書庫舊藏的四分之一，也已卷帙浩繁，庋藏不易。丁申報知當道，將這部分書籍藏於杭州府學尊經閣。

文瀾閣並未在戰亂中徹底倒塌，然而已經頹敗不堪。丁氏兄弟早有重建之議。光緒六年（1880）浙江巡撫譚仲麟採納其提議，準備重建。修建過程中，二丁承擔著繪製工程圖紙，董理各項事務的重責。經過六個月的修築，次年三月，全新的文瀾閣落成，光緒皇帝命翰林院臣敬書「文瀾閣」額賜之。藏於杭州府學的文瀾閣舊籍重歸本庫，然而闕損過多，難稱全璧。

光緒八年（1882），丁丙主持文瀾閣殘缺圖書的補抄工作。他將家藏八千卷樓書籍的副本悉數獻出，又與寧波范氏天一閣、錢塘汪氏振綺堂、孫氏壽松堂、湖州陸氏皕宋樓、常熟瞿氏田裕齋、南海孔氏三十有三萬卷堂等著名藏書樓接洽，擇其所需，倩人抄錄。與此同時，旁搜博覽，擇可用之底本而購之。至光緒十四年（1888），共得三萬四千七百六十九本（含訪得遺佚之書）。與戰亂前文瀾閣所藏三萬五千九百九十本相比，已經恢復八九成面貌。第一次輯佚補抄的工作告一段落。丁申、丁丙之於文瀾閣厥功至偉。〔註10〕而藏書的全部補完，尚待民國年間錢恂、張宗祥、周慶雲等的努力。

（三）丁氏昆仲的高隱理想與文化功績在繪畫中的投射

二丁平生之志節、事業，透過三幅圖可以見其大概。一爲《風木庵圖》。父母亡故後，丁氏兄弟爲寄託孝思，在西溪建風木庵，取「樹欲靜而風不止，

〔註10〕 丁申、丁丙文瀾閣補闕事蹟，據王同《文瀾閣補書記》（見孫峻、孫樹禮撰《文瀾閣志》）、張鑒《文瀾閣〈四庫全書〉史稿》（《西湖文獻集成》第20冊）及俞樾《丁君松生家傳》整理。

子欲養而親不待」〔註11〕之意。《風木庵圖》原有兩幅，一為海鹽黃燮清繪，一為嘉興張熊繪。杭州戰亂起，黃氏所繪之圖毀於兵火，第二幅尚存。張應昌、高望曾、袁昶、楊文瑩、吳慶坻等數十位名流為之題詩。丁丙刻有《風木庵圖題詠》一卷。風木庵與文瀾閣藏書頗有淵源。藏書流出後，丁氏兄弟大事搜羅所得之本，均藏於乃父殯宮，殯宮又在風木庵中。此庵正是文瀾閣佚書的第一個庇護所。這又是丁氏兄弟的隱居之地：「遠望七十二賢峰，圍環列侍，如孝子之奉親。近則桑麻、雞犬、村居錯雜，饒有田野風味。道旁小屋數椽，荊扉靜掩。叩其門，童子出應。通姓名入，主人傴僂迎客。布衣草屨，幾忘為城市望族也。肅客入室，樸陋無華。庭中古木數本，蒼翠欲滴，風來作波濤聲。每屆秋末，想見敗葉飛舞滿廊廡間。皋魚養親之感，對此當倍增哀慟矣。」〔註12〕可見身處此庵可使誠摯孝思與隱遁理想都得到滿足。

　　另外兩幅圖則與丁申、丁丙補抄文瀾閣《四庫全書》之文化功業有著直接的關係，分別為《書庫抱殘圖》與《文瀾歸書圖》。二圖所繪內容不盡相同。第一幅為陸光祺所繪，記錄的是杭州收復後丁氏兄弟親赴文瀾閣收拾斷簡殘編，並將之移貯杭州府學尊經閣的情形，有左宗棠題字；第二幅由張熊作於光緒七年，所繪的乃是修復文瀾閣舊觀，貯藏典籍的文化盛事。兩圖合觀，可全面地展現丁申、丁丙輯補古籍的功績。兩圖的精神氣脈是貫通的。《書庫抱殘圖》有楊晉藩、徐樹銘、薛時雨、何兆瀛、秦緗業、李鴻裔、張維嘉、張景祁、樊增祥、劉履芬、黃國瑾、金日修、王頌蔚、瞿鴻機、顧雲、繆荃孫題詩；《文瀾歸書圖》有汪士鐸、徐樹銘、高學治、王堃、蔡玉瀛、秦緗業、李桓、王先謙、張鼎、吳兆麟、王景彝、章際治、葉維幹、樊增祥、潘衍桐、吳慶坻、張上和、費念慈、翁長森、束允泰、顧雲、繆荃孫等題詩。諸詩主旨大體相類：頌揚丁氏昆仲補綴藏書之德、重建文瀾閣之功，讚歎西湖文化歷劫不墮的強韌精神。值得注意的是，一些江蘇籍詩人將文瀾閣與揚州文宗閣、鎮江文匯閣的不同命運進行比較，在讚美文瀾閣劫後重生之餘，更表達

〔註11〕《韓詩外傳》卷九載：孔子出行，聞哭聲甚悲。孔子曰：「驅之驅之！前有賢者。」至則皋魚也，被褐擁鐮，哭於道旁。孔子辟車與之言，曰：「子非有喪，何哭之悲也？」皋魚曰：「吾失之三矣：少而好學，周游諸侯，以殁吾親，失之一也。高尚吾志，簡吾事，不事庸君，而晚事無成。失之二也。與友厚而中絕之，失之三矣。夫樹欲靜而風不止，子欲養而親不待，往而不可追者年也，去而不可得見者親也。吾請從此辭矣。」立槁而死。見許維遹《韓詩外傳集釋》，北京：中華書局，1980年版，第307～309頁。

〔註12〕程世勛等撰：《風木庵題詠》，《西湖文獻集成》第18冊，第310頁。

了對鄉邦文獻凋零的焦慮。如繆荃孫《題〈文瀾歸書圖〉》：

> 甲子值上元，妖氛掃欃槍。偃武乃修文，傑閣增煒煌。丁君抱
> 書歸，珍重陳縑緗。燦然復舊觀，補綴且不遑。迄今承學流，日夕
> 飫謨觴。惜哉匯與宗，蔓草縈頹牆。中朝數人物，孰過曾與張？上
> 書告天子，復有溥侍郎。任事少君僑，修復仍渺茫。南望只文瀾，
> 奎璧騰光芒。〔註13〕

與文瀾閣一樣，揚州文匯閣、鎮江文宗閣也因兵火焚毀。曾國藩、張之洞先後有重建之議，戶部侍郎溥良亦曾向光緒帝上疏，奏請修建文宗閣，然而事不果行。原因在於沒有像丁丙、丁申一樣可以任事的賢哲董理修復大計。文匯、文宗的恢復渺然無期，作者南望歸然獨存的文瀾閣，羨慕與痛惜之意兼而有之。

題詩中亦有讚美丁申、丁丙之高隱情懷的，如王先謙所作，前已論及，不贅述。又有吳慶坻《丁竹舟、松生〈文瀾歸書圖〉》：

> 卅載東南洗甲兵，湖壖傑閣重經營。抱殘天獎耆儒志，卻聘人
> 知處士名。媚古要須通治術，勼書一意謝浮榮。先朝恩澤臣家幸，
> 懷抱長同聖水清。〔註14〕

詩人不局限於讚美丁氏昆仲文瀾補書的功績，更肯定他們「卻聘」、「謝浮榮」的處士之德。此論恐怕更愜二丁之心曲。

（四）丁氏昆仲對鄉邦文獻之整理

除了文瀾補闕的偉業外，丁申、丁丙還在不遺餘力地整理與湖山有關的文獻，成為西湖傳統文化的總結者。丁氏兄弟家有八千卷樓，憑藉豐富的書籍資源，為鄉邦文獻的整理提供了便利條件。杭州經庚辛戰亂，不獨文瀾閣藏書散佚嚴重，與西湖有關的其他文獻也面臨著亡佚之虞，在這種背景下，丁氏兄弟開始了相關文獻的整理工作。二十餘年間，編輯成《杭郡詩三輯》、《武林掌故叢編》、《武林往哲遺著》、《武林坊巷志》等大部頭著作，成功地保護了鄉邦文獻，也使西湖文化得到有力的弘揚。

這部分內容，學界已有較細緻深入的論述，可參看周敏《〈國朝杭郡詩輯〉研究》（南京大學2010年碩士學位論文）。然而作為西湖文化復興的重要標誌之一，本文亦不能完全略過。據丁立誠《先考松生府君年譜》及其他材料，

〔註13〕孫峻、孫樹禮撰：《文瀾閣志》，《西湖文獻集成》第20冊，第112頁。
〔註14〕吳慶坻著：《補松廬詩錄》卷二，《清代詩文集彙編》第770冊，第271頁。

製一簡表，可見丁丙、丁申整理湖山文獻之大概情形：

書名	編輯者	開始時間	告竣時間
《武林坊巷志》80卷	丁丙、孫峻	同治十一年（1872）十月	光緒二十三年（1897）
《國朝杭郡詩三輯》100卷	丁申、丁丙	同治十二年（1873）	光緒十九年（1893）八月
《武林往哲遺著》120冊	丁丙	同治十二年（1873）	光緒二十三年（1897）七月
《武林掌故叢編》26集	丁丙	光緒九年（1883）八月	光緒二十一年（1895）十一月

另外，光緒十七年（1891），丁丙幫助潘衍桐輯校《兩浙輶軒續錄》。此書收錄浙江全境之詩人、詩作，非限於一地。然杭州境內之詩人及作品，多採自《杭郡詩三輯》。這也是丁丙對鄉邦文獻所作的貢獻之一。

總之，丁申、丁丙出身儒商世家，卻以隱士自勵。早年棲居西溪風木庵，既為雙親守護塋墓，也享受著靜謐出塵的生活。從在留下市上撿拾《四庫全書》散葉開始，他們便為恢復西湖文化而奔走。搜集、補抄文瀾閣流散的典籍、主持文瀾閣之重建為他們帶來莫大的榮譽，《書庫抱殘圖》、《文瀾歸書圖》及題詠乃是整個文化界對其成就的肯定，清廷亦多有褒獎，然而兄弟兩人仍能保持初心，淡泊名利，繼續為重振西湖文化而孜孜不已地工作。二三十年間，編得與杭州有關的詩歌總集、志書、文化叢書等若干種。丁申去世後，丁丙獨任其事，仍致力於保存西湖之文獻。正是在丁氏昆仲的維護之下，西湖之典籍才能在戰亂後得以保全和恢復，西湖文化方可呈現出旺盛的生命力。他們之於西湖乃至整個杭州的意義都是不容低估的。

二、薛時雨、俞樾與西湖書院文化之盛衰

明清時代，杭州有四大書院，分別為敷文書院、崇文書院、紫陽書院與詁經精舍。敷文書院，在萬松嶺。明弘治年間浙江右參政周木建，初名萬松書院。清康熙帝題「浙水敷文」匾額，徐元夢改為敷文書院。咸同間太平軍攻杭，書院殘毀，由萬松嶺遷至杭州葵巷。崇文書院，在蘇堤第六橋北。明萬曆年間巡鹽御史葉永盛建。清康熙帝題「正學闡教」為額。庚辛之役，書院被毀，同治四年復建。紫陽書院，在紫陽山。清康熙間浙江鹽法道高雄徵

建，初名紫陽別墅，後改書院之名。詁經精舍，在西湖孤山，清嘉慶六年浙江巡撫阮元建。庚辛兵禍之後，巡撫馬新貽、蔣益澧重建。各書院在咸同年間均遭兵燹，重建之後，興衰有別。敷文、紫陽頗顯低迷，崇文稍勝之。詁經精舍最爲特出，群彥盡出其中，幾乎成爲兩浙之人文淵藪。崇文、詁經的興盛，實與其山長之學識、治學理念有關。

湖上諸書院之山長，有清一代例爲退隱湖山的官吏，其出處與「中隱」相類。清初至同治間各書院山長出處情況見下表〔註15〕：

書院名	山長名號	山長出處情況
敷文書院	魯曾煜，字啓人，號秋塍。會稽人。	康熙辛丑進士，改庶吉士。隱居西溪高氏山莊。
	張映辰，字星指，號藻川。錢塘人。	雍正癸丑進士，由翰林院歷官兵部左侍郎，左遷督察院左都御史。立身行己，沖淡自得。乾隆十六年主講敷文書院，十八年還朝。
	陸宗楷，字健先，號鳧川，仁和人。	雍正癸卯進士，官兵部尚書。歸田後主敷文講席。
	趙大鯨，字橫山，號學齋，仁和人。	雍正甲辰進士，歷官督察院左都御史，告養家居，主講萬松書院近三十年。
	齊召南，字次風，天台人。	乾隆丙辰舉博學鴻詞科，授檢討。歷官吏部侍郎，以疾乞歸。掌教敷文十餘年，文人蔚起。
	許乃賡，字念颺，號藕舲，仁和人。	嘉慶丁丑進士，官右春坊右庶子。奉諱歸里，摒絕人事。大吏延主敷文講席，一再敦迫始就。
	朱昌頤，字朵山，海鹽人。	道光丙戌一甲一名進士。官給事中，以言事罷歸，主講敷文書院。
	沈祖懋，字念農，錢塘人。	道光戊戌進士，官安徽學政，謝病歸。同治甲子，掌教敷文書院。
崇文書院	吳廷華，字中林，號東壁。	康熙甲午舉人，乾隆初年任三禮館纂修官，以老病乞歸。主崇文講席。
	孫嘉樂，字令宜，仁和人。	乾隆辛丑進士，官至雲南學政。以病告歸。乾隆五十八年主講崇文書院，兼主龍山、蕺山書院。
	孫效曾，字恂士，號蓬庵，仁和人。	乾隆癸未進士。官翰林院侍講。歸田後主講崇文書院。
	馮浩，字養吾，號孟亭，桐鄉人。	乾隆戊辰進士。歷官山東道御史。歸田時主講崇文書院。

〔註15〕此表據王同《杭州三書院紀略》及俞樾《詁經精舍歌》整理。

	張時風，字虞琴，號桐谷，仁和人。	乾隆己丑中正榜內閣中書，轉典籍，升刑部主事。回籍後，乾隆五十八年主崇文講席。
	吳壽昌，字泰交，山陰人。	乾隆己丑進士，官翰林侍講。以養疴請假歸里，主崇文戴山講席。
	陳延慶，號桂堂，字古華。	由翰林官太守，主講崇文書院。
	胡敬，字以莊，號書農，仁和人。	嘉慶乙丑會員，官翰林院侍講。督學安徽，旋乞養歸。主講崇文書院二十二年。
	胡珵，字孟紳，號琅圃，仁和人，胡敬子。	道光丙戌進士，官刑部主事。歸省不復出。繼乃父主崇文書院講席二十餘年。
	戴煦，字醇士，錢塘人。	道光壬辰進士，官至兵部右侍郎。稱病開缺，以三品京堂休致。歸鄉主講崇文書院。
紫陽書院	鄭江，字璣尺，號筠谷。	康熙戊辰進士，歷官翰林院侍奉江。
	孫庭槐，字右江，號芥舟。仁和人。	雍正壬戌進士，改庶吉士，授編修。官至山東按察司兼署河督。以年老告歸。
	傅王露，字良木，號玉笥，會稽人。	康熙乙未進士及第第三人，授編修。後退居湖上，主講紫陽書院。
	何玉梁，字韋江，號樟亭。錢塘人。	雍正癸卯進士，官編修。聞母耗，遂告終養。
	孫志祖，字詒谷，號約齋，仁和人。	乾隆丙戌進士，歷官江南道監察御史。嘉慶六年主講紫陽書院，終卒於院中。
	邵樹本，號塋村，錢塘人。	乾隆戊辰進士，由翰林擢御史。工詩善書，主講紫陽，多所造就。
	王宗炎，字以除，號穀塍、晚聞居士、蕭山人。	乾隆庚子進士，截取知縣。學問淹博，性尤淡退。既通籍，杜門不出，以文史自娛。嘉慶八年巡鹽使者延豐聘主於紫陽書院講席。
	盧文弨，字召工，號漁磯，晚號抱經。仁和人。	乾隆壬申進士及第第三人。歷官侍讀學士、湖南學政。以六品京堂告養歸。乾隆四十九年主崇文講席，越一年移主紫陽長達十餘年。
	龔麗正，字暘谷，號暗齋，仁和人。	嘉慶丙辰進士，歷官江南蘇松太道。歸田後主紫陽書院講席。
	屠倬，字孟昭，號琴塢，又號潛園。錢塘人。	嘉慶戊辰進士，官江西袁州府知府。解組後，應大府之聘，主講紫陽書院。
	錢振倫，字侖仙。歸安人。	道光戊戌進士，官國子監司業。性簡傲，不諧於俗。主紫陽講席時，日必策杖吳山，左江右湖，徜徉其間，至晚始歸院。

	章鋆，字酡芝，號采南，鄞縣人。	咸豐壬子進士，歷官至國子監祭酒。同治三年丁憂歸，主講崇文書院。七年主講紫陽書院。
詁經精舍	王昶，字德甫，號述庵，青浦人。學者稱蘭泉先生。	乾隆甲戌進士，嘗主敷文書院。阮元建詁經精舍，延請主詁經講席。
	孫星衍，字淵如，陽湖人。	清乾隆五十二年殿試榜眼。歷任翰林院編修、刑部主事、刑部郎中，任代山東布政使，稱病請歸。阮元延請掌教詁經精舍。
	顏宗儀，字雪廬，別號夢笠道人。嘉興人。	咸豐三年進士，授翰林院編修。充湖北鄉試主考官，官雲南學政，丁憂回籍。居家七年，曾主講於詁經精舍。
	沈丙瑩，字菁士，歸安人。	道光乙巳進士，授吏部主事，官安順知府、歷署銅仁、貴陽府事。罷官後主講詁經精舍。

（一）薛時雨對西湖文化之珍護與棲隱湖山之想望

薛時雨，字慰農，晚號桑根，安徽全椒人，咸豐三年進士，初任浙江嘉興、嘉善縣令。他出任崇文書院山長的經過，與上述各山長相似。同治三年，左宗棠保舉他任杭州知府，兼署督糧道，代行布政司、按察司事。時戰亂初復，杭城民俗澆漓〔註16〕，他慨然有革弊之志。是年中元節，嘗幫助左宗棠舉行盂蘭盆會〔註17〕，薦禮陣亡將卒及官紳士庶之殉難者，意在褒揚風義，提振道德，移風易俗。又在杭州東城之𦬊市河塍創東城講舍，集好學之士而教焉。東城講舍與杭州四大書院培養文化精英之目的不同，是為了普及教育，規正人心而建。社會影響力極大：「時杭城甫復，多士喁之向學，微有所長，咸入網羅。門下著錄弟子遍兩浙。」〔註18〕他在杭三年，政聲藉藉，以詩化民，時人目之為白蘇。秦緗業有言：

> 惟唐之白文公、宋之蘇文忠公以詩名一代而皆官於杭，皆興西湖水利，遺愛至今在民。觀於二公而詩與政通之說亦信。全椒薛君慰農為白蘇之詩、官白蘇之地而行白蘇之政，非謂詩人而循吏者歟？〔註19〕

〔註16〕此段經歷，薛時雨有《左季高制帥奏調赴浙領郡杭州恭紀二首》、《入杭州城》等紀之。見《藤香館詩鈔》卷三，《清代詩文集彙編》第671冊，第625頁。

〔註17〕薛時雨《藤香館詩鈔》卷三有《盂蘭盆會歌》，詳述此事。見《清代詩文集彙編》第671冊，第625頁。

〔註18〕王同《杭州三書院紀略》卷四《院長紀》，《西湖文獻集成》第20冊，第540頁。

〔註19〕秦緗業《〈藤香館詩鈔〉序》，見薛時雨著《藤香館詩鈔》卷首，《清代詩文集彙編》第671冊，第552頁。

薛時雨爲政既有成效，便生退隱的念頭。每遊湖上輒有賦歸之作，如「無端簪組束吟身，偶作中流自在人」、「故園久閣芰荷衣，宦海浮沉與願違」〔註20〕等句可見其厭倦官場束縛、渴望心靈自由的心願。薛時雨又有《摸魚兒·題香蘋〈湖山吏隱圖〉兼送之官嘉興》詞，湖山吏隱正是當時詩人人生形態的寫照，其上片云：

> 脫儒冠，學妝官樣，書生憨態堪掬。頭銜賺得西湖吏，也算今生清福。貧亦足，喜節署，深嚴檻蔭當門綠。時派充撫院監印官。偷閒袪裕。趁官鼓闌時，衙參散後，策蹇過三竺。〔註21〕

首句言書生爲官之拙，極力模仿官員之威儀，仍難脫憨直本色。寫得詼諧。詩人雖然清貧，但工作悠閒，餘裕較多，可以恣意遊覽湖山。工作環境又深幽寂靜，無塵雜之擾。亦官亦隱的生活可謂「今生清福」。然而既然在職，就不能免除拜迎官長的煩擾。這恐怕爲詩人所不喜。於是在杭爲官三年以後，他終於掛冠而去，可謂順遂初心，但對西湖卻飽含依依不捨之情。他的《將去杭州述懷言別》詩寫道：

> 秋風催我賦歸田，蓴美鱸肥送客天。薄宦何嘗厭軒冕，清時原許占林泉。塵揚滄海人先到，曲譜霓裳夢已圓。比似香山更惆悵，西湖曾未住三年。〔註22〕

薛時雨辭官後，浙江巡撫馬新貽延請他擔任崇文書院主講。在掌教的兩年時間裏，他重開舫課〔註23〕，繼續履行振興文教之使命。門下士如楊文瑩、施補華、張鳴珂、譚獻、沈景修、陳豪等皆一時俊彥。爲感念薛時雨教化造就之德，弟子爲其在鳳林寺建薛廬，於湖中造薛舫，俱成爲湖上之風雅故實。俞樾《春在堂隨筆》記載此事頗詳：

> 慰農主講崇文時，曾命門下士造一湖船。船未造而慰農去金陵，其門下士因以其錢，就鳳林寺後隙地築屋三間，榜曰「薛廬」。慰農自金陵來，余語及之，且曰：「昔人牽船以代屋，君今造屋以

〔註20〕薛時雨《同人招雨湖和譚生仲修廷獻韻四首》，《藤香館詩鈔》卷三，《清代詩文集彙編》第671冊，第627頁。

〔註21〕薛時雨著：《藤香館詞鈔》，《清代詩文集彙編》第671冊，第724頁。

〔註22〕薛時雨《藤香館詩鈔》卷三，《清代詩文集彙編》第671冊，第638頁。

〔註23〕崇文書院行舫課乃一風雅傳統，早在明代建立之初即如此。《西湖新志》卷一「崇文書院」條載：「明萬曆間，巡鹽御史葉永盛，集士子課文於此，授以題，命各就舫屬文，花洲鶯諸，聽其所之。少焉，畫角一聲，群舫畢集，各以文進，名曰『舫課』。」（《西湖文獻集成》第10冊，第28頁）

代船，宜曰『薛舫』，不宜曰『薛廬』也。」慰農深然之。未知果
更易否？〔註24〕

據此，則有廬而無舫，曰廬曰舫，均指鳳林寺後所築屋，乃一體兩名。
而檢徐珂《清稗類鈔》，薛時雨交卸崇文教職，離開杭州前，門人曾爲乃師製
舟：

> 全椒薛慰農觀察時雨罷守杭州，主講崇文書院，嘗召集其門下
> 士課文於湖舫，又爲湖舫詩社，與諸老輩酬嬉於西湖，極一時風雅
> 之盛。去杭日，門下士闢鳳林寺隙地，構屋一楹，顏曰「薛廬」，別
> 造一舟，仍名「薛舫」。〔註25〕

俞、徐二說，未知孰是。根據王同所記，弟子所造除薛廬外，確有薛舫。
王同係薛慰農門下士，所言可信。敘述建造舟、屋之事後，又稱「弟子奉師
不期而心合」〔註26〕，可知薛時雨本有此願，終由弟子爲之達成。薛時雨有
詩，紀薛廬之落成：

> 天生好山水，休沐供名流。西湖奉白蘇，來往驟鶩虯。以我塵
> 俗姿，領郡得此州。望古竊愧汗，去官暫淹留。祠祿藉養拙，虛譽
> 非所求。廣廈未庇人，乃以一廬酬。背廬山峨峨，面廬水悠悠。徑
> 曲樹陰合，院靜鐘聲幽。魂魄勝在茲，一笑輕王侯。冷氈足棲身，
> 紗帽幸離頭。今朝遽言別，一棹長江浮。吾亦愛吾廬，有約訂重遊。

〔註27〕

這首詩是薛時雨在杭州從政、執掌講席生涯的總結。詩歌一再強調輕視
名利，不慕虛譽的高隱情懷。薛廬靠山面水、幽靜出塵，眞與詩人嚮往自由
的靈魂相合。然而這種迥出塵表的胸懷中也時有濟世情懷光芒的閃現。當郡
人及弟子以薛廬報謝詩人治杭化育之德時，他不禁有愧報之意，因爲廣廈庇
人的宏願並未實現。詩人雖流連西湖的水光山色，還是灑然離去，可見其不
縈於物的豁達胸襟。這正與「中隱」精神若合符節。從另個角度看，詩人以

〔註24〕俞樾著，張道貴、丁鳳麟標點：《春在堂隨筆》卷二，南京：江蘇人民出版社，
1984年版，第25頁。
〔註25〕徐珂編撰：《清稗類鈔》第十三冊「舟車類」，北京：中華書局，1984年版，
第6081頁。
〔註26〕王同撰：《杭州三書院紀略》，《西湖文獻集成》第20冊，第541頁。
〔註27〕薛時雨《杭人爲余結廬於西湖鳳林寺後，顏曰薛廬，時將挈眷赴金陵，同人
設祖帳於此，用東坡和劉長安題薛周逸老亭韻留別》，《藤香館詩續鈔》，《清
代詩文集彙編》第671冊，第679頁。

澄清湖山為職志，同時風光佳美的西湖也喚起了其崇蘇仰白之情，行藏之際都能使詩人的道德精神得到滿足。他雖對薛廬有所著意，尚能以超邁的心態與之告別。但於蘇堤楊柳的態度便迥不相同，牽掛之情形之楮墨。其《移主金陵尊經書院留別杭州同社二首》其二有「蘇堤楊柳休輕折，手種經年陰漸稠」之句。結合此題第一首「罷官不去貧無奈，說士能甘夢亦怡」〔註28〕語意，可知蘇堤楊柳正是西湖人才的隱喻。他叮囑杭州友人保護楊柳不受摧折，實是蘊含著珍護人才、珍護西湖文化的拳拳深意。

　　薛時雨離開杭州後，赴金陵主講鍾山書院十餘年。杭人念其功德，思之不忘。薛廬亦成為湖上新的文化標誌。王廷鼎與徐琪等嘗將薛廬與林墓、俞樓、阮公墩、退省庵等並舉，為湖堤八景（或曰「西泠八景」）之一，稱「薛廬聽泉」。〔註29〕這一新的景致落成不久，便多有文人題詠。如張鳴珂《題陸劚雲源畫西湖小景》其二：

　　　　甘棠遺澤滿鄉閭，太守風流信不虛。昨向白蘇堤畔過，山椒添蓋薛公廬。吾師全椒薛慰農先生治郡杭州，有惠政。解組後主講崇文書院，振興文教，弦誦翕然。門下士為建數椽於珍珠泉側，環薛梅竹，顏曰「薛廬」。〔註30〕

　　此詩乃讚美薛時雨之政教功績。又如施補華《鳳林寺薛廬題壁》詩描寫薛廬靜謐安詳的環境，表達對薛廬主人的思念之情：

　　　　淡煙孤日翛然心，泠泠鍾磬來禪林。晚花迎客破紅笑，新竹出牆交翠陰。鳥語不聞精舍寂，魚游可數幽潭深。清貧老守幾時至，負手看為長短吟。〔註31〕

　　杭州士人對薛時雨念慕如斯，薛慰農在金陵時，亦對西湖念念不忘。秦緗業稱他與白居易、蘇東坡生平出處相類，他也喜以白蘇自喻。對白蘇二公的紀念與追思成為薛時雨思念杭州的一種表現形式。正月二十日、十二月十九日係白蘇二公生辰，薛時雨嘗與張文虎、孫衣言、錢應溥、戴望、孫貽讓

〔註28〕薛時雨著：《藤香館詩續鈔》，《清代詩文集彙編》第 671 冊，第 673 頁。

〔註29〕據《西湖新志》卷八「俞樓」條，王夢薇定「西泠八景」，有「俞樓延月」、「阮墩漁唱」、「彭庵禪燈」、「薛廬聽泉」之目，其他四景未詳。第 133 頁。又據《春在堂詞錄》卷三《哨遍》小序：「王夢薇少尉為繪《俞樓秋集圖》，徐花農孝廉又合以薛廬林墓等為湖堤八景……」第 391 頁。今人徐雁平稱另四景為「蔣祠採菊」、「林墓訪梅」、「梁莊啜茗」、「楊園納涼」。（徐雁平《詁經精舍：從阮元到俞樾》，《古典文獻研究》第十輯，第 278 頁。）

〔註30〕張鳴珂著《寒松閣詩》卷二，《清代詩文集彙編》第 710 冊，第 89 頁。

〔註31〕孫峻、孫樹禮撰：《文瀾閣志》，《西湖文獻集成》第 20 冊，第 445 頁。

等學人集江寧飛霞閣舉紀念之文會。他作有長詩《正月廿日飛霞閣慶白公生日並以蘇公陪祀長歌紀之》，重申仰蘇希白的心願。金陵風物雖彌望目前，筆下卻盡是對西湖的想望：

> 白公遺愛留西湖，後之繼者惟髯蘇。蘇公爲政雅慕白，祠祀遂與白公俱。七百年後流風徂，我適奉命守此都。仰蘇希白竊有願，前賢追陪何敢乎？歲時伏臘堂廡趨，寒泉手酌明區區。每逢生日亦展拜，守土之職罔感渝。掛冠忽復棲菰蘆，一椽孤寄孤山孤。兩公憐我老落拓，許我祠畔爲臺輿。吳興有客思歸歟，謂周緝雲侍御。莫愁西子交相輸。詣祠敬與兩公別，湖濱離緒縈鷗鳧。……鯫生薄醉同歌呼，湖山舊夢尤縈紆。歲終笠屐宜補圖，冶城山側重聯裾。

此詩爲紀念白居易生辰所作，懷蘇之作體制與此不同，乃七律短章，其中有「侑公一盞杭州酒，我亦曾看湖上花」之句。薛時雨以杭州宿釀薦酹於東坡，不僅表現對蘇的崇敬，更以自身與東坡都曾守杭的相似經歷，生發出人同此心的想像：我不忘西湖，蘇長公亦當如是。由此可見，西湖對詩人的吸引力不惟山水風物對身心的陶冶，亦在於其人生理想之典範──白蘇二公「中隱」實現的場域就在斯地而產生的親近感。

薛時雨去杭既久，湖山舊夢一直縈紆不散。終於在光緒壬午年（1882）八月復有遊杭之行，此時距他告別西湖已有十四載。此次來杭，薛時雨僅勾留兩日，與舊門人陸元鼎、吳左泉、王同、劉元楷、汪鳴皋、胡鳳錦、張鳴珂、沈景修宴於薛廬〔註32〕。具體情形已不可考。據王同《杭州三書院紀略》卷四所載，其時薛之門下士已星散，逆迎乃師者僅上述數人。薛時雨爲薛廬題聯曰：

> 十四年蠟屐重來，感今話昔，講藝論心，曩時託想千秋，期對此湖山不愧；　　二三子摶沙再聚，循吏清曹，閒官冷宦，他日各成一傳，願盟諸金石無渝。　　　其一〔註33〕

〔註32〕據《孫衣言、孫詒讓父子年譜》，同治六年四月，馬新貽於杭州開浙江書局，聘孫衣言、薛時雨爲總辦，譚仲修獻、高伯平均儒、李蓴客慈銘、張韻梅景祁爲總校，胡肖梅鳳錦、陸春江元鼎、陳蘭洲豪、汪洛雅鳴皋、錢塘張子虞預、王松溪麟書、張公束鳴珂、沈蒙叔景修爲分校，而張公束爲作校經圖，以紀一時之盛。（孫延釗撰，徐和雍、周立人整理，上海社會科學院出版社，2003 年版，第 72 頁。）此亦薛時雨與諸門人振興西湖文化之故實之一。

〔註33〕王同撰：《杭州三書院紀略》，《西湖文獻集成》第 20 冊，杭州：杭州出版社，2004 年版，第 541 頁。

　　　　白社論文，留此間香火因緣，割半壁棲霞，暫歸結十六年塵夢；

　　　青山有約，期他日煙雲供養，挈一肩行李，重來聽百八杵鐘聲。

　　其二

　　此兩聯可爲薛時雨與西湖之文化因緣的總結，也透露出其精神境界獲得超越性進益之訊息。「不愧湖山」是薛時雨對自身文化功業的評價，「各成一傳」是對爲官清廉的弟子們名垂史冊的期許。白社論文、講藝論心是薛時雨的西湖生涯中最愉悅的記憶。「白社」乃古隱士之居，以白茅爲屋，故名。唐人吳筠《高士詠·董威輦》有云：「董京依白社，散髮詠玄風。」由此可見薛時雨之隱逸情結。「煙雲供養」，原指道家吐納練氣以求長生之術，亦有山水具有怡養性情之效。錢大昕《梁山舟前輩八十》詩：「占得西湖第一峰，煙雲供養幾千重。門懸曼碩山舟字，人識坡公笠屐容。」薛時雨即用此意，表達隱遁西湖之上，徜徉山水之間，無欲無求，與天地同化的終極理想。此時仰蘇希白之念亦不再浮現，靈魂眞正與自然相親。這正是薛時雨晚年體悟而得的人生之大滿足。

（二）俞樾在詁經精舍安頓文化生命

　　西湖四大書院，學術宗尙有所差別。敷文、崇文、紫陽三書院均供奉朱子，以傳授宋學爲主，兼重八比文、試帖詩等舉子業的訓練；詁經精舍誕生於乾嘉之學最興盛之時，崇祀許愼、鄭玄，向生徒傳授漢學，兼課經世致用之文。詁經精舍雖爲後起之秀，然而培養了大批學問名家，其中很多就教於敷文、崇文、紫陽書院，當此三書院式微之際，這批出身詁經精舍的主講、掌教對其精神產生了巨大的提振作用。據張鋆《詁經精舍志初稿》所載：「抑精舍出身諸君，類能本其所學，推宏教責，如馬傳煦、沈祖懋之於敷文書院，胡敬父子（子名「瑤琨」）、戴熙之於崇文書院，皆能汲引後進，庸啓正學。」〔註34〕可知道光以降，詁經精舍之成就與聲望已駸駸然凌於三書院之上。

　　茲簡述俞樾任山長之前詁經精舍之歷史。俞樾《詁經精舍歌》第一段：

　　　文達阮公來視學，招集名流同相度。行宮左畔樓三楹，即志書所稱第一樓。《籑詁》一書從此作。謂《經籍籑詁》。後來節鉞鎭杭州，舊跡重修第一樓。此是詁經精舍始，孫王栗主至今留。精舍初建，文達延王蘭泉、孫淵如兩先生主講，至今栗主存焉。數十寒暑一俯仰，紅羊劫後

〔註34〕張鋆著，《詁經精舍志初稿》，《西湖文獻集成》第 20 冊，第 690 頁。

成榛莽。謂庚申辛酉之亂。中興重建是何人？端敏馬公果敏蔣。馬蔣重興與舊同，沈顏兩老太匆匆。同治間重建精舍，延嘉興顏雪廬、湖州沈菁士爲主講，二公皆不久辭去。

詁經精舍前身爲孤山行宮左畔之第一樓。清嘉慶二年，阮元任浙江學政，在孤山南麓建造五十間房舍，延請兩浙博學之士於此編纂《經籍籑詁》，次年書成，阮元離杭入都。逮及嘉慶五年，阮元又以浙江巡撫的身份臨杭，於第一樓所在地建立詁經精舍。爲許愼、鄭玄兩先師立栗主，先後延請王昶（「蘭泉」其號）、孫星衍（「淵如」其字）爲精舍主講。每月一課，以經義、史策、古今體詩爲題，不用八股文、試帖詩。阮元親爲審定，選擇諸生詩文中優秀者予以刊刻，彙爲《詁經精舍文集》十四卷，以彰顯實事求是、崇尙漢學的本願。阮元是詁經精舍的靈魂人物。嘉慶十四年，他離開浙江赴兵部任職，詁經精舍講習中止，興替不常，庚辛之變更遭兵禍，幾成廢墟。戰亂平定後，敷文、崇文、紫陽三書院漸次修復，獨詁經精舍未得重建，浙江布政使蔣益澧遂有重興之提議。同治五年，他命精舍舊肄業生丁丙、林一枝董理重建之具體事宜，歷時五月，精舍建成。並擴展第一樓之規模，使更爲弘敞，作爲精舍掌教的居所。精舍規模既完備，蔣益澧便延請嘉興嚴宗儀（「雪廬」其字）、湖州沈丙瑩（「菁士」其字）爲主講，以期弘揚文教、培養人材。所惜嚴、沈二公先後辭去，精舍講席又虛。

同治七年，浙江巡撫馬新貽聘請蘇州紫陽書院山長俞樾主持詁經精舍教席。俞樾便辭蘇而南來，欣然應命。此後，他主講詁經精舍三十一年，使得詁經精舍迎來又一次輝煌。俞樾每年春秋兩度來杭，課精舍諸生。他的學術思想不以漢學爲囿，而是繼承了乃師曾國藩漢宋兼採的理念，「訓詁主漢學，義理主宋學，教弟子以通經致用」〔註35〕。在此自由的學術氛圍之下，精舍再次人才濟濟，門下士如徐琪、王廷鼎、汪鳴鑾、宋恕、戴望、黃以周、朱一新、吳慶坻等無不聲名卓著，國學大師章炳麟亦出其門下。俞樾還仿阮元刻精舍諸生文集之先例，續刻《詁經精舍集》五十六卷共五集。經過他的苦心經營，詁經精舍終於成爲晚清中國最富盛名的學術重鎮。這也成爲西湖文化生命重新振起的標誌性事件之一。

關於精舍學術事業興盛的情況，俞樾在《詁經精舍歌》中寫道：

〔註35〕繆荃孫《俞先生行狀》，見《藝風堂文續集》卷二，《續修四庫全書》第1574冊，第8頁。

檀席未容虛浙右，弓旌不惜到吳中。吳中寓客名俞樾，承乏紫
陽兩裘葛。儼然來此作經師，始自戊辰終戊戌。顏沈兩公既去，馬端敏
公曰：「然則非俞蔭甫不可矣。」時余主吳下紫陽書院甫兩載，端敏來請，余乃辭
蘇而就浙。悠悠三十一年春，長爲湖樓作主人。不負春秋好風月，一
年兩度住湖濱。浙水東西十一郡，其時駢集多才俊。幾人抗手揖班
張，幾輩低頭拜服鄭。輶軒使者此經過，深歎人材精舍多。學海詞
源隨挹取，春華秋實總搜羅。〔註36〕

　　俞樾以其名山事業、教化之功爲西湖文化注入了新的生機，而西湖也成
爲他生命安頓之所在，他的隱遁理想在此眞正得以實現。

　　俞樾於道光三十年中進士，曾官翰林院編修，簡放河南學政。他性情率
眞，不喜逢迎，因未向上司獻奉「炭敬」之禮而遭記恨。咸豐七年河南秋闈
之後，他遭到御史曹澤彈劾，以割裂經義、戲弄君王之失被罷職爲民。此事
對俞樾的影響甚大，是他的人生追求從爲政過渡到爲學的轉捩點。俞樾罷官
後的十餘年裏，正值太平天國運動階段，他輾轉於蘇州、紹興、寧波、上海
間，又浮舟北上寓居天津。然而正在此顚沛流離中，俞樾完成了《群經平議》，
《諸子平議》之大半也已成書，顯現出他極其旺盛的學術生命力，亦爲其確
立了崇高的學術地位。同治六年，他主詁經精舍講席，講經課士之餘，仍然
著述不輟，最後完成《春在堂全書》五百餘卷之皇皇巨著。這不僅是俞樾對
西湖文化的貢獻，更是對整個傳統文化生生不息之精神的肯定。早在道光三
十年（1850）俞樾參加殿試之時，復試詩題爲「淡煙疏雨落花天」，本有淒涼
零落的意味，然而俞樾落筆不凡，有「花落春仍在，天時尚豔陽」之句，受
到閱卷官曾國藩的激賞，舉爲殿試第一。這說明年輕時代的俞樾便對社會危
機、文化命運有著成熟的思考。他能夠感覺到傳統社會即將發生裂變的預兆，
所謂「花落」，然而對其結局持樂觀的判斷，所謂「春仍在」，則是對中國傳
統文化精神的信任與祈盼。後來他將蘇州曲園的書齋命名爲「春在堂」，將全
部著作命名爲《春在堂全書》，不能簡單認爲是對當年榮耀經歷的紀念，更彰
顯出俞樾對傳統文化歷劫而長存之生命力的守護之意。

　　然而命運對這位文化老人的傷害是極深的。在西湖任教職的三十年間，
他的長兄俞林、夫人姚文玉、長子紹萊、次女繡孫、孫婦彭氏先後病逝，孫

〔註36〕俞樾著：《春在堂詩編》卷二十三，《續修四庫全書》集部第1551冊，第666
　　　　頁。

女慶曾不堪婆母虐待，自縊身亡，次子祖仁重病幾廢，家庭的慘痛變故時時襲擾俞樾的心懷。他曾無奈地寫道：「老夫何罪又何辜，總坐虛名誤此軀，泡夢電雲十年內，鰥寡孤獨一家俱。」〔註37〕若非西湖秀美的風景與溫厚的人文內涵，他的心靈如何能得到平復？他將妻兒都葬於右台山，並將自己的生壙營建於此，更是將全副生命託付於西湖。

對文化的堅守與在山水中安頓靈魂是隱士精神的重要內涵，然而俞樾是否具有隱士的身份呢？

（三）俞樾泛湖遊山的隱逸生活與隱士身份之辨

俞樾對自身生活的形態是否爲隱士模式有著肯定的描述，見《西湖雜詩》四首其三：

> 布衣蔬食向來堪，隱士家風事事諳。麥稭粗疏編作扇，竹筠精巧結成籃。飽嘗蓴菜柔還滑，細嚼茅根澀亦甘。攜得曾孫隨杖履，不嫌嬌小髮鬖鬖。〔註38〕

詩人深以不著鉛華、樸實簡約的生活方式爲樂，稱之爲隱士家風。此種情懷在他初掌詁經精舍，寓居第一樓時便已萌生，時以明朝隱居西湖的聞啓祥、馮夢楨自比。《春在堂隨筆》有載：

> 同治七年，余主講西湖詁經精舍。精舍有樓三楹，余每月憑欄俯瞰，湖光山色皆在几席間，甚樂也。每思造一小舟，艤之堤下，興之所至，縱其所如。暮景晨曦，隨時領略，庶幾不負湖居。乃閱《西湖志》，有明人聞啓祥《西湖打船啓》一篇，適與愚意合。啓祥，字平將，萬曆間舉南雍，與計吏入京師，至國門，忽意不自得，徑返。後屢以薦被徵，悉辭不赴……又《靈隱寺志》，稱其絕意仕進，築阿西山，言語妙天下。……馮開之先生，名夢禎，萬曆丁丑進士，官南京國子監祭酒。移病去官，築庵孤山之麓，名其堂曰「快雪」。見錢牧齋所撰《墓誌》。舊《錢唐縣志》稱其晚年製桂舟，貯書畫，遨遊西湖，竟月不返。其風趣可想也。〔註39〕

在杭的三十餘年間，俞樾常與詩壇老宿、精舍弟子泛舟西湖，絃歌吟詠，

〔註37〕俞樾著：《春在堂詩編》卷十五《哭孫婦彭氏》其四，《續修四庫全書》集部第1551冊，第530頁。

〔註38〕俞樾著：《春在堂詩編》卷十三，《續修四庫全書》集部第1551冊，第494頁。

〔註39〕俞樾著，張道貴、丁鳳麟標點：《春在堂隨筆》卷一，第11～12頁。

逍遙自適之致正與他所仰慕的前輩高隱相似。漂蕩湖上的桂櫂蘭槳彷彿成爲西湖隱士之象徵。清人厲鶚《湖船錄》、丁午《湖船續錄》備載從宋及晚清湖上各類船舫，其中隱者之舟數量亦甚爲可觀。從宋元時代米芾的書畫舫、李仁仲的浮家泛宅、楊維楨的春水宅、明代黃貞父的浮梅檻、馮夢禎的桂舟、聞啓祥的不負此舟、汪然明的不繫園、隨喜庵，直到清代厲鶚的野人舟、杭世駿的杭杭杭、薛時雨的薛舫，漸成一種充滿自由出塵之野趣的舟舫文化譜系。俞樾既慕聞啓祥、馮夢禎泛舟湖山之高風，又與薛舫主人慰農先生身份相似，且喜泛舟遊歷西湖之暮景晨曦，宜有打造艤舟的雅事。光緒元年（1875）俞樾在蘇州曲園初造舟舫，模仿晚明黃汝亨（「貞父」其字）的浮梅檻的製法，縮小尺寸，而成「小浮梅」。然而曲園內池塘甚小，浮舟其上雖亦有致，但遠遜泛舟湖上的暢快自由。建造此舟之始末見於俞樾《小浮梅》詩序：

> 厲樊榭《湖船錄》云：「黃貞父儀部用巨竹爲泭，浮湖中，編篷屋其上，朱欄周遭設青幕障之，行則揭焉，支以小戟。其下用文木斫平如砥，布於泭上，中可容六七胡床。位置几席、籩豆，旁及彝、鼎、罍、洗、茶鎗、棋局之屬，名曰『浮梅檻』。」余頻年主講詁經精舍，春秋佳日時至西湖，每思糾同志數人仿此製爲之，而迄不果。有造《浮梅檻議》一篇，存《賓萌集》中。乙亥初夏，吳中曲園落成，園有曲池，乃於池中截木爲桴，屋於其上，朱欄綠幕，略如黃製。然池周圍止十一丈，方之西湖，直杯水耳。故此桴廣止四尺，修止五尺，渺乎小矣。因名曰「小浮梅」。〔註40〕

「將山水引入城市中，大景便不得不化爲小景。」「大景化小景，小景化微景，且由微觀小，由小想大。」〔註41〕這種風景轉移的文化現象從南宋開始一直數見不鮮。俞樾移製「浮梅檻」於園林或許存在欣賞小景的審美考量，但據以上引述，可知此舟是他在西湖仿製不果後才縮小建造的。更反映出他對湖舫喜之過甚，以此聊勝於無的小舟補償無舫之缺憾的心理。光緒五年（1879），俞樾弟子在孤山爲乃師造俞樓。徐琪別爲造一舟，欲借曲園小舟「小浮梅」之名，或循薛舫之例名「俞舫」。俞樾欣喜非常，親命名爲「小浮梅俞」，

〔註40〕俞樾著：《春在堂詩編》卷八，《續修四庫全書》集部第 1551 冊，2002 年版，第 424 頁。

〔註41〕金文京撰：《西湖在中日韓——略談風景轉移在東亞文學中的意義》，見石守謙、廖肇亨主編的《東亞文化意象之形塑》，臺北：允晨文化實業股份有限公司，2011 年版，第 150 頁。

並釋名曰:「蓋俞之本義,《說文》云:『舟也』,猶曰『小浮梅舟』云爾。嗟乎!人生斯世,養空而浮,當知我亦一俞也,勿曰俞必屬我也。」〔註42〕舟名既含古義,又與俞樾姓氏相合,頗富雅趣。亦可知俞樾深悟人生如寄,不以外物縈懷之哲理。然而他畢竟擁有了屬於自己的可浮之宅,小浮梅俞成為俞樾隱逸志趣的一種重要外化。

與泛湖相比,俞樾似乎更喜遊山,肩輿往返,尋幽探奇,遍歷西湖南北諸峰。他有詩云:「湖樓未算是幽棲,策杖來尋山徑蹊。」〔註43〕這也是隱逸情懷使然。山巒的層疊彷彿是人生磊砢的象徵,而其幽絕靜寂之處亦可撫慰備受塵雜之苦的心靈。在俞樾看來,九溪十八澗乃是湖山諸勝中最突出者:

> 西湖之勝,不在湖而在山。自樂天謂冷泉一亭,最餘杭而甲靈隱。而余則謂九溪十八澗,乃西湖最勝處,尤在冷泉之上也。余自己巳歲,聞理安寺僧言其勝,心嚮往之,而卒未克一遊。癸酉暮春,陳竹川、沈蘭舫兩廣文,招作虎跑、龍井之遊。先至龍井,余即問九溪十八澗,輿丁不知,問山農,乃知之。而輿者又頗不願往,蓋自龍井至理安,可由翁家山,不必取道九溪十八澗。溪澗曲拆,屬涉為難,非所便也。余強之而後可。逾楊梅嶺而至其地,清流一線,曲折下注,瀺灂作琴筑聲。四山環抱,蒼翠萬狀,愈轉愈深,亦愈幽秀。余詩所謂「重重疊疊山,曲曲環環路;丁丁東東泉,高高下下樹」,數語盡之矣。余與陳、沈兩君,皆下輿步行,履石渡水者數次,詩人所謂「深則砅」也。余足力最弱,城市中雖半里之地,不能捨車而徒。乃此日則亦行三里而遙矣。山水之移情如是。〔註44〕

俞樾十分喜歡從龍井經九溪十八澗至虎跑泉一帶的清幽景色,山水不僅可以使詩人孱弱的身體得以振起,更與其嚮往空寂的心靈相親相契。他曾多次登涉,樂此不疲,用樸素的詩筆寫出多年遊山的經歷,甚有離世出塵的超脫之致:

> 老龍井到虎跑泉,歲歲清遊成例沿。遍歷九溪十八澗,理安寺讀舊題聯。從龍井寺歷九溪十八澗於理安寺小坐,至虎跑泉而回。余自癸酉至

〔註42〕俞樾著,張道貴、丁鳳麟標點:《春在堂隨筆》卷七,第119頁。

〔註43〕俞樾《重九前一日至杭州湖樓山館小住月餘得詩十七首》其十,《春在堂詩編》卷十一,《續修四庫全書》集部第1551冊,第476頁。

〔註44〕俞樾著,張道貴、丁鳳麟標點:《春在堂隨筆》卷六,第89~90頁。

今如此遊者數次矣。理安寺懸余一聯云「竹筧潛通十八澗，蒲團小坐兩三時」。猶甲戌年所書也。〔註45〕

俞樾泛湖遊山，推崇隱士的自由生活。詁經精舍弟子亦將其夫子視爲高隱的代表。光緒四年，徐琪、王廷鼎等造俞樓。樓在孤山，孤山以湖山隱士林和靖而聞名；樓近東坡庵，東坡在西湖又是亦官亦隱的代表。樓中有伴坡亭，正有將俞樾比作東坡的意味。此中的隱秘嘗被鄭文焯道破，其《湖上再訪俞樓贈蔭甫丈》有句云：「俞樓先生清且癯，鶡冠野服老著書。曲園半畝飯筍蔬，結第長伴孤山孤。左擺逋仙右髯蘇，水雲浩蕩颺雙梟。高人嗜好酸鹹殊，風流歌嘯與古徒。」〔註46〕鶡冠是隱士之冠，野服乃逸民之衣。鄭氏以此點出俞樾的隱士身份。俞樓主人安貧樂道、野服著書的形象，正堪與同處孤山的逋仙、坡翁鼎足而三。在世人看來，俞樾主講詁經精舍、主持西湖風雅正與治杭化民的蘇東坡頗有暗合之處。東坡嘗言：「出典二州，輒爲西湖之長」（《到潁謝執政啓》）杭州、潁州俱有西湖，東坡在此爲官，不以民事政務爲累，而以管領湖山爲樂，故自稱「西湖長」。早在同治八年（1869），潘少梅便以一方篆文小印贈與俞樾，鐫有「西湖長」三字。薛時雨在杭州時屢刻此印，然而都不甚滿意，最後離杭而去亦未刻成。俞樾無所營求，卻輕易得到此印，不可不謂與湖山有緣。雖然他以爲在此地爲官者才堪爲此印之主人，但還是非常喜歡這個名號，欣然據之以自娛。他作詩詞多首詠歎這件奇事，其《驀山溪·與內子同至西湖詁經精舍作》有「琴書跌宕，老作西湖長」〔註47〕之語。《水龍吟》表現隱逸生活的自由適意，功名利祿的縹緲虛無，凸顯出詞人以野逸隱士之身份亦堪執掌西湖風雅的自信精神：

卅年拋卻漁杆，浮生慣欠煙波債。虛名誤我，蓴鱸秋味，雞豚春社。旌節輶軒，旂常鍾鼎，到今都罷。向沙堤十里，芒鞋布襪，漁樵輩、同閒話。　　瀟灑。西湖精舍。謝東坡、頭銜容借。玉堂夢斷，天教管領，湖山圖畫。風月平章，煙雲供養，鷗鷺迎迓。問封侯萬里，金章斗大，是何人也。〔註48〕

〔註45〕俞樾《重九前一日至杭州湖樓山館小住月餘得詩十七首》其十一，《春在堂詩編》卷十一，《續修四庫全書》集部第 1551 冊，第 476 頁。

〔註46〕鄭文焯著：《補梅書屋詩鈔》卷五，民國間抄本，上海圖書館藏。

〔註47〕俞樾著：《春在堂詞錄》，《春在堂全書》第 5 冊，南京：鳳凰出版社，2010年版，第 372 頁。

〔註48〕俞樾著：《春在堂詞錄》，《春在堂全書》第 5 冊，第 376 頁。

在對西湖文化的貢獻方面，俞樾是以蘇東坡自期的。其弟子徐琪在《俞樓記》中則明確將俞樾與嚴子陵、林和靖並提，認為三者對山水精神的影響力相埒。這不僅是對乃師高隱情懷的認同，更是對其隱士身份的肯定。俞樾將此文收入《俞樓詩紀》，足見徐琪之論是深愜俞樾之懷的。文章敘述俞樓之緣起略云：

> 山水非自名也，得人而名。吾浙左江右湖，為東南勝。渡江者必訪嚴灘，泛湖者必登孤山。夫嚴灘乃富春之片瀨，孤山特明聖之一阜。而人顧往復流連者，非徒以山水之勝。蓋以子陵、君復故也。吾師曲園先生，自中州還，杜門卻掃，一意以著書自娛。其高潔不在兩賢下。而羽翼經訓，啓迪來學，則又似過之。然子陵有垂釣之臺，君復擅業居之閣。而先生主講湖上，課院而外，未謀遊息之區，非所以慰山林也。於是同門諸子，度地於六一泉側，得地數弓。面湖枕岡，極幽秀之趣。其山，即孤山也。與君復可把臂而語。登山南望，富春帆影落樽俎問。而子陵釣磯出沒雲霧，又如遙相揖讓者。以先生而居此，庶其宜乎！……余初議築樓，頗懼觀成之不易。今自經始至落成，甫及十日。又得雪琴師〔按，即彭玉麟〕之助，以名臣為史儒經畫，真西湖一名蹟矣。異日先生至此，與雪琴師望衡而居，小子與及門諸君追隨其間，誦《考槃》之什，賦《招隱》之詩，豈非子陵、君復再見於今日乎！千載而後有人過此，知為先生講學之居，則此樓以先生重，而山水亦以此樓重。得人而名之意，其在斯乎！〔註49〕

徐花農將俞樾比作嚴光、林逋，認為志行高潔難分高下，但從弘揚經史、啓迪後人的文化意義來看，俞樾是超邁前賢的。然而從隱逸形態來看，俞樾更接近於白、蘇的「中隱」，與薛時雨同屬亦教亦隱的類型。他的出處行藏顯得非常隨性自由。不僅如「小隱」般徜徉湖山、樓隱湖樓，也過著藏身蘇州街巷之曲園的「市隱」生活。不僅與山僧野士、販夫走卒相得無間，更與疆臣大吏、文壇名流聲氣相通，疊有唱和。交際圈的廣泛反映出俞樾心量之廣大，在此心量中可以為隱士精神尋到位置，但隱士精神卻不能佔據此心量之全部。俞樾是傳道衛道者，他的心靈對應著道的深沉廣博。這樣的心靈自然能付與俞樓偉大的文化意義，充滿文化韻味的俞樓亦能使山水生色。然而俞

〔註49〕俞樾著：《俞樓詩紀》，《西湖文獻集成》第 27 冊，第 665 頁

樾卻能用超然無掛的眼光看待這座以自己的姓氏命名的建築。早在俞樓建立之初，他就有這樣的詞句：「此樓於我蘧廬耳。天地吾逆旅，樓中人更如奇。任李趙張王，殷翁柳老，推排遞向樓頭倚。」〔註 50〕在他臨終前，又作《別俞樓》一詩：「占得孤山一角寬，年年於此憑欄杆。樓中人去樓仍在，任作張王李趙看。」〔註 51〕可見無所堅執、不計得失的人生智慧數十年間一直貫穿在他的生命當中。儘管俞樾對俞樓的命運毫不著意，俞樓依然成爲同光時代西湖文化復興的標誌。儘管俞樾僅以遁跡西湖的隱士自處，但在當時他已被人們視爲一位頗有神秘色彩的非凡老人。他甚至爲西湖引入了傳奇的意味。

（四）俞樾文化生命之魅力及其守護傳統之努力

　　俞樾隱遁西湖之上，雖不求聞達，然而在學術領域是泰斗，在詩壇吟社中是主持壇坫的老宿，甚至普通百姓亦將他視爲具有傳奇性的、神仙般的人物。可見俞樾在世時便已對西湖文化產生深廣的影響。光緒十二年（1886）重陽節前一日，他從蘇州泛舟至西湖，其時遊人如織，有一女子對俞樾發出此翁不老的讚歎。俞樾不無自豪地寫道：

> 西湖不到已經年，婦豎相逢盡有緣。都道年年看此老，如何鬚鬢總如前？道旁一女子其言如此。〔註 52〕

　　這種傳奇性的事件在俞樾辭去精舍講席、離開杭州四年之後仍時有發生。光緒三十一年（1905），俞樾已經八十五歲，居於蘇州曲園，老病纏身。杭州文人陳豪（「藍洲」其字）來信稱，當年有人在杭州見曲園居士遊於南高峰下，鬚眉如前，健旺似昔。俞樾雖在病中，但對此事甚感興趣，精神大振，欣然作詩：

> 以尻爲輪神爲馬，飛行直到南峰下。路人邂逅見鬚眉，驚曰曲園翁來也。惜我遊跡無能窮，我更遍遊東岱西華北恒南霍中央嵩，濛汜以西扶桑東。下周地軸，上摩蒼穹。一瞬千里又萬里，歸來病榻臥未起。起來蹣跚行室中，右手扶杖左扶婢。〔註 53〕

〔註 50〕俞樾《哨遍》，見《春在堂詞錄》卷三，《春在堂全書》第 5 冊，第 391 頁。

〔註 51〕俞樾著：《春在堂詩編》卷二十三，《續修四庫全書》集部第 1551 冊，第 682 頁。

〔註 52〕俞樾《重九前一日至杭州湖樓山館小住月餘，得詩十七首》，《春在堂詩編》卷十一，《續修四庫全書》集部第 1551 冊，第 474 頁。

〔註 53〕俞樾《陳蘭洲來書言今年杭州有人見我於南高峰下一笑賦此》，《春在堂詩編》卷二十二，《續修四庫全書》集部第 1551 冊，第 661 頁。

　　這看似不經之談，抑或陳豪爲博曲園一粲、起其沉疴而故意擬此趣聞，但也反映出在當時世人眼中，俞樾已然成爲西湖文化的一個象徵，其精魂永居於此。雖然他纏綿病榻、舉步維艱，但其文化精魂仍可遍歷西湖之山山水水，甚至縱橫宇宙間，與天地精神相來往。種種傳奇異事正是俞樾文化生命魅力的外化。與俞樾有關的異事亦曾發生於詁經精舍弟子當中，這些則反映出師徒之間思想、生命之相通。如徐琪曾夢前生爲一鶴，爲曲園守護藏書。在營建俞樓之前，他又夢到仙鶴在一佛寺中守書之事。俞樾《俞樓四異・佛異》記載道：

　　　　花農於丁丑春，夢至一處曰「福祿寺」，右一門未啓，左一門曰「碧霞」。由碧霞門而入，有古佛，不裝金。其後有清泉出石壁下，其西樓臺纏屬，積書如堵。一鶴守之。及將營俞樓，度地於六一泉側，其地即孤山寺，寺有古佛，不裝金，與夢所見同。寺後泉石亦如所夢焉。〔註54〕

　　於是徐琪建成俞樓後，將西爽亭中的一塊岩石命名爲「鶴守岩」，以彰顯自己保藏乃師著作的宏願。俞樾有《鶴守岩》詩：

　　　　徐子亦有夢，此夢可軒渠。自言前生一仙鶴，爲我護持萬卷書。大書鶴守岩，刻之岩石上。仙人騏驥本清高，福地琅嬛資保障。我書久行世，存者良亦稀。不須爲我更苦守，送爾去披一品衣。〔註55〕

　　這些夢境受到林和靖孤山放鶴之文化原型的影響自不待言，但將俞樾著作視爲西湖文化的代表加以守護，不僅表現出徐琪對乃師的崇景之意，也反映出他對文化典籍命運的憂患之思。「我書久行世，存者良亦稀。」則可見俞樾對自己的著作能否保存、傳世同樣心懷隱憂。師、弟間珍愛文化的心意是相通的。如果說鶴守之夢是俞樾師徒珍護文化之心願的緣起，「曲園書藏」的建立便是這一心願的落實與達成。

　　曲園書藏在俞樓文石亭畔。汪鳴鑾與徐琪鑿石室，將俞樾全部著作藏於其中。此前，曲園已有藏書之舉。其妻姚夫人去世後葬於右台山，俞樾在墓側造右台仙館，並將已經完成的二百五十卷著作埋藏於館旁的空地中，命名爲「書冢」。書冢寄託著曲園對亡妻的哀思。他以著述爲生命，埋書於妻墓旁，

〔註54〕俞樾著：《春在堂詩編》卷九，《續修四庫全書》集部第 1551 冊，第 445 頁。

〔註55〕俞樾著：《俞樓詩紀》，《春在堂詩編》卷九，《續修四庫全書》集部第 1551 冊，第 449 頁。

隱含著生死相伴的深意。這與曲園書藏保存文化命脈、使之流傳久遠的目的並不相同。嘉慶年間，阮元已有靈隱書藏、焦山書藏。阮元是俞樾甚為推崇的前輩學人，曲園書藏的建立帶有踵武前賢的意味，而靈隱書藏在庚辛戰火中被毀的命運也警醒著俞樾，使他對自己著作的保護加倍著意。二十多年後，其弟子毛子雲將孤山俞樓之書藏取出，鑄精鐵為箱，復鑿石室於南高峰而藏之，另一弟子張子厚將另一套《春在堂全書》藏於諸暨寶掌山。兩書藏同時落成。這讓晚年的俞樾深感欣慰。他有詩云：

> 西湖舊藏未堅牢，繭足營求不憚勞。滄海橫流任東下，奇峰竊據此南高。敢將宛委遺書比，且把闍黎雅意叨。見說鐵函完固甚，人間劫火倘能逃？〔註56〕

俞曲園「西湖舊藏未堅牢」的隱憂雖因孤山地低潮濕，非理想的藏書之地，更與「滄海橫流」之時代有關。此詩作於光緒三十一年，當時西學盛行，傳統文化式微。科舉制度於是年廢除，西湖諸書院亦被裁併。曲園老人之文化生命惟有自身之著作可堪託付。尾聯對其書藏能否逃開「人間劫火」的疑問反映出俞樾對傳統文化面臨覆亡的憂慮，而「鐵函完固」之說亦隱約透露出曲園老人對文化生命能夠得以保藏與流傳的祈願。他對傳統文化之所以會表現出猶豫、略顯悲觀的態度，是由於詁經精舍的終結、社會風氣的劇變等一系列事件對他所堅守的文化信念產生過嚴重的衝擊。

（五）俞樾隱遁之地與文化理想的雙重危機

中國傳統社會裂變之徵兆在甲午戰爭後表現得日益明顯。從新興事物的大量湧現到西方文化理念對傳統文化造成巨大衝擊似乎也發生在一夜之間。光緒二十一年（1895），中日《馬關條約》簽訂，杭州被辟為商埠。至二十三年（1897），遂有在西湖之畔修築鐵路之議，然而施工並不順利，到宣統元年（1909）鐵路才通車。其阻力很大部分來自棲居西湖的隱士與固守傳統的文人，這兩重身份俞樾兼而有之。他並非迂闊癡頑的學者，對鐵路帶來的便利有著一定的認識，但更為擔憂的是修築鐵路時會對湖山風景、山川地脈造成不可逆轉的破壞。他有《光緒丁酉，西湖有開鐵路之議，余在山言山，不能

〔註56〕俞樾《往年柳門、花農兩君為我鑿書藏於孤山，其地卑濕不能耐久，今年門下士毛子雲茂才改鑿於南高峰下，而諸暨張子厚亦門下士也，又為鑿書藏於其邑之寶掌山，兩藏同時落成，以詩紀之》四首其二，《春在堂詩編》卷二十二，《續修四庫全書》集部第 1551 冊，第 654 頁。

無言，輒作長歌以代蕘唱》一詩便記述西湖鐵路之議興廢之始末。所謂「蕘唱」，乃是草野之民的呼聲，表現出俞樾爲山光湖淥請命的立場所在。詩云：

> 西湖山水天下勝，唐宋以來稱極盛。雨奇晴好百皆宜，轉覺東坡詩未盡。時局一變洋人來，拱宸橋畔洋場開。議傍西湖興鐵路，好從湖墅達江隈。其地透迤三十里，高者山腰下山趾。自茅家步向南來，逾翁家山猶未已。植竿立幟費經營，雖未興工勢已成。一路松楸將伐盡，萬家冢墓待填平。有人創此非常議，意欲從中圖有利。高貲億萬託空言，異日成虧渾不計。問君地有幾由旬，只自江干到拱宸。舟楫往來稱便利，何須爭此一逡巡。此邦貨物由來少，北氈南琛都不到。江西葛布安徽茶，衢嚴橘柚金華棗。看取洋場地尚荒，不聞巨賈此通商。尚無鬼市開羅列，奚取神車走阿香。無端鑿空到林麓，奪盡山光與湖綠。豈惟怨毒積幽明？兼恐生機窮水陸。方今天子愛黎元，大吏憂勤重本原。豈向山川殘地脈，定從道路採人言。傳聞鐵路行將罷，早已歡聲騰四野。西湖花柳故嫣然，依舊遊春又銷夏。〔註57〕

詩人沒有一味地指責鐵路工程破壞風景、斲滅生機的弊端，更以冷靜的態度指出杭州物產稀少，並非通商要地，修築鐵路並無巨利可圖。而杭州黎庶對此亦甚有戒心，罷建的消息傳出後，萬民歡忭，乃是以西湖美景得以保存爲幸。這首詩實可看作俞樾寫給當道大吏的一封柬書：修鐵路利甚微、害甚大、生民怨；罷鐵路則保山水、得民心、厚風俗。其論說是客觀而有力的。對詩人自己而言，西湖是其寄託生命的桃源聖境，當這個聖地遭遇危機時，他必將竭力進行維護。他深知緊張的呼號遠不如理智地分析利弊更能打動決策者。看似條分縷析、舉重若輕的陳情，實飽含著詩人對西湖舊觀眷戀與護持的深意。

然而，修築鐵路只是傳統社會即將蛻變的一個預兆，不久文化危機紛起，詁經精舍也面臨著難以爲繼的困境。在這種時代潮流面前，俞樾的抗爭是無奈與無力的，其文化生命也呈現出更多的悲感色彩。

據張崟《詁經精舍志初稿》引《光緒杭州府志》所載，光緒二十三年（1897），浙江巡撫廖壽豐奏請朝廷，欲將杭州敷文、崇文、紫陽、詁經等書

〔註57〕俞樾著：《春在堂詩編》卷十六，《續修四庫全書》集部第 1551 冊，第 549 頁。

院改並，籌建傳授新學的求是書院，委任杭州知府林啓總辦此事。〔註58〕次年發生戊戌變法，清政府飭令各省改革學制，將書院改爲西式學堂。杭州敷文書院被廢棄，紫陽、崇文書院改爲仁和、錢塘縣小學。惟有詁經精舍在俞樾的主持下苦苦支撐，然而在潮流日新、經費緊張的形勢下也難以爲繼。俞樾早已萌生退意，此時距他初掌詁經教席已經三十一年。其《補自述詩》第三十四首：

> 高據西湖第一樓，居然三十一年秋。明年勇撤談經席，坐看滔
>
> 滔逝水流。〔註59〕

玩味詩意，可見詩人急流勇退，不與時代潮流相抗的智慧與灑脫。然「坐看」之語，亦飽含著無力回天的遺憾。此種情愫在他辭別精舍時表現得最爲濃烈，其《戊戌冬日留別詁經精舍》詩有「老夫一掬憂時淚，屢灑先師許鄭前」〔註60〕之句。「許鄭」是詩人心目中傳統文化的象徵，所謂「憂時」正是詩人對傳統文化面臨凌替時的憂憤。這種對文化的憂患意識在其《余主詁經精舍講席，至今三十年矣，聞課之日，慨然有作》一詩中表述得更爲清晰：

> 三十春秋成一世，天時人事從而異。梨棗爭刊新譯書，丹鉛競
> 寫旁行字。萬國同文西學興，西方教士發鬅鬙。已愁禹跡淹將盡，
> 更恐秦坑焰又騰。孟氏遺書深有味，一言反本無辭費。省刑薄稅信
> 能行，堅甲利兵非所畏。如何異喙各爭長，辛苦群公日夜忙。未見
> 長材能逐鹿，空教大道歎亡羊。今朝循例來開課，吾道非歟無乃左，
> 痛哭先師許鄭前，一杯難勝車薪火。老我行將與世辭，諸生努力強
> 支持，守先待後百年事，會有天元極盛時。〔註61〕

詩人所憂的正是西學的日益盛行，傳統文化的日漸衰微。他也承認社會危機的存在，並開出了省刑薄稅、返本歸眞，以孔孟之道濟世的療救之方。可惜人心思變，異見紛紜，堅持此議者寥寥無幾，他的主張對於滔滔不返的時勢而言，無異於杯水車薪。他屢言「痛哭先師許鄭前」，可見其無奈與憤悱之深沉。儘管如此，俞樾對於傳統文化之復蘇依然抱有信心，在他離開詁經精舍之時，囑託諸生要「守先待後」，守候「天元極盛」之時的到來。他也深

〔註58〕張鉴著：《詁經精舍志初稿》，《西湖文獻集成》第20冊，第705頁。
〔註59〕俞樾《補自述詩》，《清代詩文集彙編》第685冊，第146頁。
〔註60〕俞樾著：《春在堂詩編》卷十六，《續修四庫全書》集部第1551冊，第554頁。
〔註61〕俞樾著：《春在堂詩編》卷十六，《續修四庫全書》集部第1551冊，第545頁。

知這一盛事的重臨，必須依憑一批具有維護文化生命之志願的士人艱苦持守，非一己所能爲。於是他將文化重興的希望寄託於傳承其文化理想的精舍諸生身上。只是不久這一希望便顯得黯淡起來。兩年後俞樾作《八十自悼》詩，不僅對文化理想的破滅表現出驚愕、頹唐之意，甚至對俞樓也喪失了「任作張王李趙看」的灑脫，發出「湖山緣盡」的喟歎〔註62〕。然而新學盛行的時代潮流不因傳統文化的柔退而暫止其行進的步伐，當廢經之論出現時，俞樾作出人生中最後一次衛道之抗爭，作《憤言》以表現其難以抑制的怒火，該詩寫道：

公然倡議廢群經，異論高談不可聽。萬古秋陽長皓皓，一朝秦焰又熒熒。鋪張海國新聞見，播棄尼山舊典型。昔抱三憂今竟驗，坐看白日變幽冥。〔註63〕

所謂「三憂」，是指俞樾在十九世紀八十年代對中國國運與文化走向進行的思考，分別爲一憂無中國，二憂無孔子，三憂無天地。二十世紀初中國面臨瓜分豆剖的危機，以儒學爲代表的傳統文化又處於存滅的邊緣。以文化爲生命寄託的俞樾等學人不僅憤怒而且焦慮，其精神呈現一種極度憂憤的態勢。而在此時，詁經精舍的弟子及杭州官員欲在第一樓中奉祀俞樾的長生祿位，俞樾當然不會同意。堅辭不果後，俞樾扶老病之軀再至杭州，親手撤去了這一牌位。俞樾自稱倣仿乃師曾國藩：「西湖第一樓爲余設長生位，雅非余意，親往撤去之。憶曾文正督兩江，有欲爲設長生祿位者，公怒曰：『吾見必手劈之。』余此舉竊師其意。」〔註64〕眞實的原因恐怕並非如此。俞樾雖淡泊名利，但一生以許鄭傳人自期，能附祀精舍中，對他而言正是莫大的榮耀，更何況他在離任時曾寫有「他日講堂香一瓣，可容末坐附孫王」這樣的詩句。弟子爲其樹立長生栗主既是對先生道德學問的肯定，也滿足其附祀許鄭、踵武孫王的願望，並非有錯。俞樾撤去長生位，不惟以曾文正爲榜樣而效法之，更是出於文化命運危在旦夕、附祀與否均無意義的考量。其《詁經精舍歌》有「功令新頒罷場屋，精廬一律同零落。八集諸經文可燒，重修精舍碑應僕」

〔註62〕詩云：「詁經精舍聖湖濱，一擁皋比三十春。常願師承牢守舊，豈期學派驟開新。料無滄海回瀾力，甘作雲房退院人。自是湖山緣分盡，俞樓俞舫總生塵。」見《春在堂詩編》卷十七，《續修四庫全書》集部第1551冊，第566頁。

〔註63〕俞樾著：《春在堂詩編》卷十八，《續修四庫全書》集部第1551冊，第581頁。

〔註64〕俞樾《西湖雜詩》其四小注，見《春在堂詩編》卷十九，《續修四庫全書》集部第1551冊，第592頁。

之句，透露出的精舍難存的虛無感正堪作爲俞樾自撤長生位之行的注腳。文化不存，虛名焉附。這恐怕是俞樾其行的深意所在。

　　俞樾去職後，詁經精舍又延續數年，山長迭有更替，先後由黃體芳、譚獻、汪鳴鑾擔任。光緒三十年（1904），清政府已有廢除科舉制度的政令，精舍最終停辦，弦誦輟響。又過了兩年，俞樾作《詁經精舍歌》，既是對精舍歷史的記述，也是對自身在西湖亦教亦隱生涯的總結。該詩第三段敘寫詁經精舍由勝轉衰直至淪亡的過程，兼及西學盛行、社會風習的轉變等內容，筆觸尤爲沉痛：

> 猶記昔逢丁亥歲，坐擁皋比二十載。戲爲湯餅召諸生，大烹豆腐瓜茄菜。光緒丁亥余主講詁經二十年矣。招住院諸生於俞樓同飲，有詩云：「算我生辰湯餅筵。」「大烹」句用成句。俞樓一角毂徘徊，俞樓即詁經諸君爲我所築。樓上窗櫺扇扇開。白頭宮保攜詩至，謂彭剛直。滄海門生問字來。謂日本人陳政子德。其時海內猶無事，儼在乾隆嘉慶世。主持風化元老臣，尊禮賓師諸大吏。不圖世局似循環，轉綠回黃一瞬間。雅玷騷壇成往事，蠅書爨字滿人寰。霰雪霜冰機已露，其中消息應堪悟。三十年爲一世人，一年蛇足添來誤。余至丁酉歲已滿三十年，即擬辭退。爲廖中丞及院內諸生挽留，明年戊戌乃決志謝去。此後相延又幾年，夕陽光景暫流連。欲尋文達當年舊，只有門前額尚懸。功令新頒罷場屋，精廬一律同零落。八集諸經文可燒，余選刻《詁經文》已至八集。重修精舍碑應僕。余有重建詁經精舍碑。回首前塵總惘然，重重春夢化爲煙。難將一掬憂時淚，重灑先師許鄭前。即用余舊詩意。年來已悟浮生寄，掃盡巢痕何足計？海山兜率尚茫茫，莫問西湖舊遊地。〔註65〕

　　詩成後不久，俞樾亦辭世，此詩是他所賦最後之長篇。可以說俞樾的文化生命是與庚辛之變後的詁經精舍相始終的。在人生的最後階段，他仍懷抱著不能拯救傳統文化、愧對許鄭先師的自責與遺憾。所謂「掃盡舊巢痕」、「莫問舊遊地」，可見在親歷過同光年間西湖文化的中興之盛與甲午後西學流行、傳統衰亡的落寞後，俞樾益發體會到心靈無處託付的幻滅感。這已是隱士無處託身、學人無法安頓心靈的時代。中隱之士本有執道以抗勢的特質，當他們所抗議的君統、權力變爲難以逆轉的時代潮流時，他們所固守的文化精神

〔註65〕俞樾著：《春在堂詩編》卷二十三，《續修四庫全書》集部第 1551 冊，第 667 頁。

亦面臨著被異質文明侵蝕、凌替的危機。在此種千年未遇的劇變之時局中，守護傳統的隱士惟有退守以求保藏其文化生命，然而昔日棲遁的湖山亦因修築鐵路而地脈毀傷。道不可行，隱又不可得，文化隱士們在經歷過四十年前的戰亂後，再次陷身於進退失據的困境之中。晚年退居蘇州曲園的俞樾亦身處這種困境，他時時念及西湖，不僅傳遞著傳統文化難以爲繼的失望、憤激之情，也蘊含著對湖山風物的關懷、想望之意，其《次韻章一山庶常西湖感舊》詩云：

> 萬古江湖時局變，小樓風雨我心灰。尚留舊物君知否？只有孤
>
> 山幾樹梅。〔註66〕

負載於俞樾身上的文化使命太過沉重，當他因心灰失意而卸下這負重擔時，其生命的本質才得以呈露：他只是關心孤山梅信的湖山隱士。

總之，從同治初年到光緒末年，西湖的書院文化從中興走向衰落。主持中興之業的是薛時雨、俞樾等亦教亦隱的文化隱士。他們在湖山景致中安置嚮往自由、親近山水的靈魂，又在書院中寄託傳道授業、守護文化的生命。而其振興文教、化風移俗的文化功業亦爲西湖精神注入了新的內涵。甲午以後，西風東漸之勢日盛，傳統文化不斷內縮，社會風氣變異甚劇。薛時雨早卒，不及見此。俞樾竭力堅守傳統，亦不能在趨新求變的時代潮流中延續西湖書院的文化生命。值此之時，憂憤成爲俞樾對傳統文化的情感主調。然而西學的衝擊、傳統的裂變尚未停止，湖山面貌的改變才剛剛發軔。不數年更有清朝滅亡的鼎革之事，湖山遺逸守護文化、避世藏身之艱難與俞樾相比又不可同年而語。而西湖文化經歷種種劫難，終能薪火相傳，更顯示出綿長而強韌的生命力。

三、西湖結社文化的復興

杭州自古多詩社，自北宋到清代中葉結社文化一直長盛不衰。從西湖白蓮社到西湖八社，從南屏詩社到東軒吟社，文人結社已經成爲西子湖畔重要的文化現象之一。學界對此研究較多，如何宗美《明代杭州西湖的詩社》（《典籍與文化》，2002 年 9 月）、劉正平《南屏詩社考論》（《北京大學學報》哲學社會科學版，2013 年第 3 期）、朱則傑《「潛園吟社」考》（與李楊合撰，《文

〔註66〕俞樾著，《春在堂詩編》卷二十一，《續修四庫全書》集部第 1551 冊，第 635 頁。

學遺產》2010 年第 6 期）、《〈清尊集〉與東軒吟社》（《清詩考證》，人民文學
出版社，2012 年版，第 665～683 頁）等論文詳盡地論說了不同時代杭州文學
社團的具體狀況，可參看，本文不再贅述。然而，道光十三年（1833）東軒
吟社的壇坫酬倡結束以後，中經太平軍兩陷杭州的戰事，三十餘年間湖上並
無結社聯吟的風雅盛會。直到同治六年（1866）薛時雨、秦緗業等舉行小規
模的湖舫吟社，西湖詩社才顯示出重興之兆。其後西泠吟社、皋園修禊會、
鐵花吟社等文學社團紛紛湧現，共同促成了同光年間西湖結社文化的復振。

　　西湖結社之風重興的緣起，應追溯到同治四、五年間在杭文人對《東軒
吟社圖》的題詠。東軒吟社興起於清道光間，前後凡十年，社員超過八十人，
集會超過一百次。有社集《清尊集》十六卷傳世，是清代杭州地區一個重要
的文學社團。《東軒吟社圖》即由社中成員、著名畫家費丹旭所繪，圖中二十
七人均爲吟社骨幹。社團核心汪遠孫過世後，東軒吟社活動停止，此圖由遠
孫之侄汪曾唯收藏。咸豐庚申、辛酉，杭州兩遭兵燹，吟社舊址「靜寄東軒」
化爲灰燼。圖卷被汪曾唯攜至湖北，得以避禍幸存。戰亂平定後，汪曾唯回
到杭州，延請湖上名流爲圖題詩。據筆者所見，題詩者至少有張應昌、吳振
棫、薛時雨、程恭壽、洪昌燕、王詒壽、施補華諸人。張、吳早年曾入東軒
吟社，其詩撫今追昔，甚有舊友凋零、孤懷難寄的桑海之感。如張應昌《汪
三子用曾唯以亂後所存東軒吟社圖卷見示感題四絕句》：

　　　　雅集圖傳卅五年，餘生重展涕潸然。豈惟宿草晨星感，各各家
　　園墮劫煙。

　　　　家園逆旅任蒿蓬，痛哭圖書一炬空。冊府墨林銷滅盡，此圖何
　　幸返軒東。

　　　　軒東畫裏未衰時，小友而今短鬢稀。孤影龍鍾慚老醜，登臨著
　　作事都非。

　　　　心灰著作倦登臨，惟有良朋樂事尋。舊侶三人存者幾？可能樽
　　酒續題襟？〔註67〕

　　最後一句隱約含有重續詩社風雅的意味，王詒壽的題詩則表現出再建吟
社，重振結社文化的宏願，其精神甚爲樂觀、剛健：

〔註67〕張應昌著：《彝壽軒詩鈔》卷十二，《續修四庫全書》集部第 1517 冊，上海：
　　　　上海古籍出版社，2002 年版，第 200 頁。

歌我詩、倒君壺，人生樂事無時無。湖山劫後猶可娛，何不廣
葺花邊廬，張琴開徑招吾徒。唱酬之盛今視昔，雅集再仿西園圖。
〔註68〕

薛時雨的詩作表現出對前輩詩人風雅盛舉的羨慕之意，亦飽含著未能身
預其中、追陪壇坫的遺憾，其詩云：

觴詠風流老輩傳，角巾瀟灑古神仙。畫禪詩伯今零落，惜我遲
來二十年。〔註69〕

在題詠此圖的同一年，薛時雨參與秦緗業發起的湖舫吟社，未嘗不可看
作是他對詩作中流露出的豔羨之意的回應。題《東軒吟社圖》諸詩流露出詩
人們效法文壇前輩，重樹酬酢風流的雅願，社會趨向安定、西湖景致的恢復
也使此種願望有了實現的可能。在此情形下，西湖吟社文化再度走向興盛是
水到渠成了。

（一）湖舫吟社

有關湖舫吟社建立、活動及衰歇的狀況，秦緗業在《〈西泠消寒集〉序》
中作了簡略的介紹：

丁卯春夏間，余偕薛慰農、王茞南、叔彝諸君結湖舫吟社，半
月一敘，必有詩。叔彝具以刻資自任。顧不及半載，或遠宦，或遄
歸，甚有化爲異物者。而是舉遂罷，詩亦不復刻。自後新交無幾，
舊雨不來。欲望詩社之中興而不可得，於是益歎盛會之難常，而吾
衰之已甚矣！〔註70〕

將以上文字與秦緗業《虹橋老屋遺詩》、薛時雨《藤花館詩鈔》中的有關

〔註68〕王詒壽《〈東軒吟社圖〉汪曾唯大令屬題》，《縵雅堂詩》卷六，《清代詩文集
　　　　彙編》第711冊，第390頁。
〔註69〕薛時雨《〈東軒吟社圖〉，烏程費曉樓丹旭爲杭州汪小米先生作也。圖中凡廿
　　　　七人：杭州汪劍秋鈇、秀水莊芝階仲方、杭州黃薌泉士琦、項蓮生鴻祚、餘
　　　　杭嚴鷗盟傑、杭州汪小米遠孫、高爽泉塏、諸秋士嘉樂、吳仲雲振棫、夏松
　　　　如之盛、汪覺所阜、胡書農敬、鄆粟園志初、趙雲門鈇、龔闇齋麗正、陽湖
　　　　趙季由學轍、歸安張仲甫應昌、武進湯雨聲貽汾、杭州陳扶雅善、錢蕙窗師
　　　　曾、汪又村適孫、嘉興張叔未廷濟、杭州汪少洪邁孫、汪小逸東健、南屏釋
　　　　松光了義、海昌吳子律衡，曉樓亦自貌焉。廿七人中，今存者惟仲雲制軍、
　　　　仲甫中翰而已。同治丁卯季冬，小米先生從子子用大令曾唯屬題，爲賦五絕
　　　　句》其一，《藤香館詩鈔》卷三，《清代詩文集彙編》第671冊，第659頁。
〔註70〕白驥良輯、秦緗業選：《西泠消寒集》卷首，清同治十二年（1873）刻本，第
　　　　2頁。

內容結合起來，就可瞭解湖舫吟社的基本情況。該社由秦緗業（「澹如」其字）發起，主要成員有薛時雨、王蔭棠（「苕南」其字）、王慶勳（「叔彝」其字）、宗源瀚（「湘文」其字）、楊叔懌（「豫亭」其字）等。湖舫吟社成員無一為浙籍，均為宦遊於杭者。當時薛時雨已經卸任杭州知府，主講崇文書院，是吟社的核心。該社僅於同治丁卯（1867）活動半年便告終結，共舉雅集八次，並無刊刻社集。秦緗業對此甚為抱憾。歷次雅集的主題分別為：

湖舫第一集，薛時雨主持，分賦《西湖餞春曲》，時在三月二十五日；

湖舫第二集，王慶勳主持，同人等候薛時雨不至，以「座無車公不樂」分韻賦詩，時在四月初十日；

湖舫第三集，秦緗業主持，湖上重建蘇軾祠，同人敬題《蘇公文忠祠圖卷》，時在四月二十五日；

湖舫第四集，送王蔭棠之金衢道新任，時間、主持人未詳；

湖舫第五集，送戴槃赴溫州任，時間、主持人未詳；

湖舫第六集，楊叔懌主持，詠岳廟前蘿塔，以「綠蘿涼月新詩興」為韻，時在五月二十四日；

湖舫第七集，秦緗業主持，宗瀚源以事不至，同人用杜少陵《早秋苦熱堆案相仍》詩韻唱和，時在七月十二日，此次雅集同人聚於仰山樓，並未泛舟湖上；

湖舫第八集，楊叔懌主持，招丁價藩入社，同泊照膽臺賞雨，時間未詳，當仍在七八月間。

該詩社興起時，正值庚辛戰後西湖風物重建之際。詩社同人詠蘇軾祠堂圖卷、詠蘿塔，便是對西湖歷劫不墮之文化精神的讚美與肯定。蘇軾對西湖人文影響深遠，其祠堂的興衰、圖卷的失而復得對西湖文化的重振有著重要的象徵意義。更何況蘇祠與祠堂圖卷與秦緗業淵源頗深。蘇文忠公祠乃秦緗業之父秦瀛所建。秦緗業《四月二十五日湖舫第三集敬題蘇文忠公祠堂圖卷》小序稱：

> 祠在孤山之麓，道光三年先侍郎官杭嘉湖道時所建也。青浦陳華
> 南為之圖，孫丈淵如首題「湖山俎豆」四字，後有淵如及梁山舟、吳
> 仲倫諸先生題句。舊為仲兄所藏，亂後失去。同治丙寅春始歸於業，
> 而文忠公祠毀而復建，適於是冬落成。信乎翰墨因緣非偶然也。〔註71〕

〔註71〕秦緗業著：《虹橋老屋遺稿》卷二，《清代詩文集彙編》第 653 冊，第 652 頁。

祠堂重建、圖卷復得後，秦緗業不僅倡導吟社同人歌詠其事，還曾邀俞樾、楊葆光等詩壇聞人爲之賦詩。此事在當時較有影響，堪爲西湖文化恢復的一段故實。

關於蘿塔的吟詠，尚未發現早於湖舫吟社諸同人者。蘿塔並非人力所成，西湖岳飛廟前有一株枯木，高百尺，大十圍，有藤蘿纏繞其上，鬱鬱蔥蔥，望之如塔形，故名「蘿塔」。庚辛之變時，岳墓前的精忠柏被砍伐〔註72〕，蘿塔卻歷劫幸存，似有神明護持。雖以枯木爲塔心，但藤蘿青翠，生意盎然，堪爲西湖文化生機尤存的象徵。薛時雨《蘿塔行》讚頌其鬱勃的生命力：「棲霞山下鵑啼月，萬古精忠氣不沒。年來補柏未成陰，十丈青蘿此怒發。」〔註73〕秦緗業則以「天生直幹非輪囷，歷劫遂成不壞身。……門開甘露沾溉頻，槁木幸未摧爲薪。千秋壽乃同大椿，當與精忠之柏傳不泯」〔註74〕的詩句描繪蘿塔之歷劫不壞、生機恒久。這不僅是在歌詠蘿塔這一天功造就的奇異景觀，更是對劫後的湖山擁有強健而綿長之生命力的熱切祈願。

湖舫吟社在西湖結社史中如曇花一現，卻是晚清西湖詩社文化復興的開端。舊日的文學社團，如東軒吟社、南屏詩社的成員都以杭州本地詩人爲主，而湖舫吟社中人卻都是客居於此者。這固然顯示出湖山景致對異鄉文人有著巨大的吸引力，更透露出異於傳統形態的結社範式逐漸成型的訊息。四年以後，西泠吟社興起。該吟社活動時間較長，成員眾多，標誌著外省籍文人在西湖組建文學社團的新範式走向成熟。

（二）西泠吟社〔註75〕　附湖舫、皐園修禊會

西泠吟社始於同治十年（1870）冬，終於光緒七年（1881）秋，前後延續十二年。前五年吟社名爲「銷寒詩會」，隨後又有冶春、消夏、延秋、款冬等別名。直到吟唱活動結束後，吟社核心成員江順詒在總結社事時才將該社團稱爲「西泠吟社」。在吟社存在的十二年間，先後有三十七名文人加入，其中核心成員有二十人。江順詒曾作《前西泠十子歌》、《後西泠十子歌》讚之。

〔註72〕潘鍾瑞《岳王墓》：「精忠柏遭亂伐去，今補栽一小株。」見《香禪精舍集·紀遊草》卷四，《清代詩文集彙編》第691冊，第714頁。
〔註73〕薛時雨《藤香館詩鈔》卷二，《清代詩文集彙編》第671冊，第646頁。
〔註74〕秦緗業《五月二十四日楊豫庭太守湖舫第六集詠蘿塔，以「綠蘿涼月新詩興」爲韻，分得新字》，《虹橋老屋遺稿》卷二，《清代詩文集彙編》第653冊，第653頁。
〔註75〕有關該吟社諸問題的具體論說，詳見拙文《「西泠吟社」考》。

前十子爲白驥良（「少溪」其號）、梅振宗（「鷺臣」其字）、江順詒（「秋珊」其號）、胡嗣福（「杏蓀」其字）、王仰曾（「勉之」其字）、韓聞南（「薰來」其字）、鄧之鍈（「雲泉」其號）、嚴以幹（「筱南」其字）、李肇增（「冰叔」其字）、錢國珍（「子奇」其字），後十子爲楊馥（「桂峰」其字）、楊昌珠（「也村」其號）、方觀瀾（「紫庭」或「芷亭」或「紫亭」其號）、宗山（「小梧」或「嘯吾」其號）、宗得福（「載之」其字）、郭鍾嶽（「外峰」其字）、汪昌（「詠之」其字）、鳳藻（「二屛」其號）、俞廷瑛（「筱甫」其字）。秦緗業亦曾入此吟社，由於他是文壇前輩，故被推擧爲盟主，吟社的實際事務則由江順詒、錢國珍處理。這些詩人均非浙籍，他們在浙江各地爲官，閑暇時赴湖上雅集。雖然不如定居西湖的詩人那般從容餘裕，但在吟社同人的堅持之下，十餘年間，吟社雅集超過百次，亦甚爲可觀。他們或宴於江順詒之花塢夕陽樓，或聚於宗山之窺生鐵齋，或集於皋園、俞樓等私家園林，甚至泛舟湖上，一直沒有固定的會址。江順詒曾有捐資建社之議，也終不果行。西泠吟社先後有四種社集：《西泠消寒集》、《西泠酬倡集》、《西泠酬倡二集》、《西泠酬倡三集》。吟社成員大多聲名不著，亦無別集行世，他們的部分作品載於這些社集中而得以流傳。研究者亦可據此梳理西泠吟社歷年雅集的大致情形。由此看來，上述四集有著較爲重要的文獻價值。

　　西泠吟社與湖舫吟社頗有淵源，至少在江順詒看來，二者存在相續相承的關係。首先，兩社的核心成員都是外省籍而在浙爲官者，人員構成相似。其次，秦緗業早年是湖舫吟社的核心成員，江順詒等將其奉爲盟主，主觀上有著繼承湖舫吟社的意味。再次，湖舫吟社並無社集流傳，江順詒在編定《西泠酬倡集》時卻收錄了秦緗業參與湖舫酬倡時詩作。這在某種程度上補償了秦緗業湖舫酬唱之作未曾刊刻的遺憾，也暗示著兩詩社存在著前後相繼的關係。

　　此吟社興起之時，距清軍收復杭州已有數載，戰爭的劫灰得以掃除，湖山風貌頗有恢復，薛廬、退省庵、俞樓、蔣公祠、林少尉墓等一些新的文化景觀也興建起來。詩社同人不僅吟詠西湖古蹟，這些新興的景觀也備受青睞，社集中收錄有相關篇目。他們對時局的變化、新事物的湧現、中西文化的交流等問題也甚爲敏感，光緒二年（1876）吟社有《海上新樂府》之詠，包含立和約、五大洲、禁豬仔、新聞紙、乘槎記、領事官、新金山、同文館、耶穌教、半稅車、開鐵路、電線報、洋槍隊等具有近代特色的主題，汪昌、宗山、郭鍾嶽、宗德福、江順詒等成員均爲之賦詩。湖舫吟社曾題詠蘇文公祠

及圖畫，蘇東坡作爲西湖文化的象徵，也是西泠吟社經常吟唱的對象。同治十三年（1874）、光緒四年（1878）、光緒六年（1880）之十二月十九日，吟社同人三度爲東坡生辰題詩。至於尋訪東坡在西湖的舊跡，賦詩用東坡詩韻等作品更是不勝枚舉，可見蘇東坡對西湖文化影響之深。

在西泠吟社方興未艾之時，湖上曾舉行兩次上巳修禊詩會。因參與者中有西泠吟社的成員，其修禊之作亦收入《西泠酬倡集》，修禊詩會便有被誤認爲西泠吟社雅集的可能。但事實並非如此。第一次修禊會舉行於同治十三年，秦緗業是首倡者，他招金安清、俞樾、錢國珍、李肇增在湖舫宴集，作詩酒之會。秦緗業加入西泠吟社時已在光緒六年，此時他尚不是吟社成員。金安清是遊杭之客，此年暮春便離杭返里，從未參與西泠吟社之酬倡。俞樾、李肇增、錢國珍是金安清舊友。檢《春在堂詩編》等俞樾著作，未見其加入吟社的信息。五人中雖有錢、李是吟社骨幹，但不足以將湖舫修禊判定爲西泠吟社的某次集會。第二次修禊會舉行於光緒二年上巳，金安清再來湖上，招秦緗業、繆荃、王詒壽、陳鍾英、楊晉藩、胡嗣福、楊馥、江順詒、江清驥、薛福保、蔡鼎昌、富樂賀、吳廷康、汪學瀚、應寶時凡十六人集於皋園，分韻賦詩，金安清尚有《疏影・皋園感舊》之詞作。從其成員便可看出這完全是區別於西泠吟社集會的一次雅集活動。修禊會後，金安清將同人所作詩詞彙爲一編，定命爲《皋園續禊詩錄》，王詒壽、繆荃爲之作序。此編曾刊登在上海的文藝刊物《侯鯖新錄》第三卷上，產生較大的社會影響。由此可見，兩次修禊詩會儘管在成員構成上與西泠吟社有所重疊，卻是獨立於西泠吟社之外的雅集活動。江順詒將部分修禊詩會的作品收入《西泠酬唱集》中，不僅造成了社集體制的蕪雜，也誤導著後來的讀者與研究者。

由於主持壇坫的錢國珍去世，成員大多赴省城外任職，招集不便，西泠吟社的酬唱活動走向終結。江順詒、宗山、秦緗業等原西泠吟社的核心成員曾參加當時杭州的另一個重要的文學社團──鐵花吟社。然而鐵花吟社並不是西泠吟社的延續、重組，它遙承的乃是自北宋以來西湖所固有的文人結社傳統，與外地官員在西湖結社的模式相比，更具有正統性。

（三）鐵花吟社　附杭州駐防營結社之風的興盛

鐵花吟社的相關問題，浙江大學朱則傑教授的《鐵花吟社的社詩總集與集會唱和》、《「鐵花吟社」考》進行了詳盡的論述。然而作爲晚清杭州地區最重要的文學社團，其基本事實仍需簡要介紹一下。

「鐵花吟社」活動於光緒四年（1878）至十二年（1886），在時間上與西泠吟社有交叉。前後持續九年時間，集會唱和超過六十次。創始人為吳兆麟（「筠軒」其號），吟社即得名於他所居的鐵華山館。成員有沈映鈐（「輔之」）、盛元（「愷庭」其號）、應寶時（「敏齋」其號）、胡鳳丹（「月樵」其號）、丁丙（「松生」其號）、吳慶坻（「子修」其字）、夏曾傳（「薪卿」其字）、高雲麟（「白叔」其字）、王景彞（「琳齋」其號）、李桓（「黼堂」其字）、杜文瀾（「小舫」其字）、邊保樞（「竹潭」其字）、丁立誠（「修甫」其字，丁申子、丁丙侄）、江順詒、宗山、張預（「子虞」其字）、秦緗業、王塈（「小鐵」其號）、龔嘉儁（「幼安」其字）、戴燮元（「少梅」其字）等至少二十三人。據朱則傑教授研究，吟社活動期間曾編過《鐵花吟社詩稿》（吳兆麟輯）、《鐵花吟社詩存》（王景彞輯）兩種社詩總集，今皆亡佚。吟社的歷次雅集需根據丁丙《武林坊巷志》、《松夢寮詩稿》，吳兆麟《鐵華山館詩稿》及王景彞《琳齋詩稿》進行鉤稽整理。

「外地寓賢與本地土著相融合，滿漢詩人相融合」〔註76〕是鐵花吟社成員構成的主要特點。吳兆麟、沈映鈐、胡鳳丹等為湖上耆宿，久負盛名。盛元為杭州駐防正藍旗蒙古人，亦雅好詩文詞。丁丙是著名藏書家，家中有八千卷樓以庋藏群籍，又因鈔補文瀾閣散佚之圖書而為世人推重。吳慶坻年輩雖晚，然而出身名門，祖父吳振棫官至雲貴總督。後來慶坻高中進士，供職翰林院。李桓是湖南人，久居西湖，是編有大型人物傳記叢書《國朝耆舊類徵》的著名學者。主要成員具有這樣的身份與名望使得鐵花吟社在當時備受文壇的關注。

鐵花吟社中人也以西湖詩社正統自居，宣稱自己的社團是承接東軒吟社的餘緒發展起來的。鐵花吟社對東軒吟社的傳承最明顯的表現在於兩社的成員間存在血脈相連的關係。如鐵花吟社社長吳兆麟便與東軒吟社的吳振棫同族。鐵花吟社的核心成員吳慶坻、夏曾傳分別是東軒吟社骨幹成員吳振棫、夏之盛的嫡孫。除此之外，丁丙在鐵花吟社成立之初，便表達了意欲踵武東軒吟社，遙接西湖八社的宏願：「明湖繼八社，怡老浮千樽。雜事續南宋，新吟步東軒。」〔註77〕在鐵花吟社結束之後，又以「鐵華會繼

〔註76〕朱則傑《「鐵花吟社」考》，見林宗正、張伯偉編：《從傳統到現代的中國詩學》，上海：上海古籍出版社，2017年10月，第402頁。
〔註77〕丁丙《二月朔，吳筠軒丈兆麟招同沈輔之觀察映鈐、胡月樵都轉鳳丹，吳子

清尊集」〔註78〕之語總結其歷史地位。吳慶坻在其所著《蕉廊脞錄》中專論杭州諸詩社，認爲明清以來杭州各詩社間存在著相承相續的譜系。從登樓社到西湖八社、西泠十子，從孤山五老會、鷲山盟到南屛吟社、湖南吟社，從潛園吟社、東軒吟社到鐵花吟社，都是一脈相承，精神相續的。〔註79〕從時代精神的角度看，鐵花吟社正處「同光中興」之時，西湖風物大致恢復，社會頗現升平氣象。東軒吟社活動於道光年間，承接乾嘉盛世的餘緒，社會尙稱乂安。環境相似，宜乎精神相通，創作的基調也以平和雍容爲尙。然而正如朱則傑教授所言：「鐵花吟社活動於光緒年間，並且此前杭州還經歷過幾次太平天國的戰事，因此有關創作即使表面平和，內裏也不免帶有更多的憤激。」〔註80〕這正是兩詩社區分之大較所在。

另外，杭州駐防營中結社之風亦非常盛行。駐防營在杭州城西部，瀕臨西湖，順治二年（1645）清軍攻克杭州後所建，滿蒙軍人及家屬定居其中，故又稱「旗營」。經過西湖文化二百年的陶冶化育，營中旗人從好勇尙武轉變爲文武兼重，對風雅之事極爲推崇。光緒年間，受到西湖結社文化的影響，旗營中亦多有雅集之舉。滿族詩人金梁在《旗下異俗‧文風》中介紹了駐防營中滿蒙詩人與漢族名碩交遊酬酢的情形：

> 旗俗尙武，質樸不文，世或引以爲笑，而好學慕名，不少有志之士。尊師敬友，素重交遊。盛愷廷觀察（元）立文課、吾從兄柏研香都護（梁）與兄杏襄侯協戎（梁）設琴社、三多六橋都護集詩會、吉將軍（和）設字課，如俞曲園（樾）、王夢薇（廷鼎）、譚仲修（獻）、楊古蘊（葆光）、王同伯（同）、高白叔（雲麟）、章一山（梫）、林琴南（紓）諸名碩，皆先後樂與周旋，而夢薇與襄侯，訂交尤密，八旗子弟，從之遊者甚眾。吾營文化之開，與有力焉。〔註81〕

修孝廉慶坻爲鐵華吟社，遲盛愷庭太守元，應敏齋方伯寶時不至，以元人「東風二月禁門鶯」之句，分韻得「門」字》，見《松夢寮詩稿》卷四，《續修四庫全書》集部第1559冊，第448頁。

〔註78〕丁丙《和筠軒丈重遊泮水詩韻》，見《松夢寮詩稿》卷五，《續修四庫全書》集部第1559冊，第460頁。

〔註79〕吳慶坻撰，張文其、劉德麟點校：《蕉廊脞錄》，北京：中華書局，1990年版，第96頁。

〔註80〕朱則傑撰，《鐵花吟社的社詩總集與集會唱和》，《詩書畫》雜誌第8期，2013年4月。

〔註81〕金梁撰：《旗下異俗》，《西湖文獻集成》第14冊，第314頁。

　　金梁提到的詩會，據李桔松研究，即蒙古詩人三多倡建的紅香吟社、蘋香吟社。〔註82〕所惜材料缺乏，文獻不足徵，詩會的詳情難以考見。庚辛之變發生時，駐防營與太平軍的衝突非常激烈。城破後營房被焚燒殆盡，旗籍殉難者超過八千人。據上述引文，旗營文化到光緒中葉已經恢復，這不僅是民族協作、共襄盛舉的典範，亦可作爲西湖文化具有歷劫不墮之生命力的又一例證。

（四）吟社核心成員的隱逸情懷：以秦緗業、吳兆麟爲例

　　晚清興起的西湖諸吟社是西湖文化再度興盛的重要標誌，就其性質而言，它們並不是由隱逸之士組建的團體，但各吟社的核心成員大多具有歸隱出世的情懷，其作品中亦有此種精神的流露。湖舫吟社、西泠吟社的成員多爲在杭爲官者，其中受中隱思想影響者不在少數。薛時雨的隱逸精神已在前文述及。秦緗業曾入三家吟社，他是否心向隱逸，可堪討論。

　　秦緗業是江蘇無錫人，其父秦瀛曾任浙江布政使。他亦久宦浙江，歷任浙江同知、鹽運使、金衢嚴道臺等職，能詩善畫，尤長於古文。致仕後家貧不能自養，杭人請其主講東城講舍，旋卒於家。秦緗業在杭任職時正值戰亂平定、湖山恢復之際，文人墨客多從之遊，其主持壇坫、吟詠酬唱之行，前文已經述及。他自稱是秦觀後裔，對蘇東坡極爲推崇，以《蘇文忠公祠圖卷》遍向湖上名賢徵和之舉可見其志。東坡在西湖的中隱之行，對他有著深刻的影響。楊昌濬爲其詩文集作序，稱他在杭時儘管「內樞要外節鉞，埋神於軍國簿領之中」，依然徜徉肆志於湖山名勝間，「易冠蓋而笠屐，易驪從而筍輿，幾幾乎沂水舞雩之樂」〔註83〕。可見其出處類似東坡。

　　雖然秦緗業一生爲官，但其隱逸之志是非常強烈的。初到杭州任職時，他便有「遠公可許淵明醉，蓮社當年結深契」〔註84〕的詩句。遠公指西湖靈芝寺的蓮衣上人，淵明則是詩人自比。慧遠與陶淵明早已是隱逸精神的象徵。例如唐代孟浩然《晚泊潯陽望廬山》詩：「嘗讀遠公傳，永懷塵外蹤。」宋代梅堯臣《訪礦坑老僧》詩：「莫貰遠公酒，余非陶令賢。」均含離世出塵之意。

〔註82〕李桔松撰：《清末民初三多詩詞研究》，內蒙古大學 2013 年碩士學位論文，第
　　　　18 頁。

〔註83〕楊昌濬《〈虹橋老屋遺稿〉序》，見秦緗業著：《虹橋老屋遺稿》，《清代詩文集
　　　　彙編》第 653 冊，上海：上海古籍出版社，2009 年版，第 579 頁。

〔註84〕秦緗業著：《虹橋老屋遺稿》詩二，《清代詩文集彙編》第 653 冊，第 651 頁。

不僅此詩，秦緗業在遊覽西溪時，也借遠公之典申明歸隱之志：

> 結構已非古，清流猶昔如。水中疑有國，劫外豈無魚。此是白
> 蓮社，兼多貝葉書。願言攜襆被，來就遠公居。〔註85〕《護生庵》

　　為官者的憩隱生活注定不能長久，偶可一時偷閒，秦緗業便外出尋找幽僻之地，以期悅性忘俗。其《清明日遊靈隱寺》詩有「聊復忘塵事，山中車馬稀」〔註86〕之句。而在遊歷雲棲寺時，寫有「好景宜四時，何不此棲託」、「終當占名山，奚必麋好爵」〔註87〕等詩句，可見其內心中仕與隱的緊張態勢。他曾在雨後到孤山遊賞，念及孤山放鶴的林和靖與垂釣富春江的嚴子陵，而自己困於官場，尚不及棲眠於孤山的沙鷗，於是大生繫縲之感。其《正月二十六日雨霽薄遊孤山》詩：

> 不盡春湖活活流，者番晴霽足銷愁。野梅臨水已全落，蠟屐登
> 樓盡小休。倘有仙翁迴鶴馭，豈無釣叟著羊裘。夕陽鐘鼓催人去，
> 輸與眠沙自在鷗。〔註88〕

　　秦緗業歸隱之心如此熾烈，為何不能縱其所欲，脫去仕宦的羈役，徹底投身山水間呢？個中緣由亦可從其詩作中尋得。他喜歡與友人聯吟酬唱，吟詠西湖的景致，以歡樂的情緒消弭仕隱的矛盾。當同好不逢，獨自置身湖山時，不僅孤寂感難以排遣，欲隱不得的苦悶也湧現出來。原來為官，只是求生祛貧之計。年老多病之身仍汲汲於此，實非本心所願。其《冬初獨遊湖上》寫道：

> 獨棹扁舟水一灣，冬來遊侶總闌珊。半黃老柳疑新柳，疊翠遙
> 山間近山。多病猶餘雙足健，長貧難得一官閒。倦飛慚愧投林鳥，
> 白盡翁頭尚未還。〔註89〕

　　這種苦悶在題詠《蘇軾祠堂圖卷》時亦有所表現，秦緗業有這樣的詩句：「賤子百無成，對公有餘惡。平生一瓣香，歲歲酹醽醁。笠屐已渺然，午光如轉轂。陽羨田未歸，西湖居偶卜。」〔註90〕陽羨田典出蘇軾《菩薩蠻》：「買

〔註85〕秦緗業著：《虹橋老屋遺稿》詩二，《清代詩文集彙編》第653冊，第654頁。
〔註86〕秦緗業著：《虹橋老屋遺稿》詩二，《清代詩文集彙編》第653冊，第659頁。
〔註87〕秦緗業：《五月十四日宗湘文邀同許益齋、吳仲英、湯敦之重遊雲棲寺》，《虹橋老屋遺稿》詩二，《清代詩文集彙編》第653冊，第656頁。
〔註88〕秦緗業著：《虹橋老屋遺稿》詩三，《清代詩文集彙編》第653冊，第664頁。
〔註89〕秦緗業著：《虹橋老屋遺稿》詩三，《清代詩文集彙編》第653冊，第667頁。
〔註90〕秦緗業著：《虹橋老屋遺稿》詩二，《清代詩文集彙編》第653冊，第652頁。

田陽羨吾將老，從來不爲溪山好。往來一虛舟，聊從造物遊。」〔註91〕東坡
在常州有田舍，從嶺外放歸時便欲隱居於此。秦緗業瓣香東坡，隱遁之志與
蘇相同，卻因蹭蹬於仕途，久久不得歸田，只能卜居西湖，祭拜蘇祠而心生
慚戀。

　　爲官日久，他仍不能趨時合變，也不願繼續屈心抑志，終於在光緒九年
（1883）引疾歸里。雖然滿足了隱逸的本願，但其生活依然非常困窘，這在
其《自杭旋里述懷即書雨生所贈〈西泠歸棹圖〉後》有所反映：

　　　　立功立德愧前賢，坦率平生只信天。忤俗何堪戀微祿，耽詩聊
　　以送餘年。無家且賃伯通廡，將隱難求陽羨田。轉覺湖山故鄉好，
　　煙波萬頃一歸船。〔註92〕

　　伯通廡與漢代梁鴻有關。梁鴻是東漢高隱，嘗入吳，居皋伯通廡下，爲
人賃舂，困境之中仍怡然自得。秦緗業以梁鴻、蘇軾之典，彰顯不因貧窮困
頓而改變歸隱心願的堅定志節。不貪戀官祿、率性直行，泛舟煙波間，才可
尋得人生眞正的自由自適。

　　由此可見，秦緗業早有歸隱之志，但因生活貧困不得不留身職司之間，
而仕與隱的矛盾一直交互在其心中。在杭州時他的生活呈現亦官亦隱的形
態，通過結社聯吟、詩酒酬唱的方式緩解仕隱之間的緊張，最終仍遵從初心，
棄官歸里，求得了生命的自適。

　　以秦緗業爲例略可窺得湖舫、西泠吟社中宦遊兩浙的詩人們對隱居湖山
的態度。鐵華吟社的成員構成與湖舫、西泠吟社大不相同。其核心吳兆麟、
沈映鈐、高雲麟、丁丙、夏曾傳等都是湖山隱士。丁丙的隱逸情結已見前文，
吳兆麟之隱有可論者。

　　吳兆麟曾官內閣中書，充軍機處章京，同治間官江西鹽法道，稱病告歸。
他將歸隱後的詩集定命爲《初衣集》。初衣典出《離騷》：「進不入以離尤兮，
退將復修吾初服。」後世以此喻辭免官職、回歸山林。吳兆麟藉此集名彰顯
隱逸之志，對出仕的經歷亦微含悔意。他喜歡梅花，宦遊揚州時常以孤山梅
信爲念。此意不能排解，便賦詩抒情，有題曰《孤山梅信往來於懷，有不能
旦暮釋者，輒賦小詩以寄知我》，第七首云：

〔註91〕蘇軾著，朱孝臧編年，龍榆生校箋，朱懷春標點：《東坡樂府箋》卷二，上海：
　　　　上海古籍出版社，2009年版，第256頁。
〔註92〕秦緗業著：《虹橋老屋遺稿》詩四，《清代詩文集彙編》第653冊，第682頁。

爲欲看花擁八驂，何郞重領古揚州。吳儂只解還山好，柬閣奚
煩紀後遊。〔註93〕

孤山梅花是隱士的象徵，詩人心繫西湖，有還山之願，正是隱逸情懷的
明顯表達。詩人歸隱之後，不僅常到孤山探梅，還赴鳳林寺、靈隱寺、皋亭
山、西溪尋梅。梅花成爲他詩中經常出現的意象，映像著他兀傲絕俗的精神
品格。《巢居閣》詩表現他對林和靖的仰慕之情：

世運遞推移，高人不可作。山容水態間，凌虛有傑閣。先生此居
處，孤影伴梅鶴。鶴唳梅花發，鶴舞梅花落。鶴去且千載，梅開猶萬
萼。花下誦公詩，香和冰雪嚼。無以喻幽懷，閒雲去寥廓。〔註94〕

巢居閣在孤山，舊爲林和靖所居。吳兆麟在此賞梅，追想千年前林和靖
高隱於此的情景，有感世運推移，發出高人不可作的感慨。當時的政局雖稱
中興，但平和的表面下波瀾湧動，種種社會問題漸露端倪，確非宋初承平熙
和之時可比。宋初的士人可以心無掛礙地隱居於湖山，晚清蒿目時艱的文人
雖有隱逸之志，也難徹底忘世，全身心地歸隱。詩人自有幽懷，卻生無從寄
託之感，惟有目望閒雲自由地來去，羨慕林和靖的從心適志了。由此可見，
吳兆麟的隱逸情懷固然以幽居出塵爲主，但也含有關心現實的責任感。兩者
交織起來使得他的詩歌產生異於其他隱士之作的熾熱情感。如他歌詠蘇文忠
公祠梅花，有「芳菲豈復羨桃杏，鬱烈奇芬自千古。從今湖上問甘棠，不數
垂楊千萬縷」〔註95〕的詩句，詩中的梅花芬芳馥郁，生命力極爲強健，其精
神與欹側幽獨的尋常之梅迥異，映像出西湖文化歷劫重生後的勃勃生機。再
如詠靈隱道上之梅花：

路轉峰迴境絕塵，每因索笑惜芳辰。誰將處士橫斜語，繪得空
山浩蕩春。曲磴曉風香有韻，疏林微雨寂無人。從知景物增疇昔，
無事滄桑寄慨頻。〔註96〕

〔註93〕吳兆麟著：《鐵華山館詩稿》卷三《江皋集上》，《清代詩文集彙編》第625冊，
第460頁。

〔註94〕吳兆麟《西湖詠古四十首》其十六，見《鐵華山館詩稿》卷八《初衣續集下》，
《清代詩文集彙編》第625冊，第514頁。

〔註95〕吳兆麟《蘇文忠公祠梅花》，見《鐵花山館詩稿》卷六《初衣集下》，《清代詩
文集彙編》第625冊，第489頁。

〔註96〕吳兆麟《靈隱道中梅花，亂後所植》，見《鐵花山館詩稿》卷五《初衣集上》，
《清代詩文集彙編》第625冊，第475頁。

詩歌雖以追懷往事的今昔之感作爲情緒的落腳點，但山路之上梅花盛放的浩蕩春色更具提振精神之妙。結合詩題可知靈隱道上的野梅是在庚辛之亂後栽植的，梅花在空山綻放又何嘗不可看作是隱逸精神向西湖文化注入的生機的象徵。詩人筆下的梅花總是健康鮮豔、充滿生機，他所向往的隱逸精神亦是積極有爲的，這正呼應著消除戰爭影響、恢復文化舊觀的時代精神。

吳兆麟、丁丙等的隱逸情懷對鐵花吟社的酬倡主題具有重要的導向作用。如吟社第四集詠許氏園亭之蘭鶴、吟社第十一集詠羅漢松、第二十九集慧雲寺觀梅、第三十七集丁園賞菊、第三十九集澹園探梅等歷次雅集同人所詠之物均爲蘊含隱逸精神的意象。第三十六次雅集，同人聚於花塢夕陽樓慶賀江順詒六十壽誕，吳兆麟對江順詒閉門著述的隱居生涯進行了頌揚：

> 向陽佳樹繞扶蘇，閉戶幽人好著書。紗帽隱囊閒適甚，一簾花氣午晴初。〔註97〕

另一重要社員王景彝則認爲江順詒的幽居生活比蘇東坡更爲從容自適，其《題花塢夕陽樓次筠軒觀察韻》第三首：

> 黃樓創業自坡翁，控御彭城顧盼雄。可惜簿書太纏裹，不如高臥小園東。〔註98〕

黃樓在今徐州。宋熙寧十年，黃河洪水至，時蘇軾守彭城，率全城士民抗洪。水退後，築樓東門，即黃樓。蘇轍、秦觀有《黃樓賦》。蘇東坡在此詩中並非中隱形象，雖然他修築黃樓，深孚民望，卻纏身案牘公文之中不得自由。江順詒在西湖畔築花塢夕陽樓，棄官高臥於此，可與友朋聚會酬唱，亦可安心著書、頤養天年。在仕之勞頓與隱之閒適的對比中，詩人更爲肯定隱逸的價值，與吳兆麟之作精神相通。

由此可見，鐵花吟社在延續東軒吟社遺風，吟詠西湖風物、頌揚文化恢復的勝概的同時，也十分嚴肅地傳承著西湖文化所固有的隱逸精神。此種精神在「同光中興」的時代背景下蘊育出新的內涵，在吳兆麟的詩作中有著較爲明顯的體現。同光年間的湖上諸吟社的興盛確能反映出西湖文化重新走向繁榮的事實，吟社核心成員的隱逸情懷也爲吟社活動增添了幽雅出塵的色彩。其時吟社與隱逸文化的關係大致如此。

〔註97〕吳兆麟《飲江秋珊花塢夕陽樓即席有贈》八首其二，《鐵花山館詩稿》卷八《初衣續集下》，《清代詩文集彙編》第625冊，第523頁。
〔註98〕王景彝著：《琳齋詩稿》卷五，《清代詩文集彙編》第660冊，第218頁。

小 結

庚辛之變後的十數年間，西湖的風景與人文精神迅速得到恢復。這固然與封疆大吏的重視、宗教組織等民間力量的積極運作密切相關，本地士紳作出的貢獻也不容忽視。本章的重點即在於探究文人隱士對西湖文化恢復的重要意義。西湖文化的復興有著多方面的表現，宗教文化、商業文化等與文士的關係不太緊密，不需進行討論。除此之外，圖書典籍的恢復、教育機構的整飭、文學社團的組建等都與士人的努力密不可分。從事文化事業的士人大多胸懷隱遁的理想，游離於政治力量之外。隱逸之士對西湖文化恢復的貢獻不容小覷。

對西湖文獻典籍的搜集和修復之功，當以丁申、丁丙昆仲為最。他們在戰亂時冒險搜集從文瀾閣流散而出的圖書，戰亂平定後又重修文瀾閣，補抄缺損的典籍，使閣中藏書大半得以恢復。他們還主持刊行了多種與杭州、西湖有關的文化典籍，使鄉邦文獻得以保存與流傳。

清代杭州的教育事業十分發達，西湖四大書院是培養人材的重要基地。庚辛之變使得各書院都遭損毀，雖得以重建，然而恢復程度不盡相同。崇文書院、詁經精舍分別由薛時雨、俞樾主持講席，兩浙菁英盡入門下，一時彬彬稱盛。俞樾掌教甚久，經歷了書院由盛轉衰的歷史過程。他雖堅信傳統文化不會淪亡，但在西學盛行的時代潮流面前依然顯得無所適從。俞樾對西湖文化的貢獻不限於執教詁經精舍，他在講學的同時完成大量著述，先納於曲園書藏，後藏於南高峰等地，成為西湖文化的重要掌故。甚至他本人亦被視為傳奇人物，說明他的影響已超越知識界，獲得市井大眾的認可與關注。

文學社團的重新湧現是西湖文化恢復的又一重要表現。不僅有延續往昔結社傳統、以本地詩人參與為主的鐵花吟社，亦有由宦遊兩浙的官員組建的湖舫詩社、西泠吟社。臨時性的雅集如湖舫修禊、皋園修禊等詩會頻繁舉行，滿蒙詩人在駐防營中舉辦各類文藝雅集，同樣顯示出西湖文化活動日益繁榮的態勢。

上述文化事業主持者的隱逸情懷也是本章的主要內容。丁申、丁丙在西溪築有風木庵，不僅可以守護先塋，亦可親近山水，遠離塵雜。他們保護典籍的義舉被繪於圖卷，聲名遠播，但其澹泊守志的精神更受到文化名流的推重。薛時雨治郡興學，對杭州施惠甚多，他最心儀的生活方式卻是泛舟煙波、隱居湖山，實現崇蘇仰白的理想。俞樾久主西湖教席，坐擁俞樓、湖舫，自

比為明代隱士黃貞父、馮夢楨。門人對俞樾的隱逸之志非常瞭解，將乃師與嚴子陵、林和靖並提。由於機緣巧合，俞樾獲得「西湖長」之印，又以中隱湖山的東坡自期。凡此種種都因俞樾所懷有的隱逸之情使然。吟社諸詩老亦多有此志。秦緗業久宦不歸只因生活所迫，實則隱遁之心極為熾烈，仕隱出處的衝突幾與其生命相始終。錢國珍多詠梅之作，崇仰高士之情可見一斑。只是他在恬淡之外，並不掩飾積極用世的心願。這也是當時致力於文化恢復的士人們共有的生命狀態：抱出塵之志，舉濟世之行。隱逸本有兩層內涵，湖山美景只可棲遁行跡，文化場域方能安頓心靈。士人們致力於西湖文化的恢復，說到底不無營造隱居勝境的意味。

當西湖的自然風物、人文景觀得到恢復、更新之後，不僅本地的文人隱士得以縱情山水、安頓生命，也使異族他鄉的士人茅靡麇集，流連忘返。他們對湖山風物、歷史人文的嚮往、歸化，凸顯出西湖文化淵雅的包容性與強健的生命力。

第三章　他鄉異族之士向西湖隱逸精神的歸化

　　庚辛戰亂平定後，西湖重現升平景象。不惟兩浙的文人雅士在此聚集，全國各地慕名而來欣賞美景、滌蕩胸襟者亦比比皆是。西湖作為高人逸士的棲隱勝境，更吸引著各地懷有隱逸理想的士人寄跡於此，安頓心靈。杭州本土的隱士往往能在湖畔終老，將生命完全融化到湖光山色中。與他們不同，來自異地的士人即便久久勾留最終也將離去。西湖固有的隱逸精神在其心靈中留下深刻的印記，他們也會以不同的方式向西湖文化注入新的內涵。此類人士為數甚多，較著名者有蔣敦復、潘鍾瑞、汪芑、楊葆光、郭崑燾、王先謙、樊增祥等，然而與湖上名流交遊廣泛、且擁有巨大影響力的當屬彭玉麟、李桓。

一、彭玉麟對西湖隱逸文化的認同

（一）從中興名將到西湖隱士──彭玉麟身份的轉變

　　彭玉麟，字雪琴，湖南衡陽人。他是晚清湘軍著名將領，與曾國藩、胡林翼、左宗棠並稱「曾胡左彭」，統領湘軍水師與太平軍作戰，戰功卓著。同治三年，他率水師與曾國荃的陸軍協同作戰，攻克太平天國的都城天京，其聲威亦達到頂峰，被清廷封為一等輕騎都尉，加太子少保銜。然而他不以功名為念，戰爭結束後不久，便告病還鄉。清政府對他甚為倚重，同治十一年又命他巡閱長江水師，使江防得以整飭。中法戰爭爆發，彭玉麟扶病赴廣東辦理防務，身中瘴癘之氣，北歸衡陽後不久病逝。清廷賜諡號曰「剛直」。《清

史稿》卷一百九十七有傳。

　　彭玉麟以諸生從軍，戎馬倥傯中風雅之習不改。咸豐九年（1859），他率水師與太平軍戰於安徽池州小孤山。小孤山又名「小姑山」，在長江中心，江東岸有彭郎磯。傳說爲一對彼此相愛而難成眷屬之情侶的精魂所化。太平軍在小孤山、彭郎磯築有炮臺，成犄角之勢，極爲難攻。清軍水師與之激戰兩日，攻克小孤山。彭玉麟詩興大發，作《攻克彭澤奪回小姑山要隘》云：「書生笑率戰船來，江上旌旗耀日開。十萬貔貅齊奏凱，彭郎奪得小姑回。」〔註1〕將自己的姓氏、攻克小孤山的功勳與山川傳說鎔鑄在一起，不僅十分巧妙，且豪氣干雲。此詩摩刻於小孤山上，爲彭玉麟平添許多儒雅氣度。他被時人推重，不僅因其軍功卓著、聲名顯赫，更因爲他淡泊名利、生活儉樸，是有名將之功而兼名儒之德者。據俞樾《彭剛直公神道碑》所載，彭玉麟曾先後六次堅辭要職：辭安徽巡撫；辭漕運總督；辭兵部侍郎；兩辭兩江總督兼南洋通商大臣；辭兵部尚書。他向朝廷上疏陳述辭官理由時有言：「士大夫出處進退，關係風俗之盛衰。」「臣以寒士來，願以寒士歸。」可見其堅守初心之品節。他在生活中踐行著寒士之志，儉樸勤苦，實爲難能可貴。俞樾稱他「性豪邁、善飲；喜宴客而自奉至薄。不嗜甘肥，旁無姬侍，惟一二老兵給事其旁。」而據方宗誠《柏堂師友言行記》卷二記載，彭玉麟「自諸生而軍統水師，辦事精勤。訓練之餘，即寫字吟詩作畫。好客喜飲，不愛財、不好色、不計家室。口不言攻伐，心不戀官爵，衣服玩好，一無所愛。」〔註2〕其風度如是。簡而言之，彭玉麟出仕從軍是爲了平定戰亂，救民於水火，而非貪戀官爵；辭官歸里是功成身退，順應初心，而非沽名釣譽。這種出處進退的抉擇，類似於戰國時的魯仲連。魯連最後歸隱東海，彭玉麟亦欲尋得理想的隱遁之地。

　　同治八年春，他辭去兵部侍郎，回到衡陽，建起三重草樓，名曰「退省庵」。布衣青鞋居其中，三年不出，過起了隱士生活。他與舊交好友告別時賦詩表明其隱逸之志，辭官後逍遙自由之樂溢於言表：

　　　　一紙封章達聖朝，好將道服換金貂。三千士散兵符解，十七年

〔註1〕 彭玉麟著，梁紹輝、劉志盛、任光亮、梁小進點校：《彭玉麟集》下冊，長沙：嶽麓書社，2008年版，第26頁。
〔註2〕 李春光纂：《清代名人軼事輯覽》，北京：中國社會科學出版社，2004年版，第2782頁。

餘鬢髮凋。夢裏驚魂從此定，胸中積塊應時消。蒲驪半幅扁舟去，
好與閒雲野鶴交。〔註3〕其一

此詩的題目爲《同治八年己巳交卸兵符，乞病歸田，述懷十二律，即以
留別諸舊好，並長江將士及江南北各省父老》，這幾乎是將歸隱的心願通告天
下，可見其出世決心之堅定。此時他尚未產生在西湖隱居的念頭。三年後，
被清廷召起，每年巡閱長江水師一次。沿途五千餘里，往返不易。彭玉麟便
擬定巡閱制度，首年從衡陽出發，巡查完畢後至江浙度歲；次年從長江下游
啓程，溯流而上，事竣後回衡陽度歲。歷次巡查按此例循環。循至江浙時，
他必至杭州，遊覽西湖。西湖秀美的風景不僅可以湔洗心靈，亦可調理宿疴，
與他尋覓的幽棲之地甚爲契合。他有《喜到西湖口占代柬李筱泉中丞》一詩，
認定西湖是理想的隱居之所：

四面春山翠作堆，半篙淺水碧於苔。如斯風景金難買，留與兵
曹退侍來。〔註4〕

彭玉麟在西湖初無棲身之處，借詁經精舍第一樓而居之，因與俞樾交遊。
二人俱懷隱逸之志，心意相通，相處甚爲投契。彭玉麟對俞樾隱居湖上講學
著述的生活頗有羨慕之意：

等身著作富公卿，博得文章壽世名。地占湖山成小隱，春榮草
木動新萌。褒嘉早已傳天語，笑傲眞能淡世情。文廟有「俞樾寫作俱佳」
之諭。千古高風宜仰止，梅花香繞老逋塋。詁經書院後即孤山，林和靖墓
在焉。〔註5〕

同治十二年，彭玉麟在西湖三潭映月覓得一塊空地，擬造廬居。浙江巡
撫楊昌濬主其事。建成後，襲衡陽故廬之名，稱「西湖退省庵」。俞樾爲退省
庵作記，將其比作北宋大儒邵雍之安樂窩。邵雍一生高隱不仕，俞樾以此喻
指彭玉麟的隱逸情懷。他在《退省庵銘》中寫道：

公之往兮，溯江而上。問公何居，南嶽之盧。公之來兮，浙右
爲期。問公何處，西湖之渚。公巡於江，旌旗蔽空。高帆巨艦，玉
斧雕弓。公隱於湖，煙波釣徒。雲諏水訪，挈榼提壺。湖山之美，
能令公喜。築室湖中，上告天子。三潭明月，孤山梅花。年年歲歲，

〔註3〕彭玉麟著：《彭玉麟集》下冊，第29頁。
〔註4〕彭玉麟著：《彭玉麟集》下冊，第65頁。
〔註5〕彭玉麟著：《彭玉麟集》下冊，第72頁。

來游來歌。〔註6〕

雖然彭玉麟年年巡閱長江，居杭時短，俞樾仍將他視爲西湖隱士。這不僅是俞樾的一己之見，亦是湖上文人之共識。如秦緗業《西湖退省庵訪彭侍郎》：

> 沅湘直合大江流，洗盡金戈鐵馬愁。只爲樓船需統帥，未容衡嶽乞歸休。胸羅元凱千兵庫，身作香山萬里裘。卻戀西湖風景美，年年來此伴閒鷗。〔註7〕

元凱是西晉儒將杜預之字，精通兵法，人稱「杜武庫」。香山指白居易，其《新制布裘》詩云：「安得萬里裘，蓋裹週四垠；穩暖皆如我，天下無窮人。」詩人以之比擬彭玉麟，讚美他文武兼通的才略與關心民瘼的胸懷。詩歌的重點仍在於對彭玉麟隱逸情懷的肯定。功業名望均不及西湖美景能夠打動彭玉麟，他年年來此，正因爲此地可以使其感受到閒適與自由。汪芑《退省庵歌》中亦有類似的表述：

> 庵中之人今韓岳，二百年來生使獨。不愛好官多得錢，最愛葛巾與野服。……賦就《遂初》從卸甲，白蘇堤畔攜柑橘。願執先生款段鞭，好及孤山梅破臘。〔註8〕

彭玉麟的隱士身份在西湖獲得認可，其隱逸理想亦在湖山間得以落實。他遍遊湖上美景，使親近自然的情感真正得到釋放。嘗與俞樾、楊昌濬等遊雲樓，用詩歌呈露其豪邁而自由的心靈：

> 廿載從征意氣粗，而今小隱戀西湖。彭郎雖老狂猶在，一醉何妨酒百壺。〔註9〕

俞樾的詩作具體敘述了當日遊山的暢快情景。彭玉麟追鳥逐鹿，涉溪登高的孟浪之狀，與其說是狂放，毋寧看作眞樸的童心使然。這位叱吒風雲的將領只有在西湖山水中方可肆無忌憚地展現其生命的本眞，西湖的魅力乃在於山水精緻與遊覽者心靈的完美契合：

> 我偶與公言，縱談西湖美。九溪十八澗，幽秀無與比。公即發高興，遙指白雲裏。乘檬共入山，愈入愈可喜。山壓人面前，泉流

〔註6〕 俞樾《西湖退省庵記》，見《春在堂雜文》續一，《清代詩文集彙編》第685冊，第375頁。
〔註7〕 秦緗業著：《虹橋老屋遺稿》卷三，《清代詩文集彙編》第625冊，第665頁。
〔註8〕 汪芑《茶磨山人詩鈔》卷八，《清代詩文集彙編》第716冊，第768頁。
〔註9〕 彭玉麟《癸酉春日遊雲樓，和俞蔭甫太史》，見《彭玉麟集》下冊，第101頁。

我足底。攝衣渡清泠，披襟坐嘉卉。公捨輿而徒，回頭轉我後。大
叫驚林鳥，健步逐山麑。臨流兩踝沒，登高一足跬。我謂君此遊，
山靈笑欲死。不是遊名山，竟是摩賊壘。一時遊戲語，亦足見奇偉。
〔註10〕

　　彭玉麟不僅融入了西湖隱士文化圈，他在西湖的棲居生活也受到同鄉詩
人的認同。光緒二年（1876）長沙王先謙來杭遊歷，彭玉麟設宴接待。王先
謙感於彭玉麟徜徉湖山、吟詩畫梅的自適閒逸，寫有這樣的詩句：「名將如公
世所賢，芒鞋隨處有因緣。茶烹湖水詩逾好，梅入孤山畫鬥妍。」〔註11〕他
對彭玉麟隱居西湖的羨慕、嚮往之意，在《湖上晚酌遣懷》一詩中表現得甚
為顯豁：

　　　　手羹蓴菜膾銀鱸，曾向滄波滿眼酤。萬里浮萍依北斗，十年洗
眼對西湖。亭臺著處添新景，煙水於今有釣徒。謂雪琴侍郎。把酒自
嗟人事迕，故回歸棹入菰蒲。〔註12〕

　　「蓴鱸」典出西晉張季鷹秋風思歸之事。彭玉麟以此餉客，既顯示出其
隱逸理想的達成，亦觸動了王先謙的退隱之思。北斗指京師。王先謙在京城
漂泊十載，無所依憑，其中苦處寸心自知。當置身湖上，山水美景滌除風塵，
使其心目瑩然。亭臺新景指退省庵，煙水釣徒是以嚴子陵比喻彭玉麟。在領
略過彭玉麟自足自適的隱居之樂後，王先謙自覺不偕於俗，心生退意。回棹
菰蒲便暗含有此種意味。彭玉麟的生活方式既然可以引發王先謙的思歸之
念，王先謙對彭玉麟隱士身份的肯定也便不言而明。

（二）小瀛洲對小蓬萊──彭玉麟與俞樾文化心靈的投契

　　彭玉麟隱逸身份既得以確定，他與俞樾的交遊更見同懷文化理想者的
相惜之意。彭玉麟將孫女彭見貞許與俞樾嫡孫俞陛雲，兩家成為姻親。彭
玉麟與俞樾的交好，不僅由於兩人心性率真，性情投合之故，還因他對俞
樾所堅守的文化理想具有近乎本能的親近乃至崇仰之意。彭玉麟從征前本
為諸生，軍旅中不改書生本色，退居西湖之舉，不惟戀慕湖山風物，也因

〔註10〕俞樾《哭彭雪琴尚書一百六十韻》，《春在堂詩編》第十三卷，《續修四庫全書》
　　　　集部第1551冊，第496頁。
〔註11〕王先謙《雪琴侍郎於湖上退省庵招飲，賦詩作別，次韻奉答》，見王先謙著：
　　　　《王先謙詩文集》，第480頁。
〔註12〕同上註。

受到此地淵茂的人文精神吸引所致。他初到西湖時借居在詁經精舍，後來
修築退省庵亦在阮公墩（按，此墩乃阮元疏濬西湖時掘出的葑泥所堆成。）
左近，無不是以文化爲尚之心理的反映。他爲俞樾賦詩多首，大多表達對
俞樾講學精舍、傳承文化的贊許之意。如《蔭甫以五十自壽詩五首見寄，
即次韻抒懷答之》：

> 吳山佳氣鬱桓桓，絳帳春風拂被寬。蔭甫主講西湖詁經書院，庚午科
> 肄業獲雋者三十餘人。海國爭傳君刻稿，湖樓曾許我憑欄。蔭甫著《經義》
> 八十餘卷，日本諸國購而重之，己巳春與予同住第一樓。休憎蛇足添來拙，吾
> 鄉徐壽衡侍郎薦人才，首推蔭甫。來信有「畫蛇添足，無所損益」之語。堪笑蛙
> 鳴不爲官。蔭甫督學汴梁，有索苞苴不遂者，因挾私陰中之。從古宦途風浪
> 險，何如退步慶安瀾。〔註13〕

此詩既推揚俞樾著書講學的成就，又對其罷官退隱的往事做了評價，認
爲仕途險惡，遠不如退歸後安穩自適。這既是勸慰俞樾，亦表現出彭玉麟對
仕宦之途的理解。再如《寄俞蔭甫山長，即次其見寄原韻》：

> 正於湘水濯吾纓，飛到禽箋喜又驚。來函用自製五禽箋，時令兄福寧
> 太守歿於任所。三月鶯花辭畫舫，六橋風雨餞行旌。今春湖上瀕行，承以
> 畫舫載酒遍遊名勝，是日風雨。野人心性從來懶，別後未通音候山長頭銜今
> 更榮。知否揚雄深健羨，衡盧相對勝班荊。楊石泉中丞來函，有「退省
> 庵工竣，蔭甫太史仍主詁經精舍講席，望衡對宇，殆亦有夙緣耶」之語。〔註14〕

詩中寫楊昌濬對俞樾執掌教席的「健羨」，何嘗不是彭玉麟自己心聲的反
映。以親近山水自適，以著述講學自娛，此種文化隱士的生活形態既爲彭玉
麟所認同，他便欲爲俞樾的隱逸生活創造更爲舒適的條件。這一方面是對俞
樾撰寫《西湖退省庵記》的回應，另一方面也透露出彭玉麟願爲西湖文化有
所付出的心願。光緒四年，徐琪等爲俞樾建俞樓。彭玉麟巡江來杭，以俞樓
狹小，爲之拓展屋宇、挖築池塘、堆疊假山。據徐琪《俞樓記》記載：

> 是歲之冬，吾師雪琴宮保巡江東下，駐節於西湖退省庵。日與
> 余扁舟往來其間，病其卑隘，廓而大之。又因池當山足，石骨堅凝，
> 鑿者告疲。乃發帳下健兒荷鍤從事，分沙劈石，三日而就。山泉湖
> 液交匯於此，清潔可愛。余以山石俱在後圍，而前庭殊平衍，擬疊

〔註13〕彭玉麟著：《彭玉麟集》下冊，第72頁。
〔註14〕彭玉麟著：《彭玉麟集》下冊，第74頁。

石爲小山。雪琴師笑而不答。是夕，即親至山上搜岩採石，命健卒
擔荷以至。及次日，余往視，則師猶短衣草笠，指麾其間。而庭際
五峰巉然森立，師笑謂余曰：「此峰天外飛來也。」〔註15〕

徐琪另有《瓢池記》、《疊石記》詳述。俞樓擴建後，俞樾攜姚夫人到湖
上養疾，遊居之地甚爲軒敞。彭玉麟有詩紀之，不僅言及本事，並將俞樓與
巢居閣並舉，更是對俞樾棲隱著述生涯的讚美，詩云：

巢居閣好結鄰芳，別墅新開綠野堂。化雨春風滋茂育，文章道
德發奇光。約來仙眷鞾雞犬，栽就高梧棲鳳凰。料得案頭添著作，
北窗一枕傲羲皇。〔註16〕

自此退省庵與俞樓隔水相望，堪稱彭俞二人交誼的象徵。俞樾對彭玉麟
的盛情厚誼極爲感念，曾以詩作答：

多情更感老彭鏗，謂雪琴侍郎，余親家翁也。添築西頭屋數楹。排
列雲根三面透，劈開泉脈一瓢清。雪琴爲添築屋，又鑿池疊石。樓頭記
昔曾懸榻，雪琴曾借住精舍之第一樓。湖上於今恰望衡。俞樓與退省庵相對。
爲喜梅花春信早，不辭彩筆寫縱橫。因十月中梅花盛開，雪琴爲畫紅梅一
幅。〔註17〕

彭玉麟善繪梅花。據此詩可知，俞樓曾留有他繪製的《紅梅圖》，這便含
有頌揚俞樾高隱出世之高尚志節的意味。擴展屋宇與繪製梅花，俱是彭玉麟
對俞樾所守護的文化精神崇仰之意的外化。徐琪修築俞樓，彭玉麟擴張規模
之事，在當時已成爲雅談。光緒六年正月上元之夜，杭州燈市上有一謎題，
以「俞樓經始」隱指「四書」中的兩個人名，謎底爲「徐辟、彭更」〔註18〕。
二人均爲孟子門人，以之喻指徐琪、彭玉麟，言下之意，俞曲園則堪比「亞

〔註15〕俞樾《俞樓詩紀》，《西湖文獻集成》第27冊，第667頁。
〔註16〕彭玉麟《詁經精舍肄業諸君子，集資爲山長曲園主人造俞樓於孤山之西麓，
以當束脩，尊師重道也。徐花農孝廉總其事，歲己卯花朝落成，予往遊，口
占三律》其三，見《俞樓詩紀》，第669頁。
〔註17〕俞樾《詁經精舍諸君子，爲余築樓孤山之麓，是曰俞樓。其時，新居太夫人
憂，未有詩以落之也。茲補作四章，寄精舍諸子》其三，見《俞樓詩紀》，第
670頁。
〔註18〕徐辟：《孟子集注》卷五《滕文公章句上》：「墨者夷之，因徐辟而求見孟子。」
見朱熹撰《四書章句集注》，北京：中華書局，1983年版，第262頁。
彭更：《孟子集注》卷六《滕文公章句下》：「彭更問曰：『後車數十乘，從者
數百人，以傳食於諸侯，不亦泰乎？』」見朱熹《四書章句集注》第267頁。

聖」了。此謎甚有文化意味。俞樾談及此謎題,稱「其寓意亦可云巧」〔註19〕,並非泛泛言之。

　　彭俞二人的關係還有一事值得注意。俞樓興建後,內有靈松閣,徐琪將其西向之屋命名爲「小蓬萊」。俞樾初不解其意,詢之徐琪,但云沿襲舊名。後來聯想到西湖退省庵臨水處有榜題曰「小瀛洲」,才知徐琪是將自己與彭玉麟相比的。有詩紀之曰:

　　　　步從山麓到湖樓,尚有中間隙地留。爰築危亭與坡伴,更營傑閣待神遊。迴廊西上疑雲棧,精舍東開學釣舟。說與老彭應一笑,小蓬萊對小瀛洲。〔註20〕

　　蓬萊、瀛洲典出《列子‧湯問》,俱是海上仙山,幽人所居,縹緲南巡。後成爲幽居之地的代稱。彭、俞二人以之命名湖上別館,其幽隱之志可見一斑。徐琪又將兩名對舉,亦含有俞樾講學傳道的文化事業不遜於彭玉麟蕩平東南、中興清室的軍政功勳之微意。俞樾對自己能與彭玉麟對等的評價非常認同,在《俞樓詩紀》等詩作中屢次述及此事。當他以耄耋之年辭去詁經講席時,仍以蓬瀛相對的詩句反襯自己獨力支撐傳統文化的孤獨與艱難,更可見他對彭玉麟等心靈至交的凋零殆盡,文化命運岌岌可危的痛苦,其詩云:

　　　　耿耿殷憂許鄭知,頻年灑淚到先師。庚辛劫運還如昨,甲子天元未有期。風雨雞鳴空宛轉,雪泥雁爪任迷離。惟欣咫尺彭庵在,常似蓬瀛相對時。〔註21〕

　　光緒十五年(1890),彭玉麟在衡陽病逝。消息傳至杭州,俞樾作《哭彭雪琴尚書一百六十韻》以誌哀,詩中詳述彭玉麟生平功業及與其隱居湖上,以詩文道義相砥礪的經過,筆觸甚悲慟。杭人在西湖退省庵側建彭剛直公祠,崇祀紀念。然而人們所崇拜的是彭玉麟顯赫的軍功,褒揚的是其忠義威勇的精神,祈盼其精魂護祐西湖獲得永世不易的和平,彭玉麟高隱出塵的心願逐

〔註19〕俞樾著,張道貴、丁鳳麟標點:《春在堂隨筆》卷七,第120頁。

〔註20〕俞樾《築俞樓之明年,又建西爽亭於山上,而中間隙地猶多。吳叔和比部壽藏又就其地增築軒亭,於是有伴坡亭、靈松閣、小蓬萊諸勝。時余在吳下,賦詩落之》二首其一,見《春在堂詩編》卷九,《續修四庫全書》集部第1551冊,第444頁。

〔註21〕俞樾《余前辭詁經講席詩云「可容末坐附孫王」。興到妄言,且亦身後計也。乃詁經諸君子即言於中丞,於精舍設立長生位,雖感盛意,實非鄙懷。漫賦四詩》其二,《春在堂詩編》卷十七,《續修四庫全書》集部第1551冊,第558頁。

漸被忘卻了。如丁丙《彭剛直公祠落成》寫道:「黍堂而外思模楷,鄉誼輿情敬禮同。特許中流添砥柱,齊芳左蔣與劉公。」〔註22〕左宗棠、蔣益澧、劉典在湖上均有專祠,丁丙將彭玉麟與他們並提,可見他對彭的紀念只含有禮敬中興將領的意味而不及其他。這是彭公祠建立後湖上人士對彭玉麟較爲普遍的認知。俞樾每年到詁經精舍講學,必先到彭公祠中拜謁祭掃,屢有詩作,但對其隱逸的精神亦不再提及。在國運日益艱難,危機四伏之際,人們更對力挽狂瀾的事功精神心懷嚮往,較爲柔退的隱逸情懷自然難被重視。光緒二十四年(1898)俞樾《彭剛直公祠下作》寫道:

　　衰病龍鍾強自支,又來湖上拜公祠。英姿颯爽猶堪見,大局艱難不可知。幕下危巢眞似燕,道中堅臥奈無羆。九京隨武如重作,正是長沙痛哭時。〔註23〕

在國家與文化都陷入困境的時刻,俞樾來到彭公祠下,既是向亡友訴說無奈與苦悶,也在爲朝中再無彭玉麟這般勇將能臣而深感憂患。兩人遊山泛湖之樂、精神相契之娛,在俞樾詩中已難以覓得端倪。彭公祠建立之後,彭玉麟似乎成爲神明式的偶像,他本身具有的濟世與適性之雙重風貌,在時代潮流中顯得越來越不平衡,其隱逸的一面甚至有湮沒之虞。倒是他祠堂前的一幅對聯未曾迴避他在西湖自由逍遙的隱逸生活,既將其比作自解軍權、騎驢湖上的韓世忠,又將其擬爲放鶴賞梅的林和靖,對其理想與功業做了較爲中肯的評價。聯爲廖綸養所撰:

　　湖上好騎驢,結屋數椽,銷熔百戰雄心,縱木石與居、罔非一寄;

　　亭前曾放鶴,畫梅萬本,追索千秋冷趣,極雲山之勝、占斷三潭。〔註24〕

「畫梅萬本」既與彭玉麟嚮往林和靖式的隱逸生活有關,又涉及到他早年的一段情事,亦有簡要論說一番的必要。

(三)前身許我是林逋——彭玉麟的梅花之詠

彭玉麟極爲喜愛梅花,一生所繪不下萬幅。他與梅花的因緣,流傳有多種傳說。據《清代名人軼事》所載,彭玉麟年輕時曾與鄰女梅仙相戀,然因

〔註22〕丁丙《松夢寮詩稿》卷五,《續修四庫全書》集部第1559冊,第466頁。
〔註23〕俞樾《春在堂詩編》卷十六,《續修四庫全書》集部第1551冊,第555頁。
〔註24〕守安等輯:《西湖楹聯》,《西湖文獻集成》第27冊,第1055頁。

形勢所格，婚事不果，梅仙鬱鬱而亡。彭玉麟極為傷感，發願繪製十萬幅梅花以報梅仙。詞人勒方錡稱彭雪琴有一方小印，鐫「古之傷心人」數字，可見其英雄多情之心跡。然檢《南亭筆記》卷八，彭玉麟妻子名梅，不為彭母所喜，頗令遣歸，乃抑鬱離世。彭玉麟在軍中，不知此事。回家後聞聽妻子去世的消息，悔恨不已，故畫梅花紀念其妻。此說尤為不經，史籍有載，彭玉麟娶鄒氏女，夫妻感情不諧。彭不太可能以高潔的梅花比擬其婦，他眷慕一生的女子當另有其人。梅仙之名則是好事者從彭玉麟的詠梅之作中推繹而來的，亦不盡屬實。

以研究太平天國聞名的歷史學家羅爾綱撰有《本證舉例——彭玉麟畫梅本事考》，對彭玉麟的早年情事及畢生畫梅的緣由做了詳盡透闢的考證，當可採信。據羅爾綱研究，彭玉麟少年時代在安慶度過，與其外祖母的養女王竹賓相戀。兩人雖年齡相仿，然輩份不合，終不能締結婚姻。後來彭玉麟回到湖南，奉母命娶鄒氏女為妻。鄒氏對彭、王二人嚴加防範，極力阻攔他們之間的交往。竹賓不得已嫁與他人，後因難產而死。彭玉麟痛心竹賓之喪，對鄒氏極為恨怨，待得其母去世後，便將鄒氏置於別館，終生不與相見。他模仿林和靖梅妻鶴子的故事，「借梅花來悼念自己的戀人，借畫梅來寫『帷房悼影』的傷心恨事。」〔註25〕這樣便將彭玉麟一生畫梅不輟的本事清晰準確地揭示出來。由於目前有些研究彭玉麟的碩博論文仍以「梅仙」之說指稱彭玉麟的初戀情事，如同後人只以彭玉麟的事功為重，忘卻其隱逸理想一樣，都是不愜其本心的。故筆者不憚辭費，轉述前輩學人研究結論於此。

彭玉麟一生不僅畫梅無數，詠梅詩作亦復不少。他在西湖隱居時，常到孤山探梅，因其心中長繫那段難忘情事，所以梅花在他眼中也成為薄命美人的象徵。如其《小步孤山探梅，獨小青冢上花盛，口占二絕》：

　　　湖上行吟屐暫停，閒來小憩水邊亭。春風最解憐香意，特遣梅
　　花伴小青。

　　　孤山風味近何如，結伴尋春興不孤。莫怪梅花如許瘦，美人風
　　骨本清癯。〔註26〕

「梅花最使詩人傾倒的氣質，是那樣一種寂寞中的自足，獨自開的孤往。

<hr/>

〔註25〕羅爾綱著：《困學覓知》，杭州：浙江人民出版社，2000年版，第32頁。
〔註26〕彭玉麟著：《彭玉麟集》下冊，第73頁。

梅花沖寒犯雪的氣質，也是中國詩人自戀自負的寫照。」〔註27〕彭玉麟對梅花喜愛既深，梅的特質便與其心靈相契合，在其詩作中呈現出豐富的內涵。除以梅之幽姿香氣比喻美人外，又以其神清骨冷、耐寒凌霜的品格比喻詩人的兀傲清高的志節。其《六十賤辰畫梅題之》：

> 六十年來寫一枝，重開花甲正當時。冰心耐冷清如許，鐵骨凝寒老更奇。錯節盤根春自足，暗香疏影雪相宜。孤山幽靜西湖潔，不准纖塵到硯池。時寓浙江西湖。〔註28〕

　　梅花的孤寒與孤山的幽靜、西湖的澄明共同營造出一個高潔脫俗的世界，硯池之纖塵不染亦映照其純淨無滓的心靈。誠如胡曉明師所言，水月之清可襯托梅之情韻，梅之孤清則可象徵古代隱士的性格。〔註29〕彭玉麟的高士情懷在此詩中表現的甚爲明顯。然而他筆下梅花意象之內涵仍不盡於此，試看其《遊孤山弔林小岩少尉墓》：

> 逋仙墓畔築公琴，死傍孤山合姓林。芳草年年淒碧血，梅花樹樹見丹心。冢上多紅梅。一家骨肉全忠孝，千載鬚眉照古今。和靖比鄰高節在，我來憑弔發孤吟。〔註30〕

　　這首詩中的梅花擁有兩種意蘊，既象徵高隱精神，又帶有鮮明的壯烈色彩。詩人的情感傾向於後者。林典史闔門殉難的忠勇節義，正堪以冢上的樹樹紅梅相比擬。隱士的高節、烈士的忠義均可透過梅花的英姿進行觀照，彭玉麟所珍視的正是梅花意象所蘊含的道德精神、人生操守的價值。

　　除上述詩作之外，他更有《寄舫梅花雜詠彙錄九十四首》，足見他對梅花寄情之深。這是以七絕連章的形式詠贊梅花的組詩，主題無外乎寄託情愛之情與申明隱逸之志。例如：

> 阿儂能博孤山愛，娶得梅花便是仙。儂幸幾生修到此，藤床相共玉妃眠。

> 前身許我是林逋，輸與梅花作丈夫。莫笑花容太清瘦，仙人風骨本清癯。

〔註27〕胡曉明著：《中國詩學之精神》，南昌：江西人民出版社，1990年版，第270頁。
〔註28〕彭玉麟著：《彭玉麟集》下冊，第83頁。
〔註29〕胡曉明著：《中國詩學之精神》，第270頁
〔註30〕彭玉麟著：《彭玉麟集》下冊，第73頁。

春風幾度閒披拂，細吐幽香沁骨清。我是西湖林處士，梅花應
喚作卿卿。

林下酣眠月色西，滿身香雪夢魂迷。幽人自是多清福，修得梅
花嫁作妻。〔註31〕

前人多將這些詩歌作為彭玉麟思慕那梅花般幽雅之意中人的證據，然而
彭玉麟直接將林逋認作自己的前身，又何嘗沒有崇仰其高節、以隱士身份自
命的意味。美人之姿、高士之德是梅花精神一體之兩面。此種意蘊在其《超
山看梅花》中表現得極為顯豁：

昨日孤山花裏來，今日超山花裏歌。沿溪夾岸千萬株，橫斜疏
影昏黃月。花底一宿夢魂香，沁心透骨神清越。曉起舒開兩眼看，
此身已在眾香國。笑靨相迎萬玉妃，深深導入瓊瑤闕。絕世佳人秀
可餐，粉光珠豔滋飄逸。……山中更有宋時花，古幹槎枒尤奇絕。
著花嫵媚無醜枝，儼似魏徵多風格。行行行行花當前，相逢高士古
冠幘。古貌古心發古香，古幹古枝多古色。南枝婉轉虬如龍，北枝
輪囷蜷若鐵。陸離斑駁侶秦松，古怪清奇儕漢柏。信是當初南渡時，
林逋鋤月留仙跡。四株五株幹縱橫，三花兩花枝曲折。開透千春天
地心，歷盡四朝兵燹劫。山外花如美人姿，山內花宜高士匹。美人
高士共一山，山靈有幸無人識。〔註32〕

超山古梅植於宋朝，既可喻指美人、隱士，亦透露高古清奇的歷史氣息。
從宋到清的八九百年間，杭州經歷多次戰火，這些梅樹能得以幸存，似有山
靈護祐。它們閱盡滄桑，亦凝聚著西湖的歷史文化。而「開透千春天地心」
之語，正蘊含著文化生命千年不易，歷劫長存的意味。詩人最後寫道：「詩魂
花魂兩悠悠，歸舟不語情脈脈。」可見他對文化精魂的眷戀之深。彭玉麟繪
梅詠梅之行亦可視為他以高隱的情懷觀照西湖文化的重要表徵。

1929 年，彭玉麟孫女婿俞陛雲作《梅花紀事百詠》。他自稱：「余夙愛梅
花寒香勁骨。」這種情感或許受到彭玉麟梅花心事之影響。俞陛雲的《梅花
百詠》未嘗不可看作彭玉麟詠梅詩作的流風餘韻。古來以百首組詩的形式歌

〔註31〕彭玉麟著：《彭玉麟集》下冊，第 109、111、114 頁。
另，超山在西湖東北五十餘里的塘棲鎮，不屬於西湖山水的範圍。但因超山
梅花所代表的隱逸精神與西湖文化息息相通，故本文對二者其不做區別看待。
〔註32〕彭玉麟著：《彭玉麟集》下冊，第 90 頁。

詠梅花的詩人極夥，多寫其色香風格，或以梅言志，而無紀錄與梅花有關之故實者，俞陛雲《梅花紀事詩》堪稱創格。他在序言中寫道：「雖梅花韻事非百首詩所能盡，而其中多介然高節、遁世絕塵之士。人與花契、人不異花，花以人傳，花不異人。梅花有靈，其不我遐棄乎！」〔註33〕庶幾可為彭玉麟愛梅情結的斷語。民國紀元後，文化形勢大生異變。俞陛雲詠梅紀事並非娛情悅性的遊戲之作，實含有在浮躁時空下呼喚傳統隱逸精神的深意。

二、李桓仕隱之心跡

彭玉麟辭官歸田之舉固然是高隱情懷使然，但他與清朝的統治階層並無隔閡。清廷對他極為倚重，欲仕欲隱都可自由地進行選擇。隱逸情懷與報國之志，對他來說同等重要。雖然多次辭官，但一直承擔著巡視長江水師的重要職責。一面寓居西湖、寄託心靈，一面掌握軍政大權、為國效力。尋常隱士出處的矛盾在他身上並無明顯的體現。然而另有一種以勳業自勵的士人，因建功立業的願望未能得償而退居湖上，經西湖文化的薰染，他們放棄汲汲進取的初衷，在湖光山色間尋得安頓生命的位置。此類士人以李桓為代表。

（一）李桓與曾國藩的政治恩怨

李桓字叔虎，號黼堂，一作黻堂，湖南湘陰人。他出身官宦世家，其父李星沅歷任陝甘、雲貴、兩江總督。太平天國運動興起，李星沅移師廣西，積勞成疾，因鎮壓不力，卒於軍中。咸豐帝賜諡號曰「文恭」。李桓與其兄服闋除喪後，獲得皇帝接見，被委任廣饒九南兵備道道臺，赴江西任職。時九江在太平軍治下，李桓就任職不果，調任至南昌巡防省城，並督責錢糧，努力平抑戰時軍民在糧餉方面的矛盾。同治元年，任江西布政使，權兼巡撫事。次年轉任陝西布政使，途徑武昌時登船失足，患中風之疾。清廷准其離職養病之請，遂逐漸與仕途疏離。待肢體平復後，他便出湘遊歷探勝。在浙江最久，不僅歷盡天台、雁蕩、普陀之奇景，更在西湖結廬，幽居數年。兄長辭世後奔喪歸里，哭泣盡哀，竟至雙目失明。光緒十七年卒於湘陰，年六十五。李桓以儒術文學聞名於世，一生著述宏富，撰有《寶韋齋類稿》九十卷，含奏疏、官書、尺牘、政論、詩稿等多種，輯有《國朝耆獻類徵》（初編）七百二十卷、《國朝賢媛類徵》十二卷。李桓生平事蹟詳見譚獻撰《皇清誥授資政

〔註33〕俞陛雲《小竹里館吟草》卷九，民國間刻本。

大夫前江西布政使李公碑銘》。

李桓本懷有救世濟民的理想，在仕途上欲有所作為。他的退隱，實與當朝大吏存在齟齬有關。據譚獻所撰碑銘記載：「大府位兼將相，中外受裁，所題拂者爭附門下。公前登薦牘，至授行省布政，一權巡撫，始終在官言官，不執師生之禮。安有名賢以是芥蒂，人間疑似，然耶否耶？」〔註34〕此「大府」正是曾國藩。他賞識李桓的才幹，推薦其擔任江西布政使，誰料李桓對曾國藩卻不執弟子之禮。兩人以此小故而生隙，似乎不太可能。然而其後的事實是曾國藩處處與李桓為難，使其難以在官場立足。同治元年曾國藩以玩忽職守、貽誤餉需為由，對李桓嚴加訊責。李桓深以為辱，據實抗辯，並請求解除職務，曾國藩又連發七道檄函進行查問，威逼甚急，經江西巡撫沈葆楨調停，始得解困。同治二年李桓調任陝西布政，因陝西軍餉匱乏，向湖南湖北借取錢糧。然而兩湖長官固為曾國藩親信，對李桓的請求不予回應，李桓憂憤交加，以致中風。同治三年，李桓回籍養病，曾國藩又以其在江西任上治獄斷案存在過失為由，奏請朝廷，將其降官三級。曾國藩的處處壓制，使李桓對仕途經濟之道失去信念，最終杜門讀書，不再出仕。譚獻對曾李二人的恩怨，只有「古之君子，不同者多。賢亦相厄，論定如何」〔註35〕數語的評價。或許格於形勢，他不便做出褒貶的斷語，然而相厄之言頗能顯示譚獻情感的傾向。曾國藩是權傾朝野、炙手可熱的「大府」，李桓雖是能吏，但官爵、權勢、影響力怎能與曾國藩相抗。雖云相厄，實是曾國藩對李桓單方面的壓制。結合前文提到的兩人產生芥蒂的原因，譚獻對曾國藩似有胸懷不夠寬廣、以權抑賢之譏評意味，對李桓的遭際則頗多同情。

有關曾李矛盾的深層原因，譚獻並未作具體的探析，僅從李桓的立場來審視這場恩怨，並不能還原歷史的真實面貌。其實李桓對曾國藩不行師生之禮等都是枝節問題，根本原因在於湘軍餉需與江西地方財政間存在利益之爭。當時江西是湘軍進攻太平軍的後方，湘軍糧餉等開支均倚賴此地的財政收入。曾國藩曾成立江西釐金局籌措餉需。沈葆楨擔任巡撫後，以江西經濟困難，本地軍隊亦需糧餉為由，奏請截停供給湘軍的釐金，並得到戶部的許可。曾、沈之間矛盾由此產生。李桓在江西管理釐榷長達七年，為沈葆楨下

〔註34〕譚獻著，羅仲鼎、俞浣萍點校：《譚獻集》上冊，杭州：浙江古籍出版社，2012年版，第297頁。
〔註35〕《譚獻集》上冊，第298頁。

屬，兩人政見亦頗相合。曾國藩對他屢次罷劾，實是曾、沈矛盾的一種表現。這一事件的來龍去脈，朱東安《曾國藩幕府的糧餉籌辦機構》第四節進行過細密的論述〔註36〕，本文不再贅述。然而不管是原因如何，李桓的仕途命運就此斷送，走向隱逸亦是無可奈何、不得不然的選擇。

（二）西湖隱逸精神對李桓心性的洗練

李桓引疾歸里時正值盛年，在鄉雖有讀書、著述之樂，但功業之心尚未被完全忘卻。其《四十初度述懷》第二首寫道：

> 強仕早抽簪，敢云愛丘山。撫茲疲茶軀，未遑恤人言。茶鐺藥
> 白間，相對三四年。時如有盧扁，絕學吾思傳。〔註37〕

可知他壯年離開官場隱退鄉里，並非眷戀山水的隱逸之心使然，而是由於疾病纏身，不能繼續追求功名。盧扁即扁鵲，因其居於盧國而得名。詩人思傳扁鵲醫術，雖顯示出懸壺濟世的高尚情懷，但更折射他希望病體早愈，仍能有所作為的急切心願。同治十年（1871），他歸家已有七載，身體逐漸恢復，遂有東遊之舉。在南京時他曾拜謁時任兩江總督的曾國藩，兩人的恩怨似乎有所消弭。李桓作《江南呈曾滌生爵相》詩，對曾國藩蕩平江南、中興清室的功勳大加頌揚。然而提及自己時，牢落不平之感亦有所流露，第四首云：

> 自愧盧車飾，曾充夾袋才。從軍半途廢，感別一星回。東閣開
> 尊日，西江故吏來。蒼生殷待澤，長願祝臺萊。〔註38〕

曾國藩字滌生，被封一等侯爵，故稱爵相。李桓在詩歌題目中稱其字，稱其官職，不執師生之禮一如其舊。「盧車飾」語出周敦頤《通書·文辭》：「文所以載道也。輪轅飾而人弗庸，徒飾也，況盧車乎？」詩人自比沒有用處的空車之輪飾，並非自愧，而是自嘲有才有志而不得重用，以致豁落至此。「夾袋才」典出《宋史·施師點傳》：「師點惓惓搜訪人才，手書置夾袋中。謂蜀去朝廷遠，人才難以自見。」則是感念昔日曾國藩提拔之恩德。「從軍半途廢」一句含有詩人功名之願中途破滅的恨意，李曾二人的昔日恩怨盡在句中。「一

〔註36〕 朱東安撰：《曾國藩幕府的糧餉籌辦機構》，《曾國藩學刊》，1994 年第 1 期，第 19 頁。

〔註37〕 李桓著：《寶韋齋類稿》卷八十九《詩錄一》，《清代詩文集彙編》第 705 冊，第 243 頁。

〔註38〕 李桓著：《寶韋齋類稿》卷八十九《詩錄一》，第 248 頁。

星」是「一星終」之省稱，《左傳・襄公九年》：「十二年矣，是謂一終，一星終也。」杜預注：「歲星十二歲而一周天。」歲星即木星。兩人分別尚未隔十二年，詩人以此喻暌違之久。「東閣」指東閣大學士。曾國藩被封武英殿大學士，詩中以東閣擬之。「西江故吏」是詩人自稱。「臺萊」典出《詩經・小雅・嘉魚》：「南山有臺，北山有萊」，是賢臣的象徵。末聯是對曾國藩恩澤萬民，輔弼邦國之功業的禮讚。李桓不記舊怨的豁達與今昔一貫的狷介性情在詩中都有明顯的反映。

李桓隱居西湖的經過，譚獻《前江西布政使李公碑銘》中僅聊聊數語：「光緒初，就養杭州，與名流譚宴，結別墅西湖六一泉上，題『小盤谷』，寄棲隱之志。已而兄喪，馳返里門。」〔註39〕言之既簡，亦有舛誤處。其隱逸之行尚需重新探討。

李桓嘗於道光二十六年（1846）、二十八年（1848）兩至杭州，但沒有到西湖遊賞。同治十年東遊江浙，次年正月始泛舟湖山，萌生隱居於此的念頭，見《新正三日偕唐薪農都轉泛舟西湖》其二：

　　交臂兩番失，星霜廿五年。丙午、戊申兩經武林，皆以事不果遊。悔
　深勞夢想，劫後證因緣。勝地初來好，閒身樂事偏。待從湖畔住，
　圖畫共詩傳。〔註40〕

薄遊天台、雁蕩、普陀後，李桓並未徑回湘陰，而是卜居湖上，過起了隱士生活。從同治壬申（1872）到光緒壬午（1882），他隱居西湖凡十一年，與湖上名流交往甚為頻繁。檢其《寶韋齋詩稿》，可知他來杭早期，曾與皋園修褉會的發起人金安清進行酬唱。金氏能力特出，有經濟之才，年輕時曾受到林則徐的賞識。太平天國運動興起時，金安清任兩淮鹽運使，督責南北糧臺，為清軍酬餉。因與大理寺少卿潘祖蔭政見不合，被劾免官。後入曾國荃幕府，成為湘軍重要智囊，頗受重用。戰事平定後，金安清隱居魏塘偶園，雅慕西湖風光，時來遊賞。李桓與其出處經歷較為相似，故甚有相惜之感。其《和眉生見贈原韻》詩中有這樣的詩句：「一別驚看霜鬢增，嗟予短髮亦鬖鬖。往時志事鈞天夢，各署頭銜退院僧。」〔註41〕透露出兩人由胸懷報效朝

〔註39〕譚獻著，羅仲鼎、俞浣萍點校：《譚獻集》上冊，第298頁。
〔註40〕李桓《浙遊百卅律》，見《寶韋齋類稿》卷八十九《詩錄一》，《清代詩文集彙編》第705冊，第249頁。
〔註41〕李桓著：《寶韋齋類稿》卷八十九《詩錄一》，《清代詩文集彙編》第705冊，第259頁。

廷的理想卻無奈轉向閒逸頹放的共同心境。李桓曾與西泠吟社的骨幹成員李
肇增、秦緗業、楊葆光等多有酬唱。光緒六年（1880）加入鐵花吟社，與沈
映鈴、高雲麟、王景彝交往密切。又因他學識淵博，富有著述，因此與西湖
書院中的學人如俞樾、王同、王廷鼎、徐琪、蔣學浦等也非常投契。譚獻所
稱「與名流讌宴」，大抵如此。另外，他對湖上具有文化意味的景物，常用蘇
軾《石鼓歌》詩韻進行歌詠。石鼓本爲先秦之物，其上的石鼓文是我國現存
最早的石刻文字，具有極爲重要的文化意義。李桓所詠的曲園書冢、法相寺
福壽磚、蘇文忠公墨蹟及小盤谷刻石等，亦無不具有濃厚的人文性，俞樾、
吳兆麟、楊葆光等均有步韻唱和之作，這在當時的西湖文壇是一個值得注意
的文學現象。

　　李桓的隱逸情懷由西湖景致所觸發，湖山間含有幽隱情調的風物頗能平
抑其功業之願未酬的激憤，引導其心靈走向自由自適的眞樸之路。這也是促
使他離開故鄉，最終在西湖定居下來的主要動力，如《舟發長沙書懷》中寫
道：

　　　　西湖深處銷長夏，茗椀詩脾日提攜。雙隄碧柳細垂絲，十里銀

　　河明點雪。待從橫翠樓頭住，卜鄰好與逋仙結。〔註42〕

　　與林逋結鄰，從孤山分得一片隱居之地的想法在其詩作中多有表現。由
於受到西湖隱逸文化的影響，他對從前汲汲於事功的人生追求逐漸淡漠起
來，轉而肯定清寒獨立，追求心靈自足的隱士精神。如《大雪遊孤山》詩便
透露出含有他對人生價值做出抉擇後的清醒、自適：

　　　　徘徊放鶴亭，坐久神益王。梅花四十樹，錯落相背向。寒香面

　　面飛，高下失巒嶂。雪中來索笑，此福天所貺。從前說和羹，夢想

　　早識妄。獨抱歲寒意，晚節娛清況。欲去且踟躕，湖山供跌宕。爲

　　問山中叟，一席肯相抗。〔註43〕

　　此詩的主要意象是梅。和羹本意是用鹽、梅等酸鹹不同的調味品製作的
羹湯。典出《尚書・說命下》：「若作和羹，爾惟鹽梅。」孔穎達傳云：「鹽，
鹹；梅，醋。羹須鹹醋以和之。」後來亦多用和羹借指梅花。和羹調味的效

〔註42〕 李桓著：《寶韋齋類稿》卷八十九《詩錄一》，《清代詩文集彙編》第 705 冊，
　　　　 第 256 頁。
〔註43〕 李桓著：《寶韋齋類稿》卷八十九《詩錄一》，《清代詩文集彙編》第 705 冊，
　　　　 第 257 頁。

用又可比喻大臣協助君王治理國政，進而將和羹引申出國之宰輔的意味。此詩中的和羹語帶雙關，既指詩人眼前可見的傲雪挺立的梅樹，又隱喻位極人臣、綜理國政的事功理想。這個理想在他從官場退身後便已破滅，但他一直難以忘卻，心懷苦悶。直到在孤山看到在雪中含香怒放的梅花後，才認識到政治理想的虛妄無意義，真正體會到珍護自我心靈、堅守晚節的隱逸精神之價值。李桓的內心世界與梅花象徵的隱逸理想融通契合起來，便欲去而踟躕，不願離開孤山，自然而然地產生了繼承林和靖隱逸理想的心願。

李桓在西湖隱居的歲月裏，生命獲得了真正的自由和解脫，然而他對從前出仕經歷的思考並沒有停歇。由於有親身經歷，所以他對人生如夢、功名易逝的虛幻感極為著意，曾約集同好在西湖舉行蝴蝶詩會，以莊生夢蝶典故抒發功名富貴如夢幻泡影的感受，對逍遙自適的詩酒酬酢的生活則作出積極的肯定。其詩云：

> 襟帶逍遙自在身，聯翩遊賞趁芳辰。喜從西子湖邊住，都作莊生夢裏人。畫舫銜波雲幾疊，層樓釀飲月三巡。年年盛會長如此，留取胸中太古春。〔註44〕

以置身莊生夢裏為喜，可見李桓徹底從功名仕宦的念頭中解脫出來，走向逍遙自由的適志之境。其隱逸情懷也得到完滿地呈現。

李桓在孤山的別業名「小盤谷」。其孫李庸《小盤谷記》云：「先祖黼堂公愛西泠山水之勝，構室孤山，居詩僧笠雲，且便遊息，名曰『小盤谷』。曲園先生篆『芋禪』字於岩。」〔註45〕只是別業剛剛開工，李桓已經離杭，他在一首詩題中說明了原因：「辛巳〔光緒七年1887〕秋初桓僑寓西湖，將築室孤山，適笠雲上人自長沙至，因宋詩僧惠勤講堂舊址並葺禪院。甫鳩工，而桓以兄喪歸。」〔註46〕後來李桓雙目失明，一直在鄉靜養，未嘗一日在小盤谷居住。「小盤谷」與「芋禪」之名與李桓出仕而隱的人生選擇較有關係，需要進行論說。

孤山之室以「小盤谷」為名，並非出自李桓。他有《舟中遣悶寄徐花農

〔註44〕李桓《約同志為西湖人倚樓蝴蝶會屆句一集口占代柬》，《寶韋齋類稿》卷八十九《詩錄一》，《清代詩文集彙編》第705冊，第272頁。

〔註45〕王佩智編著：《西泠印社摩崖石刻》，杭州：西泠印社出版社，2007年版，第145頁。

〔註46〕李桓《寶韋齋類稿》卷九十《詩錄二》，《清代詩文集彙編》第705冊，第280頁。

太史、王夢薇大令、陳子宣二尹、孫漁笙、蔣澤山兩孝廉、鄒敬堂茂才兼呈俞蔭甫山長用蘇石鼓韻》詩，作於離杭返湘途中，小注云：「孤山六一泉北峰宋惠勤上人講室久燬於兵。七月長沙詩僧笠雲來浙，予將湖堤築室居之，兼謀對楊談經所。花農諸君遂就惠公講室舊址重建精舍，而以『芋禪』二字乞蔭甫爲摩窠大篆摩厓。子宣復顏山門曰『小盤谷』，及余得聞，力辭。乎民已肇工矣。曷任愧報！」〔註47〕而據王廷鼎《西湖百詠・芋禪》小序：「湘西李黼堂中丞致仕後寓居西湖，日事觴詠，一時名公學士無不樂從之遊。廷鼎因偕都人士徐花農太史諸君爲築詩社於六一泉上，名曰『小盤谷』，實即數峰閣遺址，中丞謙讓不居。」〔註48〕

將這些材料結合起來看，可知孤山別業建造的情形：光緒七年七月，李桓欲在六一泉造屋，延請笠雲上人居此。開工後不久，因兄喪之事，離浙還湘。九月別業建成，王廷鼎等將之命名爲「小盤谷」，陸子宣爲書額，俞樾題「芋禪」二篆字，刻於別業前山石上。李桓當時在返回湖南的船中，得到消息後便有「力辭」之舉，恐怕並非自謙，實因「小盤谷」、「芋禪」等名號與他的隱逸理想並不十分切合。

盤谷之名出自韓愈《送李愿歸盤谷序》。韓文寫道：「太行之陽有盤谷，……是谷也，宅幽而勢阻，隱者之所盤旋。友人李愿居之。」〔註49〕盤谷是隱者盤旋之所，李桓別業在孤山，亦是隱居勝地；居於盤谷的隱士名李愿，其姓氏正與孤山別業的主人相合。在旁人看來，李愿隱居的原因也同李桓相似，即不遇於時：「大丈夫之遇知於天子、用力於當世者之所爲也。吾非惡此而逃之，是有命焉，不可幸而致也。」李桓別業與盤谷有這三種暗合之處，命名爲「小盤谷」可謂非常巧妙。但李桓此時早已將往日仕途不諧之事視爲虛幻，退隱西湖成爲他心靈解脫的自然選擇，而非懷才不遇後的自棄行爲。從隱居的動機看，李桓與李愿實不相同。「小盤谷」之名不能真實地顯示李桓主動歸隱湖山的意圖，這是遭到他「力辭」的深層原因。

同樣「芋禪」也不愜於李桓的隱逸情懷。李桓在長沙有芋園別業，係其父李星沅所建，芋禪便是沿襲芋園之名而來。然而王廷鼎等取芋禪爲名更傾

〔註47〕李桓《寶韋齋類稿》卷九十《詩錄二》，《清代詩文集彙編》第705冊，第280頁。

〔註48〕王廷鼎《紫薇花館詩稿》，《清代詩文集彙編》第742冊，第608頁。

〔註49〕韓愈著，閻琦校注，《韓昌黎文集注釋》卷四，西安：三秦出版社，2004年版，第367頁。

向於另一層含義。芋禪刻石篆字旁還有數行小字，說明了命名的緣由：「笠雲上人卓錫孤山，韜堂翁月必數至，因築室以居之。同人聚謀，刻此二字於石上，用鄴侯故事也。時光緒七年七月，相度其地者徐琪、王廷鼎、孫瑛、陳祖昭、蔣學溥，書之者曲園居士俞樾。」〔註50〕所謂「鄴侯故事」指唐代李泌食芋得相的掌故。《齊東野語》「李泌錢若水事相類」條：「李泌在衡嶽，有僧明瓚號懶殘。泌查其非凡，中夜潛往謁之。懶殘命坐，撥火中芋以啖之，曰：『勿多言，領取十年宰相。』」〔註51〕李泌離開衡陽到京後果然被拜相。王廷鼎等將笠雲比作懶殘和尚，將李桓比作「山中宰相」李泌。「芋禪」二字寄寓著同人對李桓能夠重新出仕、在事功方面取得更大建樹的祈盼與祝福。芋禪摩厓石刻附近還有李桓畫像刻石，上有秦緗業題詩，堪爲「芋禪」兩字的注腳：

> 舊是南州伯，西泠作寓公。林泉遊物外，湖海蕩胸中。龍德潛
> 仍見，鴻毛鍛益豐。東山應再起，安石有遺風。〔註52〕

此詩更將李桓比作東晉名相謝安，希望他的權勢、官職重新得到恢復。李桓對西湖詩友的盛意心懷感激，但他在孤山的棲隱並非爲了待時而動、東山再起，乃是爲了使身心得到眞正的適意與安頓。從對別業名號的「謙讓不居」、「力辭」及推辭不果後的「愧報」，可見李桓以隱逸精神爲尚的心跡，崇仰謝安、李泌等勳臣名相的情感與建功立業的願望已變得極爲淡泊，難尋痕跡了。他有詩作亟寫盤谷、芋禪與自身理想之不侔：

> 芋火前蹤渺莫追，盤谷高風難再有。我曾十載困簪纓，今已廿
> 年離械杻。囷聞中夜祖生雞，盜得閒身孟嘗狗。僭擬唐賢良不倫，
> 正如齊大實非偶。〔註53〕

「困簪纓」「離械杻」從自由與否的角度顯示出李桓對出仕和隱居之不同的情感傾向。詩中尚有「習慣徜徉任性眞，久拋煩惱袪塵垢」之語，可見他在隱居生活中眞正獲得心靈的自由和快樂。而這些並不存在於仕途官場之中。

〔註50〕王佩智編著：《西泠印社摩崖石刻》，第147頁。
〔註51〕周密著，高心露、高虎子校點，《齊東野語》，濟南：齊魯書社，2007年版，第56頁。
〔註52〕王佩智編著：《西泠印社摩崖石刻》，第146頁。
〔註53〕李桓《寶韋齋類稿》卷九十《詩錄二》，《清代詩文集彙編》第705冊，第280頁。

（三）略述李桓的文化功業

李桓最大的文化貢獻，莫過於輯錄了七百二十卷之多的《國朝耆獻類徵初編》。這也是他立功之願不能實現後，欲以立言的方式留芳後世的一種努力。譚獻在其墓誌銘中寫道：「屬草二十四年，而後寫定。……已而兄喪，馳返里門，老懷蠱傷，遂失明。《耆獻類徵》開雕，尚以耳校。」〔註54〕可見其對此書用力之劬。據《國朝耆獻類徵初編》卷首《述意》：「桓未嘗學問，妄謀徵獻。是編以丁卯開纂，十有五年粗具寫本。」〔註55〕此書開始編纂於同治六年（1867），光緒七年（1881）大致謄錄完畢。除了前五年李桓身在湘陰外，其餘三分之二的時間是在西湖度過。可以說他是在西湖完成了《國朝耆獻類徵初編》的大部分輯錄工作。有關他隱居著述的事蹟，湖上詩友的吟詠之作較爲罕見。金安清有詩句云：「仙客遠來攜萬卷，詩人相遇話三生。」小注：「黼堂中丞方輯《國朝耆舊》。」〔註56〕可見李桓攜帶大量典籍到杭編書的一個側面。俞樾《次韻答李黼堂方伯同年》：「且爲昭代存青史，君所撰《國朝耆獻類徵》甚富。莫念前情感白頭。」〔註57〕對《耆獻類徵初編》做出肯定的評價，只是此時李桓已經離杭回湘了。《耆獻類徵初編》書名頁上題有刊刻的時間：「光緒甲申〔1884〕開雕，庚寅〔1890〕蕆工。」從同治六年開始編纂，到光緒十六年完成刊刻，首尾二十四年。譚獻稱「屬草二十四年」並不準確。「屬草」是起草的意思。該書光緒七年已經謄寫完畢，以屬草言之，則爲十五年。

吳慶坻《蕉廊脞錄》卷八載有李桓爲自己所作的一副輓聯：「作秀才十年、作外吏十年、作江湖野老三十年，來日無多、於願已足；刻聖蹟百卷、刻自著百卷、刻耆獻類徵七百卷，幾生修到、其書滿家。」〔註58〕上聯敘寫其人生經歷。在生命的盡頭回顧往事，爲官的失意、隱逸的逍遙都可淡然面對。到此境界，生命已經實現圓滿。下聯提到他最爲滿意的編輯、著述工作。據

〔註54〕譚獻著，羅仲鼎、俞浣萍點校：《譚獻集》上冊，第298頁。
〔註55〕李桓輯《國朝耆獻類徵初編》卷首，見周駿富輯：《清代傳記叢刊》第127冊，臺北：明文書局，1985年版，第25頁。
〔註56〕金安清《春遊武林，朋舊燕遊無虛日，歸舟得七律四章，卻寄俞陰甫太史、金少伯樞密、李黼堂中丞、萬筤軒、蒯士香兩方伯、何青士、秦澹如、濮少霞、江小雲四觀察、吳元卿、褚鼏臣二司馬、錢子奇、李冰叔二明府》其二，《偶園詩鈔》卷十一，上海圖書館藏稿本。
〔註57〕俞樾《春在堂詩編》卷十一，《續修四庫全書》集部第1551冊，第467頁。
〔註58〕吳慶坻著，劉文其、劉德麟點校：《蕉廊脞錄》，第257頁。

吳慶坻所言，「聖蹟百卷」即《闕里文獻考》，爲乾隆時人孔繼汾撰，專考闕里及孔子故實。舊有乾隆二十七年（1762）刻本，光緒十七年（1891）李桓重刻。在西湖閒居野逸的生活將李桓從罷官的失意、患病的痛苦中提救而出，編輯著述的名山事業又使他的文化生命得到充實。這副自輓聯正是李桓對自己一生得失、出處的準確評價。

三、少數民族詩人的隱逸理想與西湖文化

杭州城西有駐防營，滿蒙旗籍人士所居。從清初至咸豐二百餘年間，駐防營旗人深受杭州漢族文化影響，幾與土著無異。辛酉十二月被太平軍攻陷，殺傷甚慘。清軍克服杭州後，駐防營官兵僅存四十餘人。〔註59〕至光緒中葉，旗營已恢復舊觀，繁榮之貌可參看金梁《旗下異俗》「萬壽」、「文風」、「俗尚」諸條。此時詩社、琴社等文學藝術團體在旗營中亦頗盛行，可見文化生命力之強健。本文第二章已有所論及。晚清駐防營中能詩善藝、與漢族詩人交遊廣泛者，以三多爲最。除了駐防營中的滿蒙人士，來杭遊歷的異族文人亦不在少數。西湖清瑩絕俗的景致對他們的出塵之想頗有啓發意義。一些本懷有隱逸理想的異族詩人更能在湖山間獲得心靈之共鳴，宗室詩人寶廷可爲其中代表。

（一）三多仕宦人生中的隱逸情結

三多，字六橋，鍾木依氏，蒙古正白旗人，生於杭州駐防營，其漢姓爲張姓。其家世代在駐防營中擔任軍職，其叔祖、其父均任旗營協領。三多十七歲便襲其叔祖隆鏗軍職，爲三等車騎都尉。在清朝時歷任杭州知府、浙江武備學堂總辦、京師大學堂提調、歸化城副都統、庫倫辦事大臣等職。入民國，任盛京副都統、金州副都統。後在僞滿政權中任職。〔註60〕三多的家族不僅累世簪纓，而且極爲風流儒雅。其外祖父裕貴能詩，有《鑄廬詩剩》、《亦是吾廬詩》，風格蕭然閒逸。其父頗擅琴藝，喜繪山水、牡丹，亦爲欽慕風雅之人。三多耳濡目染，靈根早植，師從王夢薇、樊樊山等文化名流，又隨太夫子俞曲園學習經史書法，才能更爲精進。他詩、琴、書、畫無不精擅，嘗自比納蘭容若。實爲駐防旗營中不可多得的文藝名家。有《可園詩鈔》、《可園詩外》、《粉雲庵詞》等作品行世。

〔註59〕王廷鼎《柳營謠序》，三多《柳營謠》卷首，《清代詩文集彙編》第 792 冊，第 656 頁。
〔註60〕三多生平，據李桔松《清末民初三多詩詞研究》整理。

三六橋少年時便以恩蔭受職，又久宦在外，觀其一生行實，均不似隱逸之士。然而他深受隱逸文化影響亦是確有之事實。他出生在杭州駐防營，此營位於杭州城西，瀕臨西湖，占盡湖山之美，景致極為清秀脫俗，三多有「地傍湖山秀絕塵」[註61]之句贊之。而在滿族文人金梁的筆下，旗營風俗淳樸，和樂宜居，乃是隱遁的理想之所：「今之新市即旗下故營，舊日風景，小橋流水，桃柳夾堤，雞犬桑竹，別有天地，幾如世外桃源。童孺行歌，斑白遊詣，並怡然自樂。」[註62]

旗營的環境不僅適合隱居，營中也產生過較為獨特的隱逸文化。三多有詩云：「四旗裁去近千人，萬頃沙田澤沛春。此即盛時司馬法，兵當無事本為民。」小注：「乾隆二十七年，裁去漢軍四旗九百餘人。賜以蕭山沙田，有不耕者，准其外補營勇。」[註63]這些被裁員的漢軍旗人中頗有文雅之士，他們失去了固有的俸祿，又不擅長耕耘，只能浪跡湖山，藏身市井。此類人士，三多《杭州旗營掌故》亦有所記載，如「黃履中，字培德，漢軍人，裁汰後以賣畫為生，尤善畫貓。……侄九如以畫紫牡丹得名。」「王東泠，漢軍人，裁汰後教棋賣字，遊四方。書學頻羅庵〔按，梁同書宅名〕，能亂楮。」[註64]他們以其文藝技能為生，成為出身旗營的「市隱」之徒。這種現象雖然在光緒時不復存在，但三多的這些記載，恰能反映出他對這種市隱文化的關注。

駐防營的中有梅青書院，是旗人子弟學習漢族文化的開蒙之所。書院舊為林和靖結廬孤山前的居所，嘉慶五年改建書院，咸豐辛酉毀於戰火。光緒初年，盛愷庭擔任書院主講，捐資重建。盛元是鐵花吟社的核心成員，有隱逸志。他提議每位書院弟子入學後都植一株梅樹，後頗成林。梅青書院傳承著林和靖的隱逸精神，三多早年在此就學，頗受影響，他有詩作表現對林和靖的追懷：

> 梅青占院好滋培，一秀才捐一樹梅。放鶴亭前人不返，十分清
> 麗為誰開。[註65]

除此以外，其家庭長輩亦多去塵脫俗之行。三多的外祖父裕貴字乙垣，號八橋，心性淡泊，是一位中隱之士。據俞樾《乙垣禮部〈鑄廬詩剩〉序》

〔註61〕三多《杭州旗營掌故》，《西湖文獻集成》第13冊，第695頁。
〔註62〕金梁《旗下異俗・餘記》，《西湖文獻集成》第14冊，第315頁。
〔註63〕三多《杭州旗營掌故》，《西湖文獻集成》第13冊，第687頁。
〔註64〕三多《杭州旗營掌故》，《西湖文獻集成》第13冊，第693頁。
〔註65〕三多《杭州旗營掌故》，《西湖文獻集成》第13冊，第688頁。

載：「先生爲嘉慶戊寅恩榜舉人，官至吏部員外郎，而不攜眷屬，賃居蕭寺中，以吟詠自娛。……余讀其詩，格高意遠，味淡神清，有蕭然自得之致，似不在九衢車馬中者。而其中往往有追憶西湖之作，信乎先生之爲杭人也。」〔註66〕三多亦有「八橋居士老禪房」〔註67〕之句。他曾爲裕貴整理遺著，對外祖父志節、詩風心存瓣香之意。來自先人的隱逸之願亦會對三多造成影響。

駐防營的自然人文條件頗有適宜隱居之處，蘊藏著源自梅青書院的隱逸文化，家庭先人中亦有心向隱逸者，在此環境中，三多自然會產生親近山水、遠離凡俗的情感。而對三六橋產生更大影響的，當是其詩學導師王夢薇。

王夢薇，名廷鼎，江蘇震澤人。有號曰「羨瓠」，有小築曰「瓠樓」，取《莊子》瓠落無所容之意，寄寓不以濟世爲念、放曠逍遙的心願。王夢薇的人生亦是落拓失志的，如同沒有用處的大瓠一樣。其家甚貧，四次參加省試皆不中，捐從九品小官分發浙江，充保甲委員、海運委員，補麗水縣丞兼巡捕，後被謠諑中傷而罷官。王夢薇處之淡然，仍服儒衣冠，入詁經精舍從俞樾問學。精研經史及古文聲韻之學，又擅鼓琴繪畫，著作宏富。所惜僅享中壽，年四十餘而歿。王頌蔚對其安貧樂道的志節極爲稱道：「文園家徒四壁，子雲產只十金。問字酒空，束脩羊瘠。……然而幽巖奇幹，凌雲逾媚；藍田拱璧，砥礪亦瑩。」〔註68〕俞樾對其寄跡西湖，幽然出世的生活態度亦頗贊許：「君擅琴。每春秋佳日輒攜琴至西湖，與二三同志相約爲琴社，夷猶淡宕，疑足以頤養其天眞。」〔註69〕王夢薇有《西湖百詠》詩，以竹枝之體描述湖山景致，每首詩前都有小序。《百詠》記錄了大量產生於庚辛之變後的新景物，對考證湖山景物的衍變甚爲有助，亦反映出同光間西湖文化復蘇的歷史風貌。王夢薇對西湖山水的親近之意與隱逸情結，在其詩作中有所反映，如《雨後艤舟長橋散步得之》二首：

> 長橋新漲水滔滔，愛聽春泉此繫舠。一派自從山頂下，便無人識爾清高。

> 芒鞋幾緉濕蒼苔，宿靄園林障不開。只怪南屏雲一片，如何還

〔註66〕俞樾著《春在堂雜文》六編卷八，《清代詩文集彙編》第 686 冊，第 286 頁。
〔註67〕三多《杭州旗營掌故》，《西湖文獻集成》第 13 冊，第 694 頁。
〔註68〕王頌蔚《紫薇花館集序》，見王廷鼎《紫薇花館詩稿》卷首，《清代詩文集彙編》第 742 冊，第 555 頁。
〔註69〕俞樾《王夢薇傳》，見《春在堂雜文五編》卷三，《清代詩文集彙編》第 686 冊，第 18 頁。

要出山來。〔註70〕

「水」意象與「雲」意象都是詩人自己的化身。在山泉水清，南屏雲氣甚爲縹緲，一旦從流下山頂，離山而去，其清高之趣便不復有。飽含著詩人背棄隱逸之志，走向仕途的悔意。而「一官笑我慣偷閒，棹遍湖堤屐遍山。桑柘陰中尋寺宿，芰荷香裏喚船還」〔註71〕的詩句則體現出詩人罷官告歸後遊山泛湖、放縱性靈的逍遙自適。

相對於西湖他處的美景，王夢薇對駐防營中的清秀風光尤爲喜愛。據三多《杭州旗營掌故》，王夢薇每入旗營必流連忘返，嘗題梅院探春、西山殘雪等柳營八景，並繪圖徵詩，一時傳爲美談。王夢薇既喜旗營風光，愛其風土清淑，便在距營不遠的花市構屋以居，旗營子弟競以文藝從其遊。三多當時年僅十七，亦向王廷鼎學詩學琴。王夢薇的隱逸情懷在三多思想中所留的印記頗深。三多作爲貴冑公子，年少風流，但不以聲色犬馬沉溺其志，王夢薇爲三多詩集作序，對其閒適幽雅的生活作了生動的描述：

> 家有小圃，剔草蔓、翦叢棘，疊石引泉，雜栽梅杏、蘭桂、棠薇、蕉竹，高下疏密，蒔插悉當。結茅亭蓋，修廣容二席。花晨月夕，瀹茗焚香，撫琴奏曲，曲罷長吟，聲出戶外，榜其門曰「可園」
> 〔註72〕

可園的景致可以透露出三多性喜野趣的心態，當他置身湖山間，追懷古之幽人時，這種心態便轉化爲對隱逸精神的認同與嚮往，如其《湖中望諸山感而作歌》：

> 我恨不與白公蘇公同交歡，又恨不與處士居士先偷閒。白少年頭只在杯酒間，得黃金銷何必求好官。水有錦鱗且拂竿，山有白鹿勿用鞍。明朝一笑騎入山中山，山或復飛我亦從之還。〔註73〕

隱逸情感表現得極爲顯豁，然少年豪氣也甚爲濃厚，帶有一時興起，衝口而言的意味。《秋日重遊法相寺》則顯得較爲沉靜。法相寺在三台山，古寂

〔註70〕 王廷鼎《紫薇花館詩稿》卷四《入越吟》，《清代詩文集彙編》第 742 冊，第 580 頁。

〔註71〕 王廷鼎《新秋湖上和秦淡如觀察初冬泛湖韻》，《紫薇花館詩稿》卷四《入越吟》，《清代詩文集彙編》第 742 冊，第 584 頁。

〔註72〕 王廷鼎《可園詩鈔序》，三多《可園詩鈔》卷首，《清代詩文集彙編》第 792 冊，第 581 頁。

〔註73〕 三多《可園詩鈔》卷一，《清代詩文集彙編》第 792 冊，第 585 頁。

蕭然，迥出塵表，不似瀕湖諸寺香火繁盛。三多頻年遊山，對功名富貴與逍遙隱逸有過認真的思考，其詩云：

> 遊山如理書，一度一回熟。記事不須珠，題名猶在竹。歲時去來今，朋侶樵釣牧。放浪永餘歡，幽閒真至福。洗愁泉醒心，滯步磴逆足。寺見山忽窮，山樓寺還伏。僧寮參芋禪，客座悅檀馥。富貴露下桐，身世霜中菊。好景因時移，雄心隨處縮。長吁低夕陽，高唱應空谷。冷紅瑩古楓。奇翠森喬木。此地可誅茅，結鄰擬辟穀。其如未報恩，所恥徒食祿。歸去拂素塵，陰符試再讀。〔註74〕

三多在山中與樵夫釣徒為友，在寺中與僧侶參禪，凡俗之心得到澌洗，逐漸體會到功業富貴如桐露般短暫虛無，縱浪出塵，心靈閒適才是人間至福的道理。進而產生隱居山中，與山寺結鄰的心願，希望其個體生命能與自然大化共呼吸、同興滅。雖然簪纓之族的家世與旗營將領的身份成為他放棄功名、走向隱逸世界的沉重縲絏，最終仍然走上食君祿、報君恩的道路，但其離世出塵之想在詩中已表現得極為明顯。

從二十三歲擔任杭州都護將軍開始，三多一生為官，在杭州、北京、蒙古、東北地區之間奔徙，終與隱逸生活無緣。清朝開國之初便奉行聯蒙制漢的國策，及至清末仍未改易。三多蒙古旗人的身份使其天然地成為清朝統治階層的盟友，他對清廷也極為忠誠。但出身西湖清幽之地，深受師友高潔精神薰陶的經歷，又使他對時局的動盪不寧、官場的庸俗昏暗、權利鬥爭的殘酷無情心生畏懼與厭倦。光緒二十四年（1898），康梁主持的百日維新如曇花一現，繼而發生的戊戌政變使得政治氣氛空前嚴峻。三多的政治態度頗有革弊趨新的傾向，在此形勢下遂有《倦遊集》之作。〔註75〕隱逸情感在其仕宦人生中重新泛起。他的《倦遊集》題詞透露出意欲退隱山林的原因：

> 維新孟晉，世事弈棋。富強萌兆，黨禍蔓滋。兩宮神聖，幡然決疑。獻芹貢芟，無所用之。慷慨以去，侘傺而歸。磨牛尋跡，林鳥退飛。箙矢囊箭，彈琴詠詩。〔註76〕

〔註74〕三多《可園詩鈔》卷二，《清代詩文集彙編》第792冊，第597頁。

〔註75〕戊戌變法始於1898年6月11日，即農曆戊戌年四月十三，終於1898年9月21日，即農曆八月初六。三多《倦遊集》卷首題「戊戌八月初二日至二月二十一日止」，可知集中詩篇大體作於變法失敗後，頗有憤慨失志之意。李桔松《清末民初三多詩詞研究》稱作於戊戌變法前，不正確。

〔註76〕三多《可園詩外》卷四《倦遊集》自識，《清代詩文集彙編》第792冊，第671頁。

　　因政治理想不能實現而心生退意，是三多創作《倦遊集》的主要原因。
他在上海時有《雨中同姻兄乃和甫虞都尉坐馬車遊愚園、張園，赴姻丈柏研
香梁都護招也》詩，對仕與隱的態度有著清晰的表述：

> 詩人例愛山水遊，平生又住山水隩。林泉花石皆窮搜，動足思
> 尋千里幽。行經吳下小勾留，留園名勝今無儔。怡園雖好難爲侔，
> 更有獅林與虎丘。此行原蓄出位謀，翩乎過之不掉頭。陡驚新政幡
> 然休，長安不見天悠悠。隨波來作海上鷗，傍觀棋局徒隱憂。隱憂
> 攻心不可瘳，聯鑣聊賞名園秋。……坐久同洗茶一甌，名心已化羅
> 雲浮。何需再屈身如鉤，石火光中榮封侯。湖山大好容高謳，明朝
> 歸去弄扁舟。不然長笛一聲騎青牛，吹破乾坤萬古愁。〔註77〕

　　三多並不否認求官出位的事功心態，此番北上正想趁著戊戌變法的機會
在朝中有所建樹。匆匆而行，路過蘇州時連園林景致都無暇觀賞，誰知變法
驟然終止，他不得不滯留上海，進退失據中心懷隱憂，難以排遣。後來在與
友人的交流與滬上園亭的憩息中，認識到名心利祿的虛幻，轉向對隱遁湖山、
逍遙以銷愁之生活模式的肯定。在戊戌政變剛剛發生的形勢下，三多寫出「陡
驚新政幡然休」、「傍觀棋局徒隱憂」這樣的詩句，是頗有膽色的。他以極爲
暢快豪邁的筆調抒寫隱逸的志趣，亦不能掩蓋政治失意的悲憤之情。

　　三多的太夫子俞樾對康梁的公羊派「託古改制」之說非常反感，朝中發
生新舊黨爭時也以守成返本之說自持。他對三多傾向維新行爲頗有規勸之
意，其《倦遊集》題辭值得深味：「時局不恒，遊蹤亦因之不定。讀君《倦遊
集》，爲之三太息。……包孝肅詩云：『秀幹終成棟，精銅不作鉤。』願爲君
勉之。」〔註78〕杭州詩人秦敏樹對三多此番倦遊歸隱的眞實心意有著清晰的
認識，他在題辭中寫道：「圖南鵬暫息，逸翮總凌霄。一任浮雲變，何曾壯志
銷。」〔註79〕三多此時的隱逸實有韜晦之意，既是避禍也是靜待轉機，相時
而動，等候政治風波的平息。

　　數年後三多被任命爲京師大學堂提調官，重新走上仕途。他身上雖帶有
仕隱二元的特質，但當二者發生矛盾時，隱逸心願總是退斂的，甚至隱逸成

〔註77〕三多《可園詩外》卷四《倦遊集》，《清代詩文集彙編》第 792 冊，第 674 頁。
〔註78〕三多《可園詩外》卷四《倦遊集》題辭，《清代詩文集彙編》第 792 冊，第 670
　　　　頁。
〔註79〕同上注。

為再度出仕的工具與跳板。若言三多的功利之心大於歸隱之願並不為過。入民國後，政治生活更為失意，他又頻繁表達歸隱田園的心願，[註80] 似乎不甚真誠。但深藏於其內心、源自西湖高隱情結將他與「偽隱」之士區別開來，一生沉浮於宦海亦不能洗淨西湖文化在他心中留下的痕跡。光緒三十四年（1908），三多在北京購得《西溪梅竹山莊畫冊》，奉為至寶。在以後的人生中一直將畫冊攜帶身邊，寄託著他對杭州的思念與隱逸情感。

西溪梅竹山莊，在秦亭山麓，秋雪庵、交蘆庵之南，是清代文人章次白的幽居別業。次白名黼，號息翁，仁和人，嘉道間詩壇名流，曾加入潛園、東軒吟社。據《國朝杭郡詩三輯》小傳所載，他的仕途生涯不很得意，嘗被選為松陽學官，又在浦水、婺州、甬江等地擔任教職，回杭後監理西湖諸書院，並曾疏濬西湖。[註81] 他性情蕭疏簡淡，又因仕宦之志難遂，於是心生隱逸之情，中年時在西溪修築梅竹山莊，以為幽居之所。此地是屬樊榭舊遊處，梅竹成林，環境幽邃。山莊建成後，章次白將其作為宴集朋好、吟詠酬唱的重要場所。他為梅竹山莊繪圖徵詠，應者甚眾。「西泠八家」之一的奚岡始繪《梅竹山莊圖》，高樹程、費丹旭、戴熙等續作。金應麟、魏謙升等作圖記，題詩、題詞者有吳嵩梁、陳鴻壽、陳文述、郭麐、屠倬、姚燮、戴熙等六十四家。章次白將這些詩作彙集起來，刊為《西溪梅竹山莊圖題詠》一卷，丁丙編輯《武林掌故叢編》時將其收入。原本圖冊由章次白收藏。他逝世後不久，太平軍攻入杭州，梅竹山莊被戰火焚毀，圖冊卻幸免於難。次白後人章麟伯將圖冊攜至北京，最終為三多所得。此時圖冊已有所缺損，三多請原作者的後裔按原詩補齊，裝裱後又請其師樊增祥為之題簽，《西溪梅竹山莊畫冊》才再次成為全璧。

梅竹山莊深藏西溪山水深處，隱逸氣息極為濃厚。章黼詩友陳桐生這樣描述山莊的環境：「梅竹山莊者，同年次白尊兄讀書遊息之所也。占北郭之名區，擷西溪之勝概。六橋三竺，遜此幽妍；輞水藍田，無其曠朗。入桃源之路，雞犬皆仙；過栗里之居，桑麻俱古。半村半墅，可讀可漁；一壑一丘，如圖如畫。斯真棲汲之上游，雲霞之息壤也。」[註82] 對於居住於此的章次

〔註80〕李桔松《清末民初三多詩詞研究》，第 42 頁。

〔註81〕丁申、丁丙輯《國朝杭郡詩三輯》卷三十「章黼條」，清光緒十五年（1889）刻本，第 33 頁。

〔註82〕章黼輯《西溪梅竹山莊圖題詠》，《西湖文獻集成》第 18 冊，第 318 頁。

白,其隱士的身份亦得到時人的肯定。吳騫有言:「聞之西溪之上,多隱君子。鑿井而飲,耕田而食,至有終老而不出者。次白豈其人乎?予雖衰,而好遊之心未厭。將以曉春良月,棹一葉,道南漳徑,造幽人之廬。汲石塢之凍泉,瀹秦亭之苦茗,相與抗論古今,盡發平生未見書而讀之。」〔註83〕

梅竹山莊及其主人幽逸出塵之氣如此,觀覽圖冊時便如置身於千岩萬壑中,亦可想見高風。圖冊透露出來的這種精神,將三多早年在西湖形成的隱逸情懷悄然喚起。三多對圖冊細心維護,珍藏終身,既是源於對藝術品的愛好,又何嘗不是因為圖畫中貫穿的隱逸精神同三多久埋心底的退隱湖山之理想極為投契使然。對《西溪梅竹山莊畫冊》的珍護隱約透露出三多隱逸之心未曾泯盡的訊息。只是最終沒有付之行動,聊將此心寄於圖畫罷了。

三多早年在杭時是姿幹嫻雅、乘肥衣裘的貴公子,受到西湖山水清幽之氣的薰染,又在長輩詩友的影響下,頗有隱逸之願。由於世代簪纓的仕宦慣性,再加上他本有政治抱負,使得親近湖山的生活未能繼續下去。多年為官的經歷,又使他處處謹慎,「將自我的感覺與體悟深埋於心,讓人不得而知。」〔註84〕雖然後期隱逸願望亦有所表露,但真偽莫辨。惟有透過承載著西湖隱逸文化的《西溪梅竹山莊圖冊》,才可窺得他對西湖山水的真實情感。

(二)宗室詩人寶廷與西湖的詩詞情緣

西湖風景自古便享譽天下,來杭遊賞的文人不可勝計。作為隱逸文化的中心之一,許多遊人遊歷湖山後對塵雜的俗世心生倦意,最後做出退隱幽居的人生抉擇。晚清以來最有名的旗籍隱逸詩人當屬寶廷,西湖隱逸文化對他的影響不容忽視。

寶廷,字少溪,號竹坡,晚號偶齋。滿洲鑲藍旗人,清宗室,鄭獻親王濟爾哈朗八世孫。到寶廷祖父輩時,失爵,為官漸卑。其父乃如普通士人那樣參加科舉考試,官至翰林侍讀。寶廷於同治七年(1868)中進士,為翰林院庶吉士,散館授編修,十餘年間屢有升遷,授內閣學士,官至禮部右侍郎,光緒八年(1882)又被任命為正黃旗蒙古副都統,官運可謂順暢。是年五月,充任福建鄉試正考官,多得賢士,同光體諸老如鄭海藏、陳石遺、古文家林琴南等均出其門下。在返京途中,買浙江江山船妓為妾,行為失檢,上疏自劾,遂罷官。結束仕宦生涯後,寶廷隱居北京西郊山中,詩酒自娛,最後終

〔註83〕章鈺輯《西溪梅竹山莊圖題詠》,《西湖文獻集成》第18冊,第334頁。
〔註84〕李桔松《清末民初三多詩詞研究》,第67頁。

老於此。他詩名甚著，今人袁行雲評曰：「晚清八旗詩人，當推第一。」〔註85〕有《偶齋詩草》行世。

寶廷在朝中忠正耿介，敢於直諫，與張之洞、張佩綸、黃體芳、陳寶琛等並稱「清流」。然而當時政治窳敗，雖有志匡扶亦頗難補救。再加上抗顏直諫容易觸犯聖怒，貪官姦佞又善於謠諑，從政風險極為嚴重。這是他心生退意的現實原因。他性情率眞，負才使氣，在朝中頗有屈心抑志的不快，又難以與虛與委蛇之徒相處，退歸山林順應心志無疑是自然的選擇。他九歲時便隨父親在北京西郊的翠微山居住，遊山泛水，學習詩文，心中早留有愛山樂水、自由出塵的印記。辭官歸隱正與此初衷相契。最後，寶廷性喜遊冶，放縱好色。家中舊有數房姬妾，他對此亦不諱言。娶江山船娘以自污，亦可視為他退出官場、保身全性的煙霧彈。

對於寶廷娶妓自劾的原因與目的，前人頗有會心的瞭解。易宗夔《新世說》有言：「寶竹坡為侍御時，……抗疏敢言，京師目為清流黨。後因張幼樵〔按，即張佩綸〕失敗於馬江，名流氣沮。寶時為浙江督學，娶江山船妓女，復上疏自劾狎妓曠職，部議奪官。歸京後，往來西山，以詩酒自娛，灑然有遺世之態。」〔註86〕又稱其「自劾棄官，佯狂以終。」可見寶廷的歸隱確曾有所謀劃，佯狂之言亦透露出他的憤激。

聶世美在《偶齋詩草》前言中提到：「從本質上講，寶廷只是個文人，詩酒山水才是其最愛。而詩人的氣質，說到底，於政治並不相宜。所以從中進士踏上仕途之初，詩人的歸隱之心即已暗生潛長，並隨時局的江河日下而日益放大。」〔註87〕同時詩人的隱逸之志亦會因清幽的山水而觸發，這些山水可以是故鄉的美景，也可以是他鄉的幽隱勝境。寶廷一生嘗兩至東南。同治十二年（1873）六月，充浙江鄉試副考官；光緒八年（1882）五月，任福建鄉試正考官。秀美溫潤的水鄉風光使這位來自北國的滿族詩人流連不已，他最青睞的還是杭州西湖的景致，實因湖山蘊含的人文精神與其心靈追求十分相切。

寶廷初到杭州時，有《舟抵武林喜而成詠》詩：

〔註85〕袁行雲《清人詩集敍錄》卷七八，引自寶廷著、聶世美點校：《偶齋詩草》附錄二，上海：上海古籍出版社，2012年版，第980頁。

〔註86〕易宗夔《新世說》卷七，見寶廷著、聶世美點校：《偶齋詩草》附錄二，第951頁。

〔註87〕寶廷著、聶世美點校：《偶齋詩草》前言，第19頁。

三千里路望悠悠，驛問吳山駐客舟。酌酒蓬窗聊自賞，今生竟

得到杭州。〔註88〕

　　寶廷竟以親臨杭州爲人生幸事，可見久慕湖山之意。對他而言，西湖彷
彿是雖未謀面，但早已莫逆於心的好友，一旦相逢，喜悅激動的心情直欲迸
瀉而出，但因爲國取士的職責在身，需身入貢院典試諸生，不能隨意出入，
遊山泛湖的激情爲之一扼。其《舟中望西湖諸山作》將此種情感表現得淋漓
盡致。詩人因美景在前不得欣賞而沮喪，甚至對出闈後已時至暮秋美景發生
變遷、歸期促迫不得盡情暢遊而心生憂慮。於是想落天外，希望有愚公一般
的人物將湖山景致搬入杭州貢院之內，供其觀摩吟詠。詩云：

我未見西湖，先見西湖山。峰巒處處表靈秀，青光一片來舟前。
推蓬大笑喜欲墜，詩心飛上雙峰巔。不需半日即可至，其奈法約令
束遨遊難。期諸翼日已難耐，何況浹旬匝月相俄延。勝境在即不許
往，神馳目注空垂涎。遊期雖近在秋暮，只愁風景隨時遷。縱使歸
途偷閒暫遊眺，千岩萬壑那得窮躋攀。香山不作東坡死，千年孤負
湖山美。新詩滿腹不容出，閉藏如婦重闈裏。就使我能強忍幾多時，
但恐山焦水躁難久俟。長揖呼愚公，爲我運神功。瓶提冷泉水，杖
荷飛來峰。一一移來棘院中，俾我朝夕吟詠開心胸，與彼白蘇二叟
爭雌雄。〔註89〕

　　詩風豪邁雄健，極有氣勢。寶廷與湖上隱士崇白仰蘇的心情迥爲不同。
將自己與蘇白二公並提，要以詩作與蘇白一較長短，視千百年間西湖文人若
無物，突顯出其傲岸狂放的性格。待得放榜後，寶廷如出籠之鳥般飛入湖山
中，「窮數日之力，遍遊西湖諸勝」。〔註90〕對西湖的喜愛之情如錢塘浪潮般
奔湧橫流，不可遏止。他有《季秋既望，自闈出，泛舟西湖，登孤山謁二林
公墓、蘇白二公祠，月上後復泛舟至湖心亭・三潭印月，夜半回舟孤山，登
岸過西泠橋，至蘇堤跨虹橋返，宿舟中，次日曉始歸》詩，從題目便可看出
寶廷在遊覽時「一日看盡長安花」般的興奮與快意。此詩開篇數句云：

我到杭州一月半，閉藏難與西湖見。今日始得出棘闈，遊興勃
發難抑按。呼輿飛出湧金門，輿夫奴僕同狂奔。清光皎然撲城入，

〔註88〕寶廷《偶齋詩草》外次集卷四《零星集》，第720頁。

〔註89〕寶廷《偶齋詩草》外集卷二《使越集》，第468頁。

〔註90〕壽富等編《先考侍郎公年譜》，見寶廷《偶齋詩草》附錄四，第999頁。

未見西子先消魂。〔註91〕

詩人愛山樂水的遊興在閉藏許久後得到釋放，只有在山水中可以得到發抒與平復。他眼中的西湖亦非待人遊賞的靜物，而是一個生機勃勃，動感十足的生命體。詩人以狂奔的姿態將自己向湖山投送，同時清麗的景光無所顧忌地撲城而入，出入之間顯示出情景迎合之妙。這些詩句一方面顯示出詩人心靈與自然風物的投契之深，另一方面也反映出他嚮往自由、不願受到束縛的生命本眞。

寶廷徜徉於西湖山水間，放鬆心靈，放縱生命，而他本具有的忠心耿介之志，亦受到西湖蘊含的英烈精神所感發。他爲林典史祠墓題詩尙屬褒揚本朝忠烈，拜謁岳忠武墓、于忠肅祠則表現出他對西湖之上綿亙千年的忠義文化的折服與認同。如其《于少保廟題壁》：

留得大明天下在，知公雖死亦甘心。奇功獨建驚朝野，大獄沉冤悲古今。萬代忠魂餘夢幻，三台荒墓對空林。森嚴廟貌西湖上，拜倒階除涕滿襟。〔註92〕

寶廷以清朝宗室的身份而言「大明天下」，清末雖然文網鬆弛，但也是石破天驚之語。他被于謙爲國爲民、殉身不悔的精神所震撼，早將旗人的身份棄擲不顧，與西湖漢族士大夫站在同一立場，讚歎于忠肅的不世功勳，亦爲他所遭受的巨大冤屈感到痛惜與悲哀。頸聯兩句表現出詩人對時局變異，忠義精神不能久傳的憂慮。「夢幻」之說並非泛泛而言，實有本事存焉。據張岱《西湖夢尋》「于墳」條所載：于謙受冤被刑後，夫人流徙山海關，曾夢于謙向其借去目光。甚爲詫異，翌日便失明。後來皇帝憫于謙孤忠，將其夫人赦免。夫人又夢于謙還回目光，遂復明。待及于忠肅祠在西湖三台山建成，四方祈夢者接踵而至，甚爲靈驗。〔註93〕到了清代，士人祈夢于公祠、卜問功名之風仍極爲流行。陸次雲《湖壖雜記》「附記三異夢」條述之甚詳。〔註94〕此詩則反映出于謙的忠義精神早被祈夢問卜之俗消解的荒誕感。寶廷來此祭拜，既是對前朝英烈的追思，也有以自身的忠肝義膽輝映前賢之意。

西湖的忠義精神能引起寶廷心靈的共鳴，山水中蘊含的絕俗之氣更能激

〔註91〕寶廷《偶齋詩草》外集卷三《癸乙雜鈔集下》，第 495 頁。

〔註92〕寶廷《偶齋詩草》內集卷三《癸乙雜鈔集上》，第 44 頁。

〔註93〕張岱著，夏咸淳、程維榮校注：《西湖夢尋》，上海：上海古籍出版社，2001年版，第 257 頁。

〔註94〕陸次雲《湖壖雜記》，《西湖文獻集成》第 8 冊，第 24 頁。

發其離世出塵之想。吳山在杭州城中，對西湖而言便屬外景，然景致超絕處不異湖上諸山。寶廷《吳山題壁》便將自己與山巒相比，表達身在仕途、心向草野的疏狂之志：

> 吳山居城中，不染塵俗氣。煙火日薰蒸，峰巒自蒼翠。如彼疏
> 狂人，胸無利名累。雖在仕宦場，超然有逸致。〔註95〕

寶廷在湖上雖遍歷山水名勝，但仍覺遊興不暢。臨別之時又作竟夕之遊，甚至產生了隱遁於此的心願。其《偕啓子義夜登湖心亭題壁留別西湖》將貪戀湖山美景的情感表現得極為生動：

> 我遊山水如貪官，千巖萬壑窮追攀。得此望彼意無厭，搜奇剔
> 秀窮林巒。古今人跡不到處，捫蘿附葛無時間。山靈逃避不敢見，
> 狂吟直欲登青天。我來杭州六十有八日，湖山到處聯詩緣。山南山
> 北墨欲遍，登峰造極忘險艱。五雲高峻摩星躔，醉臥古殿披霞眠。
> 飛來古洞寫奇句，龍泓沾筆揮腥涎。初陽臺上望朝日，精華吐納身
> 欲仙。錢塘江頭望潮水，海門崩裂蛟螭翻。洗硯染污聖湖水，鐫詩
> 掃破高峰雲。名區勝境罔不留姓字，欲與白蘇爭勝千年前。可恨宦
> 途拘束不許久留戀，星槎轉舵難遷延。縱使我能強忍別湖去，只恐
> 西湖不忍離詩人。人山相思互糾結，南北兩地重逢難。功名孤負湖
> 山美，回望煙嵐淚如水。一聲長嘯畫船歸，明月滿湖吾去矣。〔註96〕

寶廷以狂生自詡，登山泛水是其全身心的投入，完全忘卻政治與俗世的羈械，在湖山間縱情放歌，題詠遍及祠宇古廟，覓得心性的本眞，張揚著逸士的情懷。與蘇白爭勝，反映出寶廷對自身文學造詣的自信及欲使其題詠之作超邁前賢、留芳湖上的宏願。然而畢竟歸期已近，仕宦的拘束將他從理想世界拉回塵俗之中。離別之時，寶廷再將西湖人格化，「西湖不忍離詩人」與「清光皎然撲城入」形成呼應的關係，湖山對詩人的送迎均表現出其深切的留戀之意。詩人不能棲隱於此，自覺是辜負了湖山美景，原因就在於功名之念的拘繫使其愛山樂水的情感不能得著眞正的舒張。他甚至用「可恨」這樣的字眼表達為官出仕對自由人生的拘束與框限。可見功名仕宦與自由隱逸的緊張態勢在寶廷初次遊杭時便已表現得甚為明顯。

寶廷回到北京後，對西湖的思念有增無減。他在寄送浙江巡撫楊昌濬的

〔註95〕寶廷《偶齋詩草》內集卷三《癸乙雜鈔集上》，第43頁。
〔註96〕寶廷《偶齋詩草》外集卷三《癸乙雜鈔集上》，第479頁。

詩歌中寫道：「我身歸家心未歸，詩魂寄在錢塘西。山牽水掛不肯放，迢迢兩地空相思。我不能忘西子湖，我不能忘湖上山。我不能忘湖山賢主人。主人矯矯詩中仙，煎茶棘院揮吟牋。」詩人不僅想望著湖山美景，對在湖上與友人詩筵酬唱的風雅生活亦念念不忘，「良朋勝地絜懷抱，愛而不見徒嗟吁。」正是這種心聲的吐露。然而京城的氣氛卻是「紅塵捲風暗燕市，朱輪華轂奔如水。」在這個紅塵撲面、權勢襲人的城市中，寶廷再難找到安頓心靈的淨土，惟有脫略形骸、醉酒伴狂以度日。他在詩歌結篇處寫道：「舊詩塗抹遍餘杭，墨痕猶在孤山陽。煩君寄語林處士，題詩人已還故鄉。」〔註97〕對林和靖與孤山的掛懷，折射出寶廷心存隱逸之志，意欲遁跡山水間的內心世界。

寶廷第一次遊歷西湖，還有一事值得注意。據壽富《先侍郎公年譜》，寶廷典試杭州，攜帶著其父蓮溪公常祿的遺像，每次登山臨水，遊賞美景，必奉之以行。又嘗從杭州大遮鄉惠泉寺取泉水一瓶，回到北京後薦於先墓。可推知其父常祿生前就有遊杭之願，寶廷奉遺繪南征，沽泉而歸，實現了乃父的遺志，是純孝之行的表現。而這也從側面反映出西湖風物對北方士人的吸引力。常祿父子對江南文化的想望是心意相通的。

大約過了十年，寶廷典試福建，任鄉試正考官，途徑杭州時再度到西湖遊歷。此時朝中的情形已與往昔大不相同，清流黨中「何金壽因『忤當軸意』，出江蘇揚州府，一年後病死任所；黃體芳奉命『督江蘇學政』；陳寶琛亦出京『提學江右』。」張之洞被調任山西巡撫。表面上看來他們大多被委任以方面大員的重職，但原先集中在京城清介勢力已經瓦解，抨擊時弊、抗議直言的風氣逐漸淡去。寶廷雖身在朝廷，但已陷入孤立無援的境地。他有詩句云：「徒剩閒身依北闕，頻聞亂耗報南洲。」〔註98〕從政生涯的苦悶與對國家命運的憂慮交織起來，使其難以排遣，因此急流勇退成為他的人生抉擇。西湖的隱逸精神對他做出選擇有一定的催化作用。如其《孤山亭》詩：

> 又與湖山晤，蹉跎十載經。遺蹤訪南渡，韻事說西泠。雙鬢有
>
> 新白，群峰如舊青。蒼茫生暮色，歸棹莫消停。〔註99〕

詩人初遊孤山時，曾有詩作讚揚林和靖的高隱與林典史的忠義。〔註100〕

〔註97〕 寶廷《寄懷楊石泉昌濬》，見《偶齋詩草》外集卷三《癸乙雜鈔集上》，第476頁。

〔註98〕 寶廷《歲暮懷人》四首其一，見《偶齋詩草》內集卷四《辛巳集》，第75頁。

〔註99〕 寶廷《偶齋詩草》外次集卷五《使閩集》，第777頁。

〔註100〕 《謁孤山二林公墓題壁》：「孤峰嶙峋列雙墳，放鶴亭空冷夕曛。湖水澄清山

十年後重來，對這些都不再提及，只以孤山暮色襯托自己生命力的衰老與退縮。「歸棹」一句則透露出寶廷倦於塵世，希望有所歸宿的心聲。他又有《飛來峰洞題壁》詩，本欲在西湖暫得閑暇，安頓疲憊紛擾的心靈，卻又陷入出仕與退隱艱難抉擇的困境。詩云：

> 西湖冬景好，偷暇暫盤桓。澗冷泉聲澀，雲寒山翠乾。名高招
> 謗易，恩重退身難。故里昆明近，相期把釣竿。〔註101〕

　　與初次遊賞西湖時相比，詩人狂放自負之氣已經大爲消磨。在他眼中，從前那生機洋溢、入郭相迎的西湖景致變得冷澀寒翠，生意蕭瑟。冬日的氣氛甚爲肅颯，寶廷的人生境遇也步入嚴冬般酷烈的階段。他因清高耿介的名望遭受謠諑讒謗，卻因天潢貴冑的身份與備受朝廷的恩寵而不能輕易離職，其內心極爲猶豫。然而，西湖靜謐出塵環境喚起他親近自然的本性。雖不能在此隱居，故鄉亦不乏湖山之美。詩歌的末兩句已將其退出政治漩渦、轉向隱逸人生的決定表現得十分顯豁。

　　離杭後不久，他便有買妓自劾的佯狂之舉。可見其決意歸隱的計劃在西湖時已進行過成熟的思考。他在職時既極清廉，罷官歸隱後的生活便甚爲窘迫。然其曠達自適的胸襟未曾稍減，不以貧窮失意而生牢落之愁，其《窮居》詩云：

> 歸隱何須遠入山，窮居寂寞俗情刪。停車客少奴常醉，索債人
> 多戶不關。家爲無錢能節儉，官因有過得清閒。丈夫豈肯移貧賤，
> 歷盡艱難總笑顏。〔註102〕

　　可見詩人安貧守志的生活狀態。退隱後，寶廷獲得生命與心靈的眞自由，在京西山水間遊賞，與詩友聯吟，樂而忘返。據王逸塘《今傳是樓詩話》所載：「君之嗜遊蓋出天性。罷官後清貧特甚，而沉酣於山水友朋文字之樂者，且十餘年。京西妙峰、翠微、桑乾、戒壇、潭柘諸處，皆時有足跡。今西山靈光寺、秘魔崖及滴水厓、八里莊各地，猶有君之題墨焉。」〔註103〕放下政事與塵俗，詩人在山水中獲得靈魂的解脫與生命的安頓。然而他並未忘卻杭州西湖，在其模山範水的詩作中，西湖成爲一個重要的參照系。試看其《中

色碧，忠臣高士許平分。」見寶廷《偶齋詩草》外次集卷四《癸乙雜鈔集上》，
　　　第728頁。
〔註101〕寶廷《偶齋詩草》內集卷四《使閩集》，第62頁。
〔註102〕寶廷《偶齋詩草》外集卷三《癸乙雜鈔集下》，第490頁。
〔註103〕寶廷《偶齋詩草》附錄二，第963頁。

秋同王牧庵、道士清皆平避債湖上葆眞觀，醉後踏月西湖，戲成》：

> 酒債逼人奔無地，醉後逃往西湖避。窮人同病自相憐，曳屐潛
> 行屏車騎。行行共行行，村荒不知路。紆迴迷遠近，琳宮在何處？
> 打門大呼主人驚，薄酒山蔬留客住。酒酣夜半開門去，主人牽衣客
> 不顧。興來飛步登高梁，憑欄縱眺窮杳茫。樓臺不見但見樹，三山
> 相接青蒼蒼。緣湖北去四五里，沙堤如練行迤邐。是時雲散天似洗，
> 長空一片無塵滓。山空野靜風不起，上有明月下有水。魚龍偷眼看
> 遊人，如此清興世無幾。倦臥閣下藉蒲眠，杭州西湖到眼前。六橋
> 三竺夢魂繞，風景恍惚如當年。癸酉九月既望，曾泛月西湖。大波一聲
> 驚夢回，滿身風露沾塵埃。馳歸道院樽重開，恣情歡笑忘愁懷。追
> 逋路遠那能到，古觀權作周王臺。〔註104〕

　　詩題中提到的西湖，乃指北京的昆明湖。詩歌開篇先寫寶廷與友人為躲
避酒債而乘醉奔走的落魄之貌。因迷路而誤至葆眞觀，打門而入、酒酣而去，
繪出詩人縱意而行，瀟灑狂放的情態。詩歌的後半部分寫詩人夜遊昆明湖所
見的清瑩靜寂之景。沙堤似練，長空如洗，冷月照水，一片空明。此等境界
使詩人的思緒回到在杭州湖上泛月的那個夜晚。「六橋三竺夢魂繞」之句，可
見杭州西湖的美景已深深植根在詩人心底，魂縈夢繞，揮之不去。一旦遇到
類似的山水，便會將遊賞西子湖的美好記憶激活，正如當年西湖山水將詩人
的隱逸理想喚醒一樣。然而昆明湖浩然流動的波浪聲將詩人從西子湖畔的夢
境喚回現實之中。風露滿衣之句可見詩人沉眠已久。身在此西湖，魂遊彼西
湖。提及杭州西湖的詩句雖只有寥寥四句，卻隱括多少往年心事。最後四句
寫追逼酒債之人不能到此，詩人與好友重回葆眞觀再開酒筵的快樂情形。周
王臺指「靈臺」，乃是周文王在鎬京修建的苑囿。《詩經‧大雅‧文王之什》
中有《靈臺》詩〔註105〕，描寫園中魚鳥蕃息、鐘鼓和鳴的和諧氣氛。詩人將
葆眞觀比作靈臺，自己就像苑囿中攸伏之鹿、展翅之鳥、躍動之魚一樣，生
命絲毫不受拘束，順應性靈之本然自由地發展。這種縱情恣意的生活只有在

〔註104〕寶廷《偶齋詩草》外次集卷五《鼠虎集》，第 741 頁。
〔註105〕詩云：「經始靈臺，經之營之。庶民攻之，不日成之。經始勿亟，庶民子來。
　　　　王在靈囿，麀鹿攸伏。麀鹿濯濯，白鳥翯翯。王在靈沼，於牣魚躍。虡業維
　　　　樅，賁鼓維鏞。於論鼓鍾，於樂辟廱。於論鼓鍾，於樂辟廱。鼉鼓逢逢。矇
　　　　瞍奏公。」見程俊英、蔣元見著《詩經注析》，北京：中華書局，1991 年版，
　　　　第 787～790 頁。

脫離仕途之後才能得到，亦反映寶廷隱逸理想的眞實形態。

　　同樣迷戀西湖山水，同樣受到西湖隱逸文化的影響，寶廷與三多對隱逸的態度卻不盡相同。三多人生追求的功利性較強，歸隱湖山只是他仕途不利之時退守求安的一種途徑。然而懷抱隱逸精神的前輩、師友對其影響甚大，由此而產生的親近湖山、珍護心靈自由的理念一直貫穿在三多的人生中，並借《西溪梅竹山莊圖冊》這一飽含隱逸意味的傳世名畫得以寄託與展現。寶廷的人生理想則甚爲直露。由於他從小在山野中生長，對自然極爲親近，隱逸情愫早有萌芽。若非爲了養家糊口，改變窮苦命運，他不一定會走上仕宦之路。而當糾革時弊、扶挽國運的政治理想遇到挫折時，便又灑然離去，復其初服，安貧守志，縱情山水，對功名富貴毫不掛懷。他喜歡西湖的清麗風景，對西湖文化甚爲欽慕，實因山水美景與他心中的隱逸情懷投契之故。因此，三多只是用欣賞的態度觀照西湖，寶廷將山水以友朋待之。三多的隱逸之念來自西湖文化精神向他的傳遞，寶廷的隱逸情懷則脫胎於一己之生命同湖山靈氣相呼應時的快意、自足。兩位旗籍詩人對待隱逸的態度與抉擇，大較如此。

餘論：胡俊章與《西湖詩錄》

　　西湖清秀絕俗的美景吸引著各地的士人前來遊賞，他們在徜徉湖山之餘，留下的詩歌也難以勝計。這些作品散見於各位詩人的別集，彙錄西湖詩作的總集則甚爲稀見。明代萬曆時人徐懋升曾輯《湖山詩選》六卷，詩分各體，擇取明代及以前題詠西湖的詩家四百六十八人，可謂繁富，可惜此書久已亡佚。自宋至清，杭州地方志極爲發達，收錄有大量與西湖有關的詩詞。然而志書以記載山水、人物、歷史事件爲主，詩歌繫於其下，成爲景物、歷史等的注腳，詩歌的主體性不甚明顯。俞樾說：「國朝雍正間李敏達公修《西湖志》，采詩甚多，然志書自有體例，不能備載。而自敏達修志以來，垂二百年，湖光山色，風月常新。士大夫遊覽其間，興往情來，唱妍酬麗，謝朝華而啓夕秀，爲《西湖志》所未收者，何可勝數。散玉零珠，莫爲收拾，甚可惜也！」〔註106〕此番言論道出了《西湖志》修成後西湖詩作未曾得到裒輯整理的遺憾。其實早在乾嘉年間，杭州文人吳顥便輯有《國朝杭郡詩輯》十六

〔註106〕俞樾《胡敩山觀察〈西湖詩錄〉序》，見《春在堂雜文補遺》卷二，《清代詩文集彙編》第686冊，第388頁。下文所引此序者不再另行出注。

卷，其孫吳振棫予以增補，擴充爲三十三卷。其後吳振棫又編有《國朝杭郡詩續輯》四十六卷。至光緒中葉，丁申、丁丙輯錄《國朝杭郡詩三輯》一百卷。這三部杭人輯杭詩的巨著將清初至同光年間杭州地區八縣一州的詩人搜羅殆盡，其中題詠西湖山水風物的詩篇數量頗豐。嘉慶間，揚州阮元督撫浙江，組織士人編輯《兩浙輶軒錄》；光緒時南海潘衍桐任浙江學政，復有纂輯《兩浙輶軒續錄》之舉。此二編將對詩人進行蒐輯的範圍擴展到浙江全境，書中亦不乏與湖山景致相關的詩作。然而無論《杭郡詩輯》還是《輶軒錄》、《續錄》，都是本著以詩存人的原則進行編輯，範圍涉及太廣，並非專錄西湖詩歌的總集。而且非浙籍詩人的西湖之詠未入采輯之列，遺珠甚多。由此看來，對乾嘉以來題詠西湖的詩作進行專門性的蒐輯整理是一項極有文化意義的工作。棲居西湖的博學名宿甚多，完成此工作的卻是胡俊章這位來自北京的年邁詩人。他於光緒三十二年（1906）輯成《西湖詩錄》，不以兩浙爲限，兼錄全國各地的西湖詩作，擇取甚爲精審。雖然這是一種類似《湖山詩選》的西湖詩選本，並未將乾嘉以來的詩作全部收入，但結合當時傳統文化式微的背景，輯錄西湖詩作更含有葆存西湖文化精神的意味，不可將此工作的價值等閒視之。

胡俊章的生平事蹟不甚顯豁，現試以相關材料進行勾勒：

據清代黃叔璥編著的《國朝御史題名》可知：胡俊章字燕笙，號效山，正藍旗漢軍人，光緒二年（1872）年丙子科進士，光緒十三年（1887）由戶部郎中補授江南道御史。

俞樾《胡效山觀察俊章挽詞》〔註107〕有「已開八秩堪稱壽，偶抱微痾總誤醫」之句，知胡俊章去世時已逾七旬。此詩作於光緒三十二年（1906），胡俊章亦於是年辭世，可推知其出生於道光七年（1827）。俞樾又有《胡效山觀察〈西湖詩錄〉序》，與《胡效山觀察俊章挽詞》作於同一年。此序稱：「君自少以詩鳴京師，貴遊子弟多從學詩。今年逾七十，吟興不衰。」據此，胡俊章的出生年份當在道光七年至十七年（1837）年間。

《西湖詩錄》自序署名爲「北平胡俊章」，俞樾《胡效山觀察〈西湖詩錄〉序》亦稱「胡效山觀察生長日下，遊宦秦中」，可知其籍貫所在。他在京城時提倡風雅，從遊者甚眾。後任陝西延綏道道臺，任職未久便因病告歸，時在

〔註107〕俞樾《春在堂詩編》卷二十三，《續修四庫全書》第1551冊，第683頁。下文所引此詩及小注不再另行出注。

光緒二十六年（1900）。據俞樾《胡效山觀察俊章挽詞》：「君官延榆綏道，未久即引疾歸。」及《西湖詩錄》自序：「余於光緒庚子自西安乞病就醫於鄂。」〔註108〕可證。

　　胡俊章辭官後，在江南遊歷，最後定居蘇州，成為市隱之士。但他最喜歡的還是西湖清麗幽美的景致。他在《西湖詩錄》自序中寫道：「余於光緒庚子自西安乞病就醫於鄂，由鄂而杭而蘇，經過之處可流連者甚多，而尤愛西湖。乃居杭半載，僅遊四次。壬寅以事至杭，復遊四次。至於南山之理安、雲棲，北山之葛嶺至北高峰，皆未能一歷。蓋病未脫體，難暢遊也。」遊覽西湖時的快樂與未能遍歷湖山景致的遺憾共同成為他編輯《西湖詩錄》的內在動因。輯成後「暇時誦之，恍置身於六橋三竺之間。」亦可將《西湖詩錄》看作他未能棲隱西湖以怡情養痾的心理補償。

　　《西湖詩錄》的輯錄工作主要在蘇州完成，在此期間，他與俞樾過從甚密，俞樾《春在堂詩編》中有《胡效山觀察賜曾孫僧寶文房珍玩賦謝》、《四疊前韻贈胡效山觀察》、《聞雷看雪和胡效山觀察》等八首詩，略可窺得當日二人交遊的情形。俞樾與胡效山叔父迪甫公為同榜進士，〔註109〕胡俊章對其以「年丈」稱之。他在輯選《西湖詩錄》時，每成一卷，必請俞樾參校鑒定，間有去取。〔註110〕而俞樾每有著述，亦請胡氏予以校勘。俞樾《胡效山觀察俊章挽詞》有句云：「今年吟稿刊粗就，讎校烏焉更倩誰？」注曰：「余每刊書，君為校字甚精審。今詩第二十三卷已刊其半，君不及校矣。」可見胡效山過世後，俞樾頓生失去文字至交的落寞之感。胡俊章精通目錄學。早在光緒二年，傅雲龍編成《續彙刻書目》十二卷，他便為之補錄歷代叢書二十一部，附於書目之後，輯為《補遺》一卷。不僅如此，他還富有藏書。嘗以《八旗文經》五十六卷贈俞樾，又因藏有道光以來鄉、會試題名錄及會試朱卷等特色文獻而受到俞樾的激賞。

　　總之，胡效山早年在北京便負文名，又擅長文獻目錄之學。嘗在陝北為官，告病歸休後便在江南隱居，療養沉痾，怡悅心性。俞樾《胡效山觀察俊章挽詞》中曾有四句詩評價他的人生趣尚：

〔註108〕胡俊章《西湖詩錄》卷首，國家圖書館藏稿本。

〔註109〕俞樾《胡效山觀察俊章挽詞》：「因余先世通家久，不惜衰門執禮卑。」自注云：「余與令叔迪甫大令為庚戌同年。」

〔註110〕見俞樾《胡效山觀察〈西湖詩錄〉序》及胡俊章《西湖詩錄》自序

袍笏拋餘忘宦味，燈檠對處憶兒時。百年科第題名表，君搜輯道
光以來鄉會試題名錄甚備。廿卷湖山攬勝詩。君晚年輯《西湖詩錄》甫畢。

胡俊章不以功名仕宦為意，「憶兒時」之語可見其對童心、本性的珍護。
俞樾對鄉試、會試題名錄的重視，不僅因為這些文獻凝聚著胡俊章勤勉搜羅
的心血，更因為在科舉制度被廢除的背景下，題名錄成為科舉時代的文化掌
故之載體而彌足珍貴。他對《西湖詩錄》的肯定，則更多地帶有感情色彩，
既可通過此錄回望三十餘年的西湖講學生涯，又將其視為乾嘉以來西湖文化
變遷的縮影。俞樾將科舉題名錄與《西湖詩錄》視為胡效山文化事業的最高
成就，實則包含著曲園老人對西湖文化乃至整個傳統文化命運的思考。

《西湖詩錄》的結構及詩人、詩篇出處等具體情形容下文申而論之：

據胡俊章《〈西湖詩錄〉自序》，他曾於光緒二十六年（1900）、二十八年
（1902）兩度赴杭小住。《西湖詩錄》的編輯便始於光緒二十八年遊湖之後，
輯成時已在光緒三十二年，歷時五載。成書之當年胡俊章便患病辭世，未及
刊刻。稿本今藏國家圖書館古籍部，工楷謄錄。鈔錄工作很大一部分由胡俊
章的孫女承擔。俞樾《胡效山觀察見其女孫公子與余兩曾孫女璵、玫唱和詩，
戲用其韻見示，因亦次韻報之》有「只是天寒翠袖薄，莫教辛苦夜鈔詩。」
自注：「君時選《西湖詩》，半由女孫公子寫錄。」〔註111〕這位謄錄者的名字
卻未曾考見。全書共八冊，前七冊為詩錄正稿，凡十卷，卷一、卷二卷三、
卷四、卷五、卷六、卷七、卷八至卷十各一冊；第八冊為《西湖詩錄餘稿》。
這樣的篇幅與俞樾所謂「廿卷湖山攬勝詩」並不相符，未知是否有另一種二
十卷本的《西湖詩錄》流傳。

就國圖藏《西湖詩錄》而言，正稿十卷的編排方式是以清人翟顥所著《湖
山便覽》為藍本的。卷一、卷二為西湖總，卷三為湖中，卷四為孤山路（析
為上下兩部分），卷五為北山路，卷六為西山路，卷七為南山路，卷八為湖東，
卷九為吳山路，卷十為西溪路。餘稿僅錄詩 26 首，未按照正稿之分類次序進
行排列。《西湖詩錄》不採李衛《西湖志》所收詩詞，因此集中詩歌以乾嘉後
所作為多。胡效山擇詩標準極為嚴格，「凡例」有言：

各家集中多有西湖詩而佳者亦不多見，蓋景之雄壯者易賦，而
景之明秀者難工也。昔方問亭〔按，即方觀承〕有句云：「到眼景光
無好句，回頭塵土豈閒身。」是閱歷之言。此編所錄謹嚴，故僅得

〔註111〕俞樾《春在堂詩編》卷二十二，《續修四庫全書》集部第 1551 冊，第 660 頁。

五百餘首。

　　然而筆者曾進行統計，《西湖詩錄》共收詩人 275 位，錄詩 681 首，與所謂「五百餘首」出入較大。關於所錄詩篇的出處，胡俊章「凡例」稱：「自壬寅遊湖之後，見有西湖詩之佳者隨時鈔錄，曲園年丈又假以兩浙各詩，鈔錄遂漸成帙。」俞樾《西湖詩錄序》稱：「每讀前人西湖詩，低佪吟諷，不能自己。遇有佳者，輒手錄之。積久益多，遂成《西湖詩錄》若干卷。」皆語焉不詳。據筆者考察，《西湖詩錄》所收詩人及詩作的出處概況如下：

　　出自王士禎《感舊集》之詩人 1 位，詩 1 首，其人為曹貞吉；

　　出自《清詩別裁集》之詩人 7 位，詩 9 首，其人為胡渭、王時翔、程夢星、沈受宏、王錫、程文正、史夔；

　　出自《湖海詩傳》之詩人 12 位，詩 19 首，其人為張梁、陳浩、周準、錢載、錢大昕、朱方藹、張時風、吳泰來、馬緯雲、程夢湘、李方湛、章柱；

　　出自《杭郡詩續輯》之詩人 4 位，詩 6 首，其人為陸建、趙坦、陳泗、屠倬；

　　出自《杭郡詩三輯》之詩人 38 位，詩 97 首，其人為梁祖臺、湯大緯、查鳳梧、胡文元、黃楷、殳慶源、汪琳、馬怡孫、許乃椿、趙慶憘、羅以智、金鑾、吳珩、汪述孫、高學洛、高成濟、鍾世耀、朱靜江、陸光祺、郭沈華、汪敦善、沈雲駿、潘恭贊、郭彤伯、龔憲曾、顧成俊、許光清、張洵、蔡玉田、張道、馬彬、王鼎詩、沈璜、董醇、吳恩元、張日熙、葉維幹、女史汪采；

　　出自《兩浙輶軒錄》之詩人 23 位，詩 37 首，其人為齊召南、夏葛、施學韓、李雋、姜宸熙、魏鼎、王普、崔學泗、柳易、吳嶸、嚴守田、許華鍾、符之恒、李璣、李稻塍、鍾錫圭、姚思勤、胡濤、高順、張守太、陸以謙、奚岡、錢繩祖；

　　出自《兩浙輶軒續錄》之詩人 36 位，詩 42 首，其人為姚伊憲、范玉琨、黃百穀、孔尚質、酈欣、戴高、張志莪、吳清漣、陳之綱、錢師曾、周植、陳廣寧、陳元驥、董正揚、徐鉽、陳傳經、吳衡照、汪遠孫、趙沖九、陳福熙、俞鈺、張錫路、陳權、黃曾、徐元第、吳敬義、蔣坦、黃金臺、吳鼎元、吳懷珍、李煊、胡濱、阮恩灤（阮元女孫）、朱紹穆、周光緯、戴熙堂；

　　《輶軒錄》與《杭郡詩續輯》並見者，詩人 1 位，詩 4 首，其人為顧光；

　　《輶軒續錄》與《湖海詩傳》並見者，詩人 5 位，詩 10 首，其人為吳霽、

汪大經、朱人鳳、蔣炯、吳傑；

《輶軒續錄》與《杭郡詩續輯》並見者，詩人 9 位，詩 10 首，其人爲趙以文、湯燧、王兆正、章坤、沈舲、梁玉繩、朱械、王臺、卜爾昌；

《輶軒續錄》與《杭郡詩三輯》並見者，詩人 12 位，詩 19 首，其人爲沈逢吉、汪秉健、張鳳韶、朱世傑、楊文蓀、胡珵、許樏、嚴遠、沈祖懋、周鳳章、顧鏐、馬文華；

出自阮元《定香亭筆談》之詩人 6 位，詩 11 首，其人爲陳甫、陳鴻壽、邵無恙、張若采、何孫錦、程邦憲；

出自朱文藻《金鼓洞志》之詩人 1 位，詩 1 首，其人爲潘眉；

出自鐵保《熙朝雅頌集》之詩人 1 位，詩 1 首，其人爲滿洲德保；

出自黃培芳《香石詩話》之詩人 1 位，詩 1 首，其人爲朱鳳輝；

出自陳文述《蘭因集》之詩人 10 位，詩 40 首，其人爲顧晞元、顧登衍、女史陸明霞、女史管筠（陳文述妾室）、女史文靜玉、女史黃蔓仙、女史吳淑娥、女史陳華姻（陳文述女）、女史陳麗姻（陳文述女）、方外淨蓮；〔註112〕

出自林昌彝《射鷹樓詩話》之詩人 1 位，詩 1 首，其人爲王道謙；

出自蔡殿齊《國朝閨閣詩鈔》之閨秀詩人 4 位，詩 4 首，其人爲王慧、方芳佩、金逸、鮑之蕙；

出自徐夔臣《香咳集選存》之閨秀詩人 4 位，詩 4 首，其人爲錢唐女士葉氏、舒映棠、王煒、丁瑜；

出自袁枚《隨園女弟子詩選》之閨秀詩人 3 位，詩 3 首，其人爲孫雲鳳、孫雲鶴、戴蘭英；

出自袁枚《隨園詩話》之閨秀詩人 1 位，詩 1 首，其人爲張瑤瑛；

出自沈善寶《名媛詩話》之閨秀詩人 1 位，詩 1 首，其人爲孫蓀意；

出自吳仰賢《小匏庵詩話》之閨秀詩人 1 位，詩 1 首，其人爲王曇繼室金禮嬴；

另外有 336 首詩分別見於 75 位詩人之別集，其中所選陳文述西湖詩最多，爲 45 首，俞樾次之，33 首，其他則有邵長蘅、黃任、厲鶚、胡天遊、方觀承、袁枚、袁樹（袁枚從弟）、袁棠（袁枚從妹）、蔣士銓、趙翼、朱彭、高文照、吳文溥、吳翌鳳、汪志伊、秦瀛、宋大樽、洪亮吉、吳錫麒、趙懷玉、黃景仁、周鎬、楊鳳苞、王曇、張興鏞、劉嗣綰、鮑桂星、阮元、舒位、

〔註112〕陳文述、汪端亦有同題之作，《蘭因集》與別集共見。

吳嵩梁、郭麐、許宗彥、葉紹本、朱爲弼、陸繼輅、黃培芳、桂超萬、葉廷琯、曹楙堅、沈學淵、朱綬、袁翼、夏之盛（附山陰女史夏辰良）、夏伊蘭（夏之盛女）、張爾旦、沈濤、陳裴之（陳文述子）、汪端（陳裴之室）、曹墹（陳文述弟子）、張際亮、戴熙、黃爕清、楊蕚珍、蔣敦復、貝青喬、葉名澧、蔣光煦、秦緗業、樊雨、彭玉麟、亢樹滋、江順詒、汪芑、凌祉媛（丁丙室）、錢塘女史徐德音、俞慶曾（俞樾女孫）、許之雯（俞樾外孫女）。上述名單中多有著名詩人或學者，詩集流傳甚廣，採輯較易，《詩錄》所收詩作亦較多；

　　未找到出處，待考者 18 位，詩 22 首，其人爲戚芸生、孫仁淵、陳文湛（陳文述弟，所作西湖詩出處不詳）、計楠、漢軍旗人顧邦英、諸廷槐、鄭祖球、朱荃、虞錦、陳璠、王履基、蔣坊（以上三人嘗入「存存吟社」，有《存存吟社詩鈔》，其集未見）、張國裕（《定香亭筆記》卷二有傳，未見其西湖詩）、張學仁、蔣志凝、羅瀚隆、孫韶（隨園弟子，有《春雨樓詩》，其集未見）、女史汪嫈（有《雅安書屋詩鈔》，其集未見）。

　　在這些詩人中，浙籍 201 位，非浙籍 74 位。其中旗人 2 位，閨秀 34 位，方外 1 位。所採別集、總集、詩話既廣，又不以名家爲限，卿大夫與布衣同列，士人與閨秀之作並錄，較爲全面地展現出乾嘉至光緒年間西湖詩壇的風貌。胡俊章不僅將《西湖詩錄》作爲臥遊西湖的文本化載具，也希望此錄可爲重修西湖山水志提供素材：「倘日後續修《西湖志》者，亦可採用焉。」

　　《西湖詩錄》編成時科舉制度已廢除一年，西湖的風景與人文氣息頗不似從前繁盛。俞樾在《胡效山觀察〈西湖詩錄〉序》中寫道：「自功令廢詩賦，而雅坫騷壇日就零落，西湖花柳亦稍稍減色。有君此錄，猶想見乾嘉盛時湖山歌舞、文酒宴遊之樂。」在斯文零落的時代，曲園老人惟有透過詩壇前賢的作品滿足對西湖文化全盛之時的想望。他希望舊時西湖的人文勝概可以喚起閱讀此編者對傳統文化的珍護之念，然而詩錄輯成後未曾刊刻，讀者寥寥，並未形成相應的文化影響力。西湖的全盛時代確已漸漸遠去，這一年末俞樾亦歸道山，其「乾嘉雖遠餘風在，不枉生爲盛世民」〔註113〕的願望終像夢幻般消散。

　　今天《西湖詩錄》被重新發現，作爲清中葉至末葉西湖詩學的總結性著作，它所具有的文獻與文化之雙重價值應該得到肯定。就其編輯者胡俊章而

〔註113〕俞樾《與客談詰經精舍舊事》，《春在堂詩編》卷二十三，《續修四庫全書》集部第 1551 冊，第 668 頁。

言，他具有歸隱的情結，迷戀著西湖山水，雖未曾在湖山間隱居，但完成了久居西子湖畔的文化隱士未曾著手的工作。正如俞樾所言：「余自同治戊辰主講詁經精舍，凡三十一年，歲必再至西湖，而不能小有纂輯。君遊履偶至，裒然成書。余深以爲愧。」《西湖詩錄》的纂輯固然是胡俊章對西湖文學的重要貢獻，而他樂於蒐尋、勤於編錄的態度，也從另一角度反映出儘管西湖文化在科舉廢除後有所衰退，但仍對異地文人存在著巨大的向心作用。異地文人與西湖人文的雙向互動正是西湖文化生機流露的一種方式。

小　結

　　清朝同光年間，咸豐末葉的兵禍似乎已成爲遠去的記憶。隨著山水風致、人文景觀的復蘇，西湖再次吸引著大量他鄉異地的文人來遊賞。有些官員致仕後便定居湖上，放棄事功之心與塵俗之念，在山水間尋求生命的本眞，其生活方式與隱士無異，也獲得了西湖文人的認同。彭玉麟與李桓是這類隱逸人士中具有代表性的兩位。彭玉麟對仕隱的態度及隱逸形態與先秦的魯仲連較爲類似，是功成身退的典型範例。他在鎭壓太平天國的戰爭中建有顯赫的功勳，退隱後仍肩負著每年爲清王朝巡視長江水師的職責，中法戰爭期間亦曾東山再起，不辭衰病，爲國從戎。然而公務完畢後，必至西湖幽居。他在故鄉衡陽有退省庵，西湖亦有同名的憩廬，可見他將西湖視爲第二故鄉，不僅以山水美景養痾怡情，更將嚮往平和寧謐的生命安頓於此。他早年以書生身份從軍，號稱儒將，對西湖這個人文淵藪極爲欽慕，這也是其寓居湖上的重要原因。彭玉麟與詁經精舍山長俞樾交情篤厚，不僅因爲性情相投使然，也反映出他對俞樾學識、成就的健羨及對俞樾所代表的文化精神的崇拜。彭玉麟非常喜歡梅花，一生畫梅詠梅之作無數。西湖之梅高潔出塵，自林和靖以來便是高隱精神的象徵，他多有題詠，既是寄託自己的隱逸之志，也暗喻難以釋懷的一段早年情事。他筆下的梅花意象兀傲清絕又淒美多情，正是其情志的投射與外化。

　　與彭玉麟的功成身退不同，李桓對隱居的選擇實因仕途不利而不得不然。他曾屬理江西財政，因觸犯湘軍集團的利益而與曾國藩發生齟齬，憂憤成疾，被迫離開官場。雖在故鄉調養數年，仍時有牢落之慨。直到定居湖上，受到西湖山水與文化精神的洗禮，才完全排遣掉落魄失意的侘傺之感，使身體的疾病與志意的鬱結眞正得到療救與紓解。西湖的文人高士對李桓政治生

涯的挫敗頗爲同情，將其在西湖的寓廬命名爲「小盤谷」、「芋禪」，寄託著他
們對李桓東山再起的希冀與祈願。然而在西湖文化的薰陶下，李桓人生理想
已經發生改變。他泯滅了求仕立功之心，轉而安心著述，終於成就名山事業而
垂譽後世。西湖山水對心靈傷痛的治癒作用及振奮精神的價值於此可見一斑。

　　同來自他鄉的漢族士大夫相比，杭州駐防營中的旗籍詩人與西湖的關係
更爲親密。駐防營瀕臨西湖，盡得湖山之勝。二百餘年間深受西湖文化的陶
冶，旗營中風雅之士輩出。出身於旗營的晚清詩人以三多最爲有名。三多幼
年時在隱逸氣息濃厚的梅青書院接受教育，家中長輩頗有出塵之風，又曾向
隱逸之士王夢薇學詩，追隨俞樾、譚獻等文化隱士，儘管他一生都在宦海中
沉浮，但並未將歸隱湖山的心願完全遺忘。他收藏有出世色彩濃厚的《西溪
梅竹山莊圖冊》，可見隱逸理想是他深藏終生的心靈隱秘。

　　出生於北京的宗室詩人寶廷，對以漢族文人主導的西湖文化而言兼具異
鄉、異族兩種身份。他因號稱清流、直言敢諫而聞名，又因迎娶江山船娘遭
罷官而備受譏嘲。他娶妓自劾實爲明哲保身之舉，是在政治窳敗、權奸當道
的形勢下得以歸隱山林的一種特殊方式。寶廷早年曾在北京西郊有過一段隱
居的經歷，愛山樂水的情感已經融入生命。又曾兩次遊覽西湖，寫有多首詩
作，以狂放浪漫的詩風反映出西湖清幽脫俗的環境與其嚮往自由之心靈的契
合交融。在他困惑失意之時，受到西湖山水的啟迪而走上歸隱的道路。西湖
隱逸文化對寶廷的影響不容忽視。

　　西湖美景吸引著他鄉異族詩人的遊展，湖山間蘊含的隱逸精神影響著他
們的心靈趨向與人生選擇，同時這些詩人也以其吟詠湖山的詩文、遊山泛水
的經歷乃至在西湖修築的園亭別業豐富、擴充著西湖的文化內涵。另有一位
北京老詩人胡效山，懷抱出世之志，致仕後遍遊東南，尤愛西湖風景清麗。
感於吟詠西湖的詩歌汗牛充棟卻無精選之本，遂發願編輯《西湖詩錄》。此事
頗受俞樾關注，給予他文獻資料方面的幫助。即便如此，編錄之事仍耗費胡
效山晚年的大量精力，輯成當年便與世長辭。結合當時科舉廢除、詩學衰微
的時代背景，《西湖詩錄》的編輯頗有保存西湖文化的意味，值得重視。然而
胡效山去世後，《西湖詩錄》的稿本便被束之高閣，一直沒有刊印流行，殊爲
憾事。《西湖詩錄》的湮沒無聞，側面反映出西湖傳統文化的衰微。不數年而
發生鼎革之事，西湖傳統文化既面臨著新的困局，也蘊藏著剝極而復的轉機，
而守護傳統者仍是那些懷抱文化理想的湖山隱士。

第四章　民國初年西湖文化遺民在亂局中的堅守

　　面對溫山軟水的湖山勝境，騁懷遊目之餘，撫今追昔，前賢高士的進退出處，時流朋輩的出處抉擇，也就絲絲縷縷地纏繞在光風霽月之內，溶溶漾漾地氤氳在宴飲唱酬之中。西湖邊上，杭州城裏，處處可見千百年來士大夫風雅性情的一面，在這裡，他們可以放浪形骸，可以縱情任真，而貫穿其間的，始終是士大夫峻峭傲岸的風骨氣節。西湖、杭州與士大夫相互補充，相互生發，事實上在古典政教體制內傳承延續了一種較為疏離的、相對獨立的隱逸思想與文化。千百年間，時移世易，隱逸的風尚也經歷著高蹈遁世（唐宋時期）、悲愴剛健（宋元、明清之交）與情韻性靈（晚明）等具體表現形態。當滿清王朝轟然崩塌，相沿數千年的古典政教體系隨之解體，西湖文化也面臨著一種前所未有的裂變。五十年前的庚辛之變是以戰火摧毀了西湖的建築與文物，其殺戮之慘震撼著士民的心靈，但戰爭的破壞多在物質文化方面，西湖文化的精神內核並未受到根本性的衝擊，故能在十多年間得以迅速復蘇。而當清朝覆亡的鼎革之變發生後，西湖文化中表彰忠孝節義、清幽脫俗的根基發生動搖，功利化、世俗化及求新求異的傾向日趨嚴重。棲隱湖上的士人對民國後西湖風貌的改易大為不滿，王蘊章（「西神殘客」其號）為周慶雲《之江濤聲》作序稱：

> 周覽全湖風景，見夫柳浪聞鶯一易而為桑林蛙唱，名園喬木劫
> 後僅存。祠中梡鞠，或付樵丁作爨下薪。而鑿山濬谷，金碧藻繪，
> 侈為土木之觀者，又衡宇相望也。則又慨焉興歎。……西子有知，

行蒙不潔之誚。夫湖山佳麗,貴得其眞。若徒以人力爭勝,一趨於耳目之新異以爲快,則豈足以盡西湖天然之眞態哉![註1]

雖盡道桑海之感,亦只是概而言之。民國成立後西湖景觀、文化、風俗的變異具體情形,可從下表中窺得一斑[註2]:

前清時西湖古蹟、風物	民國紀元後之風貌
文瀾閣,庚辛之變後丁申、丁丙修復,補抄《四庫全書》。光緒帝賜「嘉惠藝林」之匾。	文瀾閣尚存,題額被廢,藏書移至浙江圖書館,舊觀不可復得。
孤山清高宗西湖行宮,庚辛兵燹後,僅存文瀾閣,餘盡荒蕪。	改築公園,爲杭州士女遊息之所。園中有浙軍凱旋紀念碑。舊有「萬福來朝」匾額,改爲「復旦光華」。公園右側建浙江圖書館。
聖因寺	改爲浙江忠烈祠。宣統三年,浙江革命軍攻克南京,其將士陣亡者於祠中祀之。
錢塘門、湧金門	自湧金至錢塘一帶城垣皆毀去。
駐防營	削作平地,另闢市場,開設茶僚酒肆及旅館戲園之類。旗人遷徙之初,流離瑣尾,死亡枕藉。
保俶塔,清時幾爲日本領事館所佔,力爭而罷。後爲英醫士梅藤更所有,重金贖回。	在保俶塔下建陸軍衛戍病院。
雲居聖水寺	年久失修,存殘宇十餘楹。民國四年,改爲陸軍病院之分院。
昭慶寺爲西湖著名叢林,水陸道場,四時不絕。	民國後,陸軍炮隊駐紮寺中。割大殿左偏爲軍人住宿。右邊仍居僧侶。
雷峰塔	民國十三年傾圮。
崇文書院,光緒間改錢塘學堂。	又改蠶桑分校。
詁經精舍	割歸三忠祠。
姚公祠,祀明杭州知府姚之蘭。	割祠基爲徐錫麟烈士墓。
范公祠,祀清浙江巡撫范承謨。	分范祠爲金陵陣亡將士墓。
蔣公祠,祀清蔣果敏公益澧。	祠壁嵌十二塊紀功石,入民國險被鑿去,知事汪嶺力爭乃免。後改左蔣二公祠。祠址大半併入西泠印社。

[註1] 周慶雲《之江濤聲》卷首,民國三年(1914)夢坡室刻本。
[註2] 此表據胡翰祥《西湖新志》及周慶雲《之江濤聲》整理。

彭公祠，祀清彭剛直公玉麟。	改浙江先賢祠，祀黃宗羲、齊周華、呂留良、杭世駿四人。退省庵亦改額為「浙江先賢祠」。
傑公祠，祀清傑果毅公純。	祠基售予葛氏，改為民居。
左公祠，祀清左文襄公宗棠。	易世後初改徐錫麟祠，又改浙江先賢祠。左宗棠栗主移入蔣果敏公祠中。
劉公祠，祀清劉果敏公典。	改為鑑湖女俠祠，祠旁另建秋社。劉公木主為守祠人藏於爨下，未被破壞。
李公祠，祀清李文忠公鴻章。	民國三年，改為清勳臣祠，合祀李鴻章、左宗棠、蔣益澧、彭玉麟、曾國荃、楊昌濬、帥承瀛、劉典。
楊公祠，祀清太傅楊昌濬。	栗主移入清勳臣祠，舊址改為警察駐所。
南豐別墅，祀清曾忠襄公國荃。	遺像被毀，木主亦被碎去。
張蒼水祠，祀明張忠烈公煌言。清時祠堂久荒蕪。	革命後，重為表彰，祠宇擴而新之。
趙公祠，祀清趙恭毅公申喬。	改為三才專修中學。
阮公祠，祀清阮文達公元。	祠宇失修，內設浙江省農會事務所。
俞樓，舊為俞曲園先生講學著書之所。	入民國後久未修葺，頗有人去樓空的蕭條之感。
右臺仙館，俞樾所建，其墓址亦在此。	久已荒落，問津者寥寥。
停雲湖舍，清王文勤公別墅。	歸上海顏料商貝氏所有，改名「味蓴湖舍」。
金衙莊東皋別墅	改為朱舜水專祠。
舊日湖船，最大者為水月樓，可布四席；次鶴舫，可布二席。	盡改為洋式樓船，雖輕便可取，但僅容數人而已。

　　當此之際，相當數量的士大夫猝然遭逢數千年未有的一個大變局時代，眾聲喧嘩，光怪陸離的時政格局使他們的心靈倍感惶惑，晦暗不明的進退出處更是現實生活中無從逃遁的困局。當一己的榮辱與家國的興亡相始終，潛藏在他們內心深處的風骨與氣節也隨之噴湧而出，成為立身處世的另一種風尚。對於這些留戀湖山的文化遺民而言，眼前的殘山剩水如同逝去的滿清王朝的背影，道統、君統等傳統的道勢糾葛逐漸換成了守成與趨新的新舊之辨。他們所傳承的西湖風雅，就成為特定時空條件下的遺民風雅。

　　討論任何一種文學形態，都無法脫離特定的時空場域，當我們聚焦民初西湖文化遺民的行跡與心態，翻檢眾多詩家的傳記年譜、詩詞著述，便可尋

繹勾勒出一個遺民的西湖，在西子湖畔，賞花飲酒勾起的是前塵往事，詩詞往往還抒寫的是惶惑不安。亭臺水榭、暮鼓晨鐘、山水人文的常與變他們早已諳熟於心，但面對思想文化的常與變，他們卻選擇了堅守。這種孤高的堅守淵源於士大夫對傳統文化的忠誠，也體現出他們以道自任、文化託命的隱秘心理。當以革命文化主導的時代潮流洶湧來襲的時候，他們遊宴唱酬的場域逐漸受到了擠壓與侵佔，詩書風雅的消費與傳播不敵聲光電氣的大眾喜好，表現在文化生態場域這一層面，雖然傳統的西湖逐漸被消解、轉化，但在遺逸詩人的筆下，西湖文化仍得以保存和昇華。

一、民初西湖遺民詩人群落的建構與成形

民國肇興，一種全新的政教思想文化體系迅速在華夏大地蔓延開來，作為精英知識分子的傳統士大夫突然意識到自己身處現代化的洪流之中，成為了被沖刷被淘洗的對象。儘管他們也曾究心時政，為洋務運動、維新變法以及清末新政奔走呼號，但辛亥革命終究是他們所無法接受的。政權的新舊更迭，文化思想的衝突決蕩將他們拋離出政教體系的核心，成為執著於文化與政治的遺民群體。在特定的政治生態背景下，天津、上海、青島等租界林立的近代都市往往成為清末民初遺民互通聲氣的所在。獲得政治庇護之後，他們逐漸從政治領域轉向文化領域，官僚身份或者被失去，或者被放棄，詩人、學者的氣質與精神轉而成為這一群體賴以安身立命的追求。遺民詩人的文化立場在事實上成為這一群體在新的家國秩序之下彰顯傳統政教思想的載體，寄情湖山，雅集酬唱，也就成為他們獨特的生存狀態。

相較於天津、上海、青島等遺民生態文化圈，杭州西湖自有其特殊之處。西湖歷來不乏文人雅士的遊蹤，有著厚重堅實的隱逸思想文化底蘊，溫山軟水背後深藏著悠遠的興亡感慨；西湖偏安江南，既少租界外部勢力的政治區隔，又無中央政府內部的強力管控，有著相對寬鬆的政治生態環境。在這兩個要素的制約之下，西湖遺民詩人群落的建構與生成充分體現著自主與從容的色彩。

粗粗翻檢近代詩家著述，詩文作品關涉西湖者即有吳昌碩、沈曾植、瞿鴻機、林紓、釋敬安、陳衍、鄭文焯、朱祖謀、夏孫桐、康有為、易順鼎、李詳、況周頤、陳三立、鄭孝胥、俞明震、陳詩、程頌萬、曾廣鈞、周慶雲、吳慶坻、吳士鑒、俞陛雲、陳衡恪、李宣龔、夏敬觀、諸宗元、王國維、陳

曾壽、龐樹柏、陳隆恪、陳方恪等等。在這一份不完全的名單中，從政治立場來看，有立憲派、革命派與頑固派之分；從詩學宗尚來看，有同光體、詩界革命派、南社等風尚；從血緣地緣關係來看，吳慶坻與吳士鑒，陳三立與陳隆恪、陳方恪為父子，鄭孝胥與李宣龔為同鄉兼師友，陳衍與夏敬觀、陳詩頗有師友之誼。這樣一批身份背景各個不同的遺民群體，雲集輻輳於西湖一隅，建構生成一個有著獨特思想文化風尚的詩學生態圈，顯然有其獨特的流變軌跡。

從城市功能區隔形態來看，西湖與杭州並非相互融合的一體，民國之前，旗營橫亙在杭州城與西湖之間，一邊是王朝政教中心與商貿往來市鎮，一邊則是湖山勝景與樓臺館舍。進入民國，在現代市政規劃建設理念之下，舊旗營原址上陸續建起了市場、公園、圖書館與體育場。旗營的拆除打破了杭州城封閉保守的城市空間，原本位於城郊的西湖風景區逐漸發展演變而成為杭州城內的都市文化景觀，定型為三面湖山一面城的格局。雖然遺民詩人群落的主要活動場域為西湖，但其衣食住行也往往與杭州城密不可分。當湖城相互輝映，人文與自然和諧共存的景觀格局成型後，遺民穿梭於湖城之間的文化生態空間更見寬泛。1909 年，滬杭鐵路宣告通車，杭州成為上海的後花園，交通工具所帶來的時空擠壓效應顯著增強了西湖的文化景觀屬性，遺民群落雖然總體偏於保守，但其對西湖生態文化圈的建構卻切實地立足於上述市政建設與交通運輸等方面的現代化進程中。不論是經由陸路還是水陸，二三十年間，這批詩人陸續匯聚西湖，星星點點地散佈在湖山各處，經由登山臨水唱酬往還的具體形式，將獨特的遺民文化氣韻灌注在晚清民初的西湖詩詞之中。

吳昌碩為近代海派書畫的大師，詩書畫印頗為海內文人士大夫仰重，以上海為中心，其遊蹤遍及東南各地。民國年間，吳氏經由滬杭鐵路往來極頻繁，西泠印社得其主持，詩酒唱酬之風大盛。印社位於孤山南麓，柏堂、竹閣、仰賢亭、還樸精廬、題襟館等散佈其間，亭臺樓閣依山傍水，文玩字畫點綴其間，有「湖山最佳處」之譽。在西泠諸子的推動之下，馬一浮、黃賓虹、吳湖帆、李叔同等書畫名家雲集輻輳，鄭孝胥、康有為、夏敬觀等士紳名流也多有西湖酬唱之作。觀吳氏詩作，岳王廟、藏經塔、煙霞洞、靈峰寺、秋雪庵等處皆為遊賞吟詠所及，至於宴飲歡會之所，酬答往還之人，更是由湖山而及海內外。

前清同治年間，薛時雨、秦緗業等湖舫吟社詩人曾對西湖岳飛廟前的蘿塔進行歌詠，將其視爲西湖文化生命歷劫長存的象徵。吳昌碩亦有《蘿塔》詩，不獨追步前賢，亦包含著詩人在新的時代背景下對西湖文化命運的思索。詩云：

> 一木枯不春，直幹無尺枉。薜蘿盤千層，幻作浮屠像。鄂王功不沒，忠氣塞天壤。廟前草木奇，卓立人共仰。葉露墮舍利，光耀秋月朗。古藤護雲雷，深根窟魍魎。黃妃與保俶，湖上塔有兩。此獨天功成，不許人力強。樵斤長斂步，法雨滋培養。晨煙眾鳥集，鳴作梵唄響。危綠具階級，凡體焉得上。裴回望絕頂，欲策夸父杖。詠物並懷古，相和歌慨慷。想見日落時，英風颯來往。〔註3〕

所謂「枯不春」，字面上寫藤蘿所纏繞依憑的樹木乾裂枯萎，失去生命力，實則暗指傳統文化面臨衰亡的危機。「薜蘿」、「古藤」這些物象未嘗不可看作是文化遺民的隱喻。他們百盤千結，守護著古木，更含有護持文化精神的意味。樵斤不至，表現的是文化不再受到破壞的祈願；法雨滋培，透露出天意亦不欲使文化中斷的信念。蘿塔立於岳廟之前，晨有眾鳥齊集，夜有朗月照耀，形象如此傲岸雅健，絕非尋常草木可比。個中含藏的挺立文化精神之意蘊，才是這位遺民詩人歌詠的眞意所在。

民國十六年（1927）吳氏在上海病逝，後移葬杭州超山宋梅亭畔，袁思亮（「伯夔」其字）挽詞中曾有「清節抗淵明，償廡更無五柳宅；高蹤繼和靖，范金長傍萬梅花」〔註4〕之語。對讀吳氏自作《飲超山宋梅下寺僧索賦》詩：「如如佛奈何，世變太幺麼。梅剩宋一樹，木難清到河。蛟螭蟠鬱鬱，鬚髮趁皤皤。人壽休狂說，千年一刹那」〔註5〕，在湖山隱逸的背後，進退出處的惶惑與疏狂也頗有展露。〔註6〕

俞明震爲晚清名流之一，甲午戰爭時曾協助唐景崧、劉永福鎮守臺灣，又曾任南京水師學堂督辦，提學甘肅。辛亥革命後，俞明震從南京移居西湖，

〔註3〕 吳昌碩著、童音校點：《吳昌碩詩集》，上海：華東師範大學出版社，2009年版，第14頁。

〔註4〕 邢捷編著：《吳昌碩書畫鑒定》附錄《吳昌碩年譜》，天津：天津古籍出版社，2000年版，第105頁。

〔註5〕 吳昌碩著：《吳昌碩詩集》，第311頁。

〔註6〕 又如其《湖山戲書》，「魔敢三生語石，鳥嗤一目張羅。忍見變遷陵谷，問誰收拾山河」。（《吳昌碩詩集》第312頁。）

在最初的幾年間，曾借住劉學洵南湖水竹居，〔註7〕民國四年（1915）秋，俞明震築成南湖俞樓（俞莊），覽湖山之盛以娛晚年。陳三立在《俞觚庵詩集序》中曾說俞明震「築廬杭之南湖，與陳君仁先為鄰」〔註8〕。俞莊既比鄰陳曾壽的陳莊，其地點便不出小南湖西北岸，坐擁花港觀魚、南屏晚鐘、雷峰夕照等勝景。

翻檢俞氏《觚庵詩存》，卷四以俞莊為中心的遊賞唱酬之作頗為不少，如《子純丈詩來和新居次韻奉酬》、《湖居與仁先結鄰賦呈四首》、《劍丞雨中過觚庵留二日》、《遊六和塔歸觚庵偶成》等等。在其眼中，儘管山水人文薈蕤鬱鬱，但在「曲檻陰陰水繞廬，雨花風葉看西湖。無多來日思前事，剩有春光賺老夫。向曉亂山分紫翠，隔年寒漲沒菰蒲。何須更覓傷心句，滿眼煙波鬢影孤」〔註9〕的詩作卻呈現出傲立寒潭的悲愴。良辰佳節，他也登高銷憂，但悠悠萬事總難忘卻，「攜壺賭酒少年事，俯視落照同幽深」〔註10〕裏充斥著幽深婉轉的感慨。這種情愫在酬贈陳三立的《讀散原鬼趣詩》裏表現的最為顯豁：

> 夜讀散原詩，矮屋環冬青。敘亂託鬼語，叱吒來精靈。我無寂
> 滅想，閱世終冥冥。萬古一骷髏，點者先逃刑。合眼夢唐虞，糟粕
> 遺六經。齊民豈有術？魑魅能潛形。竹梢寒月來，燈影如孤螢。窮
> 巷與世隔，人鬼無畦町。微吟坐達旦，一鳥窺簷聽。〔註11〕

鬼趣詩是民國初年遺民詩人聲氣相通的焦點之一，由同光體魁傑沈曾植、鄭孝胥、陳三立三人首倡。沈詩追溯傳統神怪世界中的鬼魅，以虛幻的鬼怪風采對比冷酷沈寂的現實；鄭詩著意鋪陳凌厲蕭殺的秋意，用秋蟲擬附遺民的悲苦心緒；陳詩中的鬼趣則回到兵燹頻仍的現實中來，戰亂的淒慘觸目驚心，後死者的悲憤也悄然化為幽森淒厲之語調。俞明震此際身處西子湖畔，於風光霽月中所思所想的卻是憫亂傷時，卻是生民流離，足見其民胞物與的情懷，當然，這種悲憫背後有著切實的保守立場。

〔註7〕其詩作《湖莊示子大伯嚴》題注云：「借居里湖劉莊四十日」（俞明震著、馬亞中點校：《觚庵詩存》卷四，上海古籍出版社，2008年版，第66頁）；《初春重至西湖》題注云：「初春重至劉氏水竹居」。（《觚庵詩存》卷四，第70頁）

〔註8〕陳三立著、李開軍校點：《散原精舍詩文集》之《文集》卷十，上海：上海古籍出版社，2003年版，第943頁。

〔註9〕俞明震《初春重至西湖》，見《觚庵詩存》卷四，第70頁。

〔註10〕俞明震《登高再和仁先一首》，見《觚庵詩存》卷四，第76頁。

〔註11〕俞明震《觚庵詩存》卷四，第67頁。

民國七年（1918），舾庵病逝，圍繞俞莊的風雅吟詠也就此消歇。鄭孝胥、沈曾植、陳曾壽、夏敬觀等詩友均有挽詩。陳三立《哭恪士三首》尤為沉痛，「亂作荒徼歸，身世移恍惚。庶陶雖未能，帝秦亦不屈。策動穿築地，好事收遁跡。終自惜羽毛，竹林無俗物」〔註12〕是對俞明震高隱人生的讚頌，而「喪亂不可回，哀鬱散物表」、「空懸杜陵願，來往成二老」〔註13〕之句則表現俞明震與陳散原這批遺民詩人共有的蒿目時艱、關心國運之情懷。這些勝國遺老，終不是單純地在湖山間安頓一己之生命。

除俞明震外，陳曾壽是西湖遺民群體的又一核心人物。他於民國二年（1913）奉母杭養病，在南湖築屋隱，稱「畍廬」，直到民國十六年（1927）年才離杭遷居上海。十數年間，滬上遺民如陳三立、沈曾植、馮煦等來西湖遊歷，陳曾壽必接待之，相與酬唱，寄託故國之思。試舉數事見陳曾壽與其他遺民在西湖的交遊情況：

1915 年秋，吳慶坻、馮煦、陳三立來到西湖，與陳恩澍、俞明震、陳曾壽、諸宗元等在杭的隱者遊虎跑、龍井、雲棲、法相寺，登六和塔，並泛舟西溪，赴交蘆庵觀所藏圖卷。交蘆庵祀奉隱士厲鶚、杭世駿，藏有奚鐵生《西溪泛雨圖》、戴醇士《交蘆庵圖》。兩圖均與厲鶚有關，寄寓樊榭歸隱西溪的終焉之志。遺民至此拜謁，不僅心靈受到前輩詩人隱逸精神的感發，亦大有今夕之感：在故國淪亡、戰亂頻仍的時代變局中，厲、杭盛世隱居的人生形態亦是值得羨慕的，儘管他們生前並不得志。是年冬，陳曾壽將諸人遊湖所作輯成《西湖紀遊詩》一卷，分贈同好。〔註14〕

在這次遊覽過程中，他們還在法相寺旁竹林中發現一株千年古樟。古樟遁世無悶之姿堪比隱士之德，陳曾壽遂倡建樟亭，以為諸老遊觀之所。亭成於 1917 年，陳三立、鄭孝胥、瞿鴻機等詩老皆有詩文紀之。是年九月二十七，陳三立、俞明震、謝鳳孫遊七里瀧登嚴陵釣臺及西臺，陳曾壽與其三弟陳曾

〔註12〕陳三立《哭恪士三首》其二，見《散原精舍詩文集》之《詩續集》卷下，第588 頁。

〔註13〕《哭恪士三首》其三，同上注。

〔註14〕《西湖紀遊詩》，陳曾壽輯選，由其弟陳曾言（「詢先」其字）所書，石印本。另外，尚有《南湖吟》三冊，印行於 1919 年，不題編選者之名。分《散原詩鈔》、《舾庵詩鈔》、《唊庵詩鈔》、《蒼虬閣詩鈔》四部分，除夏敬觀《唊庵詩鈔》外，其他三種均與《西湖紀遊詩》所選篇目大有重合。亦是手寫而付石印者，觀其字跡，歐楷精純，當是陳曾壽手書。此書由陳曾壽兄弟輯錄的可能性很大。

矩同往，此行僅在遊觀樟亭後三日。西湖古樟獨立無悶的兀傲姿態與嚴子陵遠離政治的道德之尊、謝皋羽慟哭西臺的家國之痛共同營構爲陳曾壽等遺民精神的意義資源。

　　1922 年陳曾壽又與胡嗣瑗、夏敬觀、王乃徵、朱祖謀遊西溪秋雪庵、交蘆庵，作《西溪泛雨圖》，與奚鐵生圖同名而後先輝映。

　　陳曾壽奉母隱居西湖十餘年，既可養親，又可全性，備受時人的贊許和羨慕。李瑞清爲作《南湖壽母圖》。鄭孝胥有詩云：「幽居得勝情，性中有眞樂。南湖奉母地，羨子專一壑。」〔註15〕陳三立《南湖壽母圖記》寫道：

> 今日之變矣，政沸於上，民掊於下，崩坼擾攘，累數歲不解。耳目之所遘，心意之所觸，吞聲太息，求偷爲一日之樂而不可必得。當是時，如仁先兄弟者，尚能娛親於蕭遠寂寞之濱，優游迴翔，寢寐交適，沖然與造物者俱，不復知有世變然者，不可謂非幸也。〔註16〕

　　散原在申明自己對國家陷入魚爛土崩局面的憂患後，亟許陳曾壽昆仲的隱居之樂，彷彿他們全家如同避秦的桃源隱士一般，無憂無慮，不知世變。陳曾壽的隱遁生活誠然有著靜謐娛悅的樂趣〔註17〕，但他並未忘世，湖上的景物時常能觸發詩人的故國之思，如其《樓望》：

> 殘柳新芙晚更幽，湖天沈寂一當樓。亂鴉脫葉參差暮，單雁重雲夾帶秋。舊事已乾叢菊淚，閒心難繫故園舟。危闌盡處從孤倚，攬入邊風畫角愁。〔註18〕

　　此詩作於 1913 年，詩人奉母初至西湖。日暮時欲登樓遣愁，寂寥幽曠的湖景卻使其心靈更生惆悵。殘柳、新芙、亂鴉、落葉、畫角等意象無不牽引著詩人的愁緒。「叢菊」、「故園」兩句從杜甫「叢菊兩開他日淚，孤舟一系故園心」之句化出，見既見其忠憤之意，更是實寫身世之感。兩年前的秋天，湖北新軍在武昌舉義，戰火燃至詩人的故鄉蘄水。他爲避戰亂，挈全家移居上海，又遷至西湖，兩年間流轉不定，時局亦未平復，仍是有家難歸。而「孤

〔註15〕鄭孝胥著，黃坤、楊曉波點校：《海藏樓詩集》（增訂本）卷八，上海：上海古籍出版社，2013 年版，第 262 頁。

〔註16〕陳三立《散原精舍詩文集》之《文集》卷七，第 897～898 頁。

〔註17〕如其《幽居》詩：「運水搬柴自供給，山中樂事少人逢。偶先睡起鳥聲靜，獨見開時花意濃。雲氣難消當戶嶂，龍姿最愛倚廊松。年來眞識幽居味，洗盡凡心夜半鐘。」見陳曾壽著，張寅彭、王培軍校點：《蒼虬閣詩集》卷四，上海：上海古籍出版社，2009 年版，第 145 頁。

〔註18〕陳曾壽著，張寅彭、王培軍點校：《蒼虬閣詩集》卷二，第 64 頁。

雁」意象則寄託著詩人對清室的關切之情。秋天北雁南飛，彷彿能帶來清廷的訊息。詩人登樓翹望，家國之痛在其心頭紛紜纏繞。秋雁意象在陳曾壽的其他詩作中仍有出現，如其與陳散原等遺老遊交蘆庵時，便以蘆花、寒雁聯想到了舊京，是其忠悃之情的象徵：

> ……酒酣不忍歎家國，但說同輩多飄零。荒陂遊過數不厭，略尋影事如江亭。京師陶然亭蘆花略相似 飛來成畫唉寒雁，北向且破愁顏聽。〔註19〕

陳曾壽的故國之思如此忱摯，發之於詩卻澹遠溫和，不似其他遺民那樣激烈。陳三立稱他為「志深而味隱」者〔註20〕。這固然源於詩人忠厚的心性，但亦與其讀書養志，受湖山靈氣的陶冶有關。其有詩云：

> 古人有奇趣，寒夜起讀書。我廬雖不廣，俯仰自有餘。滌慮入秋清，涉想含春愉。生物觀氣象，彌漫忘寒儒。素心期未來，沉吟定何如？〔註21〕

這首詩作於離開西湖六年以後。回憶起在西湖的隱居、讀書生涯，詩人仍非常滿足與快樂。孔子說發憤忘食，樂以忘憂。詩人在勤勉的閱讀中使憂憤的心靈得到紓解，又在西湖的晨曦蟲吟面前獲得生命之感動。「生物觀氣象」句即含此意思。〔註22〕「滌慮」、「設想」兩句則可見詩人的生命與自然節律

〔註19〕陳曾壽著，張寅彭、王培軍點校：《蒼虬閣詩集》卷二，第86頁。亦收入《西湖紀遊詩》。

以西溪蘆花喻陶然亭以寄託舊京之思者，還有康有為。其《壬戌九月二十八日，夏峽庵、陶叔惠、陳哲侯三廳長，招同喻澹寧編修、王省三交涉使、楊見心中書遊西溪飲於秋雪庵樓上，觀蘆花洲皆白如雪，光景絕佳》有言：「白頭老人岸巾幘，坐對此花長太息。廿年夢憶陶然亭，風景淒涼似京國。追思舊夢蘆中人，風波幾變天地裂。休論往事作天遊，斜照晚澄歸槳拍。」見康有為著，姜義華、張榮華編校：《康有為全集》卷十二《康南海先生詩集》之《游存廬詩集》，北京：中國人民大學出版社，2007年版，第349頁。

〔註20〕陳三立《蒼虬閣詩集序》：「余與太夷所得詩，激急抗烈，指斥無遺留，仁先悲憤與之同，乃中極沉鬱，而澹遠溫邃，自掩其跡。」見陳曾壽著，張寅彭、王培軍點校：《蒼虬閣詩集》附錄二，第487頁。

〔註21〕《別西湖六年矣，憶幽居之趣，率成四首》其四，見陳曾壽《蒼虬閣詩集》卷九，第263頁。

〔註22〕陳曾壽隱居西湖讀書之事，在《三台山山居雜詩》中記載甚多：「陰雨連朝昏，蟲鳥共秋唧。飯罷坐攤書，靜影自汲汲。……」（其一）「我昔官京華，趨曹日僕僕。戢影今海隅，朝夕困馳轂。命坐磨蟻旋，了不異城谷。書堂踰十里，日往共咿喔。稍演劉項爭，未畢論孟讀。……」（其三）「多途趨一軌，何事為生機？發憤以忘憂，孔叟乃孜孜。平生已半世，晨光乍熹微。常恐墮幽憂，

相融通。「素心」二字正是其澄明心境的寫照。陳三立以爲其生命氣象與陶淵明相類，確是知言之論。

民國初年，行跡類似吳昌碩、俞明震、陳曾壽者還有多人，他們的遊屐遍佈杭州與西湖的各個角落，以唱酬雅集，宴飲遊賞爲手段，建構了一個個詩性的座標。他們不僅吟誦著西湖的隱逸風雅，更在時局日新、傳統凌替的形勢下固守著西湖文化的命脈，而西湖也一如既往地撫慰、療救著他們惶惑、失落的心靈。

二、陳三立的遺民心態與西湖文化精神

在西湖南山九溪十八澗旁，赫赫有名的晚清名流、同光體魁傑——陳三立便長眠於此。陳三立位列「清末四公子」之一，是一位銳意進取的開明士紳，維新變法期間，其奔走呼號、爲民請命的氣節與操守不讓康梁，協助其父陳寶箴在湖南主持新政，成效甚著。可惜變法很快失敗，陳寶箴父子均被慈禧革職，永不敍用。其詩作「憑欄一片風雲氣，來作神州袖手人」，便是此際悲憤心緒的傳神寫照，而他也因此爲時人所重。戊戌政變之後，陳氏開始了漫長的隱居生涯，他先後在南昌（1898 年秋，於南昌西山築屋三楹，爲崝廬）、金陵（1900 年，於南京頭條巷築散原精舍，與妻兄俞明震爲鄰；1911年，於南京青溪畔築新宅）、上海（1911 年秋，避亂遷滬）、杭州（1923 年，移居杭州，養病西湖淨慈寺）等處營構屋舍，唱酬遊賞以度日。

關於陳三立在清末民初的出處，尚有兩點值得注意。散原因康梁變法時協理湖南新政而被罷官，到光緒三十年（1904），朝廷對他已有官復原職、另加續用之議，但他堅辭不從，決然不再出仕。儘管數年的退隱生活讓他感受到淡然出塵的快樂，但他並沒有完全忘懷政治。對清廷詔令的抗拒，實因其父陳寶箴已於庚子國變時被慈禧密旨賜死之故。〔註 23〕陳三立憤激之情塡滿胸臆，不再出仕的抉擇很大程度上表現的是對清朝統治者的抗議情緒。辛亥革命爆發，南京戰事吃緊，陳三立避難上海，與鄭孝胥、李瑞清、沈曾植等遺老交遊酬唱。民國元年正月十二日，陳三立對鄭孝胥的一番話表明對時局

　　　　聞道曾無時。山空露氣盛，蟲吟不肯遲。耿耿對無寐，孤燈我因依。」（其六）
　　　　詩見《蒼虬閣詩集》卷二，第 60～61 頁。
〔註23〕此說見宗九奇《陳三立傳略》援引戴遠傳《文錄》手稿，鄧小軍教授《陳寶
　　　　箴之死的眞相》（《詩史釋證》，中華書局 2004 年版）及《「殉國」：陳寶箴死
　　　　因的新證據》（《古詩考釋》，商務印書館 2013 年版）兩文論之甚詳。

的態度，他說：「以暴易暴，伯夷所悲；以燕伐燕，子輿所歎。」〔註24〕此言被鄭孝胥載於日記之中。既反映出散原老人的遺民立場，也表現出對暴力革命的反感。清政府的統治，亦被詩人以「暴」稱之，可見他對其亦抱有不滿的態度。這與追懷舊朝、常作黍離之悲的一般遺民並不相同。只是散原在民國年間終未出山，以遺民身份終老，既是堅守不事二姓的「臣之本分」〔註25〕，亦呈現出一種在紛亂的時局中潔身自好、守時待變的高隱姿態。他嘗在南昌、江寧、上海、杭州等各處卜居，這些行跡與驟變的時代風潮一起影響著他的詩心文心，因而其作品反映出的各時各地隱逸情感之差異尚有可討論的空間。

（一）陳三立西湖詩在其隱逸人生中承先啟後的意義

辛亥革命後，俞明震移居西湖，陳三立曾數次居留俞宅，縱覽山水之盛，《六月十八日同子大恪士往遊西湖晚抵劉莊月上移棹三潭觀荷》、《丙辰九月二十四日車赴杭州訪仁先恪士夜抵南湖新宅》、《雨中諸真長攜瓶酒邀偕仁先恪士遊雲棲》等詩皆為此類。到 1923 年，更移居淨慈寺以收調養之利，《次韻倦知同年病起》、《病起六月十三夜月上泛舟穿斷橋傍孤山觀荷》等詩皆為此類。翻檢排比陳氏此期詩作，其遊蹤所及約有三潭映月、靈隱寺、煙霞洞、理安寺、孤山、劉莊、朱舜水祠、法相寺、西溪交蘆庵、六和塔、李莊、廉莊（後名蔣莊）、康有為丁家山寄廬、西溪秋雪庵等處。按以彼時西湖人文風景圖志，陳氏西湖遊賞吟詠的立足點首先是在今天南湖花港觀魚周圍的各處私家莊園（劉莊、俞莊、陳莊等處），此後有因養病而居留於南屏山麓的淨慈寺。以南湖為基點，陳氏進而尋幽探勝，足跡擴展至西湖周遭的湖山勝處。

如果以陳氏西湖唱酬交接的詩家為關照對象，我們又可以得到如下一份舊體詩學陣營名錄：

程頌萬、俞明震、吳慶坻、陳曾壽、馮煦、諸宗元、沈曾植、鄭孝胥、夏敬觀、胡嗣瑗、康有為、袁思亮、周慶雲……

排比上述詩家生平與行跡材料，儘管政治立場、思想文化觀點各有不同，彼此甚至有對立責難之處，但他們卻有一段共同的從政經歷，他們都曾出仕清王朝，鼎革之後，也都曾經歷輾轉艱難的出處抉擇。浸淫於共同的政教文化體系，他們在思想與情感上有著相當的默契與共鳴。遺民的生命體驗使得

〔註24〕中國歷史博物館編，勞祖德整理：《鄭孝胥日記》，北京：中華書局，1993 年版，第 1402 頁。
〔註25〕吳宗慈《陳三立傳略》，見《散原精舍詩文集》附錄上，第 1197 頁。

他們在詩歌抒寫中呈現出共同的意象與主題，衰殘與毀滅尤為典型。如鄭孝胥《答陳伯嚴同登海藏樓之作》所云：「恐是人間乾淨土，偶留二老對斜陽。違天萇叔天將厭，棄世君平世亦忘。自信素心難變易，少卑高論莫張皇。危樓輕命能同倚，北望相看便斷腸。」〔註26〕又如沈曾植《乙卯五月重至西湖口號》所云：「聚散由知有定緣，故人重見各淒然。觀河莫話波斯面，已隔風輪五百年。」〔註27〕在此類詩作中，民國作為既成的現實斬斷了士大夫與權力中心的必然聯繫，家與國一同陷入了困窘艱危的境地，登高也好，臨水也罷，原本意在銷憂，但觸目皆為慘淡淒涼的愁苦，既然塊壘難消，唯一能做的也只有黽勉砥礪，共葆初心而已。

陳三立一生行跡頗廣，相較於南昌的崝廬、金陵的散原精舍，西湖寓宅並無特出的名號。崝廬為陳氏戊戌政變後的隱居之所，「取青山字相併屬之義，名崝廬」〔註28〕，陳氏居留崝廬期間，寫有大量詩作，論者標其為崝廬詩。崝廬諸詩，多由一己之悲歡，推廣而至九州萬民，蓄墨咽淚，悲壯迫烈。同門師兄孫虎曾以「真摯悲壯，國身通一」來論定崝廬詩作，在總結詩作主題為父子之情、家國之感、興亡遺恨的基礎之上，進一步拈出了陳氏此期「待世非棄世」的隱逸情懷，論定精警，此處不再贅述。散原精舍則是陳氏在金陵修造的屋舍，「散原」二字，從南昌散原山而來，選辭命意，似有接續崝廬的意味。在陳三立的晚年生涯中，留居散原精舍最久，此一階段陳氏的詩學風尚與政治氣節相得益彰，地位與影響日勝一日，詩集定名《散原精舍詩》，足見這一階段的典型意義。此時陳氏詩作艱深奇崛，骨重神寒，隱逸的思想與情懷為生命、文化的悲感意識所沖淡。

民國十九年（1930），陳三立移居廬山萬松林松門別墅以避世，此時他雖然年屆八旬，但耿介兀傲的性情並未消褪。二十一年，日軍侵佔上海閘北，淞滬抗戰爆發。當時散原身處廬山牯嶺，憂心國事，每日訂閱來自上海的航空報紙，關注的進展。「一夕忽夢中狂呼殺日本人，全家驚醒，於是宿疾大作。」〔註29〕可見散原老人愛國熱誠的熾烈。二十二年，蔣介石、汪精衛等黨國要人齊聚廬山避暑，曹經沅、王逸塘、彭醇士、邵元沖等名流雅士雲集輻輳，

〔註26〕鄭孝胥著，黃珅、楊曉波校點：《海藏樓詩集》（增訂本）卷八，第224頁。
〔註27〕沈曾植著，錢仲聯校注：《沈曾植集校注》之《海日樓詩注》卷七，北京：中華書局，2001年版，第907頁。
〔註28〕陳三立《崝廬記》，見《散原精舍詩文集》之《文集》卷六，第858頁，
〔註29〕吳宗慈撰《陳三立傳略》，見《散原精舍詩文集》附錄上，第1197頁。

六月初七，各界人士三十餘人大會廬山萬松林，依慧遠《遊廬山》詩七十字分韻賦詩，到場諸人之外，更函告郵寄海內師友，成就癸酉廬山雅集的盛會。陳氏爲詩壇泰斗，爲眾人裹挾，亦勉強蒞臨，他沒有作詩，卻留下《萬松林集社詩序》。其文云：

> 廬山牯嶺爲海內外人士避暑之所，今歲爭趨者逾眾，中雜騷人墨客，以能鳴詩者亦不下數十人。一日，此數十人者期集萬松林別館，咸責賦詩紀遇……余以荒老久廢篇什，顧不棄其如喑蟬，要遮接踵，遂強一至而贅其列焉……今諸子把臂入林，群鳥在枝，殆有感於求其友聲，效嚶鳴之相樂歟？抑國勢岌岌，無所控訴，故假以寫憂而忘世變歟！〔註30〕

散原老人以先朝遺老自任，不僅不欲與民國新貴相周旋，又值國難當頭之時，因此對此類綴飾風雅之舉不免有所規箴。當眾人言及廬山之石蔚爲大觀，陳氏即借題發揮，謂「廬山任何矮石皆高於新貴一首，非新貴皆矮於石也，新貴之首常低而廬山石之首不低也」〔註31〕。可見其兀傲之心性。

在陳三立的詩歌創作歷程中，西湖時期恰爲傳承崝廬風尚，演變轉化爲散原精舍乃至廬山風格的過渡階段。崝廬詩作以眞摯悲壯爲風格，表現政治理想未能實現的憤懣，廬山詩文則帶有峻切傲岸的特徵，多有關切時勢、心憂國運的意涵。過渡階段的西湖詩篇介乎兩者之間，看似平和靜穆中實隱藏著層層疊疊的波瀾。如其《船篷和子大》：

> 鯨簰流膏蚊齘人，船篷夜夜寄閒身。眾山重疊積陰臥，一棹夷猶吹籟新。水滿疏星戀伸腳，岸回遠水跳潛鱗。縱遊聚訟孰無價，所得荷風甦病呻。〔註32〕

又如《白雲庵》：

> 岩旭輝留草樹薰，作圍湖水導鷗群。僧廚飯熟鐘音動，誰臥碑亭嚼白雲。〔註33〕

不管是積陰船篷的悠遠還是白鷗碧水的清新，在山光水色中詩人或許能夠稍稍紓解沉重的心緒，但品賞之後，依舊能使人感受難以言說的況味，「疏

〔註30〕陳三立《散原精舍詩文集》之《文集·集外文》，第1150頁
〔註31〕張慧劍著：《辰子說林》「廬山片石」條，長沙：嶽麓書社，1985年版，第2頁。
〔註32〕陳三立《散原精舍詩文集》之《詩續集》卷中，第380頁。
〔註33〕陳三立《散原精舍詩文集》之《詩續集》卷下，第528頁。

星」、「潛麟」、「鐘音」與「白雲」種種意象幽深曲折，堆疊烘托的是一顆憤激跳蕩的心靈。散原西湖詩中平和靜謐言辭暗藏的波瀾激蕩的情感，實爲對民生國運的關切之意。試看其《丙辰九月二十四日車赴杭州訪仁先恪士夜抵達南湖新宅》詩：

> 汶汶且沒世，日閉窺園扉。微聞四海沸，抱頸迎殺機。黲蒢悟
> 王命，又仰刺天飛。孤竹歌何哀，易暴莫知非。文書鑄頑鈍，聖法
> 疲縫戰。親朋謚結舌，誘餐湖蕈肥。跛者不忘起，誰謂千里違。星
> 點映征篦，車塵飆依稀。一舸鬥象罔，崇山莽相圍。穿隄影籬壁，
> 犬吠燈火輝。握手處士廬，學道供噓唏。醉顏數靈窟，天風看振衣。
> 〔註34〕

這首詩作於袁世凱斃命之後不久。袁氏既是民主志士反抗的仇敵，又是清室、遺老痛恨的叛臣，然而他的死並沒有讓陳三立等遺民加額相慶，反而使得他們對動盪不安的政局更加心生隱憂患。歷史事實正是袁世凱去世後，北洋各派系的矛盾迅速表面化，中國淪入軍閥割據的境地之中。散原的憂慮甚有政治預見性。「孤竹」兩句典出伯夷《采薇操》：「登彼高山，言采其薇。以亂易暴，不知其非。」〔註35〕詩人以伯夷叔齊自比，對國運的顛頹有著清醒的認識。「文書」、「聖法」兩句則是指以儒學爲代表的傳統文化難以產生匡時救世的作用。散原《俞觚庵詩集序》中的一段話可作爲此詩上半部分的注腳：

> 辛亥之亂興，絕義紐，沸禹甸，天維人紀寖以壞滅，兼兵戰連
> 歲不定，劫殺焚蕩烈於率獸。農廢於野，賈輟於市，骸骨崇丘山，
> 流血成江河。寡妻孤子酸呻號泣之聲達萬里。〔註36〕

在四海沸騰、殺機叢生的形勢下，無拳無勇的文人惟有逃世避世，尋得一塊桃源淨土以安頓生命。散原在觚庵、蒼虬的招邀下，離開滬濱，歸隱西湖。他與友人一起遊山泛水、吟詩學道，看似忘世出塵、逍遙自得，但其心中實隱藏著源自隱逸傳統的大關懷。此種精神在歌詠朱舜水祠堂及法相寺古樟的詩篇中表現得淋漓盡致。除散原外，其他遺民詩人對這些意象亦有所題

〔註34〕陳三立《散原精舍詩文集》之《詩續集》卷下，第523頁。
〔註35〕郭茂倩編撰，聶世美、倉陽卿校點：《樂府詩集》卷五十七《琴曲歌辭》，上海：上海古籍出版社，1998年版，第641頁。
〔註36〕陳三立《散原精舍詩文集》之《文集》卷十，第943頁。

詠。這些詩作一起呈現出民國初年西湖隱逸精神的文化共相，值得進行具體討論。

（二）朱舜水遺民精神的隔代投射

明清之際，浙江餘姚有一位著名的學者朱之瑜，崇禎、弘光時兩次被徵召而不應，人稱「徵君」。清兵攻克南京，他憤然投筆從戎，與張煌言等聯絡，據舟山以抗清。曾兩次赴日本求取糧餉與援兵，又往來安南、暹羅間，欲舉師於異域以抗擊清軍，皆不果。隨著清朝在中原立穩腳跟，抗清之事漸不可為，乃於南明永曆十五年（1661）第三次東渡日本，往來長崎與江戶間，授徒講學，因故鄉有舜水，故以為號，示不忘故國之情。他在日本講授儒學，弘揚中華文化，備受日人尊重。幕府將軍德川家康之孫、水戶藩主德川光國向其親執弟子禮，日本名流紛紛向其求教。朱舜水獲得了尊崇的地位，中華儒學也在東瀛紮下根來。他在日居住二十餘載，永曆三十六年（1682），病逝於江戶。臨終前有遺書云：「予不得再履漢土，一睹恢復事業。予死矣。奔走海外數十年，未求得一師與滿虜戰，亦無顏報明社稷。自今以往，區區對皇漢之心，絕於瞑目。見予葬地者，呼曰『故明人朱之瑜之墓』，則幸甚！」〔註37〕德川光國將其安葬於日本茨城縣瑞龍山麓，依明朝樣式為作墳，題曰「明徵君朱先生之墓」，並以「文恭」諡之。朱之瑜逝後不久，光國復組織學人為其編校、刊刻《舜水先生文集》二十八卷。其事蹟見於《清史稿·遺逸傳》，梁啟超作《朱舜水先生年譜》，述之甚詳。

朱舜水有臨終遺言曰：「胡運一日不終，一日不願歸葬中國。」梁啟超亦在《朱舜水先生年譜》附錄中寫道：

> 他〔朱舜水〕曾說過，滿人不出關，他的靈柩不願回中國。他
> 自己做了耐久不壞的靈柩，預備將來可以搬回中國。果然那靈柩的
> 生命，比滿清還長，至今尚在日本。假使我們要去搬回來，也算償
> 了他的志願哩！〔註38〕

在朱舜水逝世二百二十九年後，滿清終於覆亡。民國二年（1913），浙江都督湯壽潛在杭州清泰門外為舜水先生建衣冠冢，並將東皋別墅改為祠堂，

〔註37〕王夫之等著：《永曆實錄》「朱舜水」條，北京：北京古籍出版社，2002 年版，第 272 頁。
〔註38〕朱舜水著、朱謙之整理：《朱舜水集》附錄一，北京：中華書局，1981 年版，第 729 頁。

以供俎豆祭祀。棺木雖然還留在日本，但神州光復、祠墓也已建立，亦差可告慰舜水先生那漂泊異域的英魂。湯壽潛還囑女婿馬一浮爲其整理遺著，稱《舜水遺書》。〔註39〕祠堂建成後，湯壽潛向詩壇名流徵題，賦詩者既有心向革命的南社詩人，亦有前朝遺民。他們對朱舜水精神特質的不同書寫，顯現出各自文化立場的差異。

南社詩人作朱舜水詩者，以龐樹柏、姚光、張通典爲代表。其詩作大多介紹朱舜水立志抗清、退居東瀛的經過，可做傳記來瞭解其生平行跡。龐樹柏《朱舜水祠落成徵題敬賦》寫得尤爲詳細，試摘一段見其梗概：

> 迆遭天步遘陽九，朱明痛失皇綱紐。降表紛紛向虜投，奇節錚錚問誰守？卓惟姚江舜水翁，國亡家破更途窮。避來風雨舟山下，弘光元年，詔徵舜水，不就，授江西按察使司副使，兼兵部職方，清吏司郎中，監方國安軍，復不拜，被劫，避於舟山。歷盡波濤滄海東。崎嶇九死欲何事？慷慨書生能好義。擊楫常存士雅心，乞師獨灑包胥淚。舜水嘗三至日本欲乞外援，以圖光復而援兵竟不可得。……畢竟此生恥秦帝，忍學魯連蹈海計。薇蕨誰憐劫後身，搏桑別有人間世。清既蕩一中土，舜水仍至日本，遂終身焉。德川藩王稱禮賢，水戶群趨作杏壇。居陋自開新學派，待終猶保舊衣冠。水藩主德川光國聘舜水爲賓師，東人多執贄事之。舜水平居講學，是非程朱陸王而不失其衡。貴有作用。後世所謂水戶生者，實淵源於此。舜水嘗謂德川曰：「吾藉公眷顧，養志守節，以保明室衣冠，感恩浴德莫大焉。」於今胡運已遷改，瑞龍山麓豐碑在。舜水沒以儒禮葬於常陸瑞龍山下，至今完存。故國應招化鶴魂，遠人尚仰凌雲采。……〔註40〕

〔註39〕馬一浮亦有《朱舜水先生祠》詩，情感甚平和，重點在凸顯朱氏修德弘道，昌明禮樂的文化意義，可見其學人立場：「改運棄方策，乘桴緬耆考。癉怒紛禹甸，靈光閟越紐。卓惟舜水翁，秉精值陽九。谷傾祚已憤，式過義不朽。繫組畢般脵，抱器從箕後。貞德醫海隅，跡窮道彌阜。居陋微禮失，辨亡哀政莠。遠人知好賢，執贄遍卿后。躬彼六藝澤，世嚴瞽宗守。異國饗更老，在邦遺草藪。先民有榘度，後生忘所受。微風隕霜葉，因物胡不有。睠眄及茲辰，負乘爲功首。豪士陵九州，楹廟列圭卣。誦烈薄前修，饕名乃多取。直道豈不存，豐沫惟見斗。感彼烝民瘼，失此仁賢牖。神明睇故都，懷宇起新斁。典錄有荒墜，籩豆庶無垢。作詩著英聲，持以風閭右。」見馬一浮著，馬鏡全、丁敬涵等校點：《馬一浮集》第三冊《蠲戲齋詩前集上》，杭州：浙江古籍出版社，1996年版，第2頁。

〔註40〕柳亞子主編：《南社詩集》第6集，上海：中學生書局，1936年版，第419頁。

在辛亥革命剛剛成功的背景下，南社文人歡忭興奮，龐氏對朱舜水的遺民精神雖無深切的體認，但敘事尚稱客觀平穩。張通典的詩作主觀色彩便甚濃，熱情地表達對排滿成功後朱舜水魂歸故里的欣喜之意：

> ……民族義克昌，腥膻快掃蕩。九原知有靈，孤懷自此暢。先漢思鄉賢，民甍忽株狀。友邦慰觀瞻，故土欣倚傍。……薪火傳姚江，遺書俟博訪。獨立叢祠堂，群彥如願償。〔註41〕

南社詩人對朱舜水的文化操守、學術影響有過一定的思考。龐樹柏「居陋自開新學派，待終猶保舊衣冠」句及其小注便可見其秉持中華文化的志節。而其他南社詩人更重視其學術思想對日本民族精神及國勢國運的影響，進而希望舜水之學可以移植到祖國，使得中國擺脫貧弱的困境，如日本般走向富強。張通典有「心理推大同，東亞開絳帳。明治啓維新，儒效兼霸王」之句，姚光《朱舜水先生祠落成敬賦》則將此意表述得更爲具體：

> ……在昔先生居日本，舉國師事開講堂。先生設教無宗派，是非程朱兼陸王。謹嚴抗爽貴作用，期在忠孝輕辭章。日人稱爲水戶學，及後因之致富強。家有至寶遺海外，禮失求野眞可傷。於今先生名已顯，更願學亦日以昌。發揮踔揚吾輩責，遺書晚出偉國光。
>
> 〔註42〕

朱舜水和明末的顧炎武、黃宗羲等大儒一樣，對明朝滅亡的原因有過沉痛的思索，他不喜詞章，以爲浮飾空疏，對陸王及程朱探討心性的玄深學問亦持批評的態度。他在日本傳播的「大一統」理念，成爲水戶學派的核心精神。明治維新前夕，日本的有志之士大力鼓吹「尊王一統」，迫使幕府將軍德川慶喜將國政歸還於明治天皇，揭開了日本近代化的帷幕。可見朱舜水的學術思想對日本的強盛影響甚著。南社諸子極力表彰朱舜水，除了借其宣揚排滿革命的理念，便是寄託強國富民的政治理想，對其喪失故國、浮海寄跡的心靈悲苦並無眞切的感受。朱舜水文化品格中的另一面向，尚需要承受著鼎革之痛的前清遺老進行揭示與發掘。

陳三立亦有紀念朱舜水的詩作，題爲《寄題明遺民舜水朱先生祠堂》。詩

〔註41〕張通典《朱舜水先生祠落成敬賦》，見馬以君主編：《南社研究》第 2 輯．廣州：中山大學出版社，1992 年版，第 204 頁。

〔註42〕姚光著，姚昆群、昆田、昆遺編：《姚光集》第四編《倚劍吹簫樓詩集》，北京：社會科學文獻出版社，2000 年版，第 231 頁。

人感懷古今興亡，憫亂傷時的故國之思遂與前賢遙相接應，將這位前朝遺民的心靈世界進行了細緻貼切的解讀，雖以朱舜水為題詠的對象，亦未嘗不可看作詩人自己心聲的真誠吐露。詩云：

> 子卿陷匈奴，持節歸鬐氈。幼安竄遼東，避亂幸自全。異哉舜水翁，跨古有此賢。當事不可為，興亡塊肉前。獨握一寸丹，薄與海水旋。鷗鳥忘其機，蛟鼉活以涎。魂逝跡仍留，瀛島託一塵。先聖禮樂遺，化俗尸柄權。藩侯隆祭酒，多士慕執鞭。既罷秦廷哭，終問周鼎遷。行吟痛至骨，淚血千樓纏。後生景趑趄，遺文馨豆籩。運極從代嬗，精照冥冥天。萬劫檜木棺，歸及三百年。迷離指故國，魂氣滿山川。胥濤應旁迎，岳墳話雙騫。種成繞祠樹，五更啼杜鵑。報祀揚孤忠，勿附異說傳。公留水戶，依古製檜木棺以斂，故詩中及之。〔註43〕

　　散原在詩作一開篇便點明朱舜水之隱兼具蘇武與管寧的雙重性質。蘇武被留匈奴十九年，見其忠貞不移之節。朱舜水藏身東瀛二十餘年而服明衣冠，志行與此相類。管寧在漢末天下大亂時避難遼東，講授經典，啓迪當地文化，終身不還。朱舜水在日本的文化功業亦大抵如是。「塊肉」初指南宋末帝趙昺，此喻南明永曆帝。南宋陸秀夫等大臣擁戴末帝在南海之濱抗擊蒙元，朱舜水等遺民亦在東海舉起義師，抗爭之間維繫明朝的最後一脈生機。「一寸丹」乃贊許朱舜水的耿耿忠心。詩人在稱頌遺民的忠悃的同時，忽然蕩開一筆，以「鷗鳥忘機」之語點出朱氏嚮往隱逸的初心，可謂體察入微。而「蛟鼉活以涎」則可見其在海上漂泊時的艱難與兇險。「魂逝」兩句是說雖然他寄跡東瀛，不再受顛沛流離之苦，但其靈魂已經追隨滅亡的故國而去。然而朱舜水並沒有消極厭世，他在日本傳授中華之禮樂文化，不僅使當地的風俗變得風雅淳厚，也為該國滋培了人才，深受水戶藩主及士大夫的尊重。「既罷秦廷哭，終問周鼎遷」兩句是說似乎朱舜水已經接受了明朝滅亡的現實，但「痛至骨」、「血淚纏」又可見其未嘗一日忘記刻骨銘心的亡國之痛。朱舜水去世後安葬於異國，經過二百餘年的漫長等待，終於魂歸故里。「魂氣滿山川」之語可見其浩然之英靈足為湖山增色。詩人以「胥濤」、「岳墳」等意象託寓朱氏之孤忠，將其忠義精神與西湖固有的英雄文化統一起來，使兩者相得益彰。在詩歌的篇末，散原以「杜鵑啼血」的典故突顯朱氏魂靈的哀苦，亦可見詩人故國之思的投影。而南社詩人將朱舜水魂兮歸來表述得志得意滿，並無哀怨之

〔註43〕陳三立著：《散原精舍詩文集》之《詩續集》卷中，第385頁。

意。兩者大相逕庭。

散原從勝國遺民的立場出發，作詩紀念朱舜水，重點有二：一是讚頌其心懷故國的遺民情懷，一是肯定其守護中華文化的堅貞品格。雖然南社詩人亦多從這兩方面落筆，他們歌頌遺民精神，落腳點卻在排滿成功的欣喜；強調文化影響，著眼處卻在明治維新的成功。由於這種功利化思想的支配，使其不能貼近朱舜水的內心世界，而同具遺民身份的散原老人恰可對朱舜水的心靈進行切近的體認。遺民不是平靜淡泊的盛時隱居者，他們因故國淪亡，往往心藏憤激之情；遺民深受前朝禮樂政教之陶育，在滄桑劇變之際，堅守文化不使中輟才是第一要義，傳道異域、移其風俗、使其富強只是末節。身處民國的前清遺逸之內心世界與文化理想又何嘗不是如此。

另一位遺民瞿鴻禨也有同題之作，詩中之寄託與散原所作相類，然而對朱舜水知其不可而為之的豪邁悲壯之氣有著更具體的書寫，雖以前朝遺民為歌頌對象，實潛藏著自身所感受到的黍離銅駝之悲：

> 明衰節義盛，報重養士澤。仡然一諸生，不忍喪其國。孤嫠勤恤緯，茹憤銜木石。當車不自量，奮臂竭微力。〔註44〕

如果我們把時代背景遷移至民國初年，此時的遺民不僅是滿清一朝的忠義之士，更是數千年傳統文化的孑遺，他們既含茹著清朝滅亡的悲苦，亦面臨著新舊文化交替的惶惑。雖知時代潮流難以阻攔，卻不甘於無所作為，毅然擔荷起葆藏傳統、傳承文化的使命。瞿氏對舜水祠堂的建立更表現出一種屬於遺民的深思：

> 駒籠聳祠廟，千載歆血食。陵谷再變遷，摩挲感銅狄。大招三閭魂，嘉薦崇鄉邑。邈哉斯逸民，尚有古遺直。聞風興頑懦，仰式穹碑刻。〔註45〕

「駒籠」在日本東京，謂駒籠別莊，德川光國在朱舜水去世後三年在此為其建造祠堂。而今舜水故里亦有祠堂建立，可以魂歸故里，安享崇祀了。但「陵谷」兩句卻更見詩人對清朝滅亡的不忍之意。詩人將朱舜水稱為「古之遺直」，標舉「興頑懦」的精神，結合孟子所謂：「故聞伯夷之風者，頑夫

〔註44〕瞿鴻禨《明遺民朱舜水先祠堂詩》，見瞿鴻禨著，諶東飆校點：《瞿鴻禨集》之《瞿文慎公詩選》，長沙：長沙人民出版社，2010年版，第25頁。
〔註45〕瞿鴻禨《明遺民朱舜水先生祠堂詩》，見瞿鴻禨著，諶東飆校點：《瞿鴻禨集》之《瞿文慎公詩選》，第25頁。

廉，儒夫有立志。」〔註 46〕可見其表彰的乃是遺民精神中歸正人心、提振道德的部分。兩朝遺民在這方面正是心理攸同的。

由上可見，有革命之志、心向「進步」的南社詩人與陳三立、瞿鴻機等前清遺老對明遺民朱舜水都非常推崇，然而對其精神的解讀卻不盡相同。南社詩人把朱舜水視爲排滿革命的先輩，將其文化主張視爲國家富強的妙方，俱是從現實、功利的角度審視朱氏的價值。陳三立等對這位前朝遺民的心靈悲苦有著感同身受般的體認，更將其傳承文化的努力當作自身文化理想的範型。他們題詠朱舜水祠墓，不僅是發古之幽思，亦是呈露自己的遺民情懷。除了借前朝遺民寄託其隱逸理想外，陳三立等人還透過西湖的自然風物表現其幽獨絕俗的心靈，在相關詩文中，法相寺古樟最富象徵意味。

（三）古樟幽獨之堅節與遺民精神相通

民國四年（1915）九月二十四，陳三立從上海到杭州西湖探訪俞明震、陳曾壽，當時吳慶坻在杭州，故有遊湖之約。兩天後，馮煦亦來。這些遺民在西湖小有聚會，遍歷湖山諸勝。又至西溪，遊交蘆庵、秋雪庵。諸人皆有詩作。十月初，散原歸至滬上，對遊湖之事甚爲感懷，乃請陳曾壽將諸人詩篇整理印行，以遺同好。蒼虬遂輯有《西湖紀遊詩》。

陳三立此番來杭州，在西溪遊歷較久，所作詩篇頗詠前賢未提及之物，一爲野水荷花，又名革命草；一爲理安寺古樟。同遊詩人亦有唱和之作。前者反映了遺民們的敵視辛亥革命的態度，後者則象徵其遁跡隱逸、堅守大節的人生抉擇。散原在與吳慶坻、馮煦、陳曾壽、俞明震遊西溪交蘆庵，本爲欣賞頗負盛名的西溪蘆花，但並未如願，卻發現溪中長滿野水荷花，有詩句紀之云：「蔽溪革命草，滋蔓愈蔥蒨。非種應運生，誰補五行傳。」詩人自注曰：「是草寄生水中，名野水荷花，不常見。辛亥革命後，始蔓延溪上，至礙舟楫，土人因呼爲革命草。」〔註 47〕而吳慶坻的態度更爲激烈，他寫道：「似聞述異記，妖卉召災眚。行當付剗除，毋令篙艣梗。」〔註 48〕革命草蔓延西溪，使舟楫難行的情狀，又可視爲當時來自異域的新思潮流佈中夏，傳統文

〔註 46〕 朱熹撰：《四書章句集注》之《孟子集注》卷十《萬章章句下》，第 314 頁。
〔註 47〕 陳三立《補松同年招同蒿庵仁先恪士尋西溪飲交蘆庵觀所藏卷子》，《散原精舍詩續集》卷下，第 525 頁。
〔註 48〕 吳慶坻《展墓畢挈第三孫式洵自留下泛舟訪交蘆庵，不到此庵三十餘年矣，歸舟感賦》，《悔餘生詩》卷三，《清代詩文集彙編》第 770 冊，第 348 頁。

化日漸邊緣化的寫照,遺民們呼之爲「非種」、「妖卉」,甚至欲剗除而後快,反映出他們對文化岌岌可危的焦慮以及守護傳統的使命感。俞明震對此的態度較爲平和,他有詩句云:「百年人事日翻新,野荷花見女兒身。」〔註49〕能以一種靜觀、欣賞的眼光看待革命草,亦能以通達的胸懷包容異質文化。從西溪返棹時,他寫詩讚頌陳散原的精神氣度:

> 憶看君山元氣中,滄波一逝各成翁。請將今日西湖影,寫入平生雲夢胸。〔註50〕

　　舺庵追憶散原湖南新政時意氣風發之貌,所謂君山元氣,正是當時散原生命力量的象徵。然而韶光如流水般逝去,詩人與散原均成老叟,但豪邁之氣並未變衰。胸懷如同雲夢澤一般浩瀚寬廣,甚至能將西湖風物納於其中,可見其生命能量是與天地精神相融相通的。這樣雅健的情感在幽咽哀苦的遺民詩中甚爲罕見,不僅是對散原胸次、境界的歌頌,亦是對其承擔的文化生命的頌揚。這種精神力量透過「法相寺古樟」這一意象有著更爲具象化的顯現。

　　法相寺古樟,民國前史籍未有所載。法相寺在西溪南山路,又名長耳寺。據《西湖夢尋》所載,後唐時有僧法眞駐錫於此,法眞有異相,耳長九寸,號稱長耳和尚。圓寂後,弟子漆其眞身,供奉於定光殿中。逮及清末,俞曲園建書冢於右台山,適在法相寺後,爲古寺平添許多文化氣息。古樟在法相寺側,聳立千年而不爲人所識,至民國丙辰年(1906)陳三立、陳曾壽、吳慶坻等遊山時始發現其眞容。諸位詩人極爲興奮,各有詩作表現驚喜之情。陳曾壽《法相寺中老樟一株,雙幹皆大十圍,其本殆不可量,不知何年物也,散原老人屬同賦之》詩描繪其撐拄天地之狀尤爲逼肖:

> 法相院中長耳僧,早空諸相藏鋒棱。一朝永明偶饒舌,結跏俄頃驚膚冰。應身歷劫住山寺,定光一線燃龕燈。我尋春茶數來止,但賞修竹青層層。忽逢大身仰突兀,老樟分幹雙龍騰。互如天柱伸兩戒,矯若雲翼張孤鵬。神物不敢臆年代,但識倒掛千歲藤。山僧築閣度長夏,片枝所覆蒼雲崩。四時風雨掃落葉,老衲傴僂階難升。散原老人詫一見,平生奇觀嗟未曾。匡廬五爪震寰宇,對此只落聲聞乘。遁世無悶亦有待,發幽奇句精靈憑。高吟千里起鍾阜,竚聽

〔註49〕俞明震《吳子修文約遊西溪》,《舺庵詩存》卷四,第78頁。
〔註50〕俞明震《遊西溪歸泛舟湖上晚景奇絕和散原作》,《舺庵詩存》卷四,第79頁。

夜半霜鐘應。〔註51〕

詩歌開篇先敘法相寺歷史。「永明饒舌」之典與長耳僧有關。據《西湖新志》：吳越王生辰時宴請群僧，嘗問在座是否有異人。永明指長耳僧法眞曰：「此定光佛出世。」長耳僧曰：「永明饒舌。」語畢，結跏而逝。這一傳說甚爲奇異，堪爲古樟之橫空出世張本。蒼虬曾多次來法相寺旁訪茶，只見修竹叢碧，未逢古樟。今與散原等遺老偕來，樟樹便突兀現身。不言遺民尋得樟樹，卻謂樟樹迎迓遺民，可見樟樹與遊訪之人氣質相類。老樟分蘖爲二，俱夭矯，蒼勁如龍，聳立霄壤間，雙幹又如大鵬舉翼有飛動之勢。枝葉濃茂，如雲霞蔽空，疾風過後，葉落如雨下。詩人極寫古樟雄奇之狀，甚至廬山松柏與之相比也落入下乘。詩作收束之處頗有寄託之意，「遁世」之句借古樟藏身千載不爲人識，表現遺民們的匿跡湖山的隱逸情懷。「鍾阜」指鍾山，代指南京。陳三立有精舍在焉。末兩句想像散原回到南京後，仍掛念著西湖之畔的古樟，夜半聞鐘而起定有詩作詠之。詩人在此是將古樟遁世無悶的形象與散原的精神氣質相比附的。蒼虬在詩中謂散原將古樟視爲平生奇觀。此言不虛，這種驚異讚歎的情感在散原《法相寺古樟同仁先恪士作》詩中呈露甚明：

　　……側睨老樟怪，挺幹作勁敵。雄龍角巍巍，何年圻霹靂。飛

　將兩猿臂，射胡有餘力。疑灌菩薩泉，漫比精忠柏。天留表靈山，

　　依汝如古德。鐘聲風葉翻，不壞斜陽色。〔註52〕

散原將古樟分開的兩條枝幹比作龍角、猿臂，不僅設喻甚奇，還形象地繪出雙幹之間夭矯的張勢。菩薩泉在武昌。古樟彷彿受法雨滋灌乃有此雄奇之姿，而它所象徵的隱逸精神亦不輸於岳祠松柏的忠義品節。最後兩句是說法相寺的鐘聲與風吹古樟枝葉的颯然之響並無蕭瑟之意，即使在夕陽西下的時刻，聞之亦不會使人產生蒼茫不歸之感慨。詩筆至此，似乎隱含遺民們對已經走向遲暮的傳統文化仍存復興之希望的微意。

由於法相寺古樟兀傲幽獨的形象與遺民精神頗有相通之處，陳三立、陳曾壽等遺民詩人對其極爲喜愛。次年（1917）九月，他們又來此觀瞻，陳曾壽提議在古樹旁築亭，以便遊憩。除陳三立與陳曾壽外，金蓉鏡、朱祖謀、王乃徵、鄭孝胥、胡嗣瑗、夏敬觀、蔣國榜、俞明震等各有捐助。越明年而亭成，散原有《樟亭記》述其始末，古樟所涵蘊的「古德」，在此文中有著具

<hr>

〔註51〕陳曾壽著，張寅彭、王培軍校點：《蒼虬閣詩集》卷二，第85頁。

〔註52〕陳三立著：《散原精舍詩文集》之《詩續集》卷下，第523頁。

體的揭示：

> 西湖之勝，可指而名者百數十，獨法相寺旁古樟罕爲遊客所稱
> 說。丁巳九月，余與陳君仁先、俞君恪士過而視之，輪囷盤挐，中
> 挺二幹，狀如長虹，待鬥互峙，鱗鬣怒張者。度其年歲，或於白樂
> 天、林君復、蘇子瞻之時相先後，蓋表靈山、偶古德而西湖諸勝蹟
> 所僅留之典型塊物也。摩挲既久，不忍去。仁先乃議築亭其間，避
> 風日雨雪之侵欺，娛觀者。昔莊生之書，凡斧斤所赦，匠石不顧者
> 類，目之不材之木，是木也，其果苟全於不材者歟？然而偃蹇荒谷
> 壙莽間，雄奇偉異，爲龍爲虎，狎古今，傲宇宙，方有以震盪人心。
> 而生其遯世無悶、獨立不懼之感，使對之奮而且愧，則所謂不材者，
> 無用之用，雖私爲百世之師，無不可也。亭建於戊午某月，好事圖
> 其成者爲金香嚴、朱漚尹、王病山、鄭太夷、胡悟仲、蔣蘇庵、陳
> 仁先、夏劍丞、俞恪士及余凡十人。〔註53〕

古樟的文化寓意主要表現在以下三個方面：

其一、與白居易、林逋、蘇軾之時相先後。白、蘇是西湖「中隱」之士
的代表，林逋是最負盛名的湖山隱士。散原將古樟與這三位隱士並舉，不僅
因其爲「西湖諸勝蹟所僅留之典型塊物」而可貴，更由於此木曾經歷西湖隱
逸文化的開闢時代。而其獨立千年、不爲人知的形象正堪與高潔出世之隱士
相比德。所謂「表靈山」、「偶古德」的要義亦在於古樟是山林隱逸的象徵。

其二、不材之木。散原以古樟與《莊子·人間世》中的櫟木作比較，雖
匠石不顧，斧斤不至，但絕非散材，乃有其無用之用。它不僅可以保身全性，
更以「狎古今，傲宇宙」之姿態與亙古長存的天地精神相融通，其生命的從
容與永恆足以震盪人心。這無功利的存在狀態正是隱士精神的隱喻。既有此
大用，偃蹇空山荒谷，亦不以爲苦。

其三、遯世無悶、獨立不懼的文化信念。這是對「不材之材」、「無用之
用」的具體申說。古樟此種隱己不彰、堅守不移的形象正是散原等遺民固守
傳統而不與時俯仰的寫照。觀者見此木而生愧意，正可見其蘊含的精神可以
提振人心，滋養品節。散原最後將古樟稱作「百世之師」，則更明確地指出了
遺民身具託命文化、啓迪後來的重要意義。這種當仁不讓的自信與襟懷，正
是對俞明震所謂元氣沛然之雲夢心胸的回應。

〔註53〕陳三立《散原精舍詩文集》之《文集》卷九，第935頁。

　　樟亭落成後，陳三立之朋好如夏敬觀、瞿鴻磯等多有題詠，對其古樟之精神尚有生發之處。如瞿鴻磯《法相寺老樟》有句云：「風霜千祀煉堅節，閱劫世遠忘衰興。佛燈隔院照遺蛻，不死能陪長耳僧。」〔註54〕一方面稱頌古樟閱盡滄桑而堅節如初，另一方面則將此木與長耳僧遺蛻並舉，將二者並視爲西湖文化長存不衰的象徵。陳曾壽嘗爲古木及樟亭作圖，圖成後向諸遺老徵題，更可見法相寺古樟成爲寄託遺民情志的重要意象。末代帝師陳寶琛有《西湖法相寺古樟仁先結亭其側爲圖屬題》，將西湖古樟與北京郊壇松柏的不同命運進行比較，深有文化凋零的況味：

　　　　偉此翻風動柏材，百千歷劫護香臺。幸無匠伯操斤顧，抵作緇
　　流結夏來。獨樹擅奇好山水，把茅隔絕俗氛埃。眼看王跡摧排盡，
　　誰爲郊壇古柏哀？諸壇老柏，新斫數百株，皆五六百年物。〔註55〕

　　鼎革之後，故都守護天、地壇數百年的柏樹遭到砍伐，翻不如藏身岩壑、與世隔絕的古樟能保留全身，既有對如老樟般獨立、遁跡的隱士精神的贊許，更暗示了西湖與故都文化命運的差異。被砍斫的古柏象徵著清王朝終成歷史的背影，與之相關的文化傳統已經難以爲繼，寄託著滄趣老人深沉的哀傷。而西湖古樟幽獨千年，經歷無數劫難，依然守護在法相寺旁、西子湖畔，雖然沈寂無聞，卻依舊生機蓊鬱。遺民、隱士如古樟般高潔的品行與有所持守的精神使西湖文化在傳統裂變的時代得以葆藏，等待復蘇。這正是隱逸精神堪爲「百世之師」的價值所在。

（四）隱遁西湖時期散原詩心的平靜與激越

　　民國十二年（1923）九月至十五年（1926）十月的三年時間裏，陳三立寓居西湖，因時局動盪等原因，間至上海小住。他這番來杭是由於人生中遇到巨大變故，心情極度痛苦，惟有置身湖山美景可以稍得慰藉。此時他年逾七旬，雖已似風燭殘年，但在湖山間排解憂傷、調養病體的同時，仍思索著國家與文化的命運。

　　民國十二年六月二十九日，陳三立夫人俞明詩卒於金陵之散原精舍。長子陳衡恪從北京南歸治喪，哀勞過度，又外感風寒，於八月初七病逝。一個

〔註54〕瞿鴻磯著，諶東飆校點：《瞿鴻磯集》之《瞿文慎公詩選》，長沙：長沙人民出版社，2010年版，第145頁。

〔註55〕陳寶琛著，劉永翔、許全勝校點：《滄趣樓詩文集》卷十，上海：上海古籍出版社，2013年版，第254頁。

多月間，散原老人迭喪妻子，幾乎不復有生之樂事，加之年邁多病，生命堪虞。其子女遂奉之赴西湖怡養。散原在《長男衡恪狀》中寫道：「三女怵余以憂死，挾居杭之明聖湖上。」〔註56〕一個「挾」字可見老人當時已心如死灰，惟有強之才可成行。陳方恪《過南屏山下顧莊舊居淒然感懷》詩注較詳細地敘述了當時的情狀：

> 癸亥之秋，先母棄養於金陵寓舍，塵踰月，而伯兄繼沒。老父支離病骨，由余及康、新二妹挾侍來杭，稅居南屏山下顧氏舊莊。莊後臨湖濱，水波清淺，蘆荻叢生。隔岸望白雲庵，雷峰倒影，景物幽迥。余父子兄妹相傃於此者經月，此情此景，永不能忘也。

> 湖居中秋，清寒特甚，兄妹伶俜，侍父強坐，殆萬難為懷。莊後瀕太子灣，為湖水支港，即南屏喚渡處也。女牆叢篠，廢沚殘荷，風月蕭寥，益增惆悵。〔註57〕

此時散原老人心境甚為頹唐，作詩亦不多。民國十三年春，徐志摩陪同印度詩人泰戈爾來西湖探訪陳三立，泰戈爾欲求散原之詩以作紀念，被謙遜地拒絕。〔註58〕絕非散原矜於筆墨，實因內心痛苦，無意為詩。康有為在西湖丁家山有別墅，兩人過從，較為密切。康南海有詩題為《乙丑十月三日，散原道兄冒雨來一天園賞菊，飲酒話舊，及晚冒雨歸，不及留。喪夫人及冢嗣師曾，今多年矣，餘哀未已，不作》〔註59〕，可見在妻、子去世三年以後，散原心中的哀痛仍未散盡，作詩的靈感亦甚闌珊。是年十月十八日，陳三立葬俞淑人與陳衡恪於杭州牌坊山，並在妻子墓前為自己預留生壙，又撰寫《繼妻俞淑人墓誌銘》、《長男衡恪狀》。此後懷抱漸開，煩惱漸去，精神日益振作起來。

他在西湖的生活比較閒逸，不僅與康有為持螯賞菊〔註60〕，共享秋光，還曾與陳夔龍、汪詒書等赴西溪看蘆花，作《遊西溪秋雪庵看蘆花用倦知庵

〔註56〕陳三立著：《散原精舍詩文集》之《文集》卷十三，第1026頁。

〔註57〕陳方恪著，潘益民輯注：《陳方恪詩詞集》之《彥通詩錄》，南昌：江西人民出版社，2007年版，第14～15頁。

〔註58〕馬衛中、董俊玨著：《陳三立年譜》卷五《民國時期》，蘇州：蘇州大學出版社，2010年版，第454頁。

〔註59〕康有為著：《康有為全集》卷十二《康南海先生詩集》之《集外韻文》，第384頁。

〔註60〕同上注。

庵開止唱酬韻》詩，有「溪光蕩入萬峰晴，十二橋銜打船聲。到倚高樓花滿眼，白波翻海接霄明」〔註61〕之句，溪光掩映、蘆花似海，觸目俱是生機，可見其情感已由憂傷絕望轉嚮明朗。除了在湖山清景間怡養身心、與朋好酬唱談宴外，散原老人還享受著天倫之樂。陳隆恪辭去工作，專門到西湖侍奉父親。當時寅恪、方恪、登恪、康晦、新午及孫輩俱在膝下承歡。在愛妻與長子去世後，再次過上安適祥和的生活。〔註62〕由於身體恢復、心情愉悅，散原的詩作也逐漸多了起來。此時的詩風平和澹蕩，是其澄明心境的呈露。如《十六夜同閒止、節和就堤邊小艇玩月》：

> 薄薄秋痕細細涼，就停蘭槳當繩床。閒人三兩烽煙外，共抱孤
> 蟾話故鄉。〔註63〕

然而烽煙二字，透露出散原在靜養中亦不能忘世的情懷。

散原在西湖休養既久，其身心狀況俱甚健旺。陳隆恪有「老父神充起病初，清光寫影出湖廬。扁舟破睡群峰起，孤月依人萬籟虛」〔註64〕的詩句，可見散原精神十足、遊興頗佳。陳三立能將心靈從巨大的人生苦痛中振拔出來，家人朋好的關心護持不容輕視，亦因西湖山水靜謐幽美，置身其中可以調養心靈，袪除沉痾。更因俞淑人與長子長眠於此，散原便將西湖作為生命的最終歸宿。他有《挽俞夫人聯》：「一生一死，天使殘年枯涕淚；何聚何散，誓將同穴保湖山。」〔註65〕散原對生死之事做過認真的思索，既然有著將生命託付於此的誓願，便終能灑脫、平靜地看待人生之苦難。西湖山水療救心靈的價值亦在於此。

雖然陳三立在西湖得到暫時的安頓，但關心時局與國運的心靈並未完全隱遁起來。更何況杭州的形勢亦難稱太平。散原來杭就養的第二年即民國十三年，浙江督軍盧永祥與直系軍閥孫傳芳發生戰爭，盧永祥軍潰，退出浙江。孫傳芳入杭州，時在八月二十七日，雷峰塔圮。陳曾壽、胡嗣瑗、況周頤等均有詞作追挽，將此事件視為國運衰微、文化凋零的象徵。〔註66〕散原避禍

〔註61〕陳三立著：《散原精舍詩文集》之《散原精舍詩別集》，第636頁。
〔註62〕馬衛中、董俊玨著：《陳三立年譜》卷五《民國時期》，第464頁。
〔註63〕陳三立著：《散原精舍詩文集》之《散原精舍詩別集》，第649頁。
〔註64〕陳隆恪《月夜侍大人泛湖步白堤斷橋間》，《同照閣詩集》卷五，北京：中華書局，2007年版，第82頁。
〔註65〕陳三立《散原精舍詩文集補編》之《詩文補遺》，南昌：江西人民出版社，2007年版，第284頁。
〔註66〕曾慶雨《興亡千載話雷峰——試論雷峰塔意象的古今演變》，《第三屆江南文

上海，未有詩作。隨著孫傳芳在浙江站穩腳跟，西湖似乎又恢復往日的升平之貌。然而詩人卻敏感地體察到和平之下的憂患，其《乙丑除夕次韻倦知同年》詩云：

> 殘客光陰託爐餘，接床湖樹鳥窠如。三年留命償磨折，一室何心問掃除。催老杯澆終古恨，移情燈顯數行書。杭人認入承平世，爆竹聲沉萬井盧。〔註67〕

此詩既包含著詩人對時局的憂慮，亦反映出其就養西湖時心靈世界的另一面。原來在平靜安適的背後，詩人的憂憤與痛苦是如此的深廣。這種情感與關懷，在《次答蒿叟疊用東坡聚星堂詠雪韻寄懷》詩中表現得更為具體：

> 我生於世如病葉，滿蝕蟲痕加霰雪。老去家禍承國凶，遁跡偷活亦癡絕。棹湖惘惘魂若迷，攀鑿犖犖骨亦折。往往罷遊當落日，身隨雁影穿煙滅。樓頭獨酌問何年，壯事綺懷飛電掣。彌天哀憤自開閣，但俯澄漪鑒面纈。海濱一老善男子，郡國利病察纖屑。呵噓元氣起羸餓，呻號裂夢那忍瞥。復傾肝膈疊吟詠，寄痛略依變雅說。嗚呼何術挽橫流，早驗錯鑄九州鐵。〔註68〕

這首詩作於1926年初，散原仍寓居西湖。寫作背景是北伐軍節節勝利，進逼江浙，遺民們對戰亂頻仍的政局甚為焦慮。詩人將身世之悲與憂國之思交織在一起，呈現的正是「國身通一」的精神。人生如病葉之喻，既繪出一己之苦難，亦象徵著國運的衰頹難復。詩人在隱居於西湖，本求身心的安適，卻感受到草間偷活般的苦楚。泛舟湖上，心魂蕩搖，迷不知所之；登臨解憂，卻病骨支離，身心俱疲。「落日」、「雁影」等意象在寄託詩人心靈悲哀的同時，亦蘊含其對著國家、文化命運滔滔不返的隱憂。詩人登樓獨酌，以酒解憂，年輕時的雄圖壯志不禁湧上心頭，亦回想起當年父子同遭罷黜的哀憤之事。而今臨湖照影，滿面蒼容，雄心與憤懣俱成陳跡，家國之危難卻逾於往昔。詩歌的後半部分寫馮煦寓居上海，寄意國事，關心民瘼，忠悃憂患之思俱發之於詩。面對軍閥混戰、生靈塗炭的時勢，遺民詩人們自然無力施為。所謂「錯鑄九州鐵」，仍是將辛亥革命推翻清朝視為禍亂不止的根源。我們姑且不論散原的立場如何，其以老病之身，遭遇家禍，哀痛不已的情況下仍關心國

化論壇論文匯編》，2014年，第654～663頁。

〔註67〕陳三立著：《散原精舍詩文集》之《詩別集》，第644頁。

〔註68〕陳三立著：《散原精舍詩文集》之《詩別集》，第645頁。

家境遇的精神已足以令人動容。

民國十五年十月，孫傳芳被北伐軍擊敗，潰散的士兵湧入杭州，大肆劫掠，湖山被擾，散原不能安居，遂遷居上海。此後至廬山、至北平，抗戰爆發後因憂國而謝世。民國三十七年（1948）夏，散原靈櫬自北平遷葬杭州，與俞夫人合墓。生前在西湖休養、遊憩，逝後又長眠於此，遺民詩人陳三立終與湖山有緣。

三、儒商周慶雲的隱逸理想及對西湖文化的貢獻

自甲午戰爭後，西學東漸的步伐逐漸加快，東南沿海尤得風氣之先，上海更是新思潮與傳統文化碰撞、交融的中心。西湖距上海不遠，亦是江南文化的核心區域。光緒二十一年（1895）杭州開埠，西方式的工商業很快建立起來，文教方面亦逐漸向歐西模式轉型，傳統的書院教育衰落，新式學堂興起。辛亥革命後，這一進程明顯加快。然而與上海相比，杭州城市現代化的速度緩慢得多，西湖周圍的環境與景致並未遭到破壞，山水風物尚稱寧謐。因此對都市生活心生倦意，欲避世隱居的前清遺民可以在此安頓心靈，如俞明震、陳曾壽等遺民詩人在湖上均建有別業。由於他們對新政權持不合作的態度，與新的文化系統亦較疏離，因此儘管胸懷維繫、重振傳統文化的理想，但無處用力，往往表現出一種獨善的姿態。還有一種士人，心靈與遺民隱士相通，卻為功利之事，在具備了一定的經濟條件、社會基礎後，復其初心，在文化領域作出回饋，使文化生命得到滋培與延續。這類士人，在晚清以丁申、丁丙兄弟為代表，到了民國初年，差可與二丁相比者，惟有周慶雲。

（一）周慶雲的遺民立場與隱逸情懷　兼論靈峰補梅事

周慶雲，字景星、逢吉，號湘舲，浙江吳興南潯（今浙江湖州）人。曾夢東坡問天下山水何處最勝，答曰：「金焦極雄渾。」〔註69〕遂號夢坡，以紀念其事。清光緒七年（1881）秀才，以附貢授永康縣學教諭，例授直隸知州，均未就任。後棄學從商，與父叔興辦實業，實抱有以工商救國的大願，然而士人本色並未消退，對民生疾苦極為關心，亦以社會福利慈善事業為職志。戴季陶概括其成就曰：「先生家世業儒，壯歲從賈，本其所學。以行鹽利則國課足，以築路則行旅便，以採礦則寶藏興，以治絲則貿易昌，凡所經營，務

〔註69〕周慶雲《夢坡詩存》卷一，民國二十二年（1933）夢坡室刻本，第17頁。

期遠大。用能騰聲江海，載譽鄉邦。晚歲以文史自娛，以布施利眾，淑人自淑，可謂兼之。」〔註70〕評價雖甚精覈，然只舉其社會貢獻之大端，未及文藝之事。周慶雲自幼接受傳統教育，雖一生沉浮商海，卻一直保持著書生本色，以風雅之事爲精神追求。他藏書宏富，詩琴書畫、金石篆刻都很擅長。章太炎贊曰：「清世膏腴之家，亦頗有秀出者，往往喜賓客，儲圖史，置酒作賦，積爲別集，以異流俗，行文之士猶蔑之，謂其以多財，著書大抵假手請字，無心得之效也。吾世有吳興周子者，獨異是。」〔註71〕可見周氏確以文藝爲能，非附庸風雅的俗商可比。他足跡半天下，極好山水之遊，每有旅行，則隨手記錄風景之佳者，對纂修地方史志亦頗用心。其著作有《夢坡室叢書》，凡四十五種計四百六十九卷，金石學如《夢坡室獲古叢編》、《金玉印痕拓本》，音樂學如《琴史》、《琴書存目》、《樂書存目》等均收入叢書。方志著作有《靈峰志》、《莫干山志》、《西溪秋雪庵志》等。其文學創作則彙爲《夢坡詩存》、《詞存》、《文存》。另輯有《淞濱吟社集》、《晨風廬唱和詩存》，收錄的乃是他與滬上遺民的唱和之作。掌故大家鄭逸梅《風雅巨商周湘舲》一文敘其事蹟甚詳。夢坡哲嗣周延礽著有《吳興周夢坡慶雲先生年譜》，堪爲探究周氏生平出處之資。

　　辛亥革命後，周慶雲寓居上海梅白格路，有齋曰「晨風廬」。他心向舊朝，對鼎革之事頗爲不滿。又因其富有資財，庭宇軒敞，故而晨風廬成爲遺民雅集的重要場所。與其交遊酬唱者不乏繆荃孫、王國維、李瑞清、鄭文焯、朱祖謀、吳昌碩、楊鍾羲、夏敬觀等文化名流。他嘗與劉承幹等成立淞濱吟社，前後延續十三年，會員眾多，規模超過逸社、超社等湖上遺民社團，在當時有著較大的文化影響。有關周慶雲與前清遺民在上海的交遊及文化立場，羅惠縉《民初「文化遺民」研究》中有《「晨風廬」遺民文學活動》一節專門進行論述。〔註72〕在此摘錄《淞濱吟社集序》之一段以見周氏的遺民心態：

〔註70〕戴季陶《周夢坡先生年譜序》，見周延礽著《吳興周夢坡先生慶雲年譜》，《近代中國史料叢刊》第81輯第816冊，臺北：文海出版社，1966年版，第2頁。

〔註71〕章太炎《周湘舲墓誌銘》，見《章太炎全集》第五冊之《太炎文錄續編》卷五，上海：上海人民出版社，1985年版，第279頁。

〔註72〕羅惠縉著：《民初「文化遺民」研究》，武漢：武漢大學出版社，2011年版，第160～194頁。

古君子遭際時艱，往往遁跡山林，不求聞達，以終其生。後之
人讀《隱逸傳》，輒心嚮慕之而不能已。今者萑苻不靖，蔓草盈前，
雖欲求晏處山林而不可得，其爲不幸爲何如耶！當辛壬之際，東南
人士胥避地淞濱。余於暇日，仿月泉吟社之例，招邀朋舊……每當
酒酣耳熱，亦有悲黍離麥秀之歌，生去國離鄉之感者。〔註73〕

　　儘管周慶雲在此感歎時變勢異，欲隱居山林亦不可得，但還是將杭州的
西湖、西溪作爲安頓心靈的桃源勝境。李世保爲《夢坡詩存》題詞，有詩云：
「周郎倜儻更風流，詩酒西湖紀勝遊。修到飽看山水福，人生最好住杭州。」
〔註74〕可見周夢坡與西湖的山水情緣。他與湖山結緣，始於前清之時。自光
緒八年赴省垣應試，初次領略西湖美景後，幾乎每年都來遊賞。光緒二十二
年，周慶雲與黃福倫、張寶善、石韻衡等七人乘舟至七里瀧登釣臺，歸至湖
上，由於受到嚴子陵高隱精神的感召，逐漸萌生了離俗出塵的願望。是年又
有靈峰山之遊，作《靈峰寺》詩，可見其追求閒適自由，嚮往山水林泉之樂
的心態：

　　　言尋靈峰徑，隱約千重山。山深復林密，囂聲遠市闤。名藍隱
　　修篁，白日扃禪關。寂坐妙香覺，心清身自閒。松風來謖謖，澗水
　　流潺潺。境與桃源近，峰與桃源嶺接壤。草寧芝塢刪。地經青芝塢而入。
　　不識有歲月，焉知有塵寰。夕陽紅一抹，且逐白雲還。〔註75〕

　　周慶雲將隱居湖上的詩友稱爲「素心人」（如其有《雨後望湖寄素心人》
詩），也以此自謂，《南山探桂》詩有「願我素心人，相與同鼓掌」〔註76〕之
句。「素心」之典出自陶淵明《移居》詩：「昔欲居南村，非爲卜其宅。聞多
素心人，樂與數晨夕。」〔註77〕乃是突破名利束縛，心無塵滓者的代稱。由
此可見周慶雲希望將生命融化於山水中，樂靜忘俗的理想。此種心態對於從
商求利以治生計者尤爲難能，正表現出周氏迥邁凡俗的心靈境界。

　　相比西湖他處的山水景致，周慶雲尤喜靈峰山的林壑之美。不僅因爲此
地幽靜僻遠，有閒雲繚繞、林鳥相親之趣，更因靈峰寺的住持蓮溪上人是其

〔註73〕周慶雲《夢坡文存》卷一，民國二十二年（1933）夢坡室刻本，第5頁。
〔註74〕周慶雲《夢坡詩存》卷首，第1頁。
〔註75〕周慶雲《夢坡詩存》卷一，第15頁。
〔註76〕周慶雲《夢坡詩存》卷三，第17頁。
〔註77〕陶淵明著、龔斌校箋：《陶淵明集》卷二，上海：上海古籍出版社，1996年版，
　　　　第114頁。

所謂「素心」者〔註78〕，與之談禪論道、啜茶聽泉之際，心靈中的塵氛雜念可以得以滌蕩。宣統元年（1909），夢坡再遊靈峰，蓮溪上人出示《靈峰探梅圖》。清道光二十三年（1844 年），杭州將軍固慶捐資靈峰寺以種梅，兩年後，梅樹成林。固慶親撰文，歷敘靈峰寺興衰以及種梅的緣由，成《重修西湖北山靈峰寺碑記》並勒石刻碑。此後靈峰之梅與孤山、超山梅樹並爲文人雅士所賞，成爲西湖隱士文化的又一勝地。然而在太平軍攻奪杭州的戰役中，戰火波及靈峰山，萬樹梅花摧殘殆盡。《靈峰探梅圖》由楊振藩繪，紀錄咸豐十年太平軍第一次攻破杭州前，魏謙升等隱士登臨探訪的情景。畫中梅樹繞澗夾溪，虯枝紅英盡含生意，而眼前卻青山若髠，無梅可賞。夢坡慨懷陳跡，遂發願依山補梅三百本，以圖恢復舊觀，爲幽人逸士再造山水勝景。靈峰補梅並不是一個孤立的文化復蘇之行爲，周慶雲還在靈峰寺西偏建立補梅庵，築來鶴亭，疏鑿掬月泉，並葺羅漢廊、庋經室。從「補梅」、「來鶴」等名稱便可看出源自孤山梅鶴的隱逸範型之影響。夢坡有詩紀其事：

> 買山無力宿山居，蕭寺原多隙地餘。削竹卻教編竹徑，誅茅先取覆茅廬。偶疏池沼通泉脈，爲補梅花帶月鋤。亭畔或來孤嶼鶴，水邊消息問何如。予於靈峰寺側別營補梅庵，庵旁有沼如月形，疏通泉脈，清若可掬，遂以「掬月」名其泉。依泉築屋，名之曰「掬月艇。」又於山麓闢石徑，緣徑而上，於峰巒缺處樹一小亭，顏曰「來鶴」，亦和靖之志也。登其亭則越山、江濤、西湖、北郭盡在目前。〔註79〕

次年冬，補梅庵落成，十二月十九日爲東坡生日，湖上名流如戴啓文、褚成博、沈鈞儒等十四人在此聚會，周慶雲主持雅集，其子延礽亦曾列席。靈峰勝蹟彷彿恢復咸豐兵禍前之舊觀，而新葺之泉亭又有別開生面之趣。吳縣秦敏樹繪《東坡生日靈峰宴集圖》以紀當日歡宴的盛況。周慶雲作五古一首，可見補梅庵之清幽，如此清景正堪安頓那了無纖塵的素心：

> ……山中何所有，梅花種繞屋。修竹補窗櫺，流泉葉琴筑。相識有魚鳥，與遊或豕鹿。傭販皆冰玉，愛才意可掬。……竟日此婆娑，柴門無剝啄。缽池茶試烹，山店酒頻漉。題詩吟聳肩，作畫稿藏腹。相忘在春秋，一任閒雲逐。〔註80〕

〔註78〕周慶雲《夢坡詩存》卷九有《題蓮溪上人遺照》詩：「遺容重對感經音，無恙梅花慰素心。又拓茅庵秋雪裏，平生山水愜幽深。」（第 8 頁）
〔註79〕周慶雲《題靈峰四律》其二，《夢坡詩存》卷四，第 9 頁。
〔註80〕周慶雲著：《夢坡詩存》卷四，第 11 頁。

　　此詩甚有「山靜似太古」的出世意味，詩人與魚鳥相親、與豕鹿爲友，正是個體生命與自然相容無間的大自由。補梅種竹、撫琴擊筑、煎茶沽酒、題詩作畫，山中生活如此率性適意。棲居於此甚至能夠忘記時間的流逝，心靈可與閒雲相往來。這正是隱士寄跡的理想勝境。

　　此景此境雖得山水靈氣之助，更因夢坡匠心創造而成。但他並未把補梅庵視爲一己之私產，而是將其捨入靈峰寺中，這樣湖上隱者均可來此匿跡，澡雪情志。而周氏豁達之襟抱亦可見一斑。除了補梅、建庵外，周慶雲又費時數旬，輯成《靈峰志》，山水、名勝、人物、藝文各一卷，以存靈山幽境之文獻。

　　庚辛兵燹之前，有《探梅圖》以存靈峰山水之貌。周慶雲補梅後，舊觀既復，亦宜繪之丹青，紀其盛概。繪《靈峰補梅圖》者爲吳澂、包公超、鄭履徵、談麟書〔註81〕，吳昌碩篆書題名，題詠者有周慶雲、包公超、戴啓文、戴振聲、秦敏樹等十四人。然而歷史的情境總有相似之處。《探梅圖》繪成不久，杭城便遭太平軍攻佔，焚掠甚慘。《補梅圖》甫就，神州更生鼎革之變。周慶雲既擔心靈峰梅林再遭劫難，又唯恐《探梅》、《補梅》雙圖遺失損毀，遂將兩圖攜至滬上，影印合刊，以廣流行。此事在《靈峰探梅補梅兩圖合印序》中紀之甚詳，〔註82〕亦可見周慶雲於滄桑劇變之際護持西湖文化的良苦用心。

　　所幸杭州政權的更迭並未釀成大的兵禍，湖山無恙。周慶雲雖以遺民自詡，但與民國對抗情緒並不激烈，此種心態在其詩作中有所反映：

　　　　霜風江上至，殘葉戰秋聲。去年八月十九，武漢起兵。忽變旌旗色，

　　　　曾無匕箸驚。九月十四十五，蘇杭俱歸革命軍。遺民寬進退，志士自縱橫。

　　　　不信唐虞世，嬉遊及我生。〔註83〕

　　民國紀元後，靈峰梅樹及補梅庵得以保存，湖上遺民多在此避難、隱跡者。周慶雲故友秦敏樹便曾寓居於此，周慶雲《西湖雜詩》第五首云：

〔註81〕周慶雲《靈峰補梅圖詠》小注。見《靈峰志》卷四《藝文下》。另，周延礽《吳興周夢坡先生年譜》稱宣統元年補梅庵成，秦敏樹繪圖，徵題紀事。不確。《夢坡畫史》中收有秦敏樹所作《靈峰補梅圖》，作於民國元年壬子。別是一圖，非與《探梅圖》合印者。

〔註82〕周慶雲著：《夢坡文存》卷一，第47頁。

〔註83〕周慶雲《中秋節爲愚夫婦百齡合壽之辰成詩十章》其六，見《夢坡詩存》卷五，第3頁。

> 猶憶皤然淮海秦，掲來世外作閒賓。劫灰未冷身先殉，題墨長
> 留跡已陳。國變時，秦散之敏樹避居補梅庵，題詩猶黏臥室。〔註84〕

　　由於靈峰梅樹是前朝舊跡，又有著歷劫重生的命運，遺民詩人們以之比
擬自身堅貞的品節，亦借其寄託想望故國的忠悃之思。陳曾壽曾爲吳慶坻繪
《靈峰探梅後圖》，此舉可謂承接陸小石、周夢坡的餘緒。周慶雲、夏敬觀等
爲此圖題詠。周慶雲詩云：

> 踏遍湖上山，靈峰鬱蒼翠。偶與幽人期，一龕彌勒寄。老僧出
> 畫圖，探梅有題句。蓮溪僧出示咸豐乙丑楊蕉隱所繪《靈峰探梅圖》卷。惆
> 悵劫飛灰，不少滄桑淚。蕭寺今猶存，嶺頭罷驛使。商略補虯枝，
> 茅庵拓閒地。予於己酉歲補梅三百本，築庵寺側。徙倚香雪中，幽悰平生
> 意。雲山多變幻，花時偶一至。補松腰腳健，孤往眘幽邃。坐愛霜
> 雪姿，處士同高致。蒼虬越日來，登臨動遐思。驅遣到雲煙，密茂
> 西廬嗣。尺幅萬古春，名山增韻事。〔註85〕

　　詩歌前半部分追敘補梅的緣起與經過，言辭間頗以此舉爲生平快事。後
半部分則以吳慶坻、陳曾壽探梅靈峰山來凸顯其處士情懷、隱逸志願。此圖
堪爲遺民們心靈交流媒介。從道光時固慶在靈峰種梅百株到宣統間周慶雲依
山補梅，從咸豐間楊蕉隱繪《靈峰探梅圖》到民國時陳蒼虬作《探梅後圖》，
靈峰梅樹的興衰榮滅折射出西子湖畔晚清民初八十餘年的時代變遷。一朵梅
花便是一部西湖文化史，而貫穿其間的正是隱士、遺民那幽獨清高的志節與
堅守傳統的精神。

（二）民國紀元後周慶雲對西湖文化事業的功績

　　1911 年 10 月 5 日（舊曆九月十五），革命軍以和平的方式光復杭州〔註
86〕，西湖並未被兵，山水景致沒有遭到破壞。然而民國政府不會允許駐防營
這個以滿蒙旗人爲主的城中城的存在，遂於民國二年（1913）拆毀，將之辟
爲市場。爲表彰忠烈，湖上建起秋瑾、徐錫麟等革命烈士的祠墓，而前清勳
臣之祠廟則有所裁併，乾隆帝南巡時的孤山行宮亦被改爲公園。加之杭州當

〔註84〕周慶雲著：《夢坡詩存》卷七，第 15 頁。
〔註85〕周慶雲《吳補松以陳蒼虬侍郎畫贈〈靈峰探梅後圖〉屬題》，見《夢坡詩存》
　　　　卷五，第 2 頁。
〔註86〕具體情形可參看鍾毓龍著《說杭州》第八章《說兵禍》之辛亥革命，《西湖文
　　　　獻集成》第 11 冊，第 350～356 頁。

局正值草創，對軍隊的管控較弱，武人侵奪西湖寺產，跋扈無忌的行為亦時有發生。儘管總體上看西湖山水尚能延其舊貫，但與前清相關之遺跡被漸次清除，時代風會發生變異，仍使遺民們心生黍離麥秀的隱痛。周慶雲感於時變，效竹枝之體，作《之江濤聲》一百首，對民國元年到三年間杭州政治、人心、風俗作傷今弔古的詠歎。其三十一首云：

> 慵飛倦翮已知還，小築幽居學閉關。驀地晴空飛急雨，高樓無
> 主冷空山。

此詩謂滿清大員岑春萱在西湖有晴空細雨樓，辛亥革命後，主人奔走避禍，樓空無主，行將湮沒。這件事是民國初年眾多湖上名園荒蕪廢棄的縮影，園林的衰敗亦呈露出西湖文化危機的冰山一角。此詩灌注著詩人的感慨，頗有見微知著之效。

周夢坡補梅靈峰山，與寺中僧侶頗有交誼，然而鼎革之後政令廢弛，暴徒橫行，靈峰寺竟遭血光之災，《之江濤聲》中有詩表達詩人的哀憤：

> 禪關寂寂掩窗紗，剩有梅花度日斜。雪夜峰巔來暴客，枯僧濺
> 血到袈裟。易世後靈峰寺兩遭暴客。住持定根被斫數刃，僵寒數月而逝，亦可
> 哀已。

周慶雲在喧嘩鼎沸的革命浪潮中看到了西湖的亂象，除了以詩當哭，期待挽回人心外，似亦無他救時匡弊的良方。《之江濤聲》卷首有蹇叟〔按，疑是張美翊〕題辭，第四首云：「靈峰獨有補梅翁，感慨無端往事空。太息過江名士盡，月泉吟社剩諸公。」可見作者能夠深味周氏對鼎革之後杭州士風不振，道德氣節難以維繫的感歎之意。

然而歷史車輪滾滾向前，傳統裂變的趨勢愈演愈烈，1915 年新文化運動興起，不數年便成燎原之勢，以儒學為核心的傳統文化被迫之一隅，岌岌可危。遺民們有以文藝創作寄託本心、固守傳統者，如陳三立、吳昌碩等。周慶雲則在堅守傳統文化本位的同時，主動出擊，以積極的姿態回應時代的挑戰。鄭逸梅先生說周慶雲以補抄文瀾閣《四庫全書》與在西溪秋雪庵興建兩浙詞人祠兩事而「名重翰苑」〔註 87〕，其實此二事都應置於以歐西文明為祈向的新文化大行其道、傳統風雅難以維繫的歷史背景下進行考察，才能更明晰地凸顯其對西湖的文化意義。

〔註87〕鄭逸梅《風雅巨商周湘舲》，見《紙帳銅瓶》卷一《人往風微》，南京：江蘇
　　　文藝出版社，2006 年版，第 46 頁。

首先討論補抄文瀾閣《四庫全書》事。

文瀾閣《四庫全書》因庚辛之變而散佚不全，丁申、丁丙昆仲嘗竭力進行搜集補抄，其詳細情況已在第二章論及。經過丁氏兄弟十多年的辛勤努力，文瀾閣藏書大體完備，但仍非全璧。〔註88〕民國肇始，錢念劬（名恂）任浙江圖書館館長，將藏書移至與文瀾閣一牆之隔的浙江圖書館紅洋房，實因文瀾閣地處孤山卑濕之處，又為木結構建築，不僅潮濕還易生白蟻，不利於圖書保存，而紅洋房為磚石結構，乾燥堅固，是較為理想的藏書場所。圖書甫遷，周慶雲抱遺民心態，對此舉頗不理解，寫詩表示文瀾舊觀不可復睹的感慨，其詩云：「嬴秦劫後古書尊，四庫依然浙水存。舊額文瀾何處認，榮褒嘉惠漫重論。」（《之江濤聲》第一首）其實從穩妥收藏以待久遠的角度看，錢念劬移書的行為是無可厚非的。

由於丁氏補抄文瀾閣《四庫全書》尚未周備，民國間尚有兩次大規模的補抄之舉，首曰「乙卯〔1915〕補抄」，次曰「癸亥〔1923〕補抄」。「乙卯補抄」的主持人為錢念劬，他依託從承德運至北京的文津閣《四庫全書》，就文瀾閣本缺簡的書目聘請善書者進行鈔錄，又在杭州推聘單丕、陳瀚校理所鈔書籍，歷時八年，得書二百五十種。〔註89〕由於資金問題與浙江省府發生矛盾，鈔錄未克完成。〔註90〕1922年，張宗祥任浙江省教育廳長，延接前人未盡之緒，繼續進行文瀾閣《四庫全書》的補抄工作。仍是在北京、杭州兩地分途並錄，堵福詵為監理，督促兩地的抄胥工作。資金則由周慶雲、沈冕士、張元濟、徐冠南等進行籌措。由於諸人同心同德，群策群力，補抄工作在兩年內完工，鈔書四千四百九十七卷，凡二百十一種。又將清朝丁氏鈔本擇要重加校勘，共五千六百六十卷。此次抄錄之役始於1923年春，終於1924年12月，是為「癸亥補抄」。文瀾閣《四庫全書》經丁氏兄弟、錢念劬、張宗祥等三次補抄，已經完備，全書仍藏浙江圖書館。文瀾閣《四庫全書》鈔錄時多選珍、善之本以校補，而原本《四庫全書》對底本點竄、刪改處亦因之得

〔註88〕 丁氏兄弟搜羅補抄文瀾閣藏書，不限《四庫叢書》，《古今圖書集成》等散佚卷冊亦在恢復之列。而民國間歷次補抄，只是依書目將《四庫全書》補全。張宗祥著《補抄文瀾閣〈四庫全書〉史實》一文述之甚詳（《西湖文獻集成》第20冊，第380頁）。

〔註89〕 張崟《文瀾閣〈四庫全書〉史稿》，《西湖文獻集成》第20冊，第133～134頁。

〔註90〕 張宗祥《補抄文瀾閣〈四庫全書〉史實》，《西湖文獻集成》第20冊，第383～384頁。

以糾正。因此補抄本與原本相比，反能後來居上，在質量上大有超越。其文獻價值是不言而喻的。

張宗祥發願補抄文瀾閣《四庫全書》時，特以沒有資金來源為累，於是到上海訪周慶雲，說明難處。周慶雲當即決定幫助其籌募款項，渡過難關。張宗祥在《補抄文瀾閣〈四庫全書〉史實》中寫道：

〔我〕先找周湘舲和他一談文瀾必須抄補使成全書，現在機會好，可據文津閣抄配，我此來是想募款的。……周湘舲聽我說完，就直立起來說：「我贊成，我幫你募，不限於湖州，凡是浙江人可以應募的，我都為盡力。」〔註91〕

周慶雲爽快的言辭與「直立起來」的神態，可見他能為鄉邦文化事業有所貢獻的興奮心情。補抄工作開始後，周慶雲專門負責董理經費，他自稱為「會計幹事」〔註92〕。張宗祥原以為補抄工作需三萬銀元的預算，而實際僅費一萬六千餘元便已蕆事，這與周氏的統籌擘畫不無關係。雖然張宗祥在民國政府中為官，與周慶雲的政治立場並不相同，但保護文化的心願則是相通的。

值得注意的是，周慶雲的人生追求受丁丙影響頗深。他年輕詩作《丁松生徵君丙挽詩》三首，表示對丁丙的崇敬之意，亦可見其補抄文瀾閣《四庫全書》的心願所自。第二首云：

感深風木寫天真，姜被尤留一室春。捍衛敢忘家國難，災荒屢濟廩倉均。修明禮樂尊先聖，樂育孤寒啟後人。刻遍遺編成鉅集，藝林大雅獨扶輪。〔註93〕

「風木」指《風木庵圖》，寄託丁氏兄弟的孝思。「姜被」典出《後漢書·姜肱傳》，姜肱與兩個弟弟以孝行著聞，常同臥同起，以此喻丁氏之兄弟友愛。「捍衛」句謂咸豐十年，太平軍攻杭州，丁氏兄弟糾合城中金箔工人幫助守城，城破後猶不撤退，堅持巷戰之事。「災荒」句謂丁丙在杭州城之四隅設立粥廠，使貧民無枵腹之虞。「樂育孤寒」句指其建立育嬰堂、接嬰所，使孤兒得到安置與撫養。「修明禮樂」句指丁丙創設丁祭局，與杭州諸生治祭器，考

〔註91〕張宗祥《補抄文瀾閣〈四庫全書〉史實》，《西湖文獻集成》第 20 冊，第 385 頁。

〔註92〕周慶雲《補抄文瀾閣四庫缺簡記錄弁言》，《西湖文獻集成》第 20 冊，第 322 頁。

〔註93〕周慶雲著：《夢坡詩存》卷二，第 14 頁。

訂禮器、樂器。「刻遍遺編」兩句則讚頌其編輯刊行《武林掌故叢編》、《國朝杭郡詩三輯》等著作的文化盛舉。〔註94〕

　　周慶雲的生平事業，與丁丙十分接近。丁丙在西溪建風木庵寄託純孝之心，有《風木庵圖》，多名流題詠；周氏則在西湖南山理安寺爲母親造經塔，女畫家丁恒爲之繪圖，繆荃孫、吳慶坻、鄭孝胥、陳三立等遺民詩人均有題詩。丁丙曾組織義勇防守杭州；周氏亦曾捐資協辦南潯民團，防禦長江伏莽。丁丙多慈善義舉；周氏亦倡設新塍育嬰堂，閔行、太湖救生局，常布施以利眾。丁丙扶輪風雅，編刻繁富；周氏亦刊行《夢坡室叢書》，山水志、鹽法志、金石錄、琴書畫史、詩文別集包羅甚廣，其中《潯溪詩徵》、《詞徵》、《文徵》便是效法丁丙《武林掌故叢編》及《杭郡詩三輯》之例，爲保存故鄉文獻而纂輯。丁丙有八千卷樓、嘉惠堂以庋藏群集；周氏亦有藏書樓名「閱古」，只是與丁氏相比渺而小矣。丁丙嘗與湖上詩人結鐵花吟社，詩酒酬唱；周氏便倡建淞濱吟社，並加入希社、漚社等遺民文學社團……凡此種種，周慶雲對丁丙的追隨幾乎到了亦步亦趨的程度。他雖未通過詩文直接表達對丁丙的仰慕（或曰崇拜）之意，但上述行爲已足揭示此種心理。兩人都擁有商賈的身份而心向風雅，這恐怕是夢坡將丁丙當作人生楷模的原因。

　　丁丙補鈔文瀾閣散佚典籍的文化功業尤爲周慶雲健羨。他在《丁松生徵君丙挽詩》第三首中寫道：「抱殘書庫見才能，文獻於今賴有徵。聊借湖山供著述，勤修德業付雲礽。」〔註95〕「雲礽」亦作「雲仍」，本意指遙遠的孫輩。《爾雅・釋親》：「晜孫之子爲仍孫，仍孫之子爲雲孫。」然而亦可泛指後繼者，不需有血緣的傳承。如譚嗣同《仁學》云：「顧〔炎武〕出於程朱，程朱則荀學之雲礽也。」〔註96〕由此看來，周慶雲頗有以丁丙名山事業後繼者自勵的想法。後來他得預「癸亥補抄」之役，正是得償舊願，其文化生命之輪蹄又追躡、印合了丁丙的人生轍跡。

　　丁氏昆仲有《書庫抱殘圖》、《文瀾歸書圖》紀其搜訪、輯補文瀾閣散佚古籍的功績。周慶雲效法前修，延請丹徒劉景仁繪《文瀾補闕圖》，夏敬觀、金蓉鏡、戴振聲等爲之題詠。1926 年周氏撰有《補抄文瀾閣四庫缺簡記錄》

〔註94〕對此詩的逐句詮釋，根據俞樾《丁君松生家傳》，見《春在堂雜文》六編二，《清代詩文集彙編》第 686 冊，第 149～153 頁。

〔註95〕周慶雲著：《夢坡詩存》卷二，第 14 頁。

〔註96〕譚嗣同著：《譚嗣同全集》之《仁學》下，北京：生活・讀書・新知三聯書店，1954 年版，第 56 頁。

一冊，將此圖影印，置於卷首。他在《補抄文瀾閣四庫缺簡記錄序》中以《四庫全書》爲中華文明之瑰寶，強調典籍作爲文化載體的重要意義：「夷考吾華載籍，集文章之大成，爲近代之國粹，厥惟《四庫全書》。」更從中西文明對比的角度試圖對新文化運動的弊病作出評判：

> 一國之文化，必有其淵源焉。歐洲文化淵源於希臘，美洲文化淵源於墨西哥。考其學術進化之遺跡，尋其思想變遷之趨勢，未嘗剿襲夫他洲也。吾華立國於亞洲大陸有四千餘年之歷史，有四百兆人公用之文字，有三十世紀前傳來之古書，源遠流長，具有精義微言，貫通天人之故，不受世界波流所撼，共推爲世界第一文明古國，而非希臘、墨西哥所能望其項背者，豈偶然哉！今講學之士，昧於民族恒性、歷史陳跡，妄欲取他國之所謂新文化者以誘掖青年、化道社會。嗟乎！稗販赤俄，忘其所自。寶礦璞而賤家珍，固世道人心之憂也。推原其故，世運迭變，典籍淪亡，後生小子將何恃以借鏡哉！……〔註97〕

周氏對歐西文明的認知不完全準確，所論亦有厚此薄彼之弊，但其目的卻在於挺立民族文化之精神，爲執守傳統的知識分子樹立文化自信心。他在序言結篇處寫道：「舉凡古聖之至德要道，與大義微言，歷代之典章制度，所以成事業而應世用者，具在於此〔指文瀾閣《四庫全書》〕。苟探討而詳索之，發揮而光大之，俾兩浙文化蒸蒸日上，此則余所厚望焉。」〔註98〕乃是有意凸顯文瀾閣《四庫全書》的文化價值，有著回應新文化運動的意味。從風會變遷的角度看，周慶雲與丁丙所處的境遇已經大有差異了，儘管他們珍護文化的心靈是一脈相承的。

其次論修築秋雪庵兩浙詞人祠事。

西湖作爲江南隱逸文化的重鎮，初因山水清幽，隱居於此者可享漁樵之樂。但隨著杭州城市的發展，城垣幾與湖濱相接，遊屐雜沓，歌舞喧闐。既有「銷金鍋」之名，似不宜復爲幽居之地。然而有的隱士通過營造園亭，在喧雜的市廛中闢得一片清淨之地，便有結廬在人境的城市山林之趣。有的隱士則在西湖周圍的山水丘壑中尋找棲遁之所。距離西湖不遠，樸茂澄澈、迴出塵鞅的西溪無疑是最爲理想的隱居勝境。陳三立《西溪圖記》有言：「杭之

〔註97〕周慶雲著：《夢坡文存》卷一，第48頁。
〔註98〕同上書，第49頁。

西溪，背西子湖，別專幽勝。溪受分金澹竹二嶺余溜，狹流澄澈，港汊迴環，棹發萬綠葳蕤中，迷惘出入，莫曙所向。……茭蘆庵者，尤爲高人逸客棲遊嘯詠之地，屬樊榭、杭菫浦輩遺跡存焉。繞行里許，得隙壞，周夢坡居士始築秋雪庵祀浙東西詞人。歲時會飲一樓，盡攬西溪之勝。蘆蕩錯落列檻下，花時披颺四照，白波素霙，動搖起伏，浩蕩控銀海無極，秋雪之名以此。自是仕女裙屐，類捨茭蘆而趨秋雪矣。」〔註99〕此文作於民國十五年（1926），可見當時西溪景致以交蘆、秋雪庵爲最盛。實際上秋雪庵在清末民初時「荊榛塞塗，與蘆荻掩映」〔註100〕，是很荒落的，經周慶雲修葺才得以重興。然而交蘆庵與秋雪庵乃是西溪古蹟中的雙子建築，文化精神甚爲相通，又因交蘆庵整葺較早，其廢興榮滅的經過如同鏡鑒一般，可照見重建秋雪庵的文化意義。故先簡述交蘆庵之情況如下：

據吳本泰《西溪梵隱寺志》引《咸淳臨安志》，交蘆庵早在南宋紹興年間已經存在。因所處之地蒹葭極盛，故又名蘆庵。萬曆間董其昌爲其題其額曰「茭蘆」。茭蘆即茭白，以之爲名，雖含野趣，卻失之俚。其實「交蘆」之名出自佛經。張應昌《摸魚子・丙戌秋九西溪看蘆花遊交蘆庵》小注引阮元考辯曰：「塵、根、色爲交蘆，謂諸緣未盡，若交蘆然。見《楞嚴經》。庵額董香光書『交』爲『茭』，失其義矣。寺僧梅嶼言其師太虛曾以交蘆對舉葉。舉葉者，得天張居士書《維摩經義》，以名庵之室。」〔註101〕徵君屬鶚生前極喜西溪山水，有終焉之志，去世後葬於西溪王家塢。因樊榭無子嗣，灑掃缺如，栗主爲榛莽埋沒。道光八年（1828），東軒吟社中人李堂、蔡焜、趙鋮等將其木主並姬人月上栗主移入交蘆庵，由僧人春秋設祭。〔註102〕戴熙取樊榭「一曲溪流一曲煙」詩意，作有《交蘆庵圖》。咸豐庚辛之變時，交蘆庵被毀，栗

〔註99〕陳三立著：《散原精舍詩文集》之《文集》卷十四，第1038頁。

〔註100〕白曾然《〈西溪秋雪庵志〉序》，見周慶雲著《西溪秋雪庵志》卷首，《西湖文獻叢書》第5冊，上海：上海古籍出版社，1999年版，第453頁。

〔註101〕張應昌著：《煙波漁唱》卷一，《續修四庫全書》集部第1517冊，第217頁。又：何紹基《交蘆庵醉後題壁》其二：「交蘆庵扁寫茭蘆，訂誤仍煩近代儒。明季諸賢耽白業，豈知識字費工夫。」自注：「阮師別署『交蘆庵』扁，訂香光『茭蘆』之誤。」見何紹基著，曹旭校點：《東洲草堂詩鈔》卷七，上海：上海古籍出版社，2012年版，第202頁。

〔註102〕《清尊集》卷五《正月二十一日同人移奉屬樊榭徵君及姬人月上木主於交蘆庵紀事》又胡敬《樊榭徵君栗主移奉交蘆庵記》，見屬鶚著，董兆熊注，陳九思標校：《樊榭山房集》附錄三，上海：上海古籍出版社，2012年版，第1741～1742頁。

主不存，圖卷卻爲丁丙收得。同治十一年（1872）八月，丁丙在滿族官員如冠九的資助下重修交蘆庵，請何紹基書樊榭及月上栗主，奉祀庵中。光緒十八年（1892），高海垞與汪曾唯奉杭世駿栗主入交蘆庵，請俞樾題木主，與厲鶚同祀。〔註 103〕丁丙將多年訪求而得的《交蘆庵圖》（戴熙繪）、《西溪秋泛圖》（高樹程繪）、《西溪泛雨圖》（奚岡繪）、《西溪築居圖》（華喦繪）捨於寺僧，更爲蘆庵增添許多風雅氣韻。〔註 104〕民國五年，馮煦、吳慶坻、陳三立、陳曾壽等遺民遊西溪，曾赴交蘆庵觀所藏圖卷。相關詩作見於陳曾壽所編《西湖紀遊詩》中。

由上可見，眾多文化名人在交蘆庵留下鴻雪之跡。作爲厲鶚與杭世駿靈魂的寄託之處，杭、厲所代表的高隱精神一直縈繞於此，堪爲蘆庵文化的核心內涵。

晚清詞人張景祁云：「西溪蘭若如林，而以交蘆、秋雪兩庵爲尤勝。」〔註 105〕秋雪庵的景致似在交蘆之上。張岱有言：「〔西溪〕有秋雪庵，一片蘆花，明月映之，白如積雪，大是奇景。」〔註 106〕秋雪庵肇建於南宋淳熙年間，略晚於交蘆庵，初名大聖庵，後改資壽院。明崇禎七年，陳繼儒取唐詩「秋雪蒙釣船」之句，題名爲「秋雪庵」，其名與庵堂周圍蒹葭彌望的景色十分相切。庵中有樓，董其昌題曰「彈指樓開」。〔註 107〕入清後秋雪庵較爲沈寂，光緒三十二年（1906），畫家陳豪與秦敏樹等遊西溪，見庵極爲頹敗。其《與秦散之、胡錦驪、徐夢漁、許銘伯遊西溪》詩注云：「秋雪庵僅餘數椽，已非老屋。」〔註 108〕其時交蘆庵已由丁丙重建，棟宇一新，而相距不過里許的秋雪庵卻衰殘如斯，甚有咫尺興衰之感。周慶雲見其風雨飄搖，日漸頹圮之貌，慨然萌生整葺重興的宏願。正如丁丙是重振交蘆庵的功臣一般，秋雪庵的命運亦因周慶雲而改變。就兩位修葺者而言，重修庵堂之事亦可見周慶雲步武、效法丁丙的端倪。

〔註 103〕見《樊榭山房集》附錄四引譚獻《復堂類記》，第 1757 頁。

〔註 104〕丁立中編：《先考松生府君年譜》卷二，《北京圖書館藏珍本年譜叢刊》第 172 冊，北京：北京圖書館出版社，1999 年版，第 204 頁。

〔註 105〕張景祁《摸魚兒》小注，見《新蘅詞》卷二，《續修四庫全書》集部第 1727 冊，第 274 頁。

〔註 106〕張岱著：《西湖夢尋》卷五，上海古籍出版社，2001 年版，第 269 頁。

〔註 107〕周慶雲著：《西溪秋雪庵志》卷二《建制》，《西湖文獻叢書》第 5 冊，第 471～472 頁。

〔註 108〕陳豪著：《冬暄草堂遺詩》卷二，清宣統三年（1911）刻本，第 53 頁。

　　周慶雲補梅靈峰山時，合補梅、建庵、繪圖徵題、編纂志書爲一事，將修復湖山景致的孤立行爲擴容爲頗有文化內涵的風雅事件。他修葺秋雪庵亦採取了相似的策略，甚至將此事與靈峰補梅有意識地聯繫起來，使兩者構建成一個文化系統。其具體做法是以二百金購買得秋雪庵廢址，捨入靈峰寺，爲靈峰下院，時在民國七年十月。他又費時三年籌措資金，於民國九年十一月開始重建秋雪庵，至十年四月完工，起大殿三楹，左右建圓修堂、報本堂。並在殿後附設兩浙詞人祠，祀奉自唐張志和以下一千一百零四位詞人，其中清代詞家尤眾，達六百五十人之多。這與交蘆庵只奉祀厲樊榭、杭大宗相比，更加踵事增華，變本加厲了。〔註109〕民國十一年，周慶雲編成《西溪秋雪庵志》四卷、《歷代兩浙詞人小傳》十六卷，與秋雪庵相關的文化活動才告以圓滿。

　　對於周慶雲重葺秋雪庵及修築兩浙詞人祠的動機，李劍亮在《周慶雲的西溪詞緣》一文中有所闡發，他認爲修秋雪庵是爲了弘揚佛教，修詞人祠堂是出於對歷代詞人的崇敬之情。〔註110〕這固然不錯，但忽視了周慶雲身爲遺民的滄桑之慨。他有詩云：

　　　　蘆碕飛雪點秋光，依約祠靈駐草堂。揮手三千勞版築，齊心一

　　瓣爇馨香。運殊南渡中興日，地擅西泠最盛場。思古幽情拋未得，

　　只憐塵劫變宮商。〔註111〕

　　「塵劫」不僅僅是鼎革、戰亂之謂。白曾然有數語可作塵劫之注腳：「天下之變亟矣，毀裂冠冕，邪說橫行。」〔註112〕隱然指向顛覆傳統的新文化運動。祠堂的建立，不僅是爲瓣香先哲、表彰兩浙詞學之盛，更是爲傳存傳統文化之精魂。況周頤《〈歷代兩浙詞人小傳〉序》更準確地掘發了周慶雲的心靈世界：

　　　　詞之極盛於南宋也，方當半壁河山將杌將汰，一時騷人韻士，

　　　　刻羽吟商，寧止流連光景云爾，其犖犖可傳者，大率有忠憤抑塞萬

〔註109〕周慶雲《靈峰下院秋雪庵記》，《夢坡文存》卷二，第 6 頁。

〔註110〕李劍亮《周慶雲的西湖詞緣》，《浙江工業大學學報》（社會科學版），2006 年第 2 期，第 123 頁。

〔註111〕周慶雲《余於西溪修復秋雪庵址，更集朋好創建兩浙詞人祠堂，辛巳九月落成。諸舍友以詩見寄，賦此報之》，見《夢坡詩存》卷八，第 18 頁。

〔註112〕白曾然《〈西溪秋雪庵志〉序》，見周慶雲著《西溪秋雪庵志》卷首，《西湖文獻叢書》第 5 冊，第 454 頁。

不得已之至情寄託於其間，而非曉風殘月、桂子飄香可同日語矣。
夢翁〔即周慶雲〕……丁世劇變，戰影滄洲，黍離麥秀之傷，以眠
南渡群公，殆又甚矣。開天全盛，何堪回首。韓陵片石而外，惟是
古人而稽，風雨一編，輒復按譜尋聲，以自陶寫其微尚所寄。〔註113〕

此序將北宋滅亡與清室既屋的時代背景貫穿起來，南渡詞人的忠憤之情
與周慶雲的憂世之心古今輝映，建祠與作傳均寄託著遺民詞人的黍離之悲。
序中還提到周慶雲孤寂無偶的處境。「韓陵片石」比喻同抱故國之思，文化之
慟的遺民。這些人寥寥可數。除與他們同泣同悲外，夢坡惟有通過勾稽古人
事蹟，發皇先哲心曲來安頓其深幽的詞心文心。而其寒寂無憑的內心感受，
亦反映出遺民詩人們對傳統文化衰微，風雅盛事難再的時代性焦慮。

丁丙修葺交蘆庵時，尚以弘揚隱逸精神、經營風雅山水爲祈向，周慶雲
與建秋雪庵、兩浙詞人祠則更多地寄託著黍離麥秀之傷感、文化危機之憂患。
由於時代變遷的原因造成了兩庵精神內核的差異，這種差異轉而豐富著西溪
的文化內涵。

另外，周慶雲在杭州尚有建超山宋梅亭之舉，亦是其遺民心態的反映。

民國十二年正月下浣，夢坡應姚虞琴之約，與汪惕予、王授珊等至超山
抱慈寺觀梅。寺中有樓名「香雪海」，樓前即宋梅。彭玉麟嘗在此對梅賦詩，
寄託隱逸之志，俞樾書之，摩刻超山石上。〔註114〕林琴南有《記超山梅花》，
述其形姿最爲傳神：「梅身半枯，側立水次，古幹詰屈，苔蟠其身，齒齒作鱗
甲。年久，苔色幻爲銅青。旁列十餘樹，皆明產也。」〔註115〕周慶雲一見之
下，甚喜其形貌氣節，遂生構亭梅旁之願。是年冬宋梅亭落成，又請吳昌碩
繪梅樹小影，勒石。夢坡爲宋梅亭題聯云：「與孤嶼萼綠華同聯眷屬，剩越山
多青樹共閱興亡。」上聯謂超山古梅與孤山梅萼共是隱逸精神的象徵，下聯
則寫古梅擁有悠久的歷史，數百年來靜觀桑海之變而生機長存，堪比士夫守
護文化之德。周慶雲在《宋梅亭記》中不無感慨地寫道：

〔註113〕周慶雲纂輯，方田點校：《歷代兩浙詞人小傳》卷首，杭州：浙江古籍出版社，
　　　　2012年版，第2頁。
〔註114〕彭玉麟：《賤辰避囂遊超山絕頂步月歸舟》：「駒光底事暗催人，六十年過又七
　　　　春。且向禪林參妙喜，漫呼明月問前因。江湖未醒夢中夢，天地空留身外身。
　　　　德薄幸能修到此，萬梅花裏過生辰。」見《彭玉麟集》下冊《退省庵聞草》，
　　　　第97頁。
〔註115〕林紓著：《畏廬文集》，《清代詩文集彙編》第775冊，第596頁。

　　　萬花之中，剩此冰雪之姿，野火不能摧，風霜不能蝕，殆以是
　　見天地之心乎！予自辛亥國變，散髮扁舟，俯仰局脊，抑鬱誰語？
　　今撫是梅，滄桑萬感，迸集於中，烏能自已！〔註116〕

　　他正是以超山宋梅寄託憂時傷世的故國之思與高潔堅貞、守志不移的遺
民精神。宋梅的這種文化內涵是有其歷史淵源的。超山有唐玉潛祠，唐玉潛
即唐珏，宋遺民。元僧楊璉真伽掘南宋諸陵，帝后骸骨散曝於野。唐珏懷忠
憤之情，散盡家資，冒險收拾遺骸，瘞之蘭亭山中，並植冬青樹為識。〔註117〕
據傳超山古梅亦由唐玉潛所種，因此周慶雲在宋梅亭聯中將古梅與冬青並
舉，著力強調其「共閱興亡」的歷史意義。〔註118〕

　　周慶雲的遺民情結在其詩文中多有呈露，然未有如《宋梅亭記》如此表
現得如此直接、沉痛。儘管古梅老幹紛披，斑駁枯裂，但仍保持著不懼野火，
凌霜傲雪的堅毅形象。這正可象徵飽經苦難卻生機不滅的中華文明，也意味
著周夢坡堅持、弘揚傳統文化的心願始終如一，老而彌堅。

　　宋梅亭建立後，周慶雲又多次前往超山探梅。民國二十二年，他已七十
歲，尚作《超山報慈寺劫後憑弔》七古長篇。是年二月二十六日，超山報慈
寺遭劫掠，住持正法被害，暴徒又縱火燒寺，幸得雷雨時至，淋滅大火，使
殿宇得到保存，但俞樾書彭玉麟避壽詩碑已毀壞斷裂，古梅亦被刀斧斫傷，
幸得陪護得法，生機漸復。吳昌碩逝世後，葬於報慈寺西側山麓。周慶雲此
詩既弔亡僧，又弔友人，更含有此身衰老、知音漸稀的感傷之意。而梅花被
刀而終無恙，亦隱有傳統文化雖備受摧折，終當重振復蘇的微意。同年十月
二十日，周慶雲逝於滬上。《超山報慈寺劫後憑弔》是其集中所存最後之長詩。
詩作甚長，現摘錄部分詩句見其暮年心事：

　　　……二月將終春欲暮，朅來溪上話相知。中宵殷雷龍驚蟄，聽
　　雨舟窗倚小詞。晨起忽聞人語雜，昨夜超山事出奇。勝蹟無何遭劫
　　火，山僧殉焉駭又悲。師名正法，年四十二，雲南人。……名山點綴稍解

〔註116〕周慶雲著：《夢坡文存》卷二，第 10 頁。

〔註117〕陶宗儀撰：《南村輟耕錄》卷四《發宋陵寢》，北京：中華書局，1959 年版，
　　　　第 43～44 頁。

〔註118〕唐珏種梅超山之事，筆者未見記載。周夢坡有《月下笛》詠超山古梅，有句
　　　　云：「鶴怨山空，花飛春老，夢殘南渡。冬青勁節，依約前身歲寒侶。」自注：
　　　　「相傳山中梅花為隱士唐珏所植，曾栽冬青於宋陵。」見《夢坡詞存》卷一，
　　　　民國二十二年（1933）刻本，第 2 頁。

囊，散金如沙問有誰？即使探囊物盡取，縱火戕生欲何爲！幸爲雷
雨漸驅散，大士一殿保宏規。拙記宋梅亭刻石，山門屹立勢已危。
彭籛〔按，指彭玉麟〕避壽亦有賦，曲園書石已斷離。千年古幹尚
無恙，對花慰藉定何辭。我向缶廬墓旁立，劫灰遙睎空愁眉。凡茲
浩劫誠難挽，尚盼高僧復主持。回瞻故人已宿草，未帶生芻憑友儀。
我昔周甲營生壙，十字碑題銘寸私。予墓缶老爲題「校官周夢坡及配張生
壙」十字。後死爲公書墓碼，交誼循環感切偲。萬梅花下卜幽藏，生
前自定魂自怡。我弔寺僧兼弔友，交縈百感長歎唏。亭午重遊乾元
觀，悲懷稍釋獨支頤。巉岩石壁新題字，依映深淵見雪髭。梅花香
裏滄江老，得探幽蹤解鬱伊。更欲南遊太山勝，番風片片雨絲絲。
今年空作探花使，上巳歸吟憑弔詩。〔註119〕

　　除靈峰補梅、重葺秋雪庵、文瀾補闕、建超山宋梅亭外，周慶雲還在莫
干山、延陵釣臺、金山、焦山等地遊歷，寄託隱逸情懷，亦有繪圖徵題、編
輯山水志之盛舉，可見其文化理想。因與杭州山水無涉，便不再此贅述了。

（三）略論周慶雲的評價問題

　　周慶雲的遺民情結在一幫心念故國的詩人中是頗受認可的，然而他畢竟
以實業家的身份爲國家的經濟發展做出巨大貢獻，其文化功業亦需雄厚的財
力支撐才可展開。鄭逸梅先生早年曾入南社，對周夢坡便不以遺民視之，他
這樣評價周慶雲：

> 湘舲之爲人，既具經世之才，復擅貿遷之術，在利國利民之下，
> 得以瞻家而瞻身。即藝事方面，卻又登峰造極，兼貨值儒林而一之，
> 那就非拘迂占畢，戴破頭巾之流所得望其項背了。〔註120〕

　　周慶雲逝世後，爲其作銘誄哀辭者既有汪兆銘、于右任這樣的國民政府
政要，又有蔡元培、胡樸安這樣的學界聞人。〔註121〕此所謂蓋棺定論，在他
們大力推揚周慶雲實業、文化成就的同時，周氏俯仰局脊、滄桑萬感的遺民
情志似乎要被遮蔽忘卻了——與他知心且在世的前朝遺老如潘飛聲、楊鍾
羲、姚虞琴等自然沒有上述人士的影響力。章太炎嘗爲其作墓誌銘，所論頗

〔註119〕周慶雲著：《夢坡詩存》卷十四，第 15〜16 頁。
〔註120〕鄭逸梅《風雅巨商周湘舲》，《紙帳銅瓶》卷一《人往風微》，第 47 頁。
〔註121〕見《吳興周夢坡先生訃告》附行狀銘誄，《近代中國史料叢刊》第 81 輯第 816
　　　　冊。

有可觀者。章氏早年參加排滿革命，自不會從滿清遺老的角度審視周慶雲，卻通過不偏不倚的論說揭示了周夢坡的隱逸心靈。他寫道：「太史傳貨殖，以子貢、范蠡建首，言有其質不可無其文，至猗頓之倫末矣。」周慶雲是商人沒有錯，卻爲子貢、范蠡之流亞，以貨殖爲業而「讀書、懷隱君子之德」，這樣的評價並不算低。對於周慶雲實業成就與文化事業的關係，他又以司馬遷的觀點進行申說，所謂：「以末致富，用本守之。」儒家以商爲末，以農爲本。這裡的本，是指文化。周慶雲用商業致富，卻以這些財富弘揚文化，這正是儒士之行。最後，章太炎以「儒素篤雅，處亂世而不失其清」爲其定評，又贊之曰：「澹兮其不負岩阿」〔註122〕。身處亂世而不失其志，不負山水而心靈瑩潔，這兩者是古之隱君子最明顯的特徵，周慶雲庶幾有之。章太炎以周氏爲儒商祖師子貢及商聖范蠡之雲礽，表彰其文藝成就與慈善行爲，並肯定其堅守本心、愛山樂水的隱士情懷，這樣的評價可謂客觀而中肯。若周慶雲在世得見此文，亦當不以爲謬的。此銘文字較多，不具錄。

小　結

　　辛亥革命之後，種族革命與政治革命成爲時代的主要潮流。杭州政權的易幟，兵不血刃，西湖風物並未如庚辛之變般遭到嚴重破壞，然而前清中興諸將的祠廟大多被革命烈士的陵墓所取代，駐防營被拆棄、改辟爲市場，這些事件都成爲懷有故國之思的西湖遺民之心靈隱痛。《之江濤聲》卷首有詩云：「前胥後種浙江潮，迸入詩聲怒未消。同是遺民亡國恨，湖山無恙弔先朝。」恰能反映當時遺民的心理。雖然湖山無恙，風景不殊，但已有山河之異，更何況以西方文明爲內核的新文化運動旋踵而止，遺民在追懷故國的同時，難免再生道統澆漓、文化衰微的焦慮。而同光中興時那批湖山隱士尚無如此強烈的危機意識，乃以復蘇文化爲己任。這正是遺民詩人與二三十年前那批文化隱士的區別之處。

　　然而，與上海等新舊文化激烈交鋒的地域相比，杭州人文精神的變遷還是緩慢而平和的。加之滬杭鐵路開通，來西湖遊歷與定居的遺民比比皆是，在民國初年形成了多個遺民文化的群落。如吳昌碩任西泠印社社長，常常往來於滬杭之間，有一批雅好金石書畫的文化名流圍繞在他周圍，其中不乏心

〔註122〕章太炎之言引自《周湘舲墓誌銘》，見《章太炎全集》第五冊之《太炎文錄續編》卷五，第279～280頁。

向隱逸者。而吳昌碩本人的遺民情懷亦爲時流所重。俞明震與陳曾壽寓居西湖南端南湖之畔，此地與遊人雜沓的北里湖及辟爲市場的清波門至錢塘門一帶相比，較爲幽僻靜謐，詩人嘯詠湖山間，乃可紓解故國淪亡之痛，使無處依憑的心靈得到安頓。上海、南京等地的遺民來西湖遊賞，常以俞、陳二莊爲棲身之所，此地隱然成爲聯結各處遺民的樞紐。除南北諸山外，遺民的遊屐還嘗至西溪，實因此地與繁榮喧囂的西湖相比，更爲幽僻，更能慰藉其憤懣苦痛的心靈。詩人們中心鬱結，發憤作詩，其中憂世憂生之作尚有存於陳曾壽所輯《西湖紀遊詩》中者。

另外，康有爲在丁家山亦有別業，稱一天園。只是他頻年往來上海、青島間，與湖上遺民交遊較少。雖有「花開花落春何意，避地避人天與遊」〔註123〕這樣申明避世情懷的詩句，但也難以掩蓋其熾熱的用事之心。

本章以陳三立、周慶雲兩人爲重點研究的個案，一爲在西湖山水中固守文化精神者，一爲通過救護湖山舊跡而保存傳統文化者。兩人代表了西湖文化遺民的不同類型。

關於陳三立，首先通過其西湖詩文探析西湖的隱逸精神對其歸隱生涯產生的意義與影響。再以朱舜水祠堂與法相寺古樟兩個具有隱逸特質的意象發掘其心靈堅持的意義與對文化的關懷。散原晚年遭受喪妻失子之痛，因在西湖隱居而使情感得到平復，身心受到療治，此時雖多澹泊平和之作，但其底層的精神仍是對國運與文運的憂患之感。其遺民情結的內涵實是多元的。

周慶雲是近代有名的實業家，雖與政經文藝各界人士皆有交誼，但考其心跡，文人情懷實主導其精神世界，以遊山泛水爲生平樂事，而特喜西湖之清幽，在清朝末年有靈峰補梅的風雅之舉，可見其隱逸情懷。入民國後，高隱出世之志一轉而爲忠憤哀婉的遺民之思。在上海主持淞濱吟社與諸詩老酬唱，寄託此心；在杭州則以修葺秋雪庵、建立兩浙詞人祠、修築超山宋梅亭等表現對北宋南渡群賢及南宋遺民精神的推尊與繼承。周慶雲對西湖最重要的貢獻，當屬襄助張宗祥補鈔文瀾閣《四庫全書》，爲這項彪炳史冊的文化盛舉籌措資金。他恢復湖山風物、補闕西湖文獻的義行多有蹤武丁丙兄弟的意味，傳承著他們的高隱理想與文化精神。然而在傳統裂變、文風澆薄的時代背景下，周慶雲護持風雅的行爲亦有著回應新文化思潮的意義。這些名重藝

〔註123〕《一天園詩》十章其五，見康有爲著《康有爲全集》卷十二《康南海先生詩集》之《游存廬詩集》，第350頁。

林、功在湖山的行為的心理動因及文化理路,都可從周氏的詩文著作及其編輯的山水志書中尋繹而得。

　　總之,對於棲身山麓,行吟澤畔的西湖遺民詩人而言,他們所擔荷的不僅是一國一姓之悲哀,更肩負著執守傳統、託命文化的重任。「迴避而全其道」者〔註124〕,是之謂也。

〔註124〕范蔚宗《逸民傳論》,見蕭統編,李善著:《文選》卷五十《史論》下,第2213頁。

結　語

　　1929 年 6 月至 10 月，杭州舉辦了第一屆西湖博覽會。當時南京國民政府
在形式上完成了對全國的統一，正以恢復民生、振興經濟爲第一要務。博覽
會在西湖舉行，實因此地遊人如織，來會參觀者自不會少，能收到巨大的社
會效益。果然遊客多至十餘萬，熙攘之間，使博覽會幾成民國肇建以來杭州
的一場狂歡節。博覽會以提倡國貨、獎勵實業爲宗旨，雖亦有覃敷文化的口
號，但在以物質文明爲尚，以競爭求利爲尊的大勢之下，幾成空言。博覽會
設立八個分館，其一爲藝術館，然亦以西方式的繪畫雕塑爲大宗，古書畫的
陳列室則極爲狹小，三多收藏的《西溪梅竹山莊圖》曾在此展覽，然而腳步
匆匆奔走各館的遊人們哪有安靜的心態去領略圖中的隱士情懷呢？

　　博覽會的成功舉辦是杭州乃至兩浙邁向工業文明的宣言，亦是西湖傳統
文化進一步被邊緣化的標誌性事件。其時吳昌碩逝世未久，俞明震作古多年。
陳曾壽、陳三立也已離開西湖，蟄居上海。周慶雲往來滬杭間，大有舊雨不
逢，知音難覓的感慨。湖上多遺民的盛況已經不復存在。

　　以此年向前迴溯一甲子，恰是俞樾主持詁經精舍、丁氏昆仲搜訪文瀾閣
佚書、江順詒、白驥良等舉行西泠消寒會的時代。當時正值庚辛戰亂平息不
久，湖山景致在劫灰中重新興復，文化事業亦駸然有追步乾嘉之勢。胸懷隱
逸理想的文人對西湖文化的復蘇居功厥偉，而湖山美景又吸引著他鄉的士人
前來遊歷乃至定居於此，親近山水以酬高隱出世之願。一些對西湖文化產生
重要影響的湖山隱者，本身也成爲文化精神的象徵，或垂譽於當時，或流芳
於後代。他們的影響是雙方面的，一是退隱湖山，與政治疏離，不慕名利的
自淑精神；一是振興文化，傳承禮樂，歸正人心的淑世情懷。他鄉、異族文

人對西湖的想望與歸化，在很大程度上是受到這些湖山隱士道德生命與文化力量的感召而萌生心願的。如彭玉麟隱居西湖便表現出對俞樾所代表的文化生命的親近與崇仰之意，胡俊章編選《西湖詩錄》亦由曲園予以審定。三多早年親近湖山之心亦由其師王夢薇滋培而成。對後來士人的影響而言，丁申、丁丙不慕功名，為恢復西湖典籍、保存鄉邦文獻孜孜矻矻，終身不殆，亦成為張宗祥、周慶雲等振興西湖文化事業的先聲。

　　晚清民初西湖隱士的心靈世界常通過其吟詠湖山的詩文進行呈露。他們筆下的很多意象都留有時代的痕跡，其內涵亦在繼續傳衍中得到擴容。比如岳飛祠前的蘿塔，在晚清湖舫吟社諸公詩中體現的是文化生命歷劫不改的意涵，而在吳昌碩筆下則兼具遺民精神與挺立文化兩層含義；再如從靈峰探梅到靈峰補梅，梅花意象更成為西湖文化從絢爛走向衰颯，從衰颯轉而涅槃之軌跡的象徵。清朝滅亡後，遁跡西湖的遺民遊歷山水以遣忠憤之情，不僅習見的風物被賦予了故國之思（如陳曾壽、康有為所詠的西溪蘆花），他們還經常吟詠隱藏在山林深處不為世人所知的景物（如陳三立詠法相寺古樟），表現其不求聞達、安貧守志的遺民之節。周慶雲作為前清遺民中富有資財者，通過修築兩浙詞人祠、修築宋梅亭等行為紓解黍離麥秀之傷，擔當起守護風雅的使命，亦不能挽回傳統文化的衰頹之勢。1924 年雷峰塔傾圮，遺民詩人更有天崩地坼之慨，感憂患於外物，將其視為傳統社會與文化陷入末劫之世的象徵。

　　追憶過晚清民初六七十年間隱士、遺民在西湖安頓心靈，守護文化的歷史之後，還須思考一個問題：既然西湖博覽會的舉辦顯示出以杭州社會的現代性轉型，西湖的風雅精神已失去了固有的文化核心地位，邊緣化已極，那麼原本附麗於傳統社會形態的西湖隱士文化是否失去了存在的基礎而趨於消亡呢？答案是否定的。且不必說陳三立靈柩移葬西湖時喚起當日湖山舊友的幾多隱逸舊思，以西湖為最終歸宿者尚有其人，這未嘗不可看作西湖隱逸精神仍在當時文人心中佔有重要地位的表徵。

　　曾與吳昌碩、周慶雲交好的著名畫家姚虞琴雖久居上海，但喜西湖清景，經常往來滬杭間，在湖上寓居時往往有出塵之思。1937 年日寇陷杭州，欲請他主持杭縣維持會。他嚴詞拒絕，遂在超山營建生壙，以明死守湖山之志。李宣龔為其作《為姚虞琴題〈超山生壙圖〉》詩云：

　　　　世亂已無干淨土，何必生前求死所。況君壽骨似梅花，底用夢

尸占古語。醉中荷鍤休爭誇，要離穿冢心無暇。買鄰千萬平生意，
留與青山傍謝家。〔註1〕

　　雖語含慰解之意，然世無淨土、要離穿冢之言更可見姚氏抗懷憤世的精
神。這與陳三立等遺民的忠憤之心何其相似。結合超山有宋梅亭、宋遺民唐
玉潛祠堂、吳昌碩墓等遺跡，姚虞琴的遺民情懷便呼之欲出了。

　　儒學大師馬一浮是又一位西湖隱士。從民國元年到抗戰前，他一直在杭
州研究儒學、佛學，雖然窮居陋巷，卻甚有顏回之樂。抗戰爆發後，他輾轉
來到四川，在樂山烏尤寺主持復性書院講席。1946 年回到杭州，其弟子蔣國
榜奉師居於西湖蔣莊。馬一浮得以潛心著述，終老湖上。其《湖上書感》詩
云：

浮生隨處是蘧廬，去國還鄉理本如。暫與東坡分半席，未妨和
靖對門居。盈窗每憶峨眉月，近水時憐二寸魚。坐嘯冥搜成底事，
荷花鷗鳥莫關余。〔註2〕

　　詩人雖達天知命，以天地爲蘧廬，但能在戰亂後能回到西湖，仍是很快
樂適意的。通過「東坡」、「和靖」二句，詩人的高隱之情得以呈顯。「近水觀
魚」句可見詩人心靈與自然之生機相通。而「荷花鷗鳥」句則可見其萬物不
縈於懷的修養工夫。

　　馬一浮隱居湖山有著傳繼絕學的文化意味，姚虞琴自築生壙則以抗議強
權而執守爲士的尊嚴。這兩者都是西湖隱逸文化的題中之義，由此可見隱逸
文化之根基未移。只是在時代趨新、傳統式微的形勢下，再難形成晚清民初
那人員眾多、繁盛自由的隱逸詩人群落。隱士精神業已衰頹，是不爭的事實，
但其又如同潺潺汩汩的伏流，雖行跡微茫，然而生意尤存。傳統文化的命運
亦當如是觀。

〔註 1〕　李宣龔著，黃曙輝點校：《李宣龔詩文集》之《碩果亭詩》卷下，上海：華東
　　　　師範大學出版社，2009 年版，第 144 頁。
〔註 2〕　馬一浮著，馬鏡全、丁敬涵等校點：《馬一浮集》第三冊《蠲戲齋詩編年集》，
　　　　第 409 頁。

主要參考文獻

著述類（以著者姓氏拼音爲序）

B

1. 〔唐〕白居易著，朱金城箋校：《白居易集箋校》，上海：上海古籍出版社，1988 年版。

2. 〔清〕白驥良輯、秦緗業選：《西泠消寒集》，清同治十二年（1873）刻本

3. 〔清〕寶廷著，聶世美點校：《偶齋詩草》，上海：上海古籍出版社，2012 年版。

C

1. 陳寶琛著，劉永翔、許全勝校點：《滄趣樓詩文集》，上海：上海古籍出版社，2013 年版。

2. 陳方恪著，潘益民輯注：《陳方恪詩詞集》，南昌：江西人民出版社，2007 年版。

3. 〔清〕陳豪著：《冬暄草堂遺詩》，清宣統三年（1911）刻本。

4. 陳隆恪著、張求會整理：《同照閣詩集》，北京：中華書局，2007 年版

5. 陳三立著、李開軍校點：《散原精舍詩文集》，上海：上海古籍出版社，2003 年版。

6. 陳三立等撰：《南湖吟》（又名《陳俞夏陳四先生西湖雜詩》），民國八年（1919）石印本。

7. 〔清〕陳文述著：《西泠懷古集》，見王國平主編《西湖文獻集成》第 27 冊，杭州：杭州出版社，2004 年版。

8. 陳曾壽著，張寅彭、王培軍校點：《蒼虬閣詩集》，上海：上海古籍出版社，2009 年版。

9. 陳曾壽輯選：《西湖紀遊詩》，民國五年（1916）石印本。

10. 程俊英、蔣元見著：《詩經注析》，北京：中華書局，1991 年版。

11. 〔清〕程世勛等撰：《風木庵題詠》，《西湖文獻集成》第 18 冊，杭州：杭州出版社，2004 年版。

D

1. 〔清〕戴熙撰：《習苦齋題畫》，見俞劍華編著《中國古代畫論類編》下冊，北京：人民美術出版社，2004 年版。

2. 〔清〕戴熙著：《習苦齋詩集》，《清代詩文集彙編》第 608 冊，上海：上海古籍出版社，2010 年版。

3. 〔清〕丁丙著：《松夢寮詩稿》，《續修四庫全書》集部第 1559 冊，上海：上海古籍出版社，2002 年版。

4. 〔清〕丁丙輯：《庚辛泣杭錄》，《西湖文獻集成》第 9 冊，杭州：杭州出版社，2004 年版。

5. 〔清〕丁立中編：《先考松生府君年譜》，《北京圖書館藏珍本年譜叢刊》第 172 冊，北京：北京圖書館出版社，1999 年版。

6. 〔清〕丁申、丁丙輯：《國朝杭郡詩三輯》，清光緒十五年（1889）刻本。

7. 鄧小軍著：《詩史釋證》，北京：中華書局，2004 年版。

F

1. 〔南朝宋〕范曄撰，李賢等注：《後漢書》，北京：中華書局，1965 年版。

2. 〔宋〕范仲淹著，范能濬編：《范仲淹全集》之《范文正公文集》，南京：鳳凰出版社，2004 年版。

G

1. 〔清〕高望曾著：《茶夢庵劫後稿》，見《清代詩文集彙編》第 677 冊，上海：上海古籍出版社，2010 年版。

2. 〔宋〕郭茂倩編撰，聶世美、倉陽卿校點：《樂府詩集》，上海：上海古籍出版社，1998 年版。

H

1. 〔唐〕韓愈著，閻琦校注，《韓昌黎文集注釋》，西安：三秦出版社，2004 年版。

2. 〔清〕何紹基著，曹旭校點：《東洲草堂詩鈔》，上海：上海古籍出版社，2012 年版。

3. 胡翰祥纂：《西湖新志》，《西湖文獻集成》第 10 冊，杭州：杭州出版社，2004 年版。

4. 〔清〕胡俊章輯：《西湖詩錄》，國家圖書館藏稿本。

5. 胡曉明著：《中國詩學之精神》，南昌：江西人民出版社，1990 年版。

6. 〔宋〕黃昇選：《花庵詞選》之《中興以來絕妙詞選》，北京：中華書局，1958 年版。

7. 〔清〕黃燮清著，《倚晴樓詩集》、《續集》、《詩餘》，《清代詩文集彙編》第 619 冊，上海：上海古籍出版社，2010 年版。

J

1. 〔清〕江湜著、左鵬軍點校：《伏敔堂詩錄》，上海：上海古籍出版社，2008 年版。

2. 〔清〕江順詒輯：《西泠酬倡集》、《二集》、《三集》，清光緒間刊本。

3. 蔣星煜著：《中國隱士與中國文化》，重慶：中華書局，1943 年版。

4. 〔清〕金安清著：《偶園詩鈔》，上海圖書館藏稿本。

5. 金梁撰：《旗下舊俗》，《西湖文獻集成》第 14 冊，杭州：杭州出版社，2004 年版。

K

1. 康有爲著，姜義華、張榮華編校：《康有爲全集》卷十二《康南海先生詩集》，北京：中國人民大學出版社，2007 年版。

L

1. 冷成金著：《隱士與解脫》，北京：作家出版社，1997 年版。

2. 李春光纂：《清代名人軼事輯覽》，北京：中國社會科學出版社，2004 年版。

3. 〔清〕李慈銘著，劉再華校點，《越縵堂詩文集》，上海：上海古籍出版社，2008 年版。

4. 〔清〕李桓著：《寶韋齋類稿》，《清代詩文集彙編》第 705 冊，上海：上海古籍出版社，2010 年版。

5. 〔清〕李衛修、傅王露纂：《西湖志》（清雍正間浙江鹽驛道本），《西湖文獻集成》4～6 冊，杭州：杭州出版社，2004 年版。

6. 李宣龔著，黃曙輝點校：《李宣龔詩文集》，上海：華東師範大學出版社，2009 年版。

7. 〔清〕厲鶚著，董兆熊注，陳九思標校：《樊榭山房集》，上海：上海古籍出版社，2012 年版。

8. 〔宋〕林逋著，沈幼征校注：《林和靖詩集》，杭州：浙江古籍出版社，1986 年版。

9. 〔宋〕劉過著，馬興榮校箋：《龍洲詞校箋》，南昌：江西人民出版社，1999 年版。

10. 〔清〕陸次雲著：《湖壖雜記》，《西湖文獻集成》第 8 冊，杭州：杭州出版社，2004 年版。

11. 羅爾綱著：《困學覓知》，杭州：浙江人民出版社，2000 年版。

12. 羅惠縉著：《民初『文化遺民』研究》，武漢：武漢大學出版社，2011 年版。

M

1. 馬衛中、董俊珏著：《陳三立年譜》，蘇州：蘇州大學出版社，2010 年版。

2. 馬一浮著，馬鏡全、丁敬涵等校點：《馬一浮集》，杭州：浙江古籍出版社，1996 年版。

3. 繆荃孫著：《藝風堂文續集》，《續修四庫全書》第 1574 冊，上海：上海古籍出版社，2002 年版。

P

1. 〔清〕潘衍桐編纂，夏勇、熊湘整理：《兩浙輶軒續錄》，杭州：浙江古籍出版社，2014 年版。

2. 〔清〕潘鍾瑞著：《香禪精舍集》，《清代詩文集彙編》第 691 冊，上海：上海古籍出版社，2010 年版。

3. 彭萬隆、蕭瑞峰著：《西湖文學史（唐宋卷)》杭州：浙江大學出版社，2013 年版。

4. 〔清〕彭玉麟著，梁紹輝等點校：《彭玉麟集》，長沙：嶽麓書社，2008 年版。

Q

1. 錢穆著：《國史新論》，北京：三聯書店，2001 年版。

2. 〔清〕秦緗業著：《虹橋老屋遺稿》，《清代詩文集彙編》第 653 冊，上海：上海古籍出版社，2010 年版。

3. 〔清〕瞿鴻禨著，諶東飆校點：《瞿鴻禨集》之《瞿文慎公詩選》，長沙：長沙人民出版社，2010 年版。

S

1. 三多著：《杭州旗營掌故》，《西湖文獻集成》第 13 冊，杭州：杭州出版社，2004 年版。

2. 三多著:《可園詩鈔》、《可園詩外》,《清代詩文集彙編》第 792 冊,上海:上海古籍出版社,2010 年版。

3. 〔清〕施補華著:《澤雅堂詩集》,《清代詩文集彙編》第 731 冊,上海:上海古籍出版社,2010 年版。

4. 石守謙、廖肇亨主編:《東亞文化意象之形塑》,臺北:允晨文化實業股份有限公司,2011 年版。

5. 〔清〕釋敬安著,梅季點校:《八指頭陀詩文集》,長沙:嶽麓書社,1984 年版。

6. 〔清〕守安等輯:《西湖楹聯》,《西湖文獻集成》第 27 冊,杭州:杭州出版社,2004 年版。

7. 〔漢〕司馬遷撰:《史記》,北京:中華書局,1982 年版。

8. 〔宋〕蘇軾著,馮應榴輯注:《蘇軾詩集合注》卷七,上海:上海古籍出版社,2001 年版。

9. 〔宋〕蘇軾著,朱孝臧編年,龍榆生校箋,朱懷春標點:《東坡樂府箋》,上海:上海古籍出版社,2009 年版。

10. 〔清〕孫峻、孫樹禮著:《文瀾閣志》,《西湖文獻集成》第 20 冊,杭州:杭州出版社,2004 年版。

11. 孫延釗撰,徐和雍、周立人整理:《孫衣言、孫詒讓父子年譜》,上海:上海社會科學院出版社,2003 年版。

T

1. 〔晉〕陶淵明著、龔斌校箋:《陶淵明集》,上海:上海古籍出版社,1996 年版。

2. 〔元〕陶宗儀撰:《南村輟耕錄》卷四《發宋陵寢》,北京:中華書局,1959 年版

3. 〔清〕譚嗣同著:《譚嗣同全集》之《仁學》,北京:生活・讀書・新知三聯書店,1954 年版。

4. 〔清〕譚獻著,羅仲鼎、俞浣萍點校:《譚獻集》,杭州:浙江古籍出版社,2012 年版。

W

1. 〔明〕王夫之等著:《永曆實錄》,北京:北京古籍出版社,2002 年版。

2. 〔清〕王景彝著:《琳齋詩稿》,《清代詩文集彙編》第 660 冊,上海:上海古籍出版社,2010 年版。

3. 王佩智編著:《西泠印社摩崖石刻》,杭州:西泠印社出版社,2007 年版。

4. 〔清〕王廷鼎著:《紫薇花館詩稿》,《清代詩文集彙編》第 742 冊,上海:

上海古籍出版社，2010 年版。

5. 〔清〕王同著：《杭州三書院紀略》，《西湖文獻集成》第 20 冊，杭州：杭州出版社，2004 年版。

6. 〔清〕王先謙著：《王先謙詩文集》，長沙：嶽麓書社，2008 年版。

7. 〔清〕王詒壽著：《縵雅堂詩》，《清代詩文集彙編》第 711 冊，上海：上海古籍出版社，2010 年版。

8. 〔清〕汪芑著：《茶磨山人詩鈔》，《清代詩文集彙編》第 716 冊，上海：上海古籍出版社，2010 年版。

9. 吳昌碩著、童音校點：《吳昌碩詩集》，上海：華東師範大學出版社，2009 年版。

10. 〔清〕吳慶坻著：《補松廬詩錄》、《悔餘生詩》，《清代詩文集彙編》第 770 冊，上海：上海古籍出版社，2010 年版。

11. 〔清〕吳慶坻撰，張文其、劉德麟點校：《蕉廊脞錄》，北京：中華書局，1990 年

12. 〔清〕吳兆麟著：《鐵花山館詩稿》，《清代詩文集彙編》第 625 冊，上海：上海古籍出版社，2010 年版。

X

1. 〔梁〕蕭統編，李善著：《文選》，上海：上海古籍出版社，1986 年版。

2. 邢捷編著：《吳昌碩書畫鑒定》附錄《吳昌碩年譜》，天津：天津古籍出版社，2000 年版。

3. 徐珂編撰：《清稗類鈔》，北京：中華書局，1984 年版。

4. 許維遹著：《韓詩外傳集釋》，北京：中華書局，1980 年版。

5. 〔清〕薛時雨著：《藤香館詩鈔》、《詩續鈔》、《藤香館詞》，《清代詩文集彙編》第 671 冊，上海：上海古籍出版社：2010 年版。

Y

1. 〔清〕楊葆光著：《蘇盦詩錄》，《近代中國史料叢刊續編》第 1 輯第 19 冊，臺北：文海出版社，1984 年版。

2. 姚光著，姚昆群等編：《姚光集》第四編《倚劍吹簫樓詩集》，北京：社會科學文獻出版社，2000 年版。

3. 俞陛雲著：《小竹里館吟草》，民國間刻本。

4. 俞明震著，馬亞中點校：《觚庵詩存》，上海：上海古籍出版社，2008 年版。

5. 〔清〕俞樾著：《春在堂詩編》，《續修四庫全書》集部第 1551 冊，上海：上海古籍出版社，2002 年版。

6. 〔清〕俞樾著：《春在堂詞錄》，《春在堂全書》第 5 冊，南京：鳳凰出版社，2010 年版。

7. 〔清〕俞樾著《春在堂雜文》，《清代詩文集彙編》第 685～686 冊，上海：上海古籍出版社，2010 年版。

8. 〔清〕俞樾著，張道貴、丁鳳麟標點：《春在堂隨筆》，南京：江蘇人民出版社，1984 年版。

9. 〔清〕俞樾著：《俞樓詩紀》，《西湖文獻集成》第 27 冊，杭州：杭州出版社，2004 年版。

10. 〔宋〕岳珂撰，吳企明點校：《桯史》，北京：中華書局，1981 年版。

Z

1. 〔清〕章黼輯：《西溪梅竹山莊圖題詠》，《西湖文獻集成》第 18 冊，杭州：杭州出版社，2004 年版。

2. 章太炎著：《章太炎全集》第五冊，上海：上海人民出版社，1985 年版。

3. 〔明〕張岱著，夏咸淳、程維榮校注：《西湖夢尋》，上海：上海古籍出版社，2001 年版。

4. 張慧劍著：《辰子說林》，長沙：嶽麓書社，1985 年版。

5. 〔清〕張景祁著：《新蘅詞》，《續修四庫全書》集部第 1727 冊，上海：上海古籍出版社，2002 年版。

6. 〔清〕張鳴珂著：《寒松閣詩》，《清代詩文集彙編》第 710 冊，上海：上海古籍出版社，2010 年版。

7. 張其昀撰：《西湖風景史》，《西湖文獻集成》第 10 冊，杭州：杭州出版社，2004 年版。

8. 張崟撰：《文瀾閣〈四庫全書〉史稿》，《西湖文獻集成》第 20 冊，杭州：杭州出版社，2004 年版。

9. 〔清〕張應昌著：《彝壽軒詩鈔》、《煙波漁唱》，《續修四庫全書》集部第 1517 冊，上海：上海古籍出版社，2002 年版。

10. 張宗祥著：《補抄文瀾閣〈四庫全書〉史實》，《西湖文獻集成》第 20 冊，杭州：杭州出版社，2004 年版。

11. 趙爾巽等撰：《清史稿》，北京：中華書局，1977 年版。

12. 鄭文焯著：《補梅書屋詩鈔》，民國間抄本，上海圖書館藏。

13. 鄭孝胥著，黃珅、楊曉波點校：《海藏樓詩集》（增訂本），上海：上海古籍出版社，2013 年版。

14. 鄭孝胥著，勞祖德整理：《鄭孝胥日記》，北京：中華書局，1993 年版。

15. 鄭逸梅著：《紙帳銅瓶》，南京：江蘇文藝出版社，2006 年版。

16. 〔宋〕智圓著：《閑居編》，見藏經書院編《續藏經》第 101 冊，臺北：新文豐出版公司，1994 年版。

17. 鍾毓龍撰：《說杭州》，見王國平主編《西湖文獻集成》第 11 冊，2004 年版。

18. 〔宋〕周密著，高心露、高虎子校點，《齊東野語》，濟南：齊魯書社，2007 年版。

19. 周慶雲著：《夢坡詩存》、《詞存》、《文存》，民國二十二年（1933）夢坡室刻本。

20. 周慶雲著《西溪秋雪庵志》，《西湖文獻叢書》第 5 冊，上海：上海古籍出版社，1999 年版。

21. 周慶雲撰：《靈峰志》，《西湖文獻集成》第 21 冊，杭州：杭州出版社，2004 年版。

22. 周慶雲纂輯，方田點校：《歷代兩浙詞人小傳》，杭州：浙江古籍出版社，2012 年版。

23. 周延礽著：《吳興周夢坡先生慶雲年譜》（附訃告、哀啟等），《近代中國史料叢刊》第 81 輯第 816 冊，臺北：文海出版社，1966 年版。

24. 〔明〕朱舜水著，朱謙之整理：《朱舜水集》，北京：中華書局，1981 年版。

25. 〔宋〕朱熹撰：《四書章句集注》，北京：中華書局，1983 年版。

26. 朱則傑著：《清詩考證》，北京：人民文學出版社，2012 年版。

論文類　以發表、撰寫時間為序

一、期刊論文

1. 陳銳撰：《二十世紀中國的隱士——馬一浮》，《杭州師範學院學報》（社會科學版），1991 年第 4 期。

2. 朱東安撰：《曾國藩幕府的糧餉籌辦機構》，《曾國藩學刊》，1994 年第 1 期。

3. 張海鷗撰：《宋代隱士隱居原因初探》，《求索》，1999 年第 4 期。

4. 何宗美撰：《明代杭州西湖的詩社》，《典籍與文化》，2002 年 9 月。

5. 李劍亮撰：《周慶雲的西湖詞緣》，《浙江工業大學學報》（社會科學版），2006 年第 2 期。

6. 徐雁平撰：《詁經精舍：從阮元到俞樾》，《古典文獻研究》第十輯，2007 年。

7. 胡曉明撰：《真隱士的看不見與道家是一個零——略說客觀的瞭解與文學

史的編寫》，《北京大學學報》哲學社會科學版，2010 年第 3 期。

8. 朱則傑、李楊撰：《「潛園吟社」考》，《文學遺產》，2010 年第 6 期。

9. 胡曉眞撰：《離亂杭州——戰爭記憶與杭州紀事文學》，《東吳學術》，2013
年第 1 期。

10. 劉正平撰：《南屏詩社考論》，《北京大學學報》（哲學社會科學版），2013
年第 3 期。

11. 朱則傑撰：《鐵花吟社的社詩總集與集會唱和》，《詩書畫》雜誌第 8 期，
2013 年 4 月。

12. 周膺、吳晶撰：《丁丙及杭州丁氏家族家世考述》，《浙江學刊》，2013 年
第 5 期。

二、會議論文

1. 張海鷗撰：《蘇軾對白居易的文化受容和詩學批評》，見《第二屆宋代文
學國際研討會論文集》，2002 年 8 月。

2. 胡曉明撰：《從嚴子陵到黃公望：富春江的文化意象——〈富春山居圖〉
的前傳》，《第三屆江南文化論壇論文彙編》，2014 年 10 月。

3. 曾慶雨《興亡千載話雷峰——試論雷峰塔意象的古今演變》，《第三屆江
南文化論壇論文彙編》，2014 年年 10 月。

三、學位論文

1. 孫老虎撰：《陳三立詩學研究》，華東師範大學 2005 年博士學位論文。

2. 霍建波撰：《隱逸詩研究》，陝西師範大學 2005 年博士學位論文。

3. 冀穎潔撰：《俞樾詩詞研究》，湖南大學 2010 年碩士學位論文。

4. 周敏撰：《〈國朝杭郡詩輯〉研究》，南京大學 2010 年碩士學位論文。

5. 李桔松撰：《清末民初三多詩詞研究》，內蒙古大學 2013 年碩士學位論文。

附錄一：西湖紀遊詩

《西湖紀遊詩》一卷，陳曾壽輯，民國五年（1916）石印本，華東師範大學圖書館藏。

卷首

曾壽奉母南湖，夙與觚庵有結鄰之約。今秋觚庵新屋落成，散原先生及蒿老相繼至。因同歷南北諸峰之盛。補松丈與二公爲齊年舊友，約遊西溪。諸君貞長又約遊雲棲凡旬日。各得詩若干首。散叟歸後寓書，屬寫付石印，以遺同好。乃屬詢先七弟書之。　　　　　　　　　　丙辰十二月曾壽識

寄仁先戲問彙刊同人《西湖紀遊詩》

搖影湖山五六公，一時得句顯鴻濛。蕩摩靈境鬚眉古，灌漑禪機肺腑同。以補畫圖呼主客，敢災梨棗亦英雄。搜尋老味旌笻杖，好事天曾役病翁。病山有《天目紀遊詩》刊本。

　　　　　　　　　　　　　　　　　　　　　　　　　　　三　立

正文：

南湖訪仁先即次其同遊虎跑泉韻　　　蒿庵〔馮煦〕

鬱鬱居海曲，沉憂譬積疢。方寸萬矢的，到此始一矧。秋潦皎於鏡，鑒我衰鬢影。縱擢尋南湖，一矚雷峰頂。陳子辱厚我，延望方引領。竹樹何翛翛，虛閣彌峻整。坐我管寧牀，酌我盧仝茗。群從海鷗姿，一照光炯炯。靈襟澡冰雪，非與樊溷等。半枰劫正急，一瓢窮可忍。散原霏玉談，娓娓不知暝。丈室含太和，何有世炎冷。

同陳尚一遊高劉二園次散原夜抵南湖新宅韻

陳子屏人事，一拓湖上扉。執手無雜言，篤雅弢天機。命子導我遊，捷若沙鷗飛。野竹上干霄，峭直眾所非。譬彼遺世人，不受纖塵羈。二園寄物外，何有輕與肥？修徑如蛇蟠，雅步無我違。勝地委佃漁，主遠客亦稀。我來倏閱歲，長松增一圍。虛館棲靈氛，曲澗涵清輝。朱翁述咫聞，<small>朱棣翁方守劉園。</small>未語先噓唏。不見狂馳子，楚楚蜉蝣衣。

同散原仁先遊虎跑泉次散原韻

酒半拂衣起，于于虎跑遊。籃輿導前步，嵐氣橫清秋。荒亭峙岩隙，漱玉鳴泉幽。孤樹高插雲，靈液枯不流。嗟我同湘累，北望何悠悠。仰晞慈仁松，俯瞰崇效楸。疇知滄江晚，身與鷗俱浮。一泓啟明鏡，鑒影增惡羞。況聞戰蝸角，蠻觸粵與甌。邱壑雖信美，萬象紛牢愁。兀坐面石壁，所思巢許儔。疑有雲中君，縹緲來飛樓。死生一旦暮，漆園哀髑髏。委懷任頹運，過足非所求。歸來還扣舷，一和漁人謳。

補松同年招同散原仁先恪士遊西溪飲交蘆庵觀所藏卷子次散原韻

我家射陽陂，叢蘆掩荒店。老耽山澤遊，杖履吳越遍。今始尋西溪，秋雪時一濺。盤盤秦望山，松括霜際戰。明漪八九折，紅葉晚尤蒨。童冠虱一舸，如覽逸民傳。小草洞先機，翹然思革變。三岐色採藍，頗似盧杞面。我欲手斧柯，芟夷乃深願。佳處留茆庵，清淡並高狷。流觀秋泛圖，奚戴南州彥。<small>觀奚鐵生、戴醇士二卷子。</small>頹僧出題名，爰跋仍所豔。反擢一黯然，陳跡渺如霰。

飲馬橋展妹墓次散原詠法相寺古樟韻

淒淒飲馬橋，破曉引孤策。我妹穴於斯，草長饑蹶出。古苔繡殘碣，題名漸無隙。其左修竹叢，涼翠森如壁。石几羅酒漿，九泉慳一滴。妹弱我三齡，質美桓孟敵。我剛而妹柔，溫麗散炎靂。百苦相匡扶，嘯晦唯妹力。不見十八年，但見松與柏。墳然揚雌風，疇復如妹德。衰涕墮荒壠，頹峰黯無色。

戴五松同鏡人隴生遊靈隱次散原遊雲棲韻

微雨下層巘，野鳥滯倦翩。遲哉素心人，翩來肅殘客。振衣入初地，塵囂漸疏隔。松柏高百尋，盤根出危石。我佛方垂肩，競舞修羅戟。蟲沙如飄風，起與猿鶴敵。宙合湛空中，天光一線闢。冷泉瑩襟靈，沁此萬古碧。危磴窮攀躋，逡巡道且仄。僧廚供伊蒲，筍蕨適吟癖。得句不欲題，懼疥雪色壁。來歲叢梅芳，更蠟阮孚屐。

登韜光次散原同仁先登六和塔韻

霜高木落百堪哀，絕磴千盤枕野萊。下界鐘聲雜松嘯，隔江雲氣挾潮來。一襟孤憤涵秋緒，萬疊浮嵐卷夕埃。負杖殘僧寂無語，不知可有駱丞才？

獨遊孤山次散原泛舟湖上韻

參軍衰帽霜前落，捫蘚攀蘿角要腳。野雲拂水梅未蘇，白日荒荒摶一壑。處處遺蛻埋秋煙，若有英靈振林薄。感此卻憶赤壁遊，羽衣一夢東來鶴，玉局老仙今不作。

同散原仁先遊龍井次散原韻

古洞奧以曠，煙霞日環擁。予先獨遊煙霞洞。亂石分四除，窈然一疊空。延緣屆龍井，二陳亦我踵。危崖怯登陟，翻羨樓鵑勇。《茶經》參聖諦，如斯想周孔。日飲五十年，今復登此壠。樹矮才及膝，簇簇深翠聳。咄哉山中僧，乃□六安寵。疑似丹訣秘，相授只鉛汞。反坐觀靈湫，空虛悟變動。心跡湛無營，林澗自疏冗。願寫《臥遊圖》，泚翰待闕董。

丙辰九月墓祭畢挈弟三孫式洵自留下泛舟遊交蘆庵不到此庵三十餘年矣歸舟感賦　　補松〔吳慶坻〕

夙好在林壑，誅茅志幽屏。中歲墮塵網，夢想安禪境。累更龍漢年，餘生戀鄉井。丙舍苦未營，霜柯動淒哽。緬懷梵隱志，風軌標清迥。兵餘精藍稀，片壤幸完整。疇昔桑宿緣，吟對佛燈炯。卅年感露電，欲往意悸惺。言循市橋西，淺瀨放杉艇。渚枉訂復回，蒹葭蕩秋影。徑造青豆房，開牖納煙景。虛堂敞庌豁，雙龕兩賢並。清時盛文藻，運往名自永。吾生遘百六，長歌儗《哀郢》。已寒漚鷗盟，未揣豻貙獷。似聞《述異記》，妖卉召災眚。行當付劘除，毋令篔簹梗。溪中有草根株延蔓，川途為塞。問之鄉人，謂自辛亥以後始有之。群呼之為革命草。願假大乘力，垂手眾生枎。坐淹短晷移，詩味在苦茗。寺鐘趣歸棹，無言發深省。

前遊之後三日蒿庵散原兩同年至自海上遂同泛西溪飯於交蘆庵不期而會者山陰俞恪士蘄水陳子純仁先覺先詢先及仁先之子尚一凡九人

昨遊意未厭，茲遊獲佳侶。兩舟載九客，沿緣入河渚。溪光鑒鬚鬣，嵐翠落衣屨。路轉千峰隨，迎客若印俯。二叟江上來，風萍散復聚。南湖兩詩人，煙月得新主。羈懷恣探幽，喜色動眉宇。解衣舉葉堂，秋暘煥亭午。老衲能款客，茶竈出煙縷。讀畫想高躅，冥契託豪楮。卷中多陳人，朋交散如

雨。何況錄《夢梁》，故宮愴禾黍。風戰菰蘆寒，中倘有人語。

　　昔在鼎革際，此鄉多勝流。行人挺大節，埋碧橫山頭。有弟奉母隱，卜築河上洲。樓遁踵相接，各占溪堂幽。六姓盛村帶，山人號稽留。秦亭萃風雅，劫火不敢讎。精廬以百數，彷彿蓮社遊。茲庵肇南渡，奧曠資薰修。千年閱興廢，墜簡堪窮搜。梅泉孤月浸，竹廡空煙浮。比鄰未諧約，瘦容聊夷猶。沉沉鳲鵲夢，渺渺鸝鷜舟。鳲鵲、鸝鷜，吳柄庵「和夢破開士秋雪」詩中語。蓋亦有言外之感云。後約梅花時，來逐雙白鷗。同入眾香界，一滌萬古愁。

湖居與仁先結鄰賦呈四首　　觚庵〔俞明震〕

　　世轉無窮境，人生有收束。老尋湖上廬，滄桑了無觸。一籬分割據，圖史羅百族。借君寒榮畦，畫此井田局。我自娛寂寞，君還課耕讀。童稚稟禮教，山水含親睦。晨炊松柏香，書聲過牆屋。日腳淡廚煙，飯熟書還熟。此是承平聲，念之淚盈掬。汶汶五十年，舊夢今可續。

　　平湖寒不風，曙光隱微月。自起開柴扉，霜籬犬爭出。昨宵聞夜漁，燈火候明滅。驚爾花底眠，狺狺任呵斥。日出辨鳥聲，又入東鄰壁。心知一飯難，甘充兩家役。跳浪非不豪，帖耳聽悚息。老至惜物情，生事同淒惻。君看麋鹿性，忍受嗟來食。

　　飛鳥沒深谷，遺我以窅然。幽境不可逐，坐看風爐煙。韓子就今儒，蒙叟誇神全。苟能通此意，卻病惟癡頑。動馳域外想，未覺心地寬。吾廬適可止，但取遠與偏。花竹有生意，雲水皆清安。飽食肉邊菜，暫學忘家禪。從茲契真賞，還我蕭寥天。

　　西湖天下奇，移步各殊形。傳之畫師稿，意匠存模型。遂令遊觀客，顛倒遺性靈。老夫獨迂怪，築此背湖廳。懶焚天竺香，不禮三潭星。編籬闢幽徑，種竹可中庭。南北兩高峰，列几如罍瓶。霜天色黝黯，補以湖面青。置身入閒冷，借景皆空冥。東鄰有高士，避俗常獨醒。取捨定先我，隔籬呼與聽。

秋日諸貞長約遊雲棲　　【《觚庵詩存》題爲：「遊雲棲謁蓮池大師塔」】

　　雲棲背西湖，浩蕩宜江景。到門山又合，步步入孤冷。蓮池舊道場，僧眾具綱領。頗參入世法，肅客進甌茗。無住方覓禪，入林忽思筍。率性本自然，覺妄異俄頃。長廊晝悄悄，寒翠襲襟領。還尋祖師塔，飛雨過峰頂。萬竹無一斜，煙雲自嚴整。始知物象微，戒律常昭炯。嗟余脫世網，頹放失修綆。坐收海潮音，勝聞晨鐘警。窅然吾喪我，靈境倘可引。

六和塔

鈴語層層風雨寒，支笻人老怯憑欄。之江到此霸圖盡，病雁橫空來日難。肯與西湖作屛障，可容東海鎮狂瀾。潮痕不沒雲棲路，佛火檣燈夜夜看。

同散原薑老補松丈仁先遊西溪　　【《舥庵詩存》題爲：「吳子修丈約遊西溪」】

西溪九月水清絕，流入法華浸山骨。掠波艇子輕於瓢，滿載秋光款遊客。老僧解事列藏軸，覓遍題名感陳跡。卷中同是滄桑人，後死重來倍淒惻。主人避世重鄉賢，指點當時隱居宅。木主親題月上名，荒庵香火餘芳潔。百年人事忽翻新，野荷花現女兒身。_{溪中草花蔓延，礙行舟，俗名野水荷花，亦名革命草。辛亥後始有之。}影堂遺掛等閒事，廟貌湖山大有人。

遊西溪歸泛舟湖上晚景奇絕和散原作

西溪暝煙送歸客，艇子落湖風獵獵。蘆花淺白夕陽紫，要從雁背分顏色。頹雲掠霞沒山腳，一角秋光幻金碧。欲暝不暝天從容，疑雨疑晴我蕭瑟。憶看君山元氣中，滄波一逝各成翁。請將今日西湖影，寫入平生雲夢胸。

雲　棲　　貞長〔諸宗元〕

入寺喜聞鍾磬聲，二翁一客共郊行。竹光含雨能相待，山勢趨江到此平。岩壑插天容眾綠，澗泉緣徑辨新晴。此間獨背西湖勝，壇席人間未許爭。

丙辰九月泛棹西溪值子修先生邀同薑庵散原舥庵諸公及侄仁先覺先詢先從孫邦榮集飲交蘆庵　　止存〔陳恩澍，陳曾壽叔父〕

湖波瑩澈岫雲開，邂逅幽人共往還。行到市橋剛喚渡，茶亭先話法華山。
勝日清遊載酒隨，梅泉花塢畫中詩。連檣十里西溪路，想見當年扈蹕時。
玉軸紛披案若冰，名流勝蹟付山僧。一尊靜對烏桿柿，聊當蓴絲戀季鷹。
供奉詞仙一瓣薰，妻因妾貴古無聞。劉樊窗謝依香冢，焉用同龕祀女君。
董浦高風追有道，千秋崇祀信無慙。杭人不立杭家廟，配食交蘆退省庵。
兩岸霜林連古蕩，一橈煙水泛深秋。蘆花不管興亡事，搖落如人雪滿頭。

遊西溪歸舟次望雲作

暮從蘆蕩歸，吟懷秋雪浣。湖心復放棹，神曠天爲暖。曜靈已西匿，騰芒上霄漢。蒸成萬變圖，姿態殊譎誕。初張七襄機，鏤空繡絲纂。旋豎五丈旗，赤羽飛箭笴。又如宮扇開，高簇黃金繖。一紙蔚藍天，青紅紛不斷。詩翁詫奇觀，舟人行亦緩。舉頭依近光，亂峰遮無算。遙望蓬萊宮，紫氣二陵

滿。隱軨回鸞車，誰奏昭華琯？高祖初入咸陽，取庫藏玉笛吹之，見車馬山林隱軨相次。吹息不復見，銘曰昭華琯。澄波故依然，空餘綺霞散。暝色忽迷茫，歸臥仍蕭館。遊仙郭景純，應知我心瘖。郭璞《爾雅》「瘖」字注：失志，懷憂病也。

西湖述遊柬散原諸公並序　　病山〔王乃徵〕

　　僕自甲寅客滬瀆，遊西湖者三矣。濱湖勝蹟，屐齒殆遍，唯交
蘆庵及雲棲未至，皆未嘗有詩。丙辰秋盡，散原自金陵過滬，往遊
湖。僕以事不果從。及歸，見示遊湖諸什，交蘆、雲棲在焉，並蒿
庵、補松二老及恪士、仁先同遊，均有作。因率筆賦次，追述前蹤，
等於效顰云爾。

　　一水聚靈窟，探勝召眾趨。儵焉亡國侶，不忘林野娛。駸駸歲月淹，予
亦三攸徂。妍狀四時判，真態晴雨殊。尋常開卉木，到此精神腴。名境羅數
十，垂詠繁往初。未暇掃糠粃，亦惡拾其餘。以此詩膽縮，力謀愛眼舒。陳
家好兄弟，奉母笕容徙。仁先昆仲奉母南湖養疴。登陟善導先，談笑多起予。南
屏步夕涼，佛閣矗崇虛。一念生淨信，旃檀霏襲裾。龐眉龍井僧，雪茗獻雙
盂。云採獅峰頂，未供常客需。舌驗語不妄，四識慚昔疏。墢土劚新筍，咄
嗟熟地爐。合掌贊希有，一味饑疲除。嶻嶻北高峰，左右江與湖。舉目盡千
里，絕頂凌風徐。昔時會稽甲，雪恥終沼吳。采葛音何苦，醇風竟山隅。潮
聲黿鼉來，鬱怒激靈胥。曾聞感英王，終避強弩驅。佚宴痛天水，故國莽青
蕪。猶遺張陸輩，志節光扶輿。江山百代事，俯仰未死軀。欲被千丈髮，一
慟干清都。至今寒灰心，數者猶盤紆。興盡輒復返，嗟跎奔隙駒。泛舟阻雲
棲，挈榼遺交蘆。散原久廢吟，於遊為儒夫。蹶起忽見過，不肯留斯須。勝
侶邁二老，居停故李廬。謂寓恪士新居。舉所跡未經，竊聞加意圖。歸來口若緘，
徐詫袖中珠。同時各有和，更慚我獨無。人生至冤痛，天與湖山攄。孤懷就
搖落，清興發唱喁。歌泣本天籟，今與古誰譽。俟之千載下，論世供爬梳。
我失兩清景，獨憾無由摹。火急謝坡老，他日容追逋。

丙辰九月二十四日車赴杭州訪仁先恪士夜抵南湖新宅　　散原老人〔陳三立〕

　　汶汶且沒世，日閉窺園扉。微聞四海沸，抱頸迎殺機。斃莽悟王命，又
仰刺天飛。孤竹歌何哀，易暴莫知非。文書鑄頑鈍，聖法疲絏鞿。親朋詒結
舌，誘餐湖蓴肥。跂者不忘起，誰謂千里違。星點映征篋，車塵颺依稀。一
舸鬥象罔，崇山莽相圍。穿隄影籬壁，犬吠燈火輝。握手處士廬，學道供噓

唏。醉顏數靈窟，天風看振衣。

法相寺古樟同仁先恪士作

壓夢湖上山，晨望理筇策。步尋飛鷺旁，家兒跳俱出。_{謂仁先家二稚子從遊。}徑轉矮樹重，穿影霏煙隙。佛場據岩腹，入憩靜樓壁。垂陰合景光，茗坐寒翠滴。側睨老樟怪，挺榦作勁敵。雄龍角巍巍，何年坼霹靂。飛將兩猿臂，射胡有餘力。疑灌菩薩泉，漫比精忠柏。天留表靈山，依汝如古德。鐘聲風葉翻，不壞斜陽色。

馮嵩庵老人後余二日至湖上遂偕遊虎跑泉仁先領群從亦追赴啜茗佛殿石壁下

老人獨狗余，踵接騁奇遊。兩篋照霜髯，竹樹風吟秋。墜葉蒼山腳，滿聽鳴禽幽。止眺溪笑亭，千歲隔俊流。叢嶺瀉雲液，澄泓對悠悠。岩扃別有世，紺宇籠長楸。健步來臘屐，影雜嵐彩浮。平生濟勝具，始覺老可羞。試泉依石壁，列坐薰茗甌。如絲泄蘚氣，綿絡互古愁。砭骨噤且嚘，鬼瞰失國儔。起尋濟顛祠，靈爽颯一樓。尊者睥過客，盈前舞髑髏。畫沙示垢淨，初向心地求。_{時值扶鸞於樓頭。}迷途竟孰覺，親魄飄樵謳。

補松同年招同嵩庵叟仁先恪士尋西溪飲交蘆庵觀所藏卷子

攬勝偶師儒，移航接村店。共載壺榼俱，傳笑一水徧。港汊沴彎環，瀾沫欲飛濺。歷歷十二橋，進寸視轉戰。薇溪革命草，滋蔓愈蔥蒨。非種應運生，誰補五行傳。_{是草寄生水中，名野水荷花，不常見。辛亥革命後，始蔓延溪上，至礙舟楫，土人因呼為革命草。}恣探搴嵐霞，峰壑極怪變。綽約金銀臺，示現華鬘面。塢隔荒庵在，聊厚懷賢願。斯人一往蹤，留癖起狂狷。老僧列藏軸，風味瀛洲彥。取醉題紙尾，照席柿顆豔。賞奇獲物表，莫問花如霰。_{西溪蘆花稱盛，未及見。}

雨中諸真長攜瓶酒邀偕仁先恪士遊雲棲

魚貫輿而前，江路逐健翮。十里蕩潮音，醒此看山客。雨中秋草徑，始與帆檣隔。斜趨迤邐陂，怒迎巉岩石。猝仰竹萬竿，行列森矛戟。古木困重圍，突兀拒堅敵。層陰鬱沉沉，雲光自闔闢。摩戞寒玉韻，風過魂氣碧。惝恍落鐘磬，寺樓臨咫尺。濕衣賀遊侶，天全子猷癖。人生貴乘興，有句吐僧壁。靈境付醉看，歸途驗雙屐。

觀龍井同蒿叟仁先

佛閣清且嚴，碧岩四堆擁。先登蒿庵翁，元精牖鑿空。深坐據孤罷，面壁聽曳踵。入笑把茗椀，吾亦賈餘勇。茲山夙未歷，小儒信一孔。療渴出尋逐，犖确掠邱壟。樹皆石上生，堅瘦併骨聳。下有潛龍湫，避世自矜寵。靈淙但娛客，洗鏡冷鉛汞。溢流韻琴筑，情盈營魄動。接搆寫天倪，萬象刪其冗。品泉一大事，戒誰筆南董。

泛舟湖上晚景奇絕余與仁先各以詩紀之

艇子點湖風欲落，疊霄頑雲穿日腳。破碎光景颺金蓀，爛斑畫圖出眾壑。朝眞羽客幢蓋趨，覆醉玉人紗縠薄。魂翻眼倒芙蓉城，縹緲從之控鸞鶴。照夢一逢然疑作。

同仁先登六和塔

拄杖尋仙老可哀，一登絕頂想蓬萊。澄江澹澹帆檣下，寒雨層層鴻雁來。搔鬢歌吟沈草莽，打潮城郭蔽煙埃。癡兒不挾凌雲氣，只考殘碑泣霸才。諸眞長徘徊塔下，不敢同登，遂覓得宋人碑碣，導示余輩。

李莊小樓辰望

日踏巖扉聽鳥吟，藥根泉脈了幽尋。小樓別有閒滋味，十里晴湖隔一琴。

好倚疏欞下釣筒，魂圍山氣濕濛濛。圖成仕女聽鐘坐，分我風光八十翁。莊客何翁，年八十，善丹青。

廉莊夕照亭

水上樓臺列畫屏，繩床涼割萬山青。卜居夫婦乘槎去，看織蛛絲夕照亭。

白雲庵

巖旭輝留草樹薰，作圍湖水導鷗群。僧廚飯熟鐘音動，誰臥碑亭嚼白雲。

散原先生來湖上次日蒿老亦至遂同遊虎跑泉　　　陳仁先〔陳曾壽〕

二老經歲別，世亂積憂痰。相逢在名山，一笑乃至矧。霜姿不改度，取證寒泉影。山光秋正濃，高樹沃丹頂。澗流自磬鍾，激翠上襟領。虛堂倚懸崖，削鐵石骨整。嵐氣浮長廊，清寒入甌茗。還尋濟公塔，靈跡仰昭炯。為齊途割觀，遂壹冤親等。褊心不能回，學道愧無忍。適野情暫移，隨杖坐忘暝。依然廣長舌，送客溪聲冷。

同散叟遊龍井蒿老先至

靈湫昔龍幸，傑構周岩阿。兵荒道場歇，寂寞稀遊過。前秋我適來，異境驚難摩。平林絢高嶺，濃醉霜容酡。升堂試泉茗，提汲煩頭陀。碧潭瀉澄流，泠然奏環珂。石鱗出眾木，干日仍纖柯。山寒敵堅瘦，詩骨增嵯峨。隔晨奉母輿，侍坐忘日蹉。同時聞妙香，清迥如風荷。不知何因緣，散花證羅婆。甲寅歲奉母來遊，同時聞荷香甚濃，時已深秋，且在山中也。靈奇語散叟，踊躍窮煙蘿。先登蒿庵翁，倦几夢羲媧。眾遊與獨往，所得竟孰多。嵌壁仰天題，剔蘚勞摩挲。篇終念舜憂，主惕知時和。梁摧泣龍象，地勝空雲波。僧豈無辯才，發秘誰東坡？

雨中諸真長約同散原觚庵遊雲棲寺

昔來暑晴中，白日疑幽月。今晨對秋雨，寒瓊化我骨。修修不見天，山鬼所宅窟。躞影迥碧間，自照寒光佛。衣單暖尊酒，嚼雪筍新掘。酌不及公榮，主客笑通脫。真長攜酒一瓶，予與散叟共盡之，不酌真長也。香光寫經卷，筆勢瞻秀發。了知功德無，報母資津筏。千載旦暮心，虛堂證超忽。僧寮足深嚴，但惜少軒豁。空負竹萬竿，不見青排闥。禪修屏聞見，遊賞恣林樾。何當雪後來，支筇屐同沒。

法相寺中老樟一株雙幹皆大十圍其本殆不可量不知何年物也散原老人屬同賦之

法相院中長耳僧，早空諸相藏鋒棱。一朝永明偶饒舌，結跏俄頃驚膚冰。應身歷劫住山寺，定光一線燃龕燈。我尋春茶數來止，但賞修竹青層層。忽逢大身仰突兀，老樟分幹雙龍騰。亙如天柱伸兩戒，矯若雲翼張孤鵬。神物不敢臆年代，但識倒掛千歲藤。山僧築閣度長夏，片枝所覆蒼雲崩。四時風雨掃落葉，老衲傴僂階難升。散原老人詫一見，平生奇觀嗟未曾。匡廬五爪震寰宇，對此只落聲聞乘。遯世無悶亦有待，發幽奇句精靈憑。高吟千里起鍾阜，佇聽夜半霜鐘應。

子修丈約同蒿老散老遊西溪飯於交蘆庵

欲雪未雪花冥冥，汊流四望迷煙汀。平生蕭瑟夢魂處，扁舟一往如重經。交蘆庵子水中浚，伊人不見餘荒庭。年年秋菊薦芳馨，遠山何許雙冢青。閒居避世淵穎老，喜載舊友攜樽瓶。呼陳僧藏玩圖卷，恍出犀軸紛幽靈。歡娛朝野隔生事，何論風節垂高型。酒酣不忍歎家國，但說同輩多飄零。荒陂遊

過數不厭，略尋影事如江亭。京師陶然亭蘆花略相似。飛來成畫喉寒雁，北向且破愁顏聽。

遊西溪歸湖上晚景絕佳

行盡西溪三百曲，忽開天鏡晚晴中。仙山樓閣無限好，碧海銀河何處通？落日千峰橫紫翠，中流一葉在虛空。時無小李將軍手，奇景當前付散翁。

同散原老人登六和塔

當年建塔鎮江潮，萬弩難勝一柱標。昔覽烽煙愁飲馬，今荒榛莽任棲鴉。老懷憑遠餘悲健，寒籟回空振悴凋。欲向簷前問鈴語，冀州喪後更蕭條。

散叟去後獨遊雲林寺二首

不雨晝冥冥，千山擁佛青。松身寫羅漢，泉夢入風霆。古徑惟寒葉，秋芳有異馨。吹襟坐岩石，添我兩忘形。

入望禪機第幾乘？金松翠竹白雲層。突峰洶湧長遮日，迥殿深冥欲上燈。寂寂石壇雙塔影，沉沉鐘梵四天應。再來誰共茶時夢？一個襴衫掃葉僧。

同覺先詢先兒子邦榮邦直遊陶莊

秋晶躧屐南峰高，陶莊之勝臨峰腰。修篁半天結一綠，萬鳳交舞鳴簫韶。緣坡剖竹走泉溜，鬱律直下綿青蛟。陰陽咫尺異寒燠，我踵屢息忘疲勞。長耳老僧入禪處，潛竇細瀉澄泓坳。結跏一念萬年去，至今幻體猶堅牢。洪楊奇劫斷金臂，飛礫颯颯天神刅。試升絕頂望城邑，紅鱗萬瓦秋陽驕。西泠當前渺一勺，隔江欲挹寒瓔瓢。當年純皇奉文母，屢駐絳節觀靈潮。琳宮法宇變荊棘，陰崖突壁空嶕嶢。百年反覆憫狂稚，淨土往往污腥臊。妖祀客魏等然耳，了知彈指灰塵消。丹牆一角餘正色，煙竿猶認錢祠遙。清都赤城起方寸，避世何地違氛囂？山僧烹泉薦綠茗，粗瓷盛玉逾名窯。有梅憑岩最殊絕，雪時待訪青霞嬌。寺後綠萼梅一株最勝。

湖上雜詩三首

九秋積風雨，百昌未全零。堅冰一夕至，水天皆若醒。陰湖晚逾白，浮嵐斂純青。寒雲泄莽蕩，大嶽垂真形。平生愛雪候，砭骨神為惺。謂勝春秋佳，廓然媚空冥。惜哉肅殺刃，空發霜天硎。沉吟竟何俟，獨掩梅花扃。

雪淨高下峰，幾點岩腹綠。心知有佳處，禪棲託修竹。永慚枯定僧，片偈了幽獨。飯餘更何事？洗缽對寒玉。耽遊記坡老，寺寺留芳躅。衝雨洗足

眠，鐘動隨僧粥。有如永嘉師，妙覺參一宿。高風今則無，清景說亦足。

　　咫尺驚藏山，不風成斷渡。擁雪聞雞鳴，高梅見眞度。侵窗玉虯肥，隔帳明寒窖。飄花本無心，而與妙香住。清薦獅峰茶，未可傾濁酤。昨收病翁詩，耿耿緘幽素。倘來共扁舟，蕭然此中趣。

大雪後同觚庵至靈隱寺二首

　　萬峰爲雲吞，玉龍群無首。飛丹翼絕壁，縹緲開瓊牖。一徑排蒼官，鬢眉俄老叟。寒泉未示寂，猶作風雷吼。眾佛相向冥，嗒然我何有？惟餘一鐘聲，純白無所受。

　　松巔一夜雪，山中十日雨。寒滴浸諸天，支笻入太古。朗朗登寶坊，密室茶可煮。料無丹霞師，木佛森兩廡。聳肩一觚翁，白地參水牯。我來眞空回，見淨不見土。

附錄二：南湖吟

《南湖吟》一冊，陳三立、俞明震、夏敬觀、陳曾壽撰，民國八年（1919）石印本，華東師範大學圖書館藏。上海圖書館古籍部亦藏有此書，名爲《陳俞夏陳四先生西湖雜詩》。

散原詩鈔　　　陳三立

遊靈隱憩冷泉亭作

鼓枻蒼山根〔一〕，橋隙明小水〔二〕。斜穿菰蒲灣〔三〕，親襟一痕綺。面市換輿篼，仄徑陂陀起。日氣炙草木，微喘蟬聲裏〔四〕。颯然魂神蘇，靈境接尺咫。鑿竅開岩扄，幕霄蔭梗梓〔五〕。陰森非人世，幻象鬥俶詭。高下石佛圖，憑汝閱眾死。境外血如糜，閉目豎一指。吾欲沸冷泉，煮茗晰名理。臥亭俯潺湲，印證恐非是。晴寫寺樓鐘，客從此逝矣〔六〕。

【校記】

〔一〕「山根」，《散原精舍詩續集》作「煙根」。

〔二〕「隙」，《散原精舍詩續集》作「蟀」。

〔三〕「菰蒲灣」，《散原精舍詩續集》作「菰蘆叢」。

〔四〕「微喘蟬聲裏」，《散原精舍詩續集》作「送喘蟬音底」。

〔五〕「梗梓」，《散原精舍詩續集》作「楠梓」。

〔六〕「陰森」下數句，《散原精舍詩續集》作「森沈圍萬象，仰唾漱石髓。梵天自氤氳，蹀躞影仕女。高下崖佛像，憑汝閱眾死。隔仗血如糜，閉目豎一指。我欲沸冷泉，煮茗晰石理。臥亭俯潺湲，印證恐非是。

意減寺樓鐘，客從此逝矣。」

煙霞洞

曉拂湖上山，微磴牽蒿萊[一]。屢折落釜底，斗起攀層臺。杳杳煙霞洞，靈窟五丁開。玲瓏構堂室[二]，寒滴妨筋骸。深窺伏神物[三]，窅冥誰敢猜。壁鑱尊者相，抱此萬古苔。庶幾棲遁跡，謝彼譽與咍。爰涉巖顛亭，風緊瘡雁來。錢江橫匹練，白搖浮檻杯。四野亂蛙黽，萬木生煙霾。累歲箏琶耳，一洗松聲哀[四]。

【校記】

〔一〕「微磴」句，《散原精舍詩續集》作「陰磴侵蒿萊」。

〔二〕「玲瓏」句，《散原精舍詩續集》作「中廓構堂室」。

〔三〕「深窺」，《散原精舍詩續集》作「極窺」。

〔四〕「壁鑱」以下數句，《散原精舍詩續集》作「微嘯藜杖外，迢遞成瘡雷。壁鑱尊者相，衣此不壞苔。想吐牟尼珠，大千光芒回。去陟巖背亭，風緊瘡雁來。錢江橫匹練，白搖浮檻杯。四野亂蛙黽，萬木生煙霾。沸海金笳耳，一洗松聲哀。」

理安寺

溪喧瀾迴環，勝區絕人境。屏影束邃谷，蒙密叢綠映。嵚谽一壚落，光景為之暝。瘦楠直修修，列篁與交競。錯壞互雄長，撐霄屹萬柄。雜挺十圍木，挐臂虯龍橫。飛翩避不投，天日漏無矕[一]。拾級禪堂幽，靈泉滴可聽。三載烽燧顏，鑒我滌悔吝。飯了各捫腹，借榻軒廊淨。鼾聲散諸天，夢魔卻火令。人生自在眠，劫餘恐難更。醒眼掠西暉[二]，歸嘯眾山應。

【校記】

〔一〕「天日」，《散原精舍詩續集》作「炎照」。此句下，《散原精舍詩續集》尚有「入林撫身手，擲躑此寄命」兩句。

〔二〕「醒眼掠西暉」，《散原精舍詩續集》作「眯眼涵西暉」。

月上移棹三潭觀荷[一]

廿載別西湖[二]，合眼猶了了。厭亂復逃暑，勝地益纏抱[三]。挾朋穿海角，飛車逐奔鳥。向晡落閒墅，還我舊蓬島。罄觴待月爛，一棹萬峰繞。山氣四噓吸，波光籠窈窕。孰擲青銅鏡，平磨霜痕皎。三潭荷芰盛，風香餐已飽。翠蓋蕩金薤，紅裳媚炎昊。吹息霏靄中，貪向虛空皎。橋亭九曲欄，面

勢鬼工巧。警露鶴唳高，爭堤螢點小。初躡化人居，微瞥晶闕曉。肺腑涵露滋〔四〕，形影同縹緲。依稀捉鼻處，圍花魂未掃。拔奇水砢石，瞳仙欲拜倒。客訝降白蘇，癡對營畫稿。子大工畫石〔五〕。亙古一宵佳，無盡索物表〔六〕。浮瀾星可吸〔七〕，窺鬢魅亦好。枝蟬壓低吟，忘歸不知老。

【校記】

〔一〕詩題，《散原精舍詩續集》作「六月十八日同子大恪士往遊西湖晚抵劉莊月上移棹三潭觀荷」。

〔二〕「廿載」，《散原精舍詩續集》作「卅載」。

〔三〕「纏抱」，《散原精舍詩續集》作「縈抱」。

〔四〕「露滋」，《散原精舍詩續集》作「靈滋」

〔五〕此句下，《散原精舍詩續集》尚有「月下對之，愛玩不釋，擬歸摹一幅見遺」之語。

〔六〕此句下，《散原精舍詩續集》尚有「蕭蕭鷗鳧氣，窸寐澹相保」二句。

〔七〕「吸」，《散原精舍詩續集》作「汲」。

孤山

晴湖爲紙浮屑墨，殘陽染作丹青色。狎波艇子支筇人，一角湖光那拋得。攀蘿捫葛照城郭，瘦影搖落刷深壁。只存古木叫鷗鴉，獨對落霞憶鄉國。誅茅往事不須論，歸徑東風飄淚痕。朱甍滿眼祠先烈，誰問蓬蒿處士墳。

夜抵南湖新宅〔一〕

汶汶且沒世，日閉窺園扉。微聞四海沸，抱頸迎殺機。黤莽悟王命，又仰刺天飛。孤竹歌何哀，易暴莫知非。文書鑄頑鈍，聖法疲綷縼。親朋謥結舌，誘餐湖蕈肥。跛者不忘起，誰謂千里違。星點映征籭，車塵颺依稀。一舸鬥象罔，崇山莽相圍。穿隄影籬壁，犬吠燈火輝。握手處士廬，學道供噓唏。醉顏數靈窟，天風看振衣。

【校記】

〔一〕《散原精舍詩續集》詩題作「丙辰九月二十四日車赴杭州訪仁先恪士夜抵達南湖新宅」。

法相寺古樟同仁先恪士作

壓夢湖上山，晨望理筇策。步尋飛鷺旁，家兒跳俱出。謂仁先家二稚子從遊。

徑轉矮樹重，穿影霏煙隙。佛場據岩腹，入憩靜樓壁。垂陰合景光，茗坐寒翠滴。側睨老樟怪，挺榦作勁敵。雄龍角嶷嶷，何年圻霹靂。飛將兩猿臂，射胡有餘力。疑灌菩薩泉，漫比精忠柏。天留表靈山，依汝如古德。鐘聲風葉翻，不壞斜陽色。

馮蒿庵老人後余二日至湖上遂偕遊虎跑泉仁先領群從亦追赴啜茗佛殿石壁下

老人獨狗余，踵接騁奇遊。兩篋照霜髯，竹樹風吟秋〔一〕。墜葉蒼山腳，滿聽鳴禽幽。止眺溪笑亭〔二〕，千歲隔俊流。叢嶺瀉雲液，澄泓對悠悠。岩扃別有世，紺宇籠長楸。健步來蠟屐，影雜嵐彩浮。平生濟勝具，始覺老可羞。試泉依石壁，列坐薰茗甌。如絲泄蘚氣，綿絡亙古愁。砭骨噤且嚏，鬼瞰失國疇。起尋濟顛祠，靈爽颯一樓。尊者睇過客，盈前舞髑髏。畫沙示垢淨，初向心地求。時值扶鸞於樓頭。迷途竟孰覺，親魄飄樵謳。

【校記】

〔一〕「吟秋」，《散原精舍詩續集》作「吹秋」。

〔二〕「溪笑亭」，《散原精舍詩續集》作「過溪亭」。

補松同年招同蒿叟仁先恪士尋西溪飲交蘆庵觀所藏卷子

攬勝偶師儒，移航接村店。共載壺榼俱，傳笑一水徧。港汊泝彎環，瀾沫欲飛濺。歷歷十二橋，進寸視轉戰。薇溪革命草，滋蔓愈蔥蒨。非種應運生，誰補五行傳。是草寄生水中，名野水荷花，不常見。辛亥革命後，始蔓延溪上，至礙舟楫，土人因呼為革命草。恣探搴嵐霞，峰壑極怪變。綽約金銀臺，示現華鬘面〔一〕。塢隔荒庵在，聊厚懷賢願。斯人一往蹤，留癖起狂狷。老僧列藏軸，風味瀛洲彥。取醉題紙尾，照席柿顆豔。賞奇獲物表，莫問花如霰。西溪蘆花稱盛，未及見。

【校記】

〔一〕「華鬘」，《散原精舍詩續集》作「華鬟」。

雨中諸真長攜瓶酒邀偕仁先恪士遊雲棲

魚貫輿而前，江路逐健翩。十里盪潮音，醒此看山客。雨中秋草徑，始與帆檣隔。斜趨迤邐陂，怒迎巉岩石。猝仰竹萬竿，行列森矛戟。古木困重圍，突兀拒堅敵。層陰鬱沉沉，雲光自闔闢。摩戛寒玉韻，風過魂氣碧。怳恍落鐘磬，寺樓臨咫尺。濕衣賀遊侶，天全子猷癖。人生貴乘興，有句吐僧

壁。靈境付醉看，歸途驗雙屐。

觀龍井同蒿叟仁先

佛閣清且嚴，碧巖四堆擁。先登蒿庵翁，元精牖鑿空。深坐據孤罷，面壁聽曳踵。入笑把茗椀，吾亦賈餘勇。茲山夙未歷，小儒信一孔。療渴出尋逐，犖确掠邱壟。樹皆石上生，堅瘦併骨聳。下有潛龍湫，避世自矜寵。靈淙但娛客，洗鏡冷鉛汞。溢流韻琴筑，情盈營魄動。接搆寫天倪，萬象刪其冗。品泉一大事，戒誰筆南董。

泛舟湖上晚景奇絕余與仁先各以詩紀之

艇子點湖風欲落，疊霄頑雲穿日腳。破碎光景颸金蕤，爛斑畫圖出眾壑。朝眞羽客幢蓋趨，覆醉玉人紗縠薄。魂翻眼倒芙蓉城，縹緲從之控鸞鶴。照夢一逢然疑作。

同仁先登六和塔

拄杖尋仙老可哀，一登絕頂想蓬萊。澄江澹澹帆檣下，寒雨層層鴻雁來。搔鬢歌吟沈草莽，打潮城郭蔽煙埃。癡兒不挾凌雲氣，只考殘碑泣霸才。諸眞長徘徊塔下，不敢同登，遂覓得宋人碑碣，導示余輩。

李莊小樓辰望

日踏岩扉聽鳥吟，藥根泉脈了幽尋。小樓別有閒滋味，十里晴湖隔一琴。

好倚疏櫺下釣筒，魂圍山氣濕濛濛。圖成仕女聽鐘坐，分我風光八十翁。莊客何翁，年八十，善丹青。

廉莊夕照亭

水上樓臺列畫屏，繩床涼割萬山青。卜居夫婦乘槎去，看織蛛絲夕照亭。

白雲庵

岩旭輝留草樹薰，作圍湖水導鷗群。僧廚飯熟鐘音動，誰臥碑亭嚼白雲。

觚庵詩鈔　　　俞明震

理安寺 [一]

行盡九溪曲，獲此煙中岫。下臨十八澗，土石吐奇秀。到寺不知門，風枝接飛溜。喬楠千萬株，勁與竹同瘦。巢鳥無高心，陰陰失昏晝。微覺世可悲，仰窺天如竇。松顛閣已欹，法雨泉可漱。松顛閣、法雨泉，均寺中名跡。古意

在微茫，名山謝雕鏤。憑高納萬態，海色上襟袖。返照失中峰，群山有遷就。吾衰意何擇，幽極神轉瞀。了知出世難，清景付馳驟。

【校記】

〔一〕《舥庵詩存》詩題爲「遊理安寺」。

遊煙霞洞贈學信長老

簷角掛錢江，掉頭失西湖。意識遠始明，近山轉模糊。入洞探雨窟，結屋通雲衢。老僧不說佛，清與山同臞。了知眾生性，料理食與居。精神到鹽豉，土木神工俱。移坐得山情，留客鋤春蔬。我佛至悲苦，度世願已虛。師能解世法，但取近者娛。耳中萬松聲，味之成笙竽。他山自晴雨，吾歸尋敝廬。

遊山歸泛舟出裏湖待月

山遊腰腳疲，跧臥如春蠶。漾舟出裏湖，霽色明澄潭。群峰促使暝，若戒遊人貪。一樹尙殘照，雨過南山南。湖光不能紫，細浪吹成藍。濛濛覺遠喧，渺渺窮幽探。月出天水分，始知風露酣。各有愁暮心，詩味從可參。清景何處求？湖燕飛兩三。一失不可摹，此意吾寧慚。

暑夜同子大伯嚴泛舟三潭

厭亂託逃暑，適可聊自娛。況有素心人，同就湖上廬。今夜天氣佳，雨收片雲無。相攜泛明鏡，艇子輕於鳧。滿載萬斛涼，衝煙出菰蒲。亂星倒山影，浸入碧玉壺。三潭風露香，縹緲化人居。佛燈隱荷蓋，橋語驚行魚。奇石鬼皺面，高柳螢懸珠。翼翼三角亭，一瞑收全湖。山行多歧路，愛此波平鋪。窅然入深黑，遺世眞吾徒。

靈隱寺〔一〕

靈鷲下層霄，翼覆東西峰。仙山此堂奧，鎮以飛閣雄。我來喪亂餘，三年一孤筇。松柏見威儀，雙澗迴天風。森然千佛場，馳道青濛濛。高蟬無停響，靜壑窺玲瓏。諸天在咫尺，喧寂皆靈蹤。冷泉出亭根，照我再來容。汲深性不滅，清極聖可逢。生平尤悔心，不爲寺樓鐘。一鳥馱禪去，下方雲正封。

【校記】

〔一〕《舥庵詩存》詩題爲「遊靈隱寺」。

湖莊曉起

臥聞菰蒲聲，疏櫺覺風入。滅燭延曙光，荷邊有微月。濕螢飛漸稀，陰陰一湖白。老夫常早起，顛倒忘麻日。但覺春風時，看看到暑末。此時東方高，水禽先聒聒。清露不盈頭，世事如亂髮。暫避眼前人，終愁秋後熱。安得濃淡山，盡變滄溟色〔一〕。

【校記】

〔一〕「盡變」，《舠庵詩存》作「變盡」。

借居裏湖劉莊四十日將歸同子大伯嚴作〔一〕

分得西湖一角涼，曲房低檻待秋光。生慚亂世能容我，靜覺高荷已退香。人意淡如山欲暝，歸期愁與月相妨。放歌同是無家客，水枕風船老此鄉。

【校記】

〔一〕《舠庵詩存》詩題爲「湖莊示子大伯嚴」。

初春重至劉氏水竹居〔一〕

曲檻陰陰水繞廬，雨花風葉看西湖。無多來日思前事，剩有春光賺老夫。向曉亂山分紫翠，隔年寒漲沒菰蒲。何須更覓傷心句，滿眼煙波鬢影孤。

【校記】

〔一〕《舠庵詩存》詩題爲「初春重至西湖」。

中秋日雨約同人飯於法相寺〔一〕

湖居不見中秋月，偏向僧樓坐雨深。避世略諳蔬筍味〔二〕，入山終負水雲心。人生適意每不足，眼底有詩何處尋？還我一庵聽說鬼，澗松岩桂各蕭森。

【校記】

〔一〕《舠庵詩存》詩題爲「丙辰中秋日雨約同人飯於法相寺」，又《東方雜誌》十三卷第十二號《文苑》作「中秋約同人飯於法相寺和仁先」。

〔二〕「略諳」，《舠庵詩存》作「漸諳」。

涼雨霏霏釀桂天，寺樓衣薄欲裝綿。客眞淡泊渾忘敬，僧解周旋即是禪。儘有寒山期晚歲，更無明月記今年。餘生甲子山中歷，看到秋花始黯然。

【校記】

《南湖吟》將此詩繫於《中秋日雨約同人飯於法相寺》之下，爲其第二首。《舠庵詩存》則別爲一詩，題爲《中秋集法相寺和子純丈原唱》。

重九日龍井寺登高〔一〕

老覺人前萬事非，臨高望遠倍依依〔二〕。難披榛莽凌千仞，已許湖山共落暉。世改性隨龍不滅，天空雲與雁同飛。年年此會成今古，短髮蕭疏我自歸〔三〕。

【校記】

〔一〕《舸庵詩存》詩題作「丙辰重九龍井登高」。

〔二〕此句《舸庵詩存》作「登高望遠獨依依」

〔三〕「短髮」，《舸庵詩存》作「短鬢」。

登高再和蒼虬一首〔一〕

病起逢君作重九，絕頂拄杖相追尋。秋光爲我洗林莽，天界自高無古今。笑聽野老說城市，坐待山氣分晴陰。攜壺賭酒少年事，俯視落照同幽深。

【校記】

〔一〕「蒼虬」，《舸庵詩存》作「仁先」。

湖居與仁先結鄰賦呈

世轉無窮境，人生有收束。老尋湖上廬，滄桑了無觸。一籬分割據，圖史羅百族。借君寒菜畦，畫此井田局。我自娛寂寞，君還課耕讀。童稚稟禮法，山水含親睦。晨炊松柏香，書聲過牆屋。日腳淡廚煙，飯熟書還熟。此是承平聲，念之淚盈掬。汶汶五十年，舊夢今可續。

平湖寒不風，曙光隱微月。自起開柴扉，霜籬犬爭出。昨宵聞夜漁，燈火倏明滅。驚爾花底眠，猖狂任呵斥。日出辨鳥聲，又入東鄰壁。心知一飯難，甘充兩家役。跳浪非不豪，帖耳聽悚息。老至惜物情，生事同淒惻。君看麞鹿性，忍受嗟來食。

飛鳥沒深谷〔一〕，遺我以窅然。幽境不可逐，坐看風爐煙。韓子就新懦〔二〕，蒙叟尊神全。苟能通此意，卻病惟癡頑。動馳域外想，未覺心地寬。吾廬適可止，但取遠與偏。花竹有生意〔三〕，雲水皆恬安。飽食肉邊菜，端學忘家禪。妙竅觀如何，還我蕭寥天。

西湖天下奇，移步各殊形。傳之畫師稿，意匠存模型。遂令遊觀客，顛倒遺性靈。老夫獨迂怪，築此背湖廳。懶焚天竺香，不禮三潭星。編籬關幽徑，種竹可中庭〔四〕。南北兩高峰，列几如罍瓶。霜天色黝黯，補以湖面青。置身入閒冷，借景皆空冥。東鄰有高士，避俗常獨醒。取捨定先我，隔籬呼與聽。

【校記】

〔一〕「沒」，「舺庵詩存」作「入」。

〔二〕「新」，《舺庵詩存》作「今」。

〔三〕「生意」，《舺庵詩存》作「新意」。

〔四〕「中庭」，《舺庵詩存》作「中亭」。

吳子修丈約遊西溪〔一〕

西溪九月水清絕，流入法華浸山骨。掠波艇子輕於瓢，滿載秋光款遊客。老僧解事列藏軸〔二〕，覓遍題名感陳跡。卷中同是滄桑人，後死重來倍淒惻。主人避世重鄉賢，指點當時隱居宅。木主親題月上名，荒庵香火餘芳潔。百年人事忽翻新，野荷花現女兒身。溪中草花蔓延，俗名「革命草」〔三〕，亦名「野水荷花」，辛亥後始有之。影堂遺掛等閒事，廟貌湖山大有人。

【校記】

〔一〕《西湖紀遊詩》題爲「同散原菴老補松丈仁先遊西溪」。

〔二〕「老僧」，《舺庵詩存》作「山僧」。

〔三〕「俗名」，《舺庵詩存》作「土名」。

遊西溪歸泛舟湖中晚景奇絕和散原作

西溪暝煙送歸客，艇子落湖風獵獵。蘆花淡白夕陽紫〔一〕，要從雁背分顏色。頹雲掠霞沒山腳，一角秋光幻金碧。欲暝不暝天從容，疑雨疑晴我蕭瑟。憶看君山元氣中，滄波一逝各成翁。請將今日西湖影，寫入平生雲夢胸。

【校記】

〔一〕「淡白」，《舺庵詩存》作「淺白」。

遊雲棲謁蓮池大師塔〔一〕

雲棲背西湖，浩蕩宜江景。到門山又合，步步入孤冷。蓮池舊道場，僧眾具綱領。略參入世法，肅客進甌茗。無住方味禪，入林忽思筍。率性本自然，覺妄異俄頃。深廊晝悄悄，寒翠上襟領。還尋祖師塔，飛雨過峰頂。萬竹無一斜，煙雲自嚴整。始知物象微，戒律常昭炯。嗟余脫世網，頹放失修綆。坐收海潮音，勝聞晨鐘警。窅然吾喪我，靈境倘可引。

【校記】

〔一〕《西湖紀遊詩》題爲「秋日諸貞長約遊雲棲」。

六和塔

鈴語層層風雨寒，支筇人老怯憑欄。之江到此霸圖盡，病雁橫空來日難。肯與西湖作屏幛，可容東海鎮狂瀾。潮痕不沒雲樓路，佛火檣燈夜夜看。

大雪後復偕蒼虯入靈隱寺同賦〔一〕

靈山一夜雪，萬象立於定。入門玉交柯，負重松逾靜。凍溜不掛簷，萬瓦皆明鏡。石佛垂白眉，披煙露寒脛。混瀁洞牖開，幽極得鳥敬。掩關千層雲，破寂一聲磬。上友惟鴻濛〔二〕，俯瞰窮究竟。見淨不見土，所見非佛性。拄杖我歸來，無土亦無淨。蒼虯詩有「我來真空回，見淨不見土」之句。

【校記】

〔一〕《舲庵詩存》題中無「復」字。

〔一〕「友」，《舲庵詩存》作「接」。

丁巳初春重至獅子峰

山居適山性，趣與遊觀別。斟酌物外情，晴陰合悱惻〔一〕。峨峨獅子峰，匿影萬山窟。甕底海潮音，煙中古苔色。泉響不到門，頓覺聲聞滅。山僧驚我老，惘惘成今昔。龍泓荇藻橫，人生事如髮。自性本不存，去住空皮骨。忍作無情遊，拄杖隨所適。谷口漸通樵，人家枕斜日。春風蕩微雲，炊煙與之白〔二〕。暝色認茅簷，廚香筍可食。

【校記】

〔一〕「晴陰」，《舲庵詩存》作「陰晴」。

〔二〕「春風」兩句，《舲庵詩存》作「春風入雲際，炊煙相與白」。

錢厚齋大雪中投詩贈梅兩樹次韻奉答

連陰四海昏，一雪千山潔。凍鴉如我閒，朦朧戢雙翼。故人贈雙梅，高與冰簷接。鋤根去泥滓，掛影補籬壁。春意破鴻濛，花氣通山脈。心從冷處求，室有幽香入。滅盡少年跡，毋為煙景惑。窗寒一人曉，天空萬花寂。皎然丘垤平，何處尋荊棘？避世全吾真，日醉孤山側。

【校記】

〔一〕《舲庵詩存》詩題作「錢厚齋投詩贈梅二樹次韻奉答」

映庵詩鈔　　夏敬觀

雲棲寺竹徑

理安長枬直插地，雲棲大竹高參天。二寺夐然止聖處，枬不蠹朽竹愈堅。昔稱理安景無對，未看雲棲眞枉然。頃窺幽徑避白日，步步到寺循花磚。又如葺葉作廊覆，左右柱立皆修椽。露骨專車岩壑底，表影累尺僧房巓〔一〕。空亭住足一遐想，夜至風露宜涓涓。蓮池大師涅槃去，香光寶墨彌新鮮。老夫白髮回翠蕤，欲借蒲圖爲坐氈。人言此寺惟有竹，他景不勝名虛傳。正惟有竹便佳絕，雜樹亦眾何稱焉。願筍不斸盡成竹，連坡長到澄江邊。

【校記】

〔一〕「累尺」，《忍古樓詩》作「數尺」。

花塢

不知花塢許深山，但覺流香出塢間。一一結庵穿竹徑，人人誦佛閉松關。杜鵑枉用啼春早，胡蝶能教宿草閒。試望白雲堆裏白，何如來客鬢毛斑。

同汪旭初諸真長靈峰寺看梅

岡巒稠疊古刹低，踰歲再往路復迷。卻循煙嶂覓梅塢，數轉忽露琅玕齊〔一〕。丹垣隱隱掛岩麓，入谷紅萼沿層梯。根株雖小三百樹，隨勢點綴成春蹊。果然北嶺寒稍勒，東風颯爾來穿綈。遲花供看莫恨晚，往春結子今入泥。迂迴赴壑午已逝，難更導子山亭躋。嵐光養睡遊且倦，籐輿便體眞折折。鳥舌未和水聲緩，南山二月飛鴉啼。

【校記】

〔一〕「琅玕」，《忍古樓詩》作「修篁」。

翁家嶺

將扼龍井背，緩步登絕巘。仰窺疑盡磴，勢促徑屢轉。腰腳誰先疲，倚石憩微喘。稍須復就輿，舁升雙竹顫。闃然入村閭，雲居鬧雞犬。鱗比數十家，生聚得平衍。牆屋圍書聲，琅琅清可辨。俯視陽岡佳，鄰炊動晴晛。流泉過林麓，無術接飛筧。收茶富生涯，負笈日以勉。

煙霞洞觀紅梅追憶學信長老

學信一頓飯，十年觀朵頤。佩囊鎖煙霞，放入大釜炊。運斤作三亭，尋葉遮二池。梅株更老醜，萬萼暄故枝。一樹在洞口，皮骨蒸赤脂。盡收夕陽

色，不墮春江涯。風日減爛漫，我來眞稍遲。當復問獷獠，孰是彌天彌。

法相寺古樟

古寺互岩阿，叢灌青夾嶂。平步入僧樓，俯下邃若盎。其上覆何木，廣大陰佛帳。循牆遇根株，駭立莫名狀。平生覩豫章，魁碩無與抗。二身力交拏，怒筋纏骨壯。天泉容萬斛，坐悟空入臟。歷劫不自燒，生長始盡量。化去長耳僧，枯胎世供養。彼此若強分，因心生法相。

蒼虬閣詩鈔　　　陳曾壽

三台山山居雜詩

陰雨連朝昏，蟲鳥共啾唧。飯罷坐攤書，靜影自汲汲。野獲秋場寬，寒翔啄餘粒。笠鋤闢蔬畦，歲事未遑畢。衣食定須幾，辛勤或難給。操約而願奢，淹泯何嗟泣！

養疴適林野，奉母營幽居。南湖最清深，一畝分隈隅。諸弟秀秋穎，力縮辛苦餘。名園足盛衰，天倘畀區區。但惜秋水涸，木石艱航桴。決流溉旱乾，敢怨工作紆。山居日無事，諸子奉肩輿。弄漪坐山光，往往忘歸晡。涼風感予仲，朝朝公府趨。紅葉被徑深，夢熟山中廬。

我昔官京華，趨曹日僕僕。戢影今海隅，朝夕困馳轂。命坐磨蟻旋，了不異城谷。書堂踰十里，日往共咿喔。稍演劉項爭，未畢論孟讀。穿鼻貧所甘，素飽惡豈黷？大千方震盪，獅象競騰蹴。狂流敢橫身，實地誰立足？羨彼山門僧，打掃自結束。顛倒懼喜中，形影何局促！

論才及宋代，豈不先乖崖。遺像留僧庵，了了明去來。惜哉太華蓮，專爲希夷開。不獨神清子，事業限爐灰。伊來有成人，古德資扶培。淵源不可誣，變化非一胚。周旋盧鄭間，陶範英雄才。留鄴及新建，所遇尤奇恢。下士未聞道，拘壚獨難回。寸莛叩洪鐘，焉能應風雷？殘年託細字，積懼當沉災。海濱事陳李[一]，婉孌忘形骸。願浥彌天瀾，一灑千劫哀。

人生實苦相，種種含淒酸。尋常暗飲刃，不在血流川。受者徇一暝，見者猶纏牽。一端偶接觸，萬象疚當前。反觀倘自覺，不暇人悲憐。陳陳往不復，孕自無始年。誓度無量劫，佛力何有焉。寥廓望前修，禍心遣誰安。徑情絕隱欺，差覺靈均賢。

多途趨一軌，何事爲生機？發憤心忘憂，孔叟乃孜孜。平生已半世，晨

光乍熹微。常恐墮幽憂，聞道曾無時。山空露氣盛，蟲吟不肯遲。耿耿對無寐，孤燈我因依。

山中栗正熟，坼苞滿田畛。蒸煿拌醬椒，侑酒滋芳辛。醉中有陶蘇，頗洗戰國秦。山氣忽蒼涼，炊香愛松薪。近鄰過朱馬，數見彌情親。雖止桑麻言，不雜朝市塵。一邱萬事舊，開卷時汲新。冷月與朝陽，皜皜同昏晨。片端且論定，眞作山中人。

謝子漢之陽，亂世皋比擁。截流逢生源，壁立見眞勇。劉叟臥江潯，破寺俯洶湧。苦約過顏堪，遠念生敬竦。至詣久寂寥，雙繭或破蛹。石徑秋氣高，夕照明孤筇。何時共遊蹤，物外一笑踴。

【校記】

〔一〕「陳李」，《蒼虬閣詩》作「諸老」。

獨行至六通寺

山深息交遊，獨往尋僧庵。徑轉忽異色，迎面堆濃嵐。高柯正脫葉，新紅醉霜酣。上方帶修竹，萬翠猶毿毿。到門剝啄久，傴僂應瞿曇。院靜無履聲，微聞度檀楠。長老信古德，耿愨致敬謙。同居盡清修，不數前三三。上堂儼夕課，龍吟起深潭。一步千威儀，千業一拜參。歸依罪過身〔一〕，慘怛人天含。旁觀敢讚歎〔二〕，偷懈徒心慚。方知設教力，歷劫禮所擔。晚尋竹徑歸，回首情猶馱。夜枕接瞻聞，寤寐同清嚴。

【校記】

〔一〕「歸依」，《蒼虬閣詩》作「皈依」。

〔二〕「旁觀」，《蒼虬閣詩》作「旁窺」。

龍井寺中坐雨

坐對寒湫一鏡開，凡鱗么麼未相猜。不知有意還無意，忽送飛雲片雨來。

大雨後同石欽至雲林寺〔一〕

上山瀑流礙輿行，寺門未入風濤聲。轉橋衝躍玉龍橫，九天派落千雷霆。陰崖陡起萬佛撐，樹不識春何代青。下漏日色變幽熒，徹晶噴雪寒目睛。徑深憩亭俯澄泓，上方潛洄下震驚。偶與石鬥波瀾成，本來淵默非不平。突兀高殿矗蒼冥，崇階百級排丹欞。本末十圍仰列楹，佛力一髮邱山輕。去年奉母禮鬒纓，猶記塔鈴語丁寧。今偕謝屐乘新晴，駭歎奇絕昔未經。山雨一夜愁潯淋，翻然倍百張詩情。

【校記】

〔一〕「石欽」,《蒼虬閣詩》作「復園」。

南湖晦夜寄懷散原先生

濕螢亂開闔，山影霾半湖。喚喁間格磔，雜沓喧荷蒲。宵沉潛蟄作，萬竅爭號呼。長飆忽飄捲，颯若幽靈趨。大千入星光，貞明忽已無。一息擬終古，遙夜何時徂？握雲天一角，下有青溪廬。脫襪此偃息，諦吟定何如。

蒼然化一碧，高穹爾何冤？故躔漸就窄，蝕魄定亡存。流人不惜日，五載移寒暄。相逢海枯年，行見豕零尊。淹留竟何待，去住傷精魂。淒其望鍾阜，白頭晚相溫。寂寞復寂寞，寒潮親故痕。

蟻渡困坳流，出謂幾不免。人落憂患中，何異蛙在坎。行行夢當覺，暫未百年滿。餓鄉雖窮處，正堪一笑莞。德人妙天遊，萬態齊枯菀。微生獨悄悲，終恐法華轉。

繫夢淮底村，愁步千里積。荷碧水到門，洗眼湖上宅。徇物情易遷，俄復百端集。初年耿志事，千仞瘗冰雪。漫作徐泗遊，惝恍對溝瘠。未能六鑿通，那救枯魚泣？所學失平生，銜髓餘慘戚。有如臨化消，空養千金璧。孤注違因依〔一〕，懷遠互淒惻。

【校記】

〔一〕「孤注」,《蒼虬閣詩》作「孤往」。

散原先生來湖上次日蒿老亦至遂同遊虎跑泉

二老經歲別，世亂積憂疢。相逢在名山，一笑乃至矧。霜姿不改度，取證寒泉影。山光秋正濃，高樹沃丹頂。澗流自磬鐘，激翠上襟領。虛堂倚懸崖，削鐵石骨整。嵐氣浮長廊，清寒入甌茗。還尋濟公塔，靈跡仰昭炯。爲齊塗割觀，遂壹冤親等。褊心不能回，學道愧無忍。適野情暫移，隨杖坐忘暝。依然廣長舌，送客溪聲冷。

雨中諸真長約同散叟觚庵遊雲棲寺

昔來暑晴中，白日疑幽月。今晨對秋雨，寒瓊化我骨。修修不見天，山鬼所宅窟。蹀影迴碧間，自照寒光佛。衣單暖尊酒，嚼雪筍新掘。酌不及公榮，主客笑通脫。真長攜酒一瓶，予與散叟共盡之，不酌真長也。香光寫經卷，筆勢瞻秀發。了知功德無。報母資津筏。千載旦暮心，虛堂證超忽。僧寮足深嚴，但惜少軒豁。空負竹萬竿，不見青排闥。禪修屏聞見，遊賞恣林樾。何當雪

後來，支節屐同沒。

法相寺中老樟一株雙幹皆大十圍其本殆不可量不知何年物也散原老人屬同賦之

法相院中長耳僧，早空諸相藏鋒棱。一朝永明偶饒舌，結跏俄頃驚膚冰。應身歷劫住山寺，定光一線燃龕燈。我尋春茶數來止，但賞修竹青層層。忽逢大身仰突兀，老樟分幹雙龍騰。互如天柱伸兩戒，矯若雲翼張孤鵬。神物不敢臆年代，但識倒掛千歲藤。山僧築閣度長夏，片枝所覆蒼雲崩。四時風雨掃落葉，老衲傴僂階難升。散原老人詫一見，平生奇觀嗟未曾。匡廬五爪震寰宇，對此只落聲聞乘。遁世無悶亦有待，發幽奇句精靈憑。高吟千里起鍾阜，佇聽夜半霜鐘膺。

【校記】

〔一〕「何年」，《蒼虬閣詩》作「何代」。

同散原老人登六和塔

當年建塔鎮江潮，萬弩難勝一柱標。昔覽烽煙愁飲馬，今荒榛莽任棲鴉。老懷憑遠餘悲健，寒籟回空振悴凋。欲向簷前問鈴語，冀州喪後更蕭條。

同覺先詢先兒子邦榮邦直遊陶莊

秋晶躡屐南峰高，陶莊之勝臨峰腰。修篁半天結一綠，萬鳳交舞鳴簫韶。緣坡剖竹走泉溜，鬱律直下綿青蛟。陰陽咫尺異寒燠，我踵屢息忘疲勞。長耳老僧入禪處，潛竇細瀉澄泓坳〔一〕。結跏一念萬年去，至今幻體猶堅牢。洪楊奇劫斷金臂，飛礫颯颯天神刨。試升絕頂望城邑，紅鱗萬瓦秋陽驕。西泠當前渺一勺，隔江欲挹寒癯瓢。當年純皇奉文母，屢駐絳節觀靈潮。琳宮法宇變荊棘，陰崖突壁空嶕嶢。百年反覆憫狂稚，淨土往往污腥臊。妖祀客魏等然耳，了知彈指灰塵消。丹牆一角餘正色，煙竿猶認錢祠迢。清都赤城起方寸，避世何地違氛囂？山僧烹泉薦綠茗，粗瓷盛玉逾名窯。有梅憑岩最殊絕，雪時待訪青霞嬌。寺後綠萼梅一株最勝。

【校記】

〔一〕「澄泓」，《蒼虬閣詩》作「瑩泓」。

大雪後同觚庵至靈隱寺二首

萬峰為雲吞，玉龍群無首。飛丹翼絕壁，縹緲開瓊牖。一徑排蒼官，鬚

眉俄老叟。寒泉未示寂，猶作風雷吼。眾佛相向冥，嗒然我何有？惟餘一鐘聲，純白無所受。

松顛一夜雪，山中十日雨。寒滴浸諸天，支笻入太古。朗朗登寶坊，密室茶可煮。料無丹霞師，木佛饒兩廡。聳肩一舸翁，白地參水牯。我來真空回，見淨不見土。

西湖春潤廬 爲宋君春舫、朱君潤生合建之別業

濱湖不厭低，嶺麓卜幽棲。門對梅花嶼，窗橫楊柳堤。雲容山左右，煙景水東西。勝地平分占，新詩取次題。

天瓢閣詩 鄭永詒，字翼謀，一字質庵，江蘇上海人。

湖上曉起

燕語依稀笑客眠，捲簾遙望一湖煙。湖煙未散湖波碎，已有春人上畫船。

自靈隱寺至黃龍洞

初日明幽徑，輕風漾細沙。行車過野岸，隔竹見人家。曲曲泉如線，油油菜作花。鳥啼不知處，吾欲問桑麻。

松蔭廬吟稿 莊毅，字敬亭，江蘇上海人

題西湖餐霞居 贈郁葆青內兄

一夜東風蓊亂蕪，溪山如畫輞川圖。柳迷煙水綠沉樹，花趁斜陽紅過湖。偕隱已邀萊婦諾，忘機倘似漢陰無。靜聽檻外囂塵上，幾處園林叫鷓鴣。

文窗四面曳香繒，大好湖山寫未能。造物匠心工作畫，主人風貌古於僧。當門青擁橫雲岫，拂檻馨傳碎錦塍。若到黃昏群籟靜，夜珠倒掛綠楊燈。

紀遊詩

流水無聲漲碧灣，先賢祠宇擁青山。白頭相對秋風裏，爭似蘆花鎮日閒。

西溪秋雪庵

小坐茅亭霽色開，曲闌置酒獨徘徊。森森古木無人徑，霜冷空山一雁來。

翠微亭

餐霞吟稿 郁葆青

重遊三潭印月

四十年前此地遊，老親爲買釣魚鉤。憑欄暗落思親淚，湖水無情照白頭。

題鄧青城《西湖泛月圖》

錢塘門外最清幽，雙槳輕搖過酒樓。艇小渾如鷗逐浪，波平方覺月隨舟。鐘聲嶺表雲棲寺，潭影湖心杜若洲。爲語青城留畫本，莫教辜負六橋秋。

繭迂吟草　　郁元英，以字行，別署繭迂，葆青子。

西湖曉泛

又踏西泠路，三年認舊痕。鴉翻楓葉亂，日出絮袍溫。孤棹開明鏡，寒煙淡遠村。江山悲宋室，無術起忠魂。

西溪秋泛

難得初冬日日晴，小舠容與似鷗輕。櫓聲搖出吳家埠，秋水蒼茫一鳥鳴。

幾曲西溪兩岸桑，初冬桑葉漸深黃。榜人爲說農人苦，絲市蕭條蠶事荒。